Guia para assassinos sobre amor e traição

GUIA para ASSASSINOS sobre AMOR & TRAIÇÃO

✠ VIRGINIA BOECKER ✠

Tradução
Edmundo Barreiros

PLATA
FORMA 21

TÍTULO ORIGINAL *An assassin's guide to love and treason*
© 2018 by Virginia Boecker
Capa © 2018 Hachette Book Group, Inc.
Publicado mediante acordo entre Folio Literary Management,
LLC e Agência Literária Riff.
© 2019 VR Editora S.A.

Plataforma21 é o selo jovem da VR Editora

DIREÇÃO EDITORIAL Marco Garcia
EDIÇÃO Thaíse Costa Macêdo
EDITORA-ASSISTENTE Natália Chagas Máximo
PREPARAÇÃO Alessandra Miranda de Sá
REVISÃO Raquel Nakasone e Ana Luiza Candido
DIAGRAMAÇÃO Gabrielly Alice da Silva
DESIGN DE CAPA Marcie Lawrence
ARTE DE CAPA Howard Huang

Dados Internacionais de Catalogação na Publicação (CIP)
(Câmara Brasileira do Livro, SP, Brasil)

Boecker, Virginia
Guia para assassinos sobre amor e traição / Virginia Boecker ;
traduzido por Edmundo Barreiros. -- 1. ed. -- São Paulo :
Plataforma21, 2019.
Título original: An assassin's guide to love and treason
ISBN 978-65-5008-011-2
1. Ficção histórica 2. Ficção juvenil 3. Ficção norte-americana
I. Título.
19-28293   CDD-813

Índices para catálogo sistemático:
1. Ficção : Literatura norte-americana 813

Maria Paula C. Riyuzo – Bibliotecária – CRB-8/7639

Todos os direitos desta edição reservados à
VR EDITORA S.A.
Rua Cel. Lisboa, 989 | Vila Mariana
CEP 04020-041 | São Paulo | SP
Tel. | Fax: (+55 11) 4612-2866
plataforma21.com.br | plataforma21@vreditoras.com.br

Para meu irmão

20 de dezembro de 1972 – 26 de março de 2017

Prólogo

TOBY

CATEDRAL DE ST. PAUL, LONDRES
7 DE JANEIRO DE 1602
0H02

Não é o interrogatório habitual.

Não há algemas, não há câmaras escuras, não há ameaças, pelo menos não aquelas que envolvem correntes, chicotes ou sussurros com promessas de coisas ruins. Há, entretanto, Richard Bancroft, bispo de Londres (bacharel, mestre e doutor, todos os títulos por Cambridge – ele ia querer que você soubesse disso), embora seja possível dizer que ele não faz nada além de sussurrar promessas de coisas ruins.

Acontece na capela, na cripta abaixo da catedral de St. Paul, com suas paredes frias e luz grave, e não é necessária muita habilidade para raciocinar por que escolheram esse lugar. É um lembrete da perseguição de anos passados, de hereges levados ali para serem vítimas de jogos de palavras e enganados até confessarem, antes de serem levados para celas e depois enforcados por traição. Não há guardas, cortesãos, nem pessoas indo e vindo, não há olhos, ouvidos nem bocas para testemunhar o que vem em seguida.

Não deve haver testemunhas do que vem em seguida.

Sir Robert Cecil (secretário de Estado da rainha Elizabeth I é seu título oficial; mestre dos espiões é o não oficial. Ver também: conselheiro particular, chanceler do ducado de Lancaster, ex-membro do Parlamento e guardião do selo particular – ele ia querer que você soubesse disso, também) faz um verdadeiro espetáculo para dispor o livro à sua frente, grosso e com capa de couro, com traições e mentiras derramando-se das costuras. Desta vez, a maioria delas é minha.

O que foi abordado até agora: meu nome (Tobias Ellis para eles; duque Orsino para *ele*), minha ocupação (vigia e criptógrafo para eles; ator e dramaturgo para *ele*), minha reputação (suja e manchada para todos).

O que permanece oculto: todo o resto.

– Quem é ele?

– Isso depende – respondo. – A que *ele* você está se referindo?

O desdém de Cecil é uma mortalha.

– Tem o que foi apunhalado no palco, o que você chamou de assassino, e tem o que escapou. Você me diz, Tobias. Com qual *ele* gostaria de começar?

Não importa; qualquer um deles é o suficiente para acabar comigo.

– Vamos começar com o que escapou – decide Cecil por mim.

– Como você disse mesmo que era o nome dele?

– Eu não disse. – Os ministros trocam olhares. A linha entre a ignorância e o atrevimento sobre a qual ando me equilibrando fica estreita. – Ele se chamava Christopher Alban. Era conhecido por Kit.

– Kit – repete Egerton. (Thomas Egerton, procurador-geral. Bacharel por Oxford, conselheiro real do Lincoln's Inn, mestre dos rolos, lorde guardião do Grande Selo. Seu olho é afiado como sua língua, e ele está longe de ser um tolo.) – Que coincidência interessante. O que mais?

– Ele veio do interior. – Contorno a isca e prossigo com a mentira cuidadosamente, cautelosamente. – Plymouth. Ele é jovem. Inexperiente.

Eu quero engolir as palavras, mantê-las para mim mesmo. Mas não posso dar nada a eles se não lhes der alguma coisa.

– Como, então, ele chegou tão longe, se é tão jovem e inexperiente como você diz? Ao palco principal, ao papel principal com os Homens de Lorde Chamberlain, a um lugar diante da rainha, e segurando uma faca... uma maldita faca!

O poder de Cecil é tão grande que sua blasfêmia não desperta a ira do bispo, que não tirou os olhos de mim desde que entrei ali.

– Deixar que ele chegasse tão longe era o plano – respondo. – Dificilmente posso capturar um possível assassino se o assassinato não for empreendido.

– Entretanto, esse possível assassino desapareceu e, em vez dele, você está aqui. – Seu olhar, uma coisa escura e pesada, me prende à cadeira.

Acima de mim, fora dessa sala e além da catedral, fica Londres: toda a cidade se espalhando, trôpega, ainda se recuperando das festas da Noite de Reis. Peças de teatro e música, brindes e bolos de Noite de Reis, grudentos de manteiga e açúcar e colocados em minha mão com um brilho de olhos saturninos e um sussurro de uma voz mais doce do que tudo:

Se tirar o cravo, você é um vilão.
Se tirar o graveto, você é um tolo.
Se tirar o pano, você é um sujeito vulgar.
Qual deles é você?

Capítulo 1

KATHERINE

St. Mawgan em Pydar, Cornualha
25 de outubro de 1601

Um som, repentino e ecoante, me acorda.

No início acho que é um sonho, pois costumo ser despertada por absolutamente qualquer coisa: acordada de forma brusca acreditando haver alguém ao meu lado ou acima de mim, mas nunca tem ninguém, e a ausência é menos um alívio e mais uma trégua. Mas não, o som se repete, alguém martelando a porta da frente, com insistência. Um olhar rápido pela janela me diz que é algum horário no meio da noite. Poderia estar perguntando a mim mesma quem é, o que querem, se não podem voltar de manhã, mas não faço isso porque já sei a resposta para tudo.

Eu sei.

Saio rapidamente da cama, pego meu roupão, depois meu casaco, porque o fogo morreu em minha lareira e está tão frio no quarto que posso ver minha respiração. Corro até a janela, limpo o vidro antes de inspirar mais uma vez aquele ar frio. Chamas tremeluzentes agitam-se pelo céu noturno como vaga-lumes, não o brilho quente de velas, mas o calor agressivo do brandir de tochas. Elas se estendem pelos portões que cercam Lanherne, meu lar – pertencente a meu pai e ao pai dele, e ao pai dele antes disso, a sede da família Arundell –, até as charnecas pantanosas da Cornualha, tão infinitas quanto o Mar Celta.

Estamos cercados.

Todos os sentidos que tenho me dizem para fugir e me esconder. Nessa casa, com seus três andares e trinta e quatro aposentos, não faltam lugares onde eu poderia me enfiar e esperar que tudo isso terminasse. Mas esse não é o plano. Já falamos sobre isso, meu pai e eu, sobre o que fazer caso isso acontecesse, se eles enfim descobrissem quem somos e o que fazemos. Se e quando eles enfim viessem atrás de nós.

Meu pai – Sir Richard Arundell, recebedor-geral do ducado da Cornualha – deve permanecer em seu quarto, como se não soubesse o que está acontecendo, como se aquilo fosse totalmente inesperado. Ryol – criado de meu pai, que na verdade não é criado nenhum, mas um padre – deve pegar suas roupas, instrumentos, objetos de altar e outros itens incriminadores e ir para seu esconderijo, um quartinho cujo acesso se dá por um painel ao lado da lareira na sala de estar. Peran, o valete de meu pai, deve atender a porta, junto com a presença de pelo menos uma, mas não mais de duas criadas. O suficiente para dar solenidade, sem ser o bastante para demonstrar medo.

Eu devo voltar para baixo de minhas cobertas e esperar. Quando as acusações chegarem – e elas vão chegar –, devo aparecer no alto da escada de olhos arregalados e despenteada, como se não pudesse estar mais surpresa por aquela aparição, como se não estivesse esperando por ela por quase todos os meus dezessete anos. Devo perguntar em uma vozinha de menina: *Há algum problema, senhores?* Isso para lembrá-los de que meu pai é um homem de família, que tem uma filha e já teve uma esposa, que ele é um nobre e eu, uma dama. Para fazer com que se esqueçam de quem realmente somos:

Mentirosos, criminosos, hereges e traidores.

Vou até a porta de meu quarto, seguro a maçaneta fria de latão e a abro. Dali tenho uma vista completa do corredor e da escada que desce sinuosamente por todo o caminho até a entrada escura e vazia, e da porta da frente, que ainda geme sob ataque. Devia dar meia-volta e entrar de novo embaixo das cobertas, agora frias, enquanto finjo dormir, embora fosse algo improvável. Em vez disso, fecho os olhos e começo a fazer uma contagem regressiva a partir do cinco em córnico. É um truque que meu pai me ensinou para lidar com meu medo, um jeito de ceder a ele e deixar que faça o que quiser comigo, mas apenas por cinco segundos. Depois disso, tenho que deixar que ele se vá.

Cheguei ao *dew* – dois – quando ouço o ruído forte de passos, solas duras em um piso laqueado. A luz trêmula de um criado segue outra enquanto velas são acesas, e elas prosseguem pelo corredor na direção da porta com mais rapidez do que deveriam, penso eu. Um farfalhar de saias, murmúrios preocupados em córnico e em seguida a voz tranquilizadora de meu pai, respondendo:

– *Ny da lowr* – que significa "Tudo vai ficar bem".

Esse é o primeiro, não, o segundo desvio do plano que conheço desde que tinha idade suficiente para conhecê-lo – um plano que eu podia recitar tão fielmente como se fosse catecismo. De seu lugar no corredor abaixo, meu pai ergue a cabeça em minha direção, como se de algum modo ele soubesse que era ali que eu estaria.

– Volte para a cama, *Kerensa* – diz ele.

O tratamento carinhoso – a palavra significa "amor" – é meu apelido de infância dado por ele, e deveria me acalmar, mas não faz isso.

– Pai...

– *Ny da lowr* – repete. – Prometo.

Concordo com um gesto de cabeça, mas não obedeço, enfiando-me nas sombras para não ser vista. Há uma hesitação, uma inspiração profunda, então meu pai se volta para a porta e a abre para o mar de rostos do outro lado.

– John. – Ele acena com a cabeça para o homem à frente de todos eles: Sir Jonathan Trelawney, o xerife da Cornualha. Já o vi antes. Ele é amigo de meu pai e um visitante habitual, embora normalmente durante o dia. – Está um pouco tarde para jogar trinta e um, não está? – Ele olha por cima do ombro de Sir Jonathan. – De qualquer forma, você trouxe homens demais. É um jogo para seis, não sessenta.

Meu pai opta pela leveza, mas sua voz está tão tensa quanto seu rosto e, por um momento, eu o vejo. Não o homem quieto e devoto que me criou com toda a delicadeza possível, apesar de minha chegada anunciar a morte de minha mãe e a perda de mais uma chance de um herdeiro homem do qual ele tanto precisa, mas como os outros o viam. Calça de veludo preto, capa preta orlada de pele de zibelina, um gorro chato arrumado resolutamente sobre o cabelo ruivo, da mesma cor que o meu. O homem mais importante da região. Só que agora ele não parece severo, do jeito que fica quando sai pelo ducado recolhendo impostos, visitando arrendatários ou distribuindo o pagamento aos soldados que ele mantém em nome da rainha. Ele se parece comigo quando capto sem perceber um reflexo de mim mesma, quando me esqueço de disciplinar meus traços de outra maneira.

Ele parece estar com medo.

– Queria estar aqui para jogar – responde Sir Jonathan. – Mas infelizmente é para algo muito mais desagradável. – Ele entrega a tocha para um dos muitos pares de mãos à espera e entra no salão sem ser convidado. Não tira a capa, e os criados não se oferecem para retirá-la. Eles já se dispersaram como camundongos, desaparecendo nas sombras – terceiro desvio.

– É tarde, John – tenta novamente meu pai. – Nem eu faço negócios a essa hora. Não a menos que tenha bebido, e também já passou muito dessa hora. Talvez amanhã... – Ele tenta conduzir Sir Jonathan porta afora, mas o xerife está inflexível.

– Estou aqui para prendê-lo por vários crimes cometidos de acordo com a Lei Contra Recusantes – diz ele. – Recusa a participar de orações, sacramentos, ritos e cerimônias em comum da Igreja da Inglaterra. Recusa a jurar lealdade à Sua Majestade, a rainha, como governante suprema da Igreja da Inglaterra. Posse de materiais banidos da sociedade da Inglaterra. Abrigo a um homem conhecido ou suspeito de ser agente do bispo de Roma.

Não me mexo, mas não estou imóvel. Cada parte de mim treme. É verdade o que ele diz, até a última palavra. Mas ouvir isso em voz alta, a acusação, é entender a seriedade de nosso crime mais uma vez.

Meu pai me explicou assim: nossa rainha protestante, Elizabeth, temia que o papa quisesse reclamar sua autoridade religiosa sobre a Inglaterra, tal como era antes, quando o próprio pai da rainha a removera. A rainha temia que, para recuperar essa autoridade, o papa unisse a Itália católica com os inimigos católicos da Inglaterra, França e Espanha; que eles formassem uma aliança e, com a ajuda da confabulação de famílias católicas inglesas importantes para derrubá--la, colocassem um católico no trono e restaurassem o catolicismo na Inglaterra. Ela temia tanto isso que fez com que todos nós fizéssemos um juramento afirmando nossa lealdade a ela, à sua autoridade e sua religião. Qualquer família que se recuse a comparecer aos ritos protes-tantes é suspeita. Qualquer família que celebre missas católicas secretas é suspeita. Qualquer família que abrigue padres católicos é suspeita.

É mais que suspeita: é culpada de traição.

Mas meu pai não admite a culpa com tanta facilidade.

– Você não tem razão para isso. – Ele afasta as palavras do xerife com um aceno, como se elas fossem mariposas. – Não quero causar problemas, John, mas respondo a um poder maior que o seu, e é o de Sua Majestade. A menos que as palavras dela tenham ordenado que você viesse à minha porta, infelizmente vou ter que lhe desejar uma boa noite. – Ele tenta mais uma vez conduzir Trelawney pela porta. Mas Trelawney leva a mão ao gibão e pega um pergaminho, enrolado e selado com um brasão real na parte de baixo, que até de meu lugar nas sombras eu reconheço.

ER.

Elizabeth Regina.

A rainha Elizabeth.

Essa é minha chance de fazer alguma coisa, de agir. É minha última chance de fazer meu papel, embora todo o resto seja incerto. Tiro o casaco, que não estaria usando se tivesse acabado de sair da cama, amarro os laços de meu roupão. Então entro em uma poça de luar que adentra as janelas e sigo pelo chão escuro do corredor. Finjo estar parada no compartimento do coro, como faço todo domingo, frequentando os serviços protestantes para manter as aparências, preparando-me para cantar diante da congregação. Isso ajuda a me acalmar.

– O que está acontecendo? – Essa frase é nova e não faz parte de nenhum plano, mas não posso perguntar se há algum problema, já que claramente há, e ele já chegou ao ponto de confronto.

– Katherine. – Meu pai gira a cabeça para olhar para mim, assim como Sir Jonathan e a fileira de rostos avermelhados iluminados por tochas na porta. – Volte para seu quarto. Isso não é assunto seu.

Sir Jonathan não concorda. Ele estala os dedos, e dois homens da linha de frente entram pela porta e sobem a escada, dirigindo-se a mim. Sei que fugir seria admitir culpa, então permito que me peguem pelos braços e me levem pela escada até diante do xerife. Ele olha para mim, e eu retribuo o olhar.

– Katherine Arundell – diz ele –, como você responde às acusações feitas contra seu pai e a esta casa? A de recusa e adesão ilegal à fé católica?

– Fé católica, senhor? – respondo. – Não sei ao certo o que o senhor quer dizer. Se o senhor se recorda, eu o vi na semana passada na igreja de St. Eval. O serviço das vésperas? Meu hino favorito foi "Que Deus se erga em majestade". Gostei especialmente de como o corista nos fez estender *majestade* em cinco sílabas. *Que Deus se erga em ma-jes-ta-a-de...*

Bom, ajo como uma tola agora, mas parece funcionar, pelo menos um pouco. Tenho uma bela voz e sei disso, e parece que os homens que estão segurando meus braços também, pois me soltaram e estão olhando para mim com sorrisinhos delicados. Paro de cantar e entrelaço as mãos, como se estivesse tão tomada pela espiritualidade de tudo aquilo que não sou capaz de continuar. Mas a simpatia de Sir Jonathan é tão escassa quanto seu envelope do dízimo, e com o cenho franzido ele diz:

– Seu pai não comparece aos serviços anglicanos há mais de um ano.

– Só porque ele é um homem muito ocupado – digo, com devoção. – Seus deveres com a rainha fazem com que ele fique muito tempo fora...

– Você não respondeu à pergunta – diz ele. – Então vou perguntar a você mais diretamente. Você é ou não é católica?

Eu sei a resposta a essa pergunta. Ela foi escrita para mim por meu pai, e é fácil o bastante de lembrar, mesmo que impossível de dizer. É negar tudo o que sei: meu pai, minha criação, toda a minha vida. Mas parece que meu silêncio é resposta suficiente.

Sir Jonathan se volta para os homens.

– Revistem a casa.

Antes que eu consiga emitir uma única sílaba de protesto, a porta é aberta com violência e o corredor se enche com a chuva de botas e vozes de duas dúzias de homens ruidosamente à procura de justiça. Meu pai tenta detê-los – tenta –; ele saca a espada para impedi-los, mas Sir Jonathan saca a dele também. Eles começam a lutar, enquanto o resto dos homens enxameia pela casa.

Eles seguem pelo corredor, sobem a escada e entram em um quarto atrás do outro. Todos eles armados: alguns com espadas e facas, alguns com fogo, outros com paus e pedras. Tapeçarias são arrancadas de seus lugares, faca após faca rasga cadeira após cadeira, de onde arrancam penas e enfiam as mãos. Pisos são eviscerados, tapetes jogados para o lado, tábuas do chão levantadas. Os criados, antes em silêncio, gritam e choram e correm de um lado para o outro em um frenesi de protesto, medo e impossibilidade de fuga.

Eu não sei o que fazer. Ryol ainda está escondido. Meu pai ainda luta, enquanto o restante das pessoas corre e grita. A ideia de ser agarrada por mais homens de Trelawney enfim me leva a me movimentar; faço isso e me escondo atrás de um armário enorme enfiado em um canto embaixo da escada. Costumava me esconder ali quando criança e mesmo então o espaço era pequeno. Agora, eu mal caibo.

Encolho-me em uma bola, sem me mexer e mal respirando, e observo meu pai e Sir Jonathan. O que tinha começado como uma exibição havia se transformado em uma batalha feia, com espadas subindo, descendo e se cruzando, e chegando perto demais de corações, entranhas e gargantas; a dois ou três centímetros de se tornarem um golpe fatal. Não sei dizer quem está ganhando, se é que alguém está, mas quando escuto um grito e uma risada, e as palavras *Eu o peguei*, sei que perdemos. Meu pai se vira para vê-los se aproximando e, nesse breve momento de distração, Trelawney o pega: aperta a espada contra o peito de meu pai e não resta nenhum outro movimento a fazer.

Dois homens chegam correndo ao corredor segurando Ryol de maneira implacável; outro segura seu missal; outro ainda tem nas mãos um cálice e um outro uma patena, todos objetos sagrados usados durante a missa, mas eles os brandem acima da cabeça como se fossem um estandarte de vitória. Trelawney examina todos eles com um olhar cruel, enquanto meu pai contém um gemido e desmorona contra a parede, erguendo os ombros rapidamente no ritmo de sua respiração. Ele parece tão mal quanto eu própria me sinto.

– Ele é seu homem, Richard? – O brilho traiçoeiro no olhar de Sir Jonathan vacila. Talvez ele esteja pensando no alívio do aluguel que meu pai deu a ele uma vez, talvez esteja se lembrando das muitas noites que passaram jogando cartas. Talvez *esteja* pensando em como me viu nos serviços anglicanos, vestida com a melhor roupa de domingo. O que quer que estivesse pensando, pegou o gato pelo rabo, e ele considera, mesmo que por um momento, se deve soltá-lo. – Se não sabia que ele era um padre, trazendo assim traição para sua casa, agora é a hora de dizer isso.

Meu pai não diz nada.

– Eles vão enforcá-lo por isso, Richard. – Trelawney diz as palavras nas quais nem sequer consigo pensar. – Você vai perder suas terras, seu título. Vai ser executado como um traidor.

Meu pai olha para Trelawney. Um segundo, dois, uma vida inteira se passa antes que ele responda:

– Ele é meu homem, ele é meu padre, e essa é minha crença. Renunciei a eles por muito tempo e não vou fazer mais isso.

Sir Jonathan estala os dedos. Um de seus homens se aproxima e agarra o braço de meu pai. Meu pai cambaleia para frente com outro grunhido abafado, e sua espada cai ruidosamente no chão. Há um instante de confusão, um homem grita "Ho!", e a palma da mão de meu pai apertada contra o peito agora se afasta, vermelha. Abaixo dele, empoçando sob suas botas, há um anel crescente de sangue.

Agora vejo por que meu pai não renunciou a sua fé, por que ele cedeu com tanta facilidade. A espada de Trelawney tinha acertado um golpe, do qual meu pai não se defendeu e do qual sabia que não podia se recuperar. Estou, agora, de joelhos atrás do armário, como se pudesse afastar com uma oração o que sei que virá em seguida.

Capítulo 2

Toby

Lambeth Hill, Queenhithe Ward, Londres
25 de outubro de 1601

Esta noite sou um vilão irlandês.

É ao mesmo tempo perto e nem de longe o que realmente sou, assim como são todos os bons disfarces: um patife em uma folha de pagamento disfarçado de outro patife em outra folha de pagamento, fazendo um trabalho que mais ninguém quer. Estou encolhido nessa rua encharcada pela chuva há quase quatro horas. Estou molhado, com frio e com fome. Comecei a tremer cerca de uma hora atrás, e isso não vai parar até que consiga aquilo que vim buscar.

À minha volta, as ruas estão silenciosas. Esta parte de Londres, a margem norte do Tâmisa entre Poles Wharf e Broken Wharf, é cheia de barcos durante o dia, pescadores puxando equipamentos retorcidos do cais, o ar denso de xingamentos e peixe. À noite – do pôr do sol até uma hora antes do alvorecer –, ela fica em silêncio, nada além do barulho da maré contra as docas e o badalar de um eventual sino de igreja. O lugar perfeito para dois contatos se encontrarem, os dois com más intenções.

Passa muito das onze da noite quando o som de passos surge, lento pelas pedras escorregadias do calçamento. Ergo os olhos, mas não me levanto. O homem que estou personificando é mais alto que eu, e mais forte. A segunda coisa consigo esconder sob minha capa, mas a primeira preciso disfarçar.

Meu contato chega e para à minha frente. Cabelo preto, capa preta, botas pretas, idade indeterminada, embora eu ache que tenha aproximadamente a mesma que eu – dezenove anos. Homens mais velhos têm mais bom senso para não fazerem serviços como esse, encontros à noite em pontos escusos por toda a Londres com o objetivo de entregar uma carta de uma ponta de uma rede católica ilegal a outra.

– Parece que eu me perdi – diz o garoto de preto, recitando com cuidado a saudação em código para se assegurar de ter encontrado o homem certo. – Pode me dizer para que lado fica a rua Knightrider?

Aponto o polegar para a direita.

– A uma quadra de distância, esquerda, depois direita.

O garoto acena uma vez com a cabeça. Espera. Então:

– Arden Walsh?

– *Dia dhuit*. – A pessoa que devo ser também fala gaélico, que, felizmente, é um de meus melhores sotaques. – Você tem uma coisa para mim, não tem?

Ele pega uma carta no interior da capa e a passa para mim com rapidez. Eu a guardo imediatamente embaixo da minha, nas dobras da camisa. Se a tinta molhar, vai ser impossível ler, mais impossível ainda decifrar. Depois estendo a mão, esperando o pagamento.

Estou rastreando esta rede há seis meses, e os arranjos são sempre assim: o mensageiro – nesse caso, o garoto de preto – pega uma carta e é pago. Ele entrega a mensagem a outro mensageiro – nesse caso, eu como Arden Walsh – e me paga, e eu a entrego a outro mensageiro. Em redes complicadas assim, são necessários vários homens para uma carta, em parte para tornar difícil segui-los, mas principalmente para impedir que alguém descubra a origem e o destino da mensagem.

Mas o garoto de preto não me entrega nenhum valor. Isso não é comum: a maioria dos mensageiros não arrisca trabalhos futuros – ou a ira daqueles que o contrataram, ainda que pela possibilidade de um pagamento extra. Além disso, é algo estúpido. Mensageiros não são contratados por sua bondade.

– *Téigh trasna ort féin* – digo. É uma praga terrível, e, embora o garoto de preto não entenda, ele conhece muito bem o tom. – Encontre outro *báltaí* para pegar sua mensagem. Eu não trabalho de graça. – Estou de pé, agora, mais baixo do que deveria ser, mas não há como evitar isso. Sei como o irlandês reagiria a essa suspensão súbita de pagamento. Eu o conheci uma vez, em sua cela na prisão. Ele foi posto lá como precaução – não se pode ter dois mensageiros chamados Arden Walsh circulando por Londres – sob a acusação de trapacear nos dados, bebedeira e perturbação da paz, nenhuma das quais era falsa.

O garoto de preto saca a faca, mas saco a minha mais rápido. Eu o seguro firme com o pescoço na dobra do meu braço, minha faca em sua garganta. Embora ele seja maior que eu, posso abatê-lo em um segundo, algo que ele não demora a reconhecer.

Ele leva a mão ao bolso da capa e pega um punhado de moedas. Conto rapidamente; está segurando cerca de dois xelins e meia dúzia de *pence*, e, pela agilidade com que os pegou, sei que ainda há mais.

– Quatro xelins – digo.

– O preço era dois.

– Isso foi antes. Você tem sorte por eu não matá-lo e levar tudo.

Ele saca mais moedas. Eu as pego e as enfio no bolso antes de soltá-lo. O garoto de preto se afasta de mim proferindo uma série de xingamentos, *patife, corno* e *putanheiro*. Salto em sua direção, reagindo à ofensa da maneira como também sei que o verdadeiro Arden Walsh faria, e o garoto sai correndo em meio à penumbra úmida, as batidas de suas botas no chão agora um eco que se distancia.

Os sinos da igreja de St. Nicholas Olave tocam à meia-noite. Graças ao atraso do garoto de preto e agora a essa maldita comoção, tenho apenas duas horas para decifrar a carta antes de entregá-la ao próximo contato. Se eu tivesse as quatro horas que deveria, voltaria a meu próprio quarto, com meu próprio material e uma garantia de privacidade.

Agora não posso. Se me atrasar, eles vão saber que a rede foi comprometida. Vão escolher uma rota diferente e, possivelmente, acrescentar mais homens. Isso vai arruinar meio ano de trabalho e prejudicar meu pagamento; não posso aceitar isso.

Anime-se, Toby. Use a inteligência, se a tiver. O que deveria fazer?

Quase posso ouvir a voz de Marlowe em meu ouvido. Dramaturgo, poeta, às vezes espião para a rainha e meu antigo mentor, agora morto há oito anos e ainda me perturbando. Não é culpa dele eu estar ali, não de verdade, mas eu o culpo mesmo assim. Se ele não tivesse morrido, eu ainda seria seu aprendiz; ainda estaria escrevendo – poderia até ser bom nisso, agora –, e não andando pela rua Thames, imitando a ginga irlandesa de Arden Walsh e seguindo em direção a meu plano de contingência: um bordel.

Daqui, os prostíbulos ficam logo do outro lado do rio, dez minutos no máximo, no caminho da minha entrega, assim não perco mais tempo. Vou ter de abrir mão de alguns de meus xelins para conseguir um quarto, e provavelmente de mais um ou dois a mais para garantir que o quarto esteja vazio – já estou lamentando a perda do carvão que planejava comprar com eles, mas pelo menos estarei sozinho. No caso improvável de estar sendo seguido, não há um vigia em Londres que questionaria o que eu estava fazendo ali.

Ah, é para lá que eu iria? Você não está prestando muita atenção, está?

Cale a boca, Marlowe.

Um assovio alto no cais chama um barco. Gasto um pêni – a lavagem de roupa da semana – e subo a bordo. Em dez minutos, quase com a exatidão de segundos, desembarco em Southwark e entro no bordel mais próximo, com o nome estranho de Castle upon Hope Inn, espremido entre duas tavernas.

Gosto da companhia de mulheres de vez em quando, mas sem dúvida não pago por isso, um princípio que fico brevemente tentado a ignorar quando um trio de garotas em estágios variados de nudez se joga sobre mim, sussurrando promessas ultrajantes. Desvencilho-me e, com um aceno de minha mão, a mulher que controla tudo, a única totalmente vestida, aparece em uma nuvem de perfume. Digo a ela o que quero: um quarto tranquilo com uma mesa e duas tigelas, uma com água e a outra vazia. Uma pilha de velas e algo para acendê-las, dois pedaços de pergaminho em branco, uma toalha pequena e uma faca de manteiga – não consigo sequer imaginar o que ela pensa que planejo fazer com isso tudo –, e entrego-lhe mais moedas.

Em minutos estou sentado a uma mesa enfiada ao lado de uma cama obscenamente grande, com tudo o que pedi disposto à minha frente. Pego a faca pequena e arredondada de manteiga e a passo sobre a chama. Precisa ficar quente o bastante para amolecer a cera, mas não quente demais a ponto de derretê-la ou queimar o papel. Não há outra maneira de testar isso além de tocar o dedo na lâmina. Está quente o suficiente, mas não vai ficar assim por muito tempo. Aperto a ponta entre o selo e o pergaminho e a movimento um pouco para conseguir a força de que preciso.

Para prevenir ainda mais que mexessem nele, o bilhete foi dobrado em quadrados cuidadosos, e cada uma dessas dobras é cheia de pólvora. Se for aberto rápido demais, ou sem o devido cuidado, a pólvora vai cair sobre o pergaminho e manchá-lo, não apenas obscurecendo o que está escrito, mas revelando ao destinatário que já foi aberto.

Observo rapidamente como ele foi dobrado – uma carta bastante simples com as bordas dobradas –, então começo a derramar a pólvora na tigela vazia. Vou usar a folha em branco de pergaminho como funil para colocá-la de volta no lugar quando terminar.

Afasto as bordas, uma após a outra, até que por fim vejo o que está escrito no interior:

– *Cac* – sussurro. "Merda" em gaélico. Eu sabia que a carta estaria criptografada; elas quase sempre estão. Nunca é seguro enviar uma carta por mensageiro escrita em texto simples, mesmo com todo o anonimato das entregas, dos mensageiros, dos mensageiros duplos e de técnicas para impedir que a abram. Mas a substituição costuma ser alfabética, uma letra trocada por outra, bem fácil de se decifrar. Esta está em uma classe própria.

Se alguém tivesse me dito, na época em que tinha doze anos – com membros magros, estados de ânimo variáveis e aspirações grandiosas de ser um dramaturgo famoso –, que sete anos depois eu estaria enfurnado em um quarto apertado em um bordel perfumado decodificando cartas de traição, não teria acreditado.

Filho único de um açougueiro, e ainda assim não muito próspero – e sem mãe desde que tinha cinco anos –, tornei-me aprendiz do comerciante de livros William Barnard quando meu pai não pôde mais cuidar de mim. William Barnard me educou: ensinou-me a montar tipos, a encadernar, a ler e escrever, me ensinou latim e seu francês nativo. Sem ter um filho seu e com a esposa morta havia muito tempo, cuidou de mim como se fosse dele, e passei a considerá-lo minha família. Ele morreu quando eu tinha dez anos, deixando a mim e sua oficina sob custódia do irmão mais novo, que não dava a mínima para palavras nem para mim, apenas para o *status* ao qual tinha sido recém-elevado, de mercador com uma oficina na prestigiada Paternoster Row.

O Barnard mais jovem gostava que nobres fossem comprar as peças e poemas que ele (eu) produzia. Gostava do dinheiro que isso lhe rendia, dinheiro que gastava em bebidas e dados, dinheiro que aos poucos foi desperdiçado e se transformou em nada apesar das doze horas por dia que eu passava trabalhando. Eu vendia livros mais rápido do que conseguia produzi-los, mas isso não adiantou. Em um ano perdemos a posse da oficina, e Barnard estava bêbado ou ausente demais para perceber ou se importar. Não demorou para que eu começasse a usar minhas habilidades de impressor para forjar cartas na letra de Barnard: para bancos pedindo empréstimos, para o senhorio pedindo prorrogações, para seu benfeitor pedindo piedade. O artifício terminou quando este último, Sir George Carey, apareceu à minha porta junto de um dramaturgo chamado Christopher Marlowe. Eles me pegaram com a mão na massa – na verdade, em folhas de ouro –, debruçado sobre um livro, com um lustrador de ágata na mão e um pincel na outra.

– O que eu falei para você! – Marlowe entrou com Carey em seu encalço. – Eu falei que não havia chance de que aquele imbecil produzisse aqueles livros, e há! Estava certo. – Ele me deu um tapa nas costas com tanta força que arrancou o pincel de minha mão.

– Quem é você, afinal?

Olhei para ele. Moreno e desgrenhado, com a camisa semiaberta e botas desamarradas, o cabelo crespo e despenteado e meio enfiado atrás das orelhas. Na época, ele estava na casa dos vinte anos; eu tinha apenas onze. Mas foi paixão à primeira vista, pelo menos de minha parte.

– Tobias – disse eu. – Os senhores podem me chamar de Toby.

– Bom, Toby – disse Sir Carey. Ele era uma figura esplendorosa, com tanto ouro, couro e fitas quanto qualquer um de meus livros. – Tenho uma proposta para você.

Carey continuaria como benfeitor da oficina, as dívidas de Barnard seriam perdoadas e eu seria o único impressor das peças de Marlowe, uma conta que valia três libras por ano – todas as quais tendo ido direto para meu bolso. Mas o melhor de tudo foi o patronato que Marlowe me ofereceu quando meu aprendizado expirou, ajudando-me a me tornar o escritor que eu queria ser.

Eu o seguia, assim como ele seguia outros, observando o mundo daquele seu jeito profundo e incisivo. Observei-o canalizar suas habilidades não apenas para poemas, mas também em missões de espionagem eventuais para Carey, que usava a queda de Marlowe por brigas na rua, companhias nefastas e às vezes escritos blasfemos como recursos para obter a informação de que precisava. Marlowe transmitia mensagens e mantinha controle da ampla rede de agentes e mensageiros da rainha – nenhum dos quais de confiança – em troca de um arranjo com o Conselho Privado, que manteve Marlowe fora da cadeia mais de uma vez. Marlowe era um patife do mais profundo matiz, mas, mesmo assim, eu observava tudo o que ele fazia porque queria fazer também, e porque o amava, um segredo que guardei dele tanto quanto de mim mesmo. Mas ele morreu em um ano, assim como Barnard. Fiquei sozinho, e foi Carey quem apareceu à minha porta me oferecendo uma nova proposta.

O desespero que tinha empregado para manter a oficina de Barnard em funcionamento, apesar de seu desinteresse, agora seria revertido em lucro. Carey usou minhas habilidades de impressor e falsário para codificar cartas para os ministros da rainha, e minhas habilidades com linguagem e minha boa educação para decodificá-las. Ele encontrou um jeito de usar até minha solidão, transformando-me em mensageiro para levar cartas de Whitehall para todos os pontos da Inglaterra, sabendo que em minha ausência ninguém sentiria falta de mim. No fim, eu fazia tudo o que Marlowe fazia, exceto escrever. Depois que ele morreu, não me restou nada mais a dizer.

Deixo o passado e volto para a carta à minha frente; começo a trabalhar.

Capítulo 3

KATHERINE

St. Mawgan em Pydar, Cornualha
25 de outubro de 1601

No ano em que fiz treze anos, eu odiava tudo.

Meu pai, com suas reclamações constantes sobre a corte e a rainha. A Cornualha, com seus penhascos escarpados e horizonte infinito perdido em água. As famílias que moravam por perto, a maioria das quais eu conhecia, mas a quem na verdade nunca conheceria de fato, não com todos os segredos que nós guardávamos.

Uma noite, depois de um dia interminável durante a Quaresma no qual não fiz nada além de rezar e me arrepender e achar que não aguentaria mais, saí e fui até os estábulos. Lá forcei o cavalariço – que foi embora há muito tempo, por total culpa minha – a preparar o maior e mais rápido cavalo no estábulo, um tordilho andaluz chamado Palas, como o mitológico gigante grego. Palas era difícil de controlar, mal-humorado e temperamental; só obedecia a meu pai, mas eu estava determinada a submetê-lo à minha vontade, mesmo que mais nada ou ninguém fizesse isso.

Havia uma cerca, mantida de pé com barro, que marcava o fim da propriedade. Cravei o calcanhar no flanco de Palas, querendo que ele a saltasse. Mas ele não fez isso. Chegou perto, com as patas flexionadas como se estivesse prestes a voar, então parou. Fui jogada de cima dele, minhas costas atingiram o chão, e minha cabeça acertou uma daquelas pedras cinzentas e pontudas, e o mundo ficou preto. Quando o cavalariço chegou para me buscar, com meu pai a seu lado, eles me pegaram e me carregaram para casa. Não me lembro da dor (isso viria depois), apenas me sentia entorpecida.

É assim que me sinto agora. Entorpecida. Posso sentir minha respiração ficar entrecortada quando os homens de Trelawney partem para cima do corpo agora de bruços e imóvel de meu pai, cutucando-o e mexendo nele para ver se ele levanta (*levante, por favor, levante*); em seguida, Trelawney puxa uma pena de sua boina e a segura sob o nariz de meu pai para ver se ela se move, para verificar sua respiração. Tanto meu pai quanto a pena se mantêm imóveis. Trelawney tem decência suficiente para fechar as pálpebras de meu pai e mandar alguém buscar um lençol, que põe sobre o corpo.

Ele está morto.

Fico sentada e encolhida atrás do armário, o corpo agora assolado por soluços silenciosos. Observo enquanto empurram Ryol para a porta, desafiador em sua batina negra, com as mãos fazendo o sinal da cruz mesmo presas por algemas, oferecendo a meu pai os últimos ritos, rápidos e murmurados ("*Gloria Patri, et Filio, et Spiritui Sancto...*"). Eles reúnem os criados também, prendendo seus pulsos como se fossem criminosos, ignorando os gritos de medo e alegações de inocência. São empurrados pelo corredor para a escuridão e o frio que entram pela porta, nenhum deles com permissão para pegar um casaco ou mesmo um chapéu.

– Onde está a garota? – Trelawney se volta para os homens dele, os dois que me arrastaram do meu quarto até ali embaixo. – Vocês estavam com ela. Aonde ela foi? – Nenhum deles responde, e ele estala os dedos mais uma vez. – Revistem a casa. Não saiam sem ela. Vou precisar entregá-la também.

Paro de chorar imediatamente. *Me entregar*. A quem? Não preciso perguntar por quê. Penso na tortura à qual meu pai disse que nos submeteriam se fôssemos pegos, no que fariam para arrancar uma confissão de nós. Ninguém se mantém íntegro sob tortura, ele me disse, e acreditei nele.

Trelawney faz sua saída batendo a porta às suas costas. Seus homens olham um para o outro.

– Ela não pode ter ido longe – diz um deles. – Provavelmente está em algum lugar da casa. A menos que tenha saído...

– Você fica com a propriedade – diz o outro. – Eu fico com a casa. Não quero passar a noite inteira aqui, então vamos fazer isso rápido. – O primeiro homem fecha sua capa e enterra o chapéu na cabeça ao se dirigir ao lado de fora, para, de algum modo, revistar todos os 150 hectares de Lanherne sozinho, na calada da noite, enquanto o outro sobe a escada triturando vidro quebrado sob seus pés como se fossem caracóis.

É uma corrida breve de onde estou escondida embaixo da escada até qualquer uma das inúmeras portas e janelas pelas quais posso escapar. Mas e depois? Não a liberdade. Apenas uma charneca vazia de perguntas. Para onde vou? Como chegarei lá? Como vou me alimentar? Me vestir? Como vou viver? Nunca saí da Cornualha, nunca precisei me defender. Nunca fiz nada além do que me diziam, e agora não há ninguém por perto para fazer nem isso. Estou sozinha, é a primeira vez que fico sozinha na vida.

Volto a chorar, e tudo o que posso fazer é olhar para o corpo de meu pai, o sangue de seu ferimento agora atravessando o branco do lençol, os dedos da mão esquerda projetando-se de baixo dele, encolhidos, como se estivessem chamando. Não há contagem regressiva em córnico que me ajude a aplacar a tristeza, mas eu me forço a fazer isso mesmo assim, para me dar cinco segundos para sentir aquilo de que preciso antes de ter de seguir em frente. Para resolver como sair dessa casa e as mil coisas que vou precisar decidir depois disso.

Ouve-se uma pancada estrondosa e seca vinda de cima, um grunhido abafado e uma litania de xingamentos. O homem de Trelawney deixou cair alguma coisa, ou alguma coisa caiu em cima dele. De qualquer jeito, é comoção suficiente para que ele não me escute me movimentando, o que faço, indo em silêncio e descalça para a biblioteca de meu pai, andando abaixada para não ser vista por nenhuma das janelas.

Como o resto da casa, a biblioteca está destruída: móveis virados, livros derrubados das estantes e gavetas abertas, com o conteúdo jogado no chão. Mas, mesmo com toda essa destruição, os homens de Trelawney não foram muito meticulosos. Se tivessem deixado de lado a loucura, a empolgação selvagem em expor meu pai e se deleitar com seu medo, teriam encontrado algo ainda mais incriminador que um padre escondido.

Na estante ao lado da lareira, na terceira prateleira de cima para baixo, há um painel, atrás do qual fica um nicho do tamanho de um pão. É onde meu pai guarda seu diário, junto com papéis importantes e o dinheiro que usa para pagar os criados. Devia ser um segredo, o que significa que sei tudo sobre ele. Embora eu seja alta, ainda assim preciso subir em um escabelo para alcançar o lugar. A escada da biblioteca foi derrubada no chão e não posso arriscar o barulho ou o tempo de levantá-la outra vez.

Encontro aquilo que procuro: um maço de cartas amarradas juntas com uma fita preta, um saco amarrado de veludo vermelho cheio de moedas e uma página com dobras nos cantos do diário, seu conteúdo memorizado com rapidez antes de ser jogada no fogo que ainda queima lentamente na lareira. Depois desço do banco e volto à porta da biblioteca, atenta para ver se escutava os homens de Trelawney. Um som arrastado e outro baque surdo me dizem que ele ainda me procura no andar de cima, por isso volto abaixada para o corredor e contorno até a ala dos criados. No início, penso em pegar algum vestido de viagem nos aposentos das criadas, mas me ocorre que os homens de Trelawney vão estar à procura de uma garota, não de um garoto, portanto pego, em vez disso, uma calça no quarto do valete de meu pai, além de uma camisa, uma capa e um par de botas, luvas e um chapéu. Visto tudo, menos os sapatos, e enfio minha camisola embaixo do colchão. Prendo o saco de dinheiro no cinto, guardo as cartas dentro da camisa e então, com as botas na mão para não fazer nenhum barulho, volto até onde está o corpo de meu pai. É um risco estar ali, em plena vista, tanto da porta da frente quanto da escada. Mas não posso partir sem me despedir. Seguro sua mão fria, e um "sinto muito", um "amo você" e um "adeus" murmurados se derramam de minha boca.

Há mais barulho, passos e som de coisas trituradas no andar de cima. O ruído vem em minha direção; é hora de ir. Levanto-me e dou uma última olhada ao redor. É a última vez que coloco os pés nesta sala, a última vez que coloco os pés no interior de Lanherne. A residência dos Arundell, de meu pai e do pai dele antes disso, deixada para mim por sua morte, embora nenhum tribunal no mundo fosse reconhecer isso. Estou sem título, sem lar e sem pai. Estou tão cheia de tristeza e raiva que poderia gritar. Poderia, se não achasse que seria ouvida por todo o caminho até o mar.

Pego a espada de meu pai e volto pelo corredor até chegar aos fundos da casa e à porta que leva para o exterior. Amarro as botas, tendo enfiado uma luva dentro de cada uma delas para encaixar melhor nos meus pés, depois abro cuidadosa e silenciosamente o trinco e saio porta afora para a noite.

Nuvens cobriram a lua, tão cheia de luz antes, mas agora está tão escuro que não consigo ver mais que alguns centímetros à frente. Só que conheço o terreno de Lanherne tão bem quanto meu próprio rosto, e por isso consigo me mover rapidamente, desviando de sebes, tocos de árvore e pontos no chão que são mais pântano que terra. Preciso chegar ao celeiro – e dali até meu cavalo – e, embora não consiga ver nada, sei que estou me aproximando. Percorri essa distância a vida inteira. Apenas mais uns cem metros...

Então, esbarro em alguém.

O impacto me joga no chão, e, a julgar pelo grunhido surpreso e abafado, o homem de Trelawney também caiu. Ele fica de pé, mas me levanto mais rápido. Ergo a espada de meu pai bem alto, murmurando o que consigo me lembrar do Salmo 51, uma oração de perdão da qual vou precisar, porque estou a segundos de me tornar uma assassina, antes que reconheça em quem esbarrei. Cabelo escuro, olhos escuros, expressão séria, que ele mantém mesmo nos dias em que não está sendo caçado por perseguidores de católicos. É Jory, o cavalariço de meu pai.

Jory chegou até nós no ano passado, vindo de uma cidade próxima de Plymouth. Ele é a única pessoa em minha casa de minha idade e não casada, mas, também como todas as outras em minha casa, é um católico devoto, e evidentemente empregado de meu pai, o que significa não ser adequado para uma moça de minha envergadura. Sem falar que seu maior desejo no mundo é se tornar padre.

Quando meu pai o contratou, eu estava tão desesperada por companhia masculina que isso não importou. Quando Jory se juntava a nós para a missa, eu me assegurava de me sentar perto dele para que ele pudesse admirar minha voz enquanto eu cantava. Usava também branco virginal, e carregava meu melhor rosário, meu missal e minha Bíblia. Andava quase me arrastando no chão, de tão carregada de relíquias. Achei que, se mostrasse o máximo de devoção, ele iria se esquecer da ideia de se comprometer com Deus e, em vez disso, se comprometeria comigo.

Já mencionei que sou uma tola, mas provavelmente vale a pena mencionar isso outra vez.

– Katherine? – diz Jory. – É você?

– Sou eu. – Abaixo a espada, aliviada por não ter cortado sua cabeça. – O que está fazendo aqui fora?

– Estou me escondendo. – Ele afasta o cabelo da testa. – Estava no celeiro antes, mas alguém foi até lá para revistá-lo, por isso saí. Achei que estaria mais seguro em um lugar aberto assim.

– Ele ainda está lá dentro?

– Não sei. Está tão escuro que não sei dizer.

– Não levaram os cavalos, levaram?

– Não. Mas Katherine... por que está vestida desse jeito? Não a reconheci, não no início, e não com calça e chapéu... Achei que fosse um deles. – Uma pausa. – Eles o levaram? Seu pai? Eu os vi levando pessoas embora, mas não consegui ver quem.

Não vou chorar novamente, não esta noite. Já tive meus cinco segundos, por isso digo:

– Não. Eles não o levaram; eles o mataram.

Jory começa a fazer o sinal da cruz e a sussurrar uma prece, e ainda por cima em latim; deixo que faça isso, embora não me traga nenhum conforto.

– O que devemos fazer? – diz ele quando termina. – Não podemos ficar. Se nos encontrarem, vão nos levar também.

– Eu sei – digo. – Estava a caminho de pegar o cavalo de meu pai para poder ir embora.

Ele assente, solene como sempre.

– Vou pegá-los. Devemos pegar Palas e Samson, acho. São os mais rápidos e mais fortes.

Eu me dou conta agora de que não estarei sozinha nessa fuga, mas imagino que não possa mesmo deixar Jory para trás.

– Não devemos primeiro esperar que eles partam? – pergunto. – Podem nos ouvir ou nos ver sair, e vão nos seguir.

– Podíamos fazer isso – responde Jory. – Mas, quanto mais ficarmos, mais arriscamos que nos encontrem. Ou que os outros voltem. – Ele faz uma pausa por um momento para pensar. – Tenho uma ideia. Fique aqui. Já volto.

Ele desaparece na escuridão e fico sozinha outra vez. Está começando a chover, o vento aumenta e o mar está inquieto, posso ouvir isso daqui, um rugido contido açoitando o capim da altura da cintura. Os homens de Trelawney podiam estar a alguns metros de mim e não conseguiria ouvi-los. Estou abaixada atrás de uma sebe, ainda agarrada à espada de meu pai. Espero por um longo tempo, e, quando nada acontece, primeiro fico com raiva, depois preocupada, pois e se Jory foi pego?

Quando estou prestes a ir atrás dele, ouço um estouro de cascos, então capto a sombra de um cavalo correndo pela charneca a toda velocidade. De algum lugar ao longe, escuto um homem gritar:

– Pare!

Penso por um momento que Jory foi embora sem mim. Então vejo o homem de Trelawney correr até a casa, gritar pelo outro, e os dois correm até o celeiro; começo a ver o esboço do plano de Jory se formar.

Há um ruído de respiração alto, e Jory surge à minha frente, com Samson e Palas na mão.

– Soltei Cerus – diz ele. – Ele está tentando fugir desde o dia em que seu pai o comprou. Agora ele tem sua chance. Ele vai chegar até Plymouth. Vai entretê-los em uma boa perseguição.

Jory me entrega as rédeas de Samson – nunca aprendi a lidar com Palas –, e subo em seu lombo cinzento e familiar.

– Para onde? – pergunta Jory.

– Londres – digo.

Na escuridão, não consigo ver sua expressão, mas ele não se opõe; não que fosse me impedir se fizesse isso. Aperto a capa ao meu redor, sentindo primeiro o dinheiro e depois as cartas, assegurando-me de que estão em segurança e secas. Meu pai era um católico praticante ilegal, que abrigava um padre levado clandestinamente da Espanha ao país, um mentiroso e um traidor.

Mas esses não são os únicos segredos que ele guardava.

Capítulo 4

Toby

St. Anne's Lane
Aldersgate Ward, Londres
26 de outubro de 1601

A carta que interceptei e decifrei na noite passada foi como segurar uma bomba, tendo um conteúdo igualmente incendiário. Fiquei sentado à mesa no bordel por mais tempo do que deveria, conferindo e tornando a conferir cada cifra para me assegurar de tê-la traduzido da forma correta, de que não tinha cometido um erro, de que ela dizia o que acabei por aceitar que dizia. Depois de entregá-la ao contato seguinte – com dez minutos de atraso, algo que justifiquei com as marcas em meu rosto deixadas por lábios vermelhos –, levei a cópia traduzida ao palácio de Whitehall e a entreguei nos aposentos do conselheiro mais próximo da rainha.

Quando fui chamado no início desta manhã, sendo solicitado que eu comparecesse diante do conselho em uma hora, não fiquei inteiramente surpreso. Na verdade, esperava por isso e já estava vestido e pronto para ir. Saí pela porta de meu quartinho no sótão, desci a escada estreita e cheguei ao beco chuvoso de St. Anne's Lane, desviando de poças e detritos para chegar à rua larga de Cheapside.

Devia ser uma caminhada de uns quarenta e cinco minutos até Somerset House, onde a convocação se daria, mas não com essa chuva, e não hoje. Aqui há o furor completo de uma sexta-feira, com mercadores, carroças, cavalos e homens, um caos barulhento e sujo. Quando chego à rua Fleet, viro no Temple Bar, um portal de entrada, e passo pelos portões de ferro, estou sujo de lama, encharcado e quase atrasado. A fachada de colunas pálidas da Somerset House me saúda com a mesma simpatia de um padre no Dia da Reforma, proibitiva e agourenta, assim como os altivos guardas reais de vermelho postados como chaminés dos dois lados da porta principal em arco.

Eles me avaliam.

Não sou reconhecido. Não devia ser. Devia me misturar com o fundo, banal e despercebido como a calça marrom e a capa grossa de lã que uso, alguém que você vê uma vez e depois esquece. *Mas você nunca vai conseguir esconder esses olhos*, disse-me a rainha uma vez entre dentes podres. *Tão bonitos quanto esporas em maio, e igualmente azuis.* São esses olhos que fazem os guardas refletirem enquanto me examinam de meu cabelo ainda mais negro devido à chuva até minhas botas ainda mais negras devido à lama, e dizem:

– Nós já não o vimos antes?

– Infelizmente não. – Adoto um sotaque do sul do Tâmisa e finjo surpresa. – Estou aqui para trazer uma mensagem para Sir George Carey. Ele está me esperando. – Pego uma folha de pergaminho dobrada em meu bolso como disfarce. Ela está em branco, mas eles não vão verificar. Pelo olhar que dão, primeiro para o papel, depois um para o outro, meu palpite é de que nenhum deles sabe ler.

Os dois guardas acenam com a cabeça, facilmente satisfeitos, e me permitem passar. Estou a meio caminho do pátio quando Carey surge à vista, aproximando-se de mim com passos joviais e sem pressa. Além de ser o barão Hunsdon, um cavaleiro da Ordem da Jarreteira, e membro do Conselho Privado, ele também é o lorde Chamberlain da residência da rainha. Na verdade, é ele quem paga meu salário, o que significa que eu o conheço melhor do que os outros membros do Conselho.

– Por que não entrou pela lateral? – Carey aponta o polegar para a ala leste de Somerset. – As portas ali não são vigiadas.

– Não achei sábio de minha parte aparentar saber disso.

Carey me dá uma olhada, mas desta vez realmente me examina. Ele tem um rosto jovem e sem rugas que esconde seus cinquenta e poucos anos, olhos azuis brilhantes e uma cabeleira loura com barba e bigode da mesma cor, bigode esse que agora se retorce com a afronta.

– Por que você está vestido assim? – Ele faz um gesto com a mão por toda a minha extensão. – Essa calça. Ela não está um pouco velha? Suas botas parecem ter participado de um combate que você perdeu, e meu Deus, homem... Sua capa parece ter acabado de sair de um ovo.

Ele tira a sua, e gesticula para que eu faça o mesmo. Faço uma pausa um pouco mais longa do que costumaria fazer, tendo o cuidado de esconder o pânico antes que ele surja em meu rosto. Minha capa, embora nada especial, é a coisa mais querida que possuo, e não apenas porque me mantém aquecido.

– Não vejo qual é o problema – digo por fim. – O senhor não disse uma vez que, com um rosto como o meu, eu poderia usar uma saca de grãos e ainda assim ser charmoso? Isso é consideravelmente melhor que uma saca de grãos.

– Você deu tanto problema assim para sua mãe? – Carey estala os dedos para que eu me apresse. – A rainha está aqui, você não leu a convocação? Ela dizia que você deveria vê-la.

Não houve menção da rainha na mensagem da manhã. Eu a li cinco vezes, guardando até a última palavra na memória antes de me livrar dela com a chama de uma vela. Estou em alerta agora. Houve uma mudança, e mudança quase sempre é um prenúncio de problema.

– Sempre cético – diz Carey para meu silêncio. – Não importa. Você está aqui, e ela está aqui, então vamos ter de fazer o melhor possível.

Faço o que ele disse; tiro a capa e a dobro com cuidado antes de entregá-la a Carey. Por sua vez, ele me entrega a dele. Ela serve, mesmo que apenas no tamanho; nós dois temos altura mediana e constituição magra. Em relação ao resto: absurdo. Um brocado cor de ameixa, entremeado de ouro na frente, e gola alta, dura e desconfortável.

Olho para mim mesmo.

– Isso não parece bom.

– Bem, a vista dela está ruim – responde Carey. – E ela não vai mesmo olhar nada além de seus olhos. – Ele me dá uma piscada. – Belos como lavanda na primavera...

Franzo a testa.

– Eram esporas em maio.

Carey ri, pega meu cotovelo e me conduz para o interior de Somerset.

– Ela está mal-humorada – sussurra ele, embora não haja ninguém por perto. – É Essex, claro. Ela acabou de receber sua viúva e negou a petição dela para restaurar o condado ao filho. Isso correu bem. *Meu Deus*. Maldito seja Essex...

O fantasma do conde de Essex ainda assombra estes corredores. Ele foi executado por traição apenas um mês atrás, após um interrogatório de cinco horas, pelo mesmo Conselho Privado diante do qual estou prestes a me apresentar, depois que o desespero o levou a uma rebelião malfadada contra a rainha, que durou apenas algumas horas antes que se rendesse. Essex era um dos favoritos dela, com tudo o que isso pôde trazer de bom para os dois.

Um conjunto de portas duplas assoma à minha frente. Carey bate uma vez, com vigor, e elas se abrem. A sala é iluminada e rica, com os gibões de onze membros do Conselho Privado reluzindo sob a luz tênue que se derrama pelas janelas de caixilhos subdivididos. Os homens estão postados em uma obediência coletiva diante da rainha, mas eu na verdade não os vejo: meus olhos param primeiro e principalmente nela. Ela é um tanto fora do comum, elevada acima de todos nós, um cisne em um tablado branco. Está velha, agora, e não gosta de ser lembrada disso. Tropeçamos em nós mesmos e em nossas palavras para lhe garantir que ainda está tão bela quanto na Era de Ouro, que também acabou, as duas destinadas à putrefação e à ruína.

– Tobias.

Eu me aproximo de sua cadeira, elegante e empolado em demasia. Ela não se digna a se levantar. De perto, é ainda mais teatral: o rosto empoado sobre a pele com marcas de catapora, lábios vermelhos sobre dentes amarronzados. Mas seus olhos, muito negros, são ainda tão penetrantes quanto me disseram que sempre foram, quando ela vivia uma existência de segredos, mentiras e tramas traiçoeiras, quando queria o trono da irmã e do irmão, quando deteve a própria prima, a católica francesa Maria, rainha dos escoceses, com o mesmo machado com que deteve Essex.

– Majestade.

Eu faço uma reverência muito treinada, em seguida levanto-me com uma piscadela e um sorriso. Não é minha primeira vez diante dela, e sei que ela gosta de uma demonstração de deferência, mas também de atrevimento, especialmente dos visitantes homens.

– Garoto atrevido. – Ela sorri e leva a mão de dedos longos ao interior de uma bolsa dourada na cintura, jogando-me um soberano. Eu o pego no ar, em seguida o mordo, como se quisesse verificar seu valor. Os olhos dela brilham divertidos. – Agora conte-me como você está, Tobias. Como vão seus dias?

– São passados a serviço de Vossa Majestade.

– E como vai esse serviço? Está satisfeito com ele?

– Não tenho nenhuma reclamação a fazer.

– Bom, bom.

Ela estala os dedos e um criado, apenas um garoto, sai correndo das sombras e coloca um quadrado de linho na mão dela. Ela tosse nele, em seguida entrega o pano sujo de volta na mão dele. Todos servimos Sua Majestade, de um jeito ou de outro.

– Tobias, você interceptou uma carta ontem à noite. Enviada pela mesma rede que está monitorando pelos últimos e vários meses, ainda assim totalmente diferente das outras que interceptou.

– Sim, Majestade. – A rede que vigio é usada para transmitir correspondências entre famílias católicas dentro da Inglaterra, com o único propósito de reunir nomes de possíveis traidores. A maior parte da comunicação é relativamente benigna: quem está rezando missa em que lugar, quem planeja viajar para que parte do país (famílias católicas são proibidas de viajar a mais de oitenta quilômetros de sua casa sem permissão). – A carta estava cifrada, claro, nomenclatura. Código de substituição simbólica.

Descrevo a carta que peguei do garoto de preto. Ela estava criptografada segundo o mesmo princípio de substituição alfabética, só que, em vez de letras substituindo outras letras, elas eram substituídas por símbolos. A substituição simbólica é um código muito mais difícil de decifrar, graças ao número de glifos quase infinito que pode ser usado, substituindo tudo em uma carta escrita, de palavras a números, de espaços a pontuação, de palavras a frases.

A rainha, já entendendo isso, assente.

– E você não está errado em relação ao que ela diz?

– Não estou errado.

A rainha dá um sorriso sombrio.

– De que se trata?

Contenho um franzir de testa. Sem dúvida, ela sabe o que a carta diz. Sem dúvida, seus ministros lhe contaram. Não arrisquei prejudicar meu disfarce para botar essa carta nas mãos deles ontem à noite, para que não a informassem sobre ela imediatamente. Mas um aceno de cabeça de Carey confirma que devo contar a ela mesmo assim, e eu faço isso.

– Ela fala de uma trama sendo engendrada atualmente por oito nobres ingleses, nobres católicos, e um padre da Espanha recém--chegado à Inglaterra.

– E qual é essa trama?

Eu hesito.

– Não pago a você para ser frágil, Tobias. – A rainha acena com uma mão impaciente. – O que diz a carta?

Não há como suavizar isso, portanto digo apenas:

– Matar Vossa Majestade, colocar a arquiduquesa Isabella dos Países Baixos no trono em seu lugar e restaurar o catolicismo na Inglaterra, tudo com o apoio financeiro do rei da Espanha.

O som do farfalhar de pergaminhos, gargantas sendo limpas e pés se arrastando caem com a rapidez de uma cortina. Os ministros trocam um olhar, e sei o que estão pensando. A execução de Essex devia pôr fim a tramas domésticas contra a rainha, para demonstrar que nem um nobre rico, um conde e o favorito da rainha, está a salvo de sua ira. Mas agora me pergunto se ela não fez o contrário. Se não deu a mais homens a coragem para se levantarem contra ela; se não fez com que soubessem que onde há um, há outros.

– Primeiro Essex e agora isso – diz a rainha. – É suficiente ter a Espanha, os Países Baixos, a França, a Irlanda e a Escócia contra mim sem acrescentar meus próprios homens à lista. Quem são eles? O homem ou os homens que escreveram esta carta?

– Não sei – respondo. – É possível que eles sejam parte da rede, um membro de uma das famílias católicas que já conhecemos. Mas também é possível que tenham acabado de descobrir a existência da rede e optado por tirar proveito dela.

– Se eles não sabem que a rede foi comprometida, então pode continuar a vigiá-la – diz para mim um dos ministros. – Siga a trilha da comunicação, e ela vai nos levar direto até eles.

Ergo as sobrancelhas, mas não respondo. Há um problema com essa estratégia, que não preciso dizer, porque a rainha faz isso.

– Mas e as outras cartas? – diz ela. – Houve outras antes desta, cartas não interceptadas por outro vigia. Como elas foram enviadas?

O ministro não arrisca uma resposta, mas eu, sim.

– Outra rede – sugiro. – Que não conhecemos. Ou elas foram passadas de mão em mão. Ou não houve nenhuma carta, apenas conversas cara a cara. Seja como for, não acho que podemos contar apenas com a rede para localizar esses homens.

– Então o que sugere que façamos? – ataca-me outro ministro. – Já que você parece ter tantas opiniões sobre o que já foi feito!

– Essex – respondo, ignorando a provocação. – Eu começaria por aí. Ele e quatro outros de seus conspiradores foram executados por sua participação na trama; ainda assim, trezentos deles foram libertados.

O ministro franze o cenho.

– Imagino que você gostaria que tivéssemos executado cada um deles...

– Basta – ordena a rainha. – Tobias, continue.

– Na noite da rebelião de Essex, a senhora emitiu um alerta público denunciando-o como traidor – digo. – A maioria dos homens dele desapareceu depois disso, sem falar nos apoiadores, que nem sequer apareceram. Mas, só porque a rebelião fracassou, não significa que a insurreição acabou. – Aponto a cabeça para a carta que interceptei na noite passada, agora na mão pálida da rainha. – Eu não acho que acabou.

– Temos o nome deles – começa um ministro. – Podíamos reuni-los para serem interrogados...

– E alertá-los de nosso plano novamente – diz a rainha. – Você podia muito bem emitir um convite por escrito para que fugissem do país. Não, acho que é hora de fazermos isso em silêncio. Com cuidado. Não devemos nem colocar nossos homens nisso, exceto Tobias. Precisamos de alguém novo. Alguém jovem. Um desconhecido, alguém que possa entrar e sair desse emaranhado com facilidade e sem ser descoberto.

Se eu não estivesse preparado para isso – sabia que não seria uma convocação normal no momento em que descobri que a rainha estava presente –, ficaria surpreso. Ainda assim, tenho um papel a interpretar.

– Eu, Majestade?

– Você – responde ela. – Pode encontrar meu assassino, Tobias? Acionar esta armadilha sobre eles antes que a acionem contra mim?

– Tão bem quanto um caçador oculto – respondo.

O sorriso negro dela é benevolente.

– Você demonstrou sua lealdade a mim e também habilidade. Encontre-me os homens envolvidos nesta trama, e será recompensado. Regiamente. Você vai receber dez vezes seu estipêndio, além de um bônus na execução dos traidores. Se obtiver sucesso, vai ser um homem rico, Tobias. Poderá fazer o que quiser – acrescenta ela com um adejar da mão e o sorriso de uma coquete treinada. – Mesmo que isso signifique perdê-lo de meu serviço.

Penso no que eu poderia fazer com esse dinheiro. Penso em tudo o que desejava poder fazer, se não estivesse preso por essa teia infinita de traição e conspiração. Estou a serviço da rainha há seis anos, nos últimos quatro procurando um jeito de sair. Um jeito de me livrar das mentiras que conto aos outros e a mim mesmo, mantendo todo mundo a certa distância para garantir que nunca saibam de verdade quem sou e o que faço. E agora ela está me oferecendo essa liberdade, como se soubesse que é o que eu sempre quis.

Mas, assim como com tudo, nunca confio em nada, por isso respondo:

– Servi-la é minha única recompensa.

Capítulo 5

KATHERINE

GUNNISLAKE, CORNUALHA
26 DE OUTUBRO DE 1601

Jory e eu encontramos uma estalagem dilapidada em Gunnislake, a primeira parada do que vai ser uma viagem de sete dias até Londres. A viagem foi tensa, mas sem ocorrências – tensa devido ao frio, à chuva e à escuridão, porque nunca estive tão longe de St. Mawgan na vida, porque avançamos tão depressa quanto se o diabo estivesse em nosso encalço. Sem ocorrências porque fizemos a viagem de quatro horas sem sermos roubados, sem nos perdermos nem sermos seguidos. Talvez os homens de Trelawney tenham alcançado o cavalo que Jory havia soltado, talvez não. Talvez tenham descoberto que nós lhes deixamos uma trilha falsa e que tínhamos a intenção de viajar para outro lugar que não Plymouth. Ainda assim, eu duvido que eles tenham imaginado que partimos em direção a Londres.

Depois de algumas horas de sono entrecortado e de um simples café da manhã, é de tarde, e estou à mesa em nosso quarto com Jory sentado à minha frente, com uma expressão cheia de expectativa. Entre nós há o maço de cartas de meu pai que eu peguei em Lanherne.

– Foi por isso que decidi ir para Londres. – Começo a desamarrar a fita preta que ainda as mantém juntas. – O que estou prestes a lhe contar sobre eles, se vazasse, significaria sua vida, significaria a minha. Preciso que saiba disso antes de concordar em ouvir.

Eu meio que esperava o arrastar da cadeira esquálida pelo chão, uma ave-maria e um adeus. Em vez disso, Jory se inclina para frente com os olhos escuros brilhando sob a luz baça.

– Pode me contar.

– Meu pai não sabia que eu sabia sobre elas – começo. – Eu não saberia, se não tivesse percebido a chegada dos mensageiros. Dois em um mês, quatro no seguinte. Isso por si só era estranho. Ninguém vai a Lanherne com essa frequência.

Eu me lembro de vê-los chegar cavalgando, garotos de minha idade ou um pouco mais velhos descendo de cavalos cobertos de espuma e vestindo roupas que pareciam ao mesmo tempo elegantes e surradas pela viagem, tendo eles vindo de algum lugar distante. No início achei que fossem negócios, uma missiva da rainha que às vezes chegava com grande cerimônia. Só que meu pai nunca recebia a própria correspondência; seu valete fazia isso. Meu pai receber esses mensageiros à porta, como se os esperasse, foi minha primeira pista de que havia algo diferente.

A segunda foi ele nunca convidar nenhum deles para ficar, o que é frequentemente o costume, pois a Cornualha e St. Mawgan

· 54 ·

são muito distantes do restante da Inglaterra, e também havia a forma como a correspondência era lida. Não com rapidez, ainda de pé, com um aceno de cabeça ou um murmúrio de anuência. Essas cartas exigiam a luz de velas, uma mesa, uma pena e um tinteiro, várias folhas de pergaminho e pelo menos uma hora; parecia que ele estava quebrando a cabeça com uma passagem especialmente difícil em latim. Escondia-me nas sombras de sua biblioteca e o observava enquanto fingia ler um livro, perguntando-me o que as cartas poderiam significar. Eu o observei andar pela casa, com o maço na mão, à procura de um lugar para escondê-las, decidindo-se enfim pelo nicho em sua biblioteca. No momento em que ele se retirou para seus aposentos, eu as peguei e passei a noite inteira lendo-as à luz trêmula de velas.

– Meu pai estava envolvido com alguma coisa – prossigo. – Uma trama com oito outros homens católicos em Londres. E a rainha. – Digo tudo isso em um sussurro. Não há como afirmar quem está ou não nos escutando, e segredos se propagam como gritos. Desdobro a primeira folha de pergaminho e a abro sobre a mesa.

O rosto de Jory nunca muda de expressão, mas algo em seus olhos muda, e reconheço isso de imediato: compreensão.

– O que ela diz? – pergunta ele.

Pego uma segunda e uma terceira cartas e as ponho ao lado da primeira. A segunda contém a chave para decifrar a primeira, mostrando quais símbolos correspondem a quais letras, palavras e espaços. Mesmo com essa chave, posso ver por que meu pai levou tanto tempo para decifrá-la.

a/ã	b	c/ç	d	e/ê	f	g	h	i	j	k	l	m

n	o	p	q	r	s	t	u	v	x	y	z

nós	vamos	empreender	retirada

pessoas	reais	mãos	inimigos

eliminar	rainha	oito	cavalheiros

fervor	que	causa	católica
ꝺ	ϥ	ɯ	¾

execução	trágica	em	lugar
⸎	Я	ҙ	₥

arquiduquesa	restaurando	estado	seu
ꟽ	ſʒ	m	%

nobre	domínio	correto	quando
Ᵹ	k	Ʒ	ϙ

para	trabalhar	de	pronto
&	ᴢ	Ƃ	Ɜ

feito	assistência	espiritual	tropas
@	ꟗ	ſ	ſ

países	então	esperar	estrangeira
ꭕ	ꭹ	ff	ë

Palavra anulada: ꝺ• _•

Duplas: μ

A terceira folha contém a tradução.

Nós vamos empreender a retirada de suas pessoas reais das mãos de seus inimigos... para eliminar a ~~rainha~~ usurpadora... oito cavalheiros nobres que pelo fervor que têm pela causa católica... vão empreender essa execução trágica... e botar em seu lugar a nobre arquiduquesa Isabella... restaurando o estado a seu domínio correto... quando tudo estiver pronto... os ~~seis~~ oito cavalheiros devem ser postos para trabalhar e... quando estiver feito... assistência espiritual de Roma... tropas da França e dos Países Baixos... então vamos esperar por assistência estrangeira da Espanha

Há um silêncio prolongado enquanto Jory absorve tudo.

– Eles querem matar a rainha. – Uma pausa. – Se você fosse pega... Se os homens de Trelawney conseguirem nos alcançar... Você deve queimar isso. Imediatamente...

Jory estende a mão até a vela sobre a mesa enquanto pega um fósforo.

– Não posso me livrar delas. – Estendo uma das mãos para detê-lo. – Não até chegar ao homem que as escreveu. É quem eu vou encontrar em Londres. Não posso aparecer à sua porta falando sobre uma trama de assassinato e pedindo que me acolha. Preciso de provas de quem sou, de quem digo que sou, e estas cartas são a única coisa que tenho.

– Como sabe quem as escreveu? – Jory pega as páginas da mesa e começa a folheá-las. – Não havia nenhum nome aqui, não que eu pudesse ver.

– Um homem chamado Robert Catesby – digo. – E não está na carta. Estava no diário de meu pai, junto com os nomes dos seis outros. Não se preocupe. Isso eu queimei.

Até a última página com capa de couro tinha ido para o fogo quase apagado em sua biblioteca, praticamente o ato final de Lady Katherine Arundell de Lanherne.

Jory abaixa os papéis.

– E você pretende ir até a casa desse homem, Catesby, para pedir a ele... o quê?

– A rainha matou meu pai, Jory – digo. – Ela pode não tê-lo ferido pessoalmente, mas o matou mesmo assim. Suas leis mandaram aqueles homens para nossa casa. Se ele não tivesse sido morto então, matariam-no depois. Eles o teriam levado para Londres, submetido a julgamento, só para enforcá-lo do mesmo jeito que vão fazer com Ryol...

Começo a chorar novamente. Antes eu teria ficado embaraçada de fazer isso diante de Jory, alguém que eu pretendia impressionar. Agora isso não podia importar menos. E ele me deixa fazer isso também; não tenta me deter nem me dizer que tudo vai ficar bem. Não porque ele esteja indiferente, mas porque sabe que nada está bem, para nenhum de nós.

Depois de algum tempo, estou calma o suficiente para falar:

– Vou procurar Catesby porque quero assumir o lugar de meu pai nesse plano. – Tomei essa decisão no momento em que deixamos St. Mawgan. Não, tomei essa decisão no momento em que meu pai caiu no piso laqueado em Lanherne e nunca mais voltou a se levantar. – Quero ajudá-los a matar a rainha.

Finalmente aceito que Trelawney e seus homens não estão nos seguindo. Ainda me vejo olhando para trás, algo que Jory diz me faz parecer culpada, então juro parar. No meio do sétimo dia, posso dizer que estamos perto de Londres, mesmo que eu não tivesse Jory anunciando a distância como se estivéssemos em uma corrida. Eu saberia pela maneira como as árvores e o capim começam a rarear, pela maneira como o ar deixa de ser fresco, limpo e verde, e se torna algo denso, enfumaçado e feroz. Tudo está em movimento, e não na direção que você quer. Todas as ruas parecem iguais, estreitas, escuras e retorcidas, e seguimos ruidosamente pelas pedras lamacentas do calçamento, com pessoas olhando e apontando, crianças imundas correndo para acariciar os cavalos e deixando-os nervosos. Queria vir a Londres desde que consigo me lembrar e pedia a meu pai que me levasse junto toda vez que ele vinha. Mas, agora que estou aqui, eu a odeio, e posso ver por que ele a odiava também.

– Vamos precisar encontrar um estábulo para alojar os cavalos – diz-me Jory.

Eu assinto, mas já estou preocupada. O saco de moedas que peguei na biblioteca de meu pai está diminuindo mais rápido do que achei que fosse acontecer. Para começar, eram apenas algumas libras, e já gastamos quase meia libra. Com a alimentação e os estábulos, os cavalos custam tanto quanto nós.

Seguimos em frente; Jory e eu fazemos perguntas e, depois de algum tempo, somos direcionados para um estábulo na área da cidade chamada Dowgate Ward, logo ao norte do rio Tâmisa. Precisamos desmontar e seguir andando com os cavalos para chegar lá, do outro lado da enorme passagem da ponte de Londres, barulhenta e suja e cheia de gente, com construções empilhadas umas sobre as outras e o cheiro de coisas terríveis por toda parte. Os cavalos param e refugam por todo o caminho, e, quando chegamos do outro lado, estamos os quatro suados de exaustão. Depois de mais algumas curvas – as ruas também parecem iguais desse lado do rio –, paramos em um pátio sombreado cujo ar fede a esterco. Uma placa pintada à mão acima de mim diz: STABLOS WICKER, que não acho que seja uma palavra, mas transmite a mensagem mesmo assim.

– Vou procurar alguém.

Jory me entrega as rédeas de Palas e desaparece por um dos arcos. Um amontoado de jovens cavalariços entra e sai correndo por eles, carregando feno e arreios.

Quando Jory volta, está quase escuro, e ele não parece satisfeito.

– Para guardá-los e alimentá-los, custa um xelim por semana – diz ele. – Para arreá-los, mais um xelim; para ferrá-los, mais uma coroa... isso por cada um... para limpá-los, também cada um...

– Isso é roubo – digo surpresa. – Não podemos pagar por isso.

– Eu sei – diz Jory. Ele parece chateado. – Eles se ofereceram para comprá-los.

– Comprá-los? – Minha voz fica estridente. – O que você quer dizer é que eles aumentaram tanto o preço para guardá-los que não temos escolha além de vendê-los. Imagino que eles não tenham oferecido nada.

– Três libras – confirma ele. – Isso é mais que as duas que ofereceram a princípio.

Fecho os olhos. Só Samson custa oito libras. Palas vale pelo menos dez.

– Esqueça – digo. – Vamos embora.

Começo a conduzir Samson pelo pátio, para fora daqui, mas Jory me detém.

– Para onde vamos levá-los? – diz ele. – Não podemos andar pela cidade com eles, principalmente à noite. – Balanço a cabeça, embora saiba que ele está certo. – Sei que você não quer. Nem eu. Mas acho que devemos vendê-los.

Choro outra vez enquanto levamos os cavalos de meu pai para dentro do estábulo. Esses cavalos eram seu orgulho, e são mais uma coisa que foi tirada de mim. Jory realiza a transação com um homem de cara feia que suponho ser o dono do estábulo. Olho para ele através de olhos turvos, mas ele não parece perceber. Tudo é feito com rapidez, do jeito que começo a aprender que acontece com todas as coisas ruins, e logo estamos de volta às ruas.

Jory nos leva mais uma vez na direção do rio. O céu me diz que são quase cinco horas e logo o sol vai desaparecer completamente. Não quero estar na rua nessa área quando isso acontecer. Sem mencionar que estou imunda e cheirando a cavalo, lama e chuva; minhas roupas coçam e estão úmidas, e Jory também não parece muito bem. Quero encontrar um quarto e na verdade não me importa onde, desde que seja barato e não precisemos atravessar a ponte outra vez para chegar lá.

Saímos de uma rua chamada Candlewick e entramos em um beco menor chamado St. Laurence Poultney Hill, pela única razão de ser um nome ridículo para uma rua. Ela é cercada por fileiras alarmantemente frágeis de construções inclinadas de argamassa branca e tijolos, os telhados de algumas quase se tocando.

Vejo uma placa pendurada acima de uma porta próxima, com um golfinho que imagino ter sido totalmente azul antes, mas agora é madeira exposta com fragmentos de tinta azul esmaecida. Acima dele, estão as palavras ESTALAGEM PRAÇA DO GOLFINHO. Na janela amarelada há uma placa escrita à mão que diz: "uma semana, um pêni, com lavanderia". É ordinária, como todos os outros lugares onde ficamos desde Lanherne. Mas por um pêni por semana podemos morar aqui por vários meses, e a essa altura eu imagino que ou a rainha vai estar morta, ou eu.

Capítulo 6

Toby

St. Anne's Lane, Aldersgate Ward, Londres
2 de novembro de 1601

Uma batida na porta faz com que eu me levante e enfie a mão embaixo do travesseiro para pegar meu punhal. Raramente recebo visitas e, quando isso acontece, é apenas a lavadeira para recolher minhas roupas ou a senhoria passando para receber meu aluguel, embora nenhuma das duas venha de manhã tão cedo. Qualquer outra pessoa, não importa a que horas, só pode ser problema. Chego à porta no momento em que há outra batida e uma voz forte e familiar de trás da madeira envelhecida.

– Preciso de uma batida secreta para poder entrar? – Ouve-se um breve minueto de batidas, arranhadas e pancadas. – Droga, Toby, abra. Sei que está aí dentro.

Destravo os trincos da porta e a abro para encontrar George Carey na soleira, elegante e lustroso em um gibão azul, calça preta e uma capa preta presa no devido lugar com um fecho de pedras preciosas que provavelmente vale mais do que o prédio em que moro.

– Por que tantas trancas? Escondendo-se de suas muitas pretendentes?

Carey olha para além de mim, como se esperasse encontrar um harém.

– Odeio desapontá-lo – respondo. – Como você sabia que eu estava por aqui?

– Sua senhoria, já que estamos falando de suas muitas pretendentes. – A boca de Carey se contorce, fazendo sua barba loura e pontuda se retorcer. A viúva proprietária de meu prédio é bonita e jovem, e mais de uma vez ela me convidou para seu quarto para jantar e algumas coisas a mais que jantar. Desde então eu acabei com isso, coisa que ela não aceitou muito bem, mas não podia lhe dizer que estava mais interessado em seu irmão do que nela. Fazer isso seria quebrar uma lei que nem mesmo eu, que estou nos favores da rainha, posso me dar ao luxo de quebrar. – Vai me deixar entrar ou preciso ficar parado na porta o dia inteiro?

Seguro a porta aberta e Carey entra, desviando de pilhas de roupas e livros. Ele olha para a cama desarrumada e o pedaço de carvão apagado no braseiro.

– Deplorável – diz ele. – Sem dúvida, pagamos a você mais que isso. – Carey assina a nota promissória para meu salário e sabe, até os últimos detalhes, o que eu ganho. Mas, da maneira que eu vejo, quanto menos gasto, mais valor tem.

Ele puxa o banco debaixo da mesa e se instala um tanto cautelosamente, como se temesse que ele se estilhaçasse em pedaços embaixo dele.

– Como está a busca? – pergunta Carey. – Suponho que passou metade da noite fora, se não toda ela, seguindo um de seus homens.

Torno a me sentar no colchão e assinto.

– Tenho uma lista de quarenta homens que foram multados por sua participação na rebelião de Essex e depois liberados. Pensei em começar com esses que tiveram prisões anteriores ou foram postos sob vigilância antes e seguir a partir daí.

– Parece exaustivo.

É preciso sete homens para seguir com eficiência um único suspeito por um único dia. Eu mesmo seguir todos os homens da lista não é uma solução viável, mas, por enquanto, é minha única opção.

– Foi isso que o trouxe aqui? – pergunto. – Indagar sobre meu bem-estar? Sinto-me tocado.

– De certa forma, sim. – Carey pega um papel em seu gibão e o põe na mesa. Eu o reconheço imediatamente como uma nota promissória. – Posso ver por seu rosto que está satisfeito. Na verdade, não, não posso. Mas não há de quê, mesmo assim. – Carey se levanta do banco, toca nele e o empurra enfaticamente. – Venha. Preciso fazer uma visita a um de meus clientes e sua companhia cairia bem. Preciso de alguém que possa reconhecer uma mentira a cem passos de distância.

É sinal de prestígio ser patrono das artes, e, como nobre com um título e cortesão favorito, Carey tem seu grupo de protegidos promissores. Ele compartilha do amor da rainha pelo teatro e patrocina uma meia dúzia de escritores, assim como a companhia de atores que leva seu título, os Homens de Lorde Chamberlain. É uma trupe lucrativa e a preferida de Sua Majestade, a única companhia a quem pediram que se apresentasse para ela em um de seus muitos palácios. Ouvi dizer que são bons, mas não tenho como saber. Não vou mais ao teatro, não depois que Marlowe morreu.

Nós nos esprememos por becos sombrios e passamos perto da catedral de St. Paul, seguindo para o cais em Poles Wharf. Carey nunca pegaria a ponte de Londres para atravessar o rio, e agradeço por não ter de fazer isso, atulhada como ela é de mercadores, batedores de carteira e bêbados. Um assovio depois estamos sentados em uma barca baixa de madeira conduzida por um único remador, flutuando rumo à margem sul do Tâmisa.

– Qual o motivo da visita? – pergunto. – Um escritor que precisa de dinheiro ou um ator que precisa de dinheiro?

– Nada tão agradável como extorsão, eu lhe garanto. – Ele olha para o barqueiro, o mestre dos espiões dentro dele sempre alerta. – Controle de danos.

Para ajudar em sua rebelião, o conde de Essex tinha contratado os Homens de Lorde Chamberlain para fazerem uma apresentação especial de *Ricardo II*. Era um pedido estranho: *Ricardo II* tinha vários anos de idade e havia deixado o gosto do público. Mas Essex dizia que era sua peça favorita e pagou à companhia quarenta xelins extras para atenderem a sua solicitação. Em seu julgamento, Essex confessou que a peça desempenhava um importante papel em seu plano: a cena em que Ricardo é deposto, preso e assassinado era um sinal para que os seguidores de Essex entrassem na cidade e incitassem os londrinos a depor a própria rainha.

A barca se aproxima da margem, o casco raspa em lodo e a proa bate contra três outras enquanto todos nos viramos para o mesmo cais. O teatro Globo é bem perto da orla, por isso não precisamos ir longe para chegar à entrada. É uma coisa vistosa, com a circunferência sendo o dobro da altura, todo de argamassa e madeira e com um telhado aberto de palha. Acima da porta de madeira há uma placa que diz: "O Globo". Nela há pintada uma imagem de Atlas segurando o mundo.

Empurramos a porta, entramos e seguimos por um corredor estreito e mal iluminado que leva ao interior. Ali tudo são sons e imagens de outro mundo. Fui ao teatro vizinho, Rose, muitas vezes e muitos anos atrás, e, embora a estrutura do Globo se assemelhe à do Rose, ele é maior e mais teatral, dotado de três fileiras de assentos, tetos pintados, colunas com afrescos que imitam o mármore e uma cortina de palco feita de veludo elegante.

Carey e eu passamos por atores reunidos em grupos murmurando suas falas. Músicos pairam sobre o pátio calçado com pedras, tocando alaúdes e soprando flautas, e tamboreiros batem ritmos com os dedos. Mais homens ainda adejam pelo palco, desaparecendo e reaparecendo de trás da cortina azul-escura, dando bastante espaço para outro grupo de atores que ensaia ali.

Finalmente encontramos o homem que procuramos: William Shakespeare, dramaturgo e um dos donos do Globo. Ele está parado ao lado do palco com uma pena em uma das mãos, embora não haja nenhum tinteiro à vista, e um maço de pergaminhos na outra. Está de camisa branca desamarrada no alto, capa amarrotada, uma perna da calça desabotoada e as duas botas desatadas. É o dramaturgo mais famoso de Londres e parece ter acabado de limpar estábulos.

Talvez ele tenha visto Carey, ou talvez tenha apenas sentido sua presença pela forma como a conversa no teatro se aquietou quando passamos. De qualquer forma, um momento antes de chegarmos a ele, Shakespeare nos dá as costas e salta sobre o palco. Carey solta um grunhido de irritação e sobe na plataforma, e eu sigo logo atrás.

– Will.

– Você. – Shakespeare não para de andar; entra no corredor estreito das coxias e passa por mais atores e assistentes de palco, que abrem caminho para ele, mas não para nós.

Carey não se deixa deter.

– Isso é maneira de receber seu benfeitor?

– Sim, quando ele também é meu antagonista – responde Shakespeare, olhando para trás. – O que o traz aqui?

– A rainha, é claro.

– A rainha! – Shakespeare aproxima-se de uma parede, vazia exceto por três folhas de papel ali penduradas por pregos pequenos. Ele as arranca e as substitui por três outras folhas da pilha em sua mão. – Se está aqui para me interrogar sobre o conteúdo da peça, pode ficar tranquilo. Não há nada de política nesta. Nada além de amantes, macacos e Ganímedes, palhaços, melancolia e identidades trocadas. Nada a que se possa possivelmente se opor. É exatamente como você gosta.

– Entendo. – Carey parece desconfiado. – Ela tem título?

Shakespeare se vira, rasgando em pedaços os papéis descartados.

– *A floresta de Ardenas? O legado dourado de Rosalind? Uma história de Orlando de Boys?* O que acha? Não importa, posso ver em seu rosto que odeia todos eles, maldição. Bom, você é o *fliondoso*; sabe do que as pessoas gostam. Resolva.

Ele coloca o papel rasgado nas mãos de Carey, salta do palco e caminha de novo para o pátio.

Fliondoso? Olho para Carey.

– Ele inventa palavras – conta-me Carey. – Você se acostuma.

– Descemos do palco e Carey sai correndo atrás dele. – Na verdade, não. Will, espere. Você falou macacos? Não está falando em verdadeiros, está?

– Ah, sem dúvida. – Shakespeare desvia de dois homens lutando com espadas de madeira. Uma delas quase acerta a cabeça de Carey, mas eu o puxo do caminho antes que ela o atinja. – É difícil conseguir homens para interpretá-los, então ficamos mesmo com a coisa de verdade. Estão andando pelo chão, em algum lugar. Não viram?

Carey olha ao redor com o cabelo louro eriçado devido a seu estado de alarme.

– Não.

– Bom, eles estão em algum lugar. – Shakespeare acena com a mão como se espantasse moscas. – Eu olharia onde pisa se fosse você. Eles costumam cagar em qualquer lugar.

Como se tivesse ouvido a deixa, um macaco passa usando alguma coisa amarrada na cabeça.

– O que ele está usando? – pergunta Carey.

– Chifres – responde Shakespeare. – Devia ser um veado. A história é ambientada em uma floresta, Carey. Uma *floresta*. Tentei conseguir um veado de verdade, mas, como você sabe, ou talvez não, eles são extremamente difíceis de capturar, e não costumam obedecer ordens muito bem. Cada um faz o que pode.

Carey me lança um olhar desalentado.

– Então, em vez disso, você trouxe macacos? Por que não, digamos, bodes? Pelo menos eles se parecem com veados.

– Ideia fantástica. – Shakespeare toca a têmpora com um dedo sujo de preto. – Consiga-me alguns bodes, está bem? Agora realmente preciso ir.

Antes que Shakespeare nos deixe outra vez, Carey estende a mão e segura sua manga. Shakespeare olha para o céu e dá um suspiro, um gesto grande e profundo.

– Will, esqueça essa peça – suplica Carey. – Preciso saber da peça que você prometeu à Sua Majestade para a celebração das festas natalinas. A que *eu* prometi à Sua Majestade. Como está ela?

– Está chegando.

– Chegando? Chegando? Ela não está nem perto, e você planeja dar a ela macacos também?

– Por que não? É a corte. Tem mesmo merda por todo lado.

Carey larga sua mão.

– Você dança perigosamente perto da traição, Will.

– Sou um dramaturgo. Eu conto a verdade. O que é verdade nestes dias, se não a traição?

A barba de Carey se contrai diante da afronta. Talvez seja imprudente, mas abro um sorriso.

– Quem é esse? – Os olhos penetrantes de Shakespeare passam por mim como se ele tivesse acabado de me perceber. – Rosto magro, barba por fazer, espírito inquestionável. E esses olhos. Tão azuis! Azuis como o céu. Azuis como...

– Esporas em maio? – sugiro.

Shakespeare estala os dedos.

– Muito bom. Você também é um dos homens da rainha?

– De jeito nenhum – mente Carey com tranquilidade. – Ele é um homem das artes. Estou pensando em patrociná-lo. Ele estudou com Kit Marlowe, sabia?

Fico quieto, mas os olhos escuros de Shakespeare se iluminam.

– Marlowe! Ele é um bom homem. Era. Bom dramaturgo. – Ele me examina outra vez. – Então você também é escritor? Ator?

– Um pouco dos dois – respondo, e isso pelo menos é verdade.

Carey, sentindo mais uma digressão, intervém:

– E a peça, Will?

Shakespeare balança as mãos no ar.

– Gêmeos, identidade trocada, amantes, um bobo. É maravilhosa.

– Isso é *esta* peça.

– Não, é outra. Eu a estou chamando de *Os gêmeos náufragos de Grupela*.

– *Os gêmeos náufragos de Grupela*? – O bigode de Carey murcha. – É sobre o quê?

– Gêmeos náufragos.

Há uma pausa, e Shakespeare, enfim reconhecendo a aflição de Carey, lhe dá um tapinha no ombro.

– Você vai ter sua peça, Carey. Isso eu posso lhe prometer. Enquanto isso, tente não se preocupar, está bem? Vai ficar com rugas.

Shakespeare sai andando e, desta vez, não o seguimos.

Carey põe a mão de forma protetora sobre a testa.

– Ele precisa me entregar uma peça nova, não uma que Londres inteira já tenha visto, em menos de dois meses – resmunga. – Antes disso, porque preciso vê-la para garantir que ele não tenha encoberto alguma blasfêmia que possa diverti-lo, mas que vá colocar minha cabeça no bloco de madeira. – Seus cachos louros estão tão altos na cabeça que parecem já ter desistido e começado a se dirigir à porta sem ele. – Marlowe nunca foi assim, você sabe – prossegue ele. – Tenho certeza de que sabe. Ele era um artista, sim, mas um profissional consumado. Nunca essas malditas acrobacias verbais e macacos e... *merda*.

Carey levanta o pé e o balança para se livrar de um conteúdo do que quer que esteja grudado nele.

Quando não respondo, Carey desvia a atenção de seu sapato para mim.

– Desculpe – diz ele. – Sei o que Marlowe significava para você.

Já se passaram oito anos, e ainda tento entender o que ele significava para mim.

Carey e eu subimos a bordo de outra barca. Ele está com um humor horrível, murmurando obscenidades e condenando tudo, de párias que chamam a si mesmos de autores à perniciosidade da palavra escrita. Sua barba está revolta.

– Você não disse uma palavra durante toda a volta – diz Carey de repente, quando enfim desembarcamos em Poles Wharf. – Acha que estou exagerando. Que devia ter mais respeito pela arte que patrocino e toda essa bobagem.

– Não acho isso – digo, embora ache.

Carey me lança um olhar.

– Sempre cauteloso, não é? Bom. De qualquer forma, não é problema seu. Esta peça vai ser escrita, essa coisa horrível sobre gêmeos náufragos de onde quer que sejam; ela vai ser apresentada e vai ser um desastre, e a rainha vai querer minha cabeça, figurativamente, se não literalmente, e vai cortar meus fundos e vou ser eu quem vai orquestrar uma rebelião. Vê como a história se repete? Talvez ela dê a Shakespeare alguma coisa nova sobre o que escrever.

É algo descuidado demais para se dizer, mesmo para Carey – particularmente para Carey. Não há nada nem ninguém por perto além de ondas e gaivotas grasnando, mas não confio nem nelas para não voarem direto para Whitehall e papagaiarem todas as palavras traiçoeiras nos ouvidos da rainha, como um bom vigia deve fazer.

Como *eu* devia fazer.

– Sir Carey...

– Pelo amor de Deus, Toby, pare com o *sir*, está bem? Você me faz parecer ter cem anos de idade. Chame-me de George, ou de Carey, se for necessário.

– Podemos conversar? – prossigo. – Com franqueza?

– Podemos? Acho que nunca o vi falar mais de dez palavras seguidas antes, muito menos com franqueza.

Deixo isso passar.

– Eu gostaria de conversar sobre a peça dos gêmeos de onde quer que sejam. E sobre *Ricardo II*.

– Claro que gostaria. Exatamente as duas coisas sobre as quais eu preferiria nunca mais falar – diz Carey. Mas sua curiosidade deve ter levado a melhor, porque ele diz: – Vá em frente, vamos ouvir. Antes que eu mude de ideia e o jogue no rio.

– Essex usou *Ricardo II* como um chamado para seus seguidores – digo. – A cena do assassinato de Ricardo devia incitar o público, para que eles tomassem as ruas e convencessem as outras pessoas a se juntarem à sua causa, para que conquistassem londrinos em número suficiente para atacar com eficácia o palácio e encenar um golpe.

– Sei muito bem o que Essex fez.

– E se usássemos esta peça com o mesmo objetivo? – digo. – Não para incitar uma insurreição, mas para atrair aqueles que a incitariam, os homens que levariam perigo à rainha e são de inclinação católica? E se Shakespeare escrevesse uma peça para atraí-los, assim como *Ricardo II* deveria ter atraído os apoiadores de Essex?

– Não pode ser feito – diz Carey. – Não pode ser feito porque *já foi* feito. Se tentarmos isso outra vez, vão saber que é uma armadilha. Seria o mesmo que pendurar uma placa em Whitehall anunciando nossa intenção.

Dou de ombros.

– Para um rato, queijo é queijo. Por isso as ratoeiras funcionam. E elas funcionam: várias e várias vezes. Se aprendi alguma coisa em minha posição, é que não há nada mais enganoso que o óbvio.

Carey me lança um olhar astuto. É como se tudo o que eu soubesse dele fosse uma cena, os olhos brilhantes, os cachos que se movem e uma máscara risonha para esconder o homem calculista sob ela. Ele olha para o rio movimentado, para os barcos com suas flâmulas tremulando contra o céu cinza-aço. Um momento longo se passa, no qual imagino as inúmeras respostas que ele possa estar considerando, indo de um brado de gênio a um brado de traidor.

· 75 ·

Finalmente, ele fala.

– Como poderia ser essa peça?

Duas horas depois, eu me vejo em genuflexão diante da rainha Elizabeth em sua sala particular em Whitehall, cercada por suas damas de companhia. Elas riem contidamente por trás de leques seguros diante do rosto, uma dúzia de garotas de todos os matizes de tom de pele e cor de cabelo espremidas em vestidos feitos com uma fortuna em tecido, sussurrando enquanto se movem com rapidez, sem nunca tirar os olhos de mim. Sinto como se estivesse sendo caçado.

– Tobias, você voltou muito cedo – diz a rainha. Ela também segura um leque adejante, que não esconde seu sorriso.

– E, ainda assim, foi tempo demais – respondo. – O tempo viaja em velocidades diferentes para pessoas diferentes. Posso lhe dizer para quem o tempo caminha, para quem ele trota, para quem ele galopa e para quem ele para, imóvel. – Puxo pela memória falas que os homens de Shakespeare estavam ensaiando mais cedo. Considerando o que estou prestes a lhe propor, acho que a lisonja não vai fazer mal. – Enquanto ele galopa em sua presença, transforma-se em gelo nos intervalos.

A barba de Carey estremece. As damas e seus vestidos suspiram.

– Muito bonito – diz a rainha. – Você é um poeta. – Ela se volta para suas damas e com um único aceno as dispensa. Elas atravessam juntas as cortinas pesadas e desaparecem, todas silenciosas e obedientes como galinhas, apenas uma ou duas ousando dar uma olhada para trás em minha direção. – Apesar de sua lisonja, sei que esta não é uma visita de cortesia. Por favor, alivie-me do suspense.

– Acabamos de chegar do Globo – começa Carey. – Fiz uma visita a seu dramaturgo favorito para ver como o presente de festas natalinas para a senhora estava andando.

– E como ele está andando?

Não está nem perto de andar.

– Esplêndido – mente Carey. – É diferente de tudo o que ele já fez antes. Há gêmeos, um naufrágio, identidade trocada e amor, é claro. É tudo muito divertido.

– Encantador. – A rainha bate palmas. – Carey, você me mima.

O bigode de Carey está triunfante.

– Mas não acho que você veio aqui para falar da peça de Shakespeare, também.

– Na verdade, Majestade, eu vim, ou melhor, Tobias veio.

A mão de Carey está em meu ombro, então eu me ajoelho, pedindo permissão para falar.

– Ah, levante-se – diz-me a rainha. – Suas costas não são nem de longe tão agradáveis quanto a parte frontal. E então? Conte-me alguma coisa boa.

Não sei se é boa, mas conto a ela mesmo assim. Tudo o que contei a Carey, até a última palavra sobre Essex e traição, todas as coisas que Carey disse nunca mais querer ouvir novamente e, a julgar pela expressão que passa pelo rosto da rainha, tornando-o sombrio e duro, ela também não. Ela fecha o leque e o larga no colo.

– O que faz você pensar que os católicos seriam tolos o bastante para saírem de seu esconderijo por um plano desses? – diz a rainha. – O que quer que eu pense deles, Tobias, eles são homens. Não insetos, não crianças para serem atraídos por insultos à sua fé.

– A peça não seria um insulto à sua fé, mas uma celebração dela. – Olho para Carey atrás de mim. Ele parece estar contendo a respiração. – A peça que Shakespeare está escrevendo para a senhora, ela deveria ser escrita e apresentada como um presente de Natal. Em vez disso, proponho que seja escrita para e sobre a Noite de Reis.

– Noite de Reis?

– A décima segunda noite antes da Epifania – respondo. – Uma festividade que marca a conclusão dos doze dias do Natal...

– Você supõe coisas demais, e que eu suponha de menos – retruca a rainha. – Sei o que é a Noite de Reis. Sei o que ela celebra. Sei que é farra para alguns, mas religião para outros.

– Essa é a ideia – digo. – Católicos amam suas celebrações, não é?

– O que você chama de celebração, eu chamo de idolatria – diz a rainha. – Adoração de santos.

– Coisa que vamos apresentar com tudo a que se tem direito – digo. – Vamos dar o nome de santos católicos aos personagens. André, Antônio, Madona...

– Madona é óbvio demais – intervém ela. – Chame-a em vez disso de Maria. Quem seria o ator principal? Ele vai se apaixonar?

– Sim, sempre tem isso – respondo. – Achei que Burbage poderia interpretá-lo.

A rainha faz uma expressão de desdém.

– Eu não tenho desejo de ver Burbage se apaixonar. Não quando poderia assistir a você.

– Eu? – Torno a olhar para Carey. Sua boca trabalha vigorosamente sob o bigode, como se ele desejasse dizer alguma coisa, mas, em vez disso, não diz nada. – Eu não sou ator.

– Mas você é um vigia, e isso já é meio caminho – retruca a rainha. – Além disso, como vai conduzir o navio se você não estiver no timão?

É uma ordem, e não ouso recusá-la.

– Sim, Majestade.

– Então pretende escrever uma peça vagamente herética, entregá-la para que Shakespeare a apresente, supondo, é claro, que ele concorde com isso, e depois o quê? Fazer um teste com cada provável assassino de toda a Londres, oferecendo a promessa de se apresentar diante de mim, em uma sala escura do meu próprio palácio, um lugar perfeito para tentar um assassinato?

– Sim – respondo.

Atrás de mim, Carey emite um ruído estranho, estrangulado. De certa maneira, espero que sua mão pouse em minha nuca e me arraste da sala da rainha como um cachorro rebelde.

– Não posso permitir que Vossa Majestade entre de bom grado em uma situação de perigo – diz ele em vez disso.

– Bobagem.

Ela está intratável, e vejo novamente a força de vontade férrea que ela exerce sobre seus homens e súditos, a qual, desconfio, ela exerça devido à necessidade de seu gênero. Se a rainha fosse um rei, Carey não teria intervindo.

– Vamos apresentá-la em Middle Temple Hall; isso vai dar a eles uma falsa sensação de segurança – continua a rainha. – Com acesso direto para o rio, vai ser mais fácil escapar, ou pelo menos eles vão achar isso. – Seus olhos ficam brilhantes, negros contra a pele branca. – Como você propõe que encontremos esses homens? Não podemos emitir um boletim convidando traidores a participar de uma peça herética que vai expô-los como tais, ou esperar que venham espontaneamente.

– Não – digo. – A peça e sua localização vão ser mantidas como um segredo muito bem guardado, que vai escapar, acidental e inadvertidamente, para ser sussurrado e passado adiante como fofoca. Dou duas semanas para que essa informação seja conhecida em toda taverna, estalagem e mercado de Londres.

A rainha sorri.

– Parece que você pensou em tudo.

– Não penso em nada além de sua segurança.

Capítulo 7

KATHERINE

**NORTH HOUSE, LAMBETH, LONDRES
2 DE NOVEMBRO DE 1601**

Levamos uma hora para caminhar de nossa estalagem até a casa de Catesby em Lambeth, o endereço, de grande auxílio, anotado no diário de meu pai e memorizado por mim antes de ser jogado no fogo. North House, como ela se chama, tem tijolos escuros e quatro andares majestosos com umbrais de pedra, além de janelas grossas com vidros divididos por esquadrias de metal. Está ao lado de outras, mas ainda assim é única, cercada por um muro alto de pedra com um portão de ferro, a única entrada da rua. Eu o empurro para abri-lo, e Jory e eu seguimos pela trilha pavimentada de pedras até a porta da frente pintada de preto. Levanto a aldrava – pesada e de latão, com a forma de uma raposa – e a bato três vezes.

Depois de algum tempo, a porta é aberta por uma mulher de aparência rígida e vestida de cinza, que não sorri ao nos ver. Gastei alguns xelins em roupas novas para nós dois – um vestido decente para mim e uma capa melhor para Jory, tudo isso molhado depois de uma hora de caminhada na chuva –, e estamos banhados e limpos. Mesmo assim, nenhum de nós parece o tipo de pessoa que você quer aparecendo em sua porta, não quando ela pertence a uma casa como esta.

– Estou aqui para ver o senhor Robert Catesby. Sir Robert. – Não tenho certeza se ele é um homem com um título; as cartas não diziam, mas não faz mal acrescentar. – Sou a filha de um amigo.

– Sir Robert não está em casa no presente momento. – É mentira; eu sei pela forma rápida como ela diz isso, pelo modo como os olhos vão e vêm do corredor; sei pelas marcas frescas de cascos de cavalo na lama à entrada, levando direto para esta casa. – Talvez você pudesse voltar mais tarde.

Ela começa a fechar a porta. Mas não vou ser dispensada tão facilmente, não depois de tudo o que fiz para chegar aqui. Enfio a ponta de minha bota contra a porta e a forço a abri-la outra vez. Só estou em Londres há um dia, mas já sei o que é necessário para se viver aqui, e não é gentileza.

– Fale para ele que Lady Katherine Arundell está aqui – digo. – Sou a filha de Sir Richard Arundell, e este é seu cavalariço, Jory. Viemos da Cornualha para vê-lo.

Não sei se é meu título, o título de meu pai ou meu pé na ombreira da porta, mas ela faz o que lhe peço e acena para que entremos antes de desaparecer no corredor, com os sapatos batendo na madeira laqueada. Ouço outra porta se abrindo em algum lugar, murmúrios e, depois de um momento, ela reaparece com um homem que suponho ser Robert Catesby.

Ele é muito alto e muito bonito, de cabelo castanho-claro até os ombros, uma barba pontuda e um sorriso penetrante, vestido de linho engomado e veludo fino, botões com pedras e botas engraxadas. Não parece alguém que estaria interessado em religião ou em um golpe político tanto quanto em uma tarde caçando ou em um copo de conhaque junto ao fogo, mas, na verdade, meu pai também não.

Ele me examina rapidamente.

– Você é filha de Arundell? – Seus olhos escuros observam meu rosto e meu cabelo, sardento e ruivo, tão parecido com o de meu pai, e ele assente brevemente para me mostrar que acredita nisso. – O que a traz aqui?

Retiro as cartas de minha capa, e o rosto bonito de Catesby fica paralisado. Não me ocorreu até agora que podemos ser mortos por isso, Jory e eu, abatidos neste belo corredor de parquete pela espada presa na lateral do corpo de Catesby, deixando aquela criada de rosto de pedra para fazer a limpeza.

– Onde conseguiu isso?

– Em minha casa – respondo. – Lanherne, na Cornualha. Eu as peguei depois que o xerife e seus homens vieram atrás de nós. Depois que mataram meu pai e levaram Ryol embora.

Catesby se volta para a criada de cinza.

– Tranque a porta. Abaixe as persianas e mande chamar os outros. Discretamente. – A mulher assente e desaparece mais uma vez pelo corredor.

– Eles levaram o padre? – diz ele. – Para onde?

– Sim – respondo. – E não sei para onde. Suponho que para cá, Londres. Vão torturá-lo, não vão? Ele vai lhes contar tudo o que sabe e depois vão matá-lo também, assim como fizeram com meu pai.

Estou em risco de chorar outra vez, mas não posso. Não aqui, e não na frente de Catesby. Então fixo os olhos em um ponto do outro lado da sala, um retrato ornado com ouro de uma mulher de cabelo curto e o rosto parecido ao de um garoto de cabelo escuro que suponho serem sua esposa e filho, até que recobro o controle.

– Sinto muito – diz Catesby após um momento. – Seu pai era um bom homem, um homem devoto. Compartilhávamos de muitas visões. Ele achava, como eu, que há um jeito melhor para nós que este. – Faz uma pausa, como se decidisse o que dizer em seguida. – Ele ficaria feliz em saber que você escapou ilesa.

Assinto, embora ele esteja errado. Eu não estou ilesa e nunca mais estarei.

Catesby gesticula para o corredor comprido.

– Por que não entra? Acho que devíamos conversar. – Ele nos conduz para uma biblioteca, e ela me lembra daquela em Lanherne, escura e imponente, com um fogo sempre presente e decantadores com líquido cor de âmbar. Ele nos leva até um canto, onde há quatro cadeiras em torno de uma mesinha, e nos oferece uma bebida que nós dois recusamos.

– O que posso fazer por você, senhorita Arundell? – diz ele. – Entendo que veio em busca de ajuda. Dinheiro, suponho? Uma nova identidade e passagem segura para fora da Inglaterra para você e seu... – ele acena com a mão na direção de Jory – ...pretendente?

Jory fica roxo.

– Ele não é meu pretendente, ele é um padre. Em treinamento – acrescento. – E não. Não quero seu dinheiro e não quero deixar o país. Não quero nada do senhor. Na verdade, vim aqui para ajudá-lo.

– Entendo. – Catesby ergue as sobrancelhas. – Como você poderia fazer isso?

Todas as coisas que ensaiei a caminho daqui, todas as maneiras que pensei para ajudá-lo – de criada a mensageira, de escudeira a costureira –, nenhuma delas parece certa agora que estou aqui. Catesby parece ser um homem objetivo. Ele precisa de uma resposta objetiva.

– Sei de seu plano – digo a ele. – E gostaria de ter um papel nele.

Uma hora mais tarde, Jory e eu estamos sentados na sala de visitas da North House, com as persianas fechadas e a porta trancada, cercados por homens sobre os quais eu só havia lido em cartas.

Thomas Winter, que eu chamo de Tom Um, é primo de Catesby. Ele está sentado a uma mesa junto com John e Christopher Wright, irmãos de idade tão próxima e aparência morena tão semelhante que poderiam ser gêmeos, mas me disseram que não são. Thomas Percy, que chamo de Tom Dois, é tão alto e atraente quanto Catesby, mas está sempre se coçando de um jeito que prejudica sua apresentação. Agora mesmo ele esfrega as costas contra o portal, como um cachorro que tivemos com sarna. Com ele são cinco dos oito homens envolvidos na trama.

Os outros dois, John Grant e Francis Tresham, vivem no campo. E, é claro, havia meu pai.

– Katherine e Jory chegaram da Cornualha ontem à noite – diz Catesby. – Eles trazem a notícia de que Richard foi morto; Mendoza, capturado.

– Mendoza? – digo.

– Esse era o nome verdadeiro de Ryol. Antonio Mendoza. "Ryol" era um nome falso. – Catesby se volta outra vez para seus homens. – Katherine acha que ele foi trazido para Londres, e esse também seria meu palpite. Mesmo assim, precisamos saber se ele chegou, em que prisão o puseram e o que ele confessou, pelo menos.

– O senhor não vai tentar libertá-lo? – pergunto. – Sem dúvida o senhor não vai simplesmente deixá-lo lá.

– Perigoso demais – diz Tom Um. – E ele não vai esperar por isso. É algo que todos concordamos em fazer quando começamos isto aqui.

– Foi incrivelmente arriscado tê-la recebido, Robert – diz Tom Dois. – Ela podia ter conduzido perseguidores direto para a sua porta. Sem salvação, sem fidelidade. Lembra?

Catesby estende as mãos.

– O que eu devia fazer? Mandá-la para as ruas? Com tudo o que ela sabe? Fazer isso pareceu muito mais imprudente.

– Não fomos seguidos – digo.

– Não que você saiba. – Tom Dois retira a capa, uma coisa bonita orlada de zibelina, e continua a se coçar. – Os vigias da rainha são pagos para não serem vistos.

– Estavam revistando toda a Lanherne atrás dela – diz Jory, a primeira coisa que ele falou desde que chegamos. – Soltei um dos cavalos como distração. Mandei-o em direção a Plymouth, e eles o seguiram achando que era ela. – Ele dá de ombros. – Era um cavalo de guerra. Se de algum modo conseguiram alcançá-lo, deve ter levado horas até que percebessem que não era Katherine. Se não, vão estar procurando por ela na parte errada do país. De um modo ou de outro, duvido muito que achem que viemos para cá.

Isso parece satisfazê-los, ou pelo menos eles não o contrariam.

– O que você propõe que façamos com eles? – pergunta Tom Dois. – Eles são inocentes demais para serem mensageiros e, além disso, não conhecem Londres bem o bastante. O que poderiam fazer por nós?

Catesby assente, como se tivesse pensado muito no assunto.

– Mandaremos a garota sair para aprender sobre a cidade – diz ele. – Em tavernas. Estalagens. Mercados e prostíbulos. Ela é um rosto novo, como você diz, um rosto inocente. Ela vai desaparecer na multidão. Poderá ser os olhos e ouvidos que nunca tivemos.

– O que vou estar procurando ouvir? – pergunto.

– Qualquer coisa. Tudo. Se tiver a ver com a rainha, sua corte, seus homens, até seus criados, eu quero saber. – Ele sorri para mim, os olhos astutos, mas bondosos. – Pode fazer isso, Katherine?

Por um lado, eu me perdi quatro vezes esta manhã só saindo da estalagem. Por outro, tenho uma história longa e experiente em ouvir fofocas dos criados em Lanherne, escutando coisas que não devia. E eu tinha encontrado aquelas cartas, o que também não devia ter feito.

Assinto.

– E Jory... – Catesby olha para ele. – Ainda não sei seu sobrenome.

– Jameson.

– ...é um padre. Em treinamento, digamos assim. Um homem santo seria útil para abençoar nossa missão.

Esse anúncio causa um pequeno furor, e os homens se voltam para Jory como se ele já tivesse sido ungido, fazendo o sinal da cruz e murmurando bênçãos. Jory fica roxo outra vez.

– Eu... Eu não sou ordenado – diz ele. – Não tenho autoridade...

– Estes são tempos complicados – diz Catesby. – Portanto, todos fazemos o que podemos. Apesar da consagração, você, Jory, estaria disposto a assumir esse papel?

Jory abaixa a cabeça como se estivesse fazendo os votos.

– Estaria.

– Imagino que esteja resolvido – diz Catesby. Depois, estou começando a ver que nada escapa de sua atenção, ele leva a mão ao interior do gibão e me entrega um saquinho amarrado cheio de moedas. Pelo peso e volume, calculo que seja em torno de uma libra, mais seis semanas de alojamento e comida. – Sei que não veio aqui pedir dinheiro. Mas seu pai gostaria de saber que está sendo bem cuidada.

– Obrigada – digo e o guardo antes que ele possa mudar de ideia sobre isso e todo o resto e voltar atrás em tudo.

– Não vejo por que você acha que precisa fazer isso. – A voz de Jory flutua até mim.

Estamos de volta à estalagem, onde ele agora está em cima da mesa, jogando um lençol nos caibros do teto para separar seu lado do quarto do meu. Já está levando a sério sua posição como padre, dizendo que não é apropriado que compartilhemos um espaço tão pequeno, solteiros como somos.

Estou agachada em cima do colchão, tentando captar um vislumbre de meu reflexo na janela, porque não há espelho neste quarto. Ao meu lado, sobre a colcha, há uma tesoura, emprestada da cozinha no andar de baixo.

– Já falei para você – digo. – Eles precisam de mim para escutar fofocas. Você não escuta fofocas em lugares respeitáveis. Devo ir a tavernas. Estalagens. *Bordéis*. Não posso ir com esta aparência.

– Você não devia ir de jeito nenhum – diz Jory.

– O que gostaria que eu fizesse? – digo. – Recusar? Então, onde eu estaria? Catesby me deu uma missão importante, e eu pretendo cumpri-la. Percebo que você não recusou a sua, embora também não seja qualificado para ela.

Jory amarra o último canto do lençol no lugar e desce da mesa.

– Não precisa gritar.

– Pretendo ser o melhor par de olhos que eles têm – prossigo. – Não posso fazer isso se estiverem olhando fixamente para mim nem se me pedirem para sair. Garotas não são permitidas nesse tipo de lugar, você sabe disso. – Pego minha escova e penteio o cabelo de um lado para o outro, tentando decidir como fica melhor. – Já me disfarcei de garoto quando deixei a Cornualha. Você, na época, não pareceu ver problema. Só estou levando isso um pouco além, é tudo.

– Aquilo foi uma emergência – diz Jory. – Isto não é. Para você, desfilar como garoto é ilegal, mesmo...

– Não estou desfilando em lugar nenhum – digo. – Estou assumindo um disfarce para minha segurança. Além disso, você ouviu Catesby. Estes são tempos complicados. Todos fazemos o possível. – Puxo um pouco de cabelo sobre os olhos e o restante para trás, tentando uma espécie de franja. Não fica bom, então desisto; em seguida, tento repartir o cabelo para o outro lado. – Você pode vir aqui?

Há uma pausa.

– Isso também não seria apropriado.

Contenho um suspiro, levanto-me e espicho a cabeça de trás do lençol. Observo Jory, agora montando uma cama para ele no chão, e estudo como seu cabelo cai sobre a testa, roçando as sobrancelhas, caindo sobre as orelhas e se ondulando em torno delas. Meu cabelo também é ondulado.

– Você sempre usa o cabelo assim? – pergunto.

– Assim como? – Sua mão vai imediatamente até a cabeça e envolve a parte de trás dela. – Eu... sim. Acho. Não tenho certeza se sei o que você quer dizer.

– Quero dizer: ele costuma ser comprido e desalinhado desse jeito pela tendência da moda, ou por desleixo?

– Não ligo para moda – recita Jory. – É como o Senhor disse a Samuel: "o homem olha para a aparência externa, mas o Senhor olha para o coração".

Contenho outro suspiro e digo:

– Bem, espero que esteja certo. Porque só Deus sabe como eu vou ficar depois disso.

Volto para meu lado da cortina, torno a subir no colchão e me posiciono diante do vidro trincado e ondulado. Pego uma mecha de meu cabelo ruivo e comprido em uma das mãos, com a tesoura na outra. E começo a cortar.

Capítulo 8

Toby

Teatro Globo, Bankside, Londres
4 de novembro de 1601

Dois dias depois, Carey e eu fizemos uma visita para William Shakespeare no Globo. É domingo à tarde, nem hora de espetáculo nem de ensaio, mas isso foi intencional. Carey queria que suas palavras fossem captadas apenas pelos ouvidos do dramaturgo.

Carey descreve o plano: eu transformar o presente de Natal de Shakespeare para a rainha em uma peça traiçoeira para ser apresentada na Noite de Reis. Eu interpretar o papel principal. Shakespeare fazer os testes e eu escolher o elenco na esperança de identificar prováveis assassinos católicos. Eu observá-los para aprender tudo, mesmo antes que eles pensem, digam ou façam algo. Principalmente antes que façam algo. Então, enquanto a peça estiver sendo apresentada, prender – e talvez matar – o suspeito ou suspeitos.

Shakespeare não fala nada por muito, muito tempo.

– Isto tem a bênção de Sua Majestade – diz Carey de forma tranquilizadora. – Ela vai pagar regiamente, é claro.

A informação parece tirar Shakespeare de seu estupor.

– *Oh ho*. Já ouvi isso antes.

– E já fez isso antes – lembra-o Carey. – É um favor para Sua Majestade, que com certeza vai aumentar seu patronato por anos à frente. Você vai ter o teatro mais conhecido de Londres, e ser o dramaturgo mais famoso da Inglaterra.

– Eu já sou.

– Então não preciso lembrar a você o quanto esse favor é valioso.

– Isto é loucura – diz Shakespeare. – Minhas peças não são nada além de loucura, e nem eu pude compreender isso em palavras. Como sabe que esse seu plano vai funcionar?

– Fé – responde Carey. Sorrio com a piada, mas Shakespeare, não. – Nós não sabemos. Assim como não sabemos se alguma de nossas contramedidas vai funcionar. Essa é a natureza da coisa. Mas veja: se não funcionar, o pior que pode acontecer é você ter uma peça nova.

Ele não menciona a possibilidade de uma soberana morta, um golpe político e religioso e uma invasão militar resultando em a Inglaterra se tornar um Estado fantoche da Espanha, mas provavelmente é melhor assim.

– E se eu recusar?

Carey ergue as mãos em uma falsa súplica.

– Bem, não quero ameaçá-lo, Will...

– Acho que você acabou de fazer isso.

– Foi uma vergonha o fechamento do Rose, não foi? – Carey abaixa as mãos e para com o fingimento. – Um teatro tão bonito, mas o que realmente podíamos fazer depois de todas aquelas reclamações de autoridades da cidade? Imagino que, dada sua proximidade com o Globo, isso tenha sido vantajoso para você e seus sócios. Duas peças, seis vezes por semana, três mil espectadores, mil libras em seu bolso e no de seus homens. Odiaria ver isso acabar. Pelo seu bem.

Shakespeare aponta para ele. Abre a boca, mas nada sai. Aponta de novo. E de novo. Seu rosto está quase roxo, tomado por uma raiva apoplética.

Carey não se detém.

– Sua Majestade está preparada para oferecer a você oitenta xelins pela cooperação.

– Eu passo.

– Não acho, na verdade, que seja uma negociação.

– Cinco libras ou esta conversa termina agora.

– Duas libras; é pegar ou largar.

– Está tentando me arruinar? – Shakespeare abaixa a voz desta vez, é desnecessário, mas as palavras continuam mesmo assim. – Porque não posso sobreviver a outro escândalo. Metade de meus homens foi para o outro lado do rio, para o Fortune; quanta ironia. E se eu der o papel principal para esse aí... – ele lança uma mão impaciente em minha direção – ...e perder Burbage por isso, estou acabado. Ele vai para os Homens do Almirante e vai levar o público com ele. Dez libras é meu preço – conclui Shakespeare. – Além de fundos para figurinos e salário para atores novos. Você não acha que pode iscar um anzol com peixe podre, acha?

– Você disse cinco libras há menos de cinco segundos – protesta Carey. – Dez libras é um roubo.

– Você deve saber disso – retruca Shakespeare, nem um pouco perturbado.

Carey finge pensar no assunto. Sei que ele estava preparado para dar muito mais se fosse necessário.

– Como quiser.

Shakespeare faz uma careta; parece que ele também sabe disso.

Carey estende a mão para ele, e Shakespeare, com relutância, a aperta. Em seguida, Shakespeare se volta para mim e estala os dedos. Estou parado sob a sombra estreita do telhado, sem querer atrair atenção para mim mesmo durante o que, eu sabia, seria uma negociação desagradável.

– Você, Espora. Venha cá. Vamos ver com que tipo de desastre acabei de concordar.

Eu me aproximo de onde estão parados, ao lado do palco, alisando a pilha de pergaminhos em minha mão antes de passá-la a Shakespeare: minhas ideias sobre como transformar sua peça sobre gêmeos náufragos em traição. As páginas estão apenas um pouco menos úmidas que as palmas de minhas mãos. Era a mesma sensação de quando eu mostrava meu trabalho para Marlowe, só que pior. Onde Marlowe era encorajador, sei que Shakespeare não vai ser.

Enquanto seus olhos escuros passam pelas páginas, ele franze o cenho. Penso em dizer a ele que é apenas um esboço, que é apenas o primeiro passo, que eu não escrevia há muito tempo, que as palavras estavam saindo lentamente. No fim, não digo nada.

– Toby manteve a premissa básica, é claro – antecipa-se Carey. – Seria suspeito se mudasse tudo. Ele supôs que pelo menos alguns de seus atores soubessem algo da história.

Shakespeare o ignora e continua a ler.

– Ela é ambientada na Ilíria? Por que você mudou isso? O que há de errado com Grupela?

– Ilíria parece um pouco mais romântico – respondo. – Além disso, é italiana.

– *É italiana* – imita Shakespeare. – Eu sei que é italiana. Você não acha que ficou com a mão um pouco pesada neste ponto? "Atrair católicos ambientando uma peça na Itália"? Por que não ambientá-la logo no Vaticano para acabar com isso? O personagem principal podia assassinar o papa. Isso iria atraí-los em rebanhos.

– Podemos mudar a ambientação, se você quiser – digo.

Prefiro ceder em algo que não importa do que em algo que importa.

Shakespeare dá um suspiro prolongado e continua a examinar as páginas.

– Um garoto chamado Valentino vai parar em Ilíria e perde o irmão gêmeo, Sebastião, que ele acredita ter se afogado. Vejo que você manteve os gêmeos náufragos. Valentino fica a serviço de um duque chamado Toby. – Shakespeare me dá uma olhada. – Que está apaixonado por uma condessa chamada Serafina, mas ela não corresponde a seu afeto. O duque Toby manda seu novo criado, Valentino, convencer Serafina desse amor, e por sua vez Serafina se apaixona por ele. Você me disse que a rainha queria risos, não amor. – Ele dirige essa acusação a Carey.

– O pedido da rainha para esta peça em particular foi muito específico – diz Carey. – Ela disse que queria vê-lo se apaixonar.

Ele move o queixo em minha direção.

Shakespeare inclina a cabeça para trás e ri.

– Ah, aposto que sim. Cansada de ver o velho Burbage andando pelo palco com um garoto jovem o bastante para ser seu neto. Muito bem, agora temos amor. Mas não vejo nada nesta peça que incite o fervor católico além de ser ambientada na Itália, e os personagens receberem nomes de santos.

Ele bate o rolo de pergaminho na palma da mão aberta, várias vezes, e começa a caminhar em círculos em torno do fosso.

– Precisamos é de desordem. É a germinação da Noite de Reis, não é? Uma espécie de perturbação da paz, a ordem normal das coisas invertida, todos aqueles em estado elevado se tornam plebeus, e vice-versa. O caos é posto em movimento, só para ser consertado no fim. Assim como em todas as grandes comédias.

– E então, o que provoca a desordem? – estimula Carey.

– Macacos? – murmura Shakespeare. – Traidores? Atores? A merda de *patronos*...

– Criados – intervenho. – Uma condessa teria muitos, não teria?

– Um mordomo, uma criada e um pajem, para começar – concorda Shakespeare. – Essa condessa parece ser bonita, pois você já tem dois homens se apaixonando por ela. Em favor do caos, vamos acrescentar outro pretendente. Um nobre, talvez. Um nobre bêbado, um amigo da família.

· 97 ·

– O nobre pode ser apresentado a Serafina por seu pai – sugiro.

– Não, não seu pai. – Shakespeare balança a cabeça. – Sabe, Serafina é incapaz de amar. Ela não pode amar porque está de luto, porque seu pai está morto. Enquanto estamos nisso, vamos matar seu irmão, também. Dois parentes mortos é sempre melhor que um.

– Achei que você tinha dito que essa peça seria uma comédia – diz Carey.

Shakespeare o ignora.

– Serafina, ela sofre muito por causa de todas as mortes. Ela precisa fazer isso, se for resistir à sua corte persistente, *duque Toby*.

Shakespeare enfia o rolo de pergaminho embaixo do braço e sobe no palco. Desaparece atrás da cortina e reaparece momentos depois carregando um tinteiro em uma das mãos, mais pergaminho na outra e uma pena presa entre os dentes. Volta para o fosso, põe tudo em minhas mãos e continua.

– O nobre bêbado, ele pode ser amigo do tio de Serafina. Todos ficam na casa dela, e, apesar de sua tristeza implacável, eles *perturbam a paz* da casa com suas farras constantes... está anotando isso? Só para incitar a raiva do intendente nervoso. Vamos chamá-lo de... Malvólio. Ele odeia festas, sabe, e só se veste de preto, como deveria fazer um bom puritano. Pode estar apaixonado por Serafina, também. *Serafina*. – Shakespeare se vira para mim. – Não gosto desse nome. Tão óbvio. Tão deselegante.

– Sim, e Lavínia Andrônico é muito fácil de dizer.

Ele me acerta em cheio na cabeça com minha própria brincadeira.

– Está zombando de mim, garoto?

Sim.

– Não.

– O que mais você pode sugerir? – pergunta ele. – Deixe-me adivinhar. Perpétua? Febrônia? Aquilina?

Carey olha para trás, como se a mera menção das santas católicas fosse o suficiente para fazer um carrasco aparecer.

– Olívia? – digo. – A santa menos deselegante.

– Certo – diz Shakespeare. – Olívia, então. Todos os homens a amam, mas ninguém é correspondido, *lá-ri-lá*, mas Olívia, a rapariga travessa, ela se apaixona pelo criado! Há! Qual o nome dele outra vez? Valentim?

– Valentino.

– Entendo. – Shakespeare faz uma pausa. – Em nome da desordem, vamos fazer de Valentino uma mulher. Ela sobreviveu ao naufrágio e ficou sozinha no mundo, disfarçada de homem para garantir sua segurança. Vamos chamá-la de Viola.

Não digo nada em relação a isso, nem escrevo. Shakespeare cruza os braços e me avalia com um olhar.

– Espora, se espera escrever, é melhor aprender a ter suas coisas reescritas, e aprender a gostar disso.

Sem tirar os olhos dos dele, tiro a rolha do tinteiro, mergulho a ponta da pena e risco *Valentino*, substituindo-o por *Viola*.

– Parece que temos uma peça. – Carey pega o pergaminho do palco e o sopra com delicadeza para secar a tinta antes de entregá-lo de volta a Shakespeare. – Pelo menos a ideia de uma. De quanto tempo você acha que precisa para terminá-la, Will? Acho que precisa ser logo.

– Logo? – Shakespeare parece revoltado. – Ainda não terminei minha peça atual, a que deve ser apresentada em menos de um mês, e agora você me dá isso? Esta peça de vida ou morte, como você diz, esse desastre de palavras, e pergunta de quanto tempo preciso para terminá-la? O que é logo para você? Um mês?

– Estava pensando em uma semana.

Shakespeare fica em silêncio novamente.

– A menos, é claro, que ponhamos Toby aqui para terminá-la para você.

– Você! – Shakespeare prescreve uma volta ao meu redor, o dedo sujo de tinta em meu rosto. – Sabe que isso é fraude, não sabe? Minhas ideias, postas no papel por outra pessoa...

– Para ser justo, esta encarnação da história é ideia de Toby – intervém Carey.

– Não, originalmente, não era! – grita Shakespeare. – Ideias são o sangue que dá vida a uma história. Elas não podem ser apenas embrulhadas para serem traduzidas por outro escritor. Isso denigre a arte. Nenhum escritor decente, nenhum *humano* decente permitiria isso.

– Ora, ora – tranquiliza Carey. – Não vai ser assim. Pense em Toby como um mero assistente. Ele pode começá-la; depois, quando terminar sua peça sobre a floresta, isto aqui vai estar esperando por você, e poderá mudar o que quiser, claro.

– Onde vou conseguir esses atores? – Shakespeare muda de assunto. – Esta peça exige três mulheres, o que significa que vou precisar de três meninos para interpretá-las. Não tenho três meninos. Eu tinha. – Ele aponta para Carey. – Só que agora eles foram embora. Não posso pegar gente emprestada nas Crianças da Capela; eles têm apenas doze agora, e foram contratados por Jonson...

– Sempre tem as Crianças de Paul – sugiro. Como as Crianças da Capela, as de Paul são uma trupe de coristas que interpretam meninos ou papéis femininos em teatros londrinos. Houve uma controvérsia que os fez serem banidos do palco, mas recentemente eles tinham começado a se apresentar outra vez. – Vão estar à procura de papéis novos para seus atores, não vão? Tenho certeza de que eles vão ficar felizes em ajudar como for possível.

Shakespeare me lança um olhar assassino.

– Então está combinado. – Carey dá as costas para Shakespeare e sai andando rumo à porta. Caminha com pressa, sem dúvida para sair antes que Shakespeare mude de ideia. – Vou fazer com que lhe enviem os fundos imediatamente. Divididos, como sempre. Um terço agora, um terço quando a peça estiver pronta e um terço quando for apresentada.

– Quero tudo agora! – grita Shakespeare atrás de nós. – Nada desse negócio de parcelamento. Um homem precisa ganhar a...

Suas palavras finais são interrompidas quando Carey empurra e abre a porta pesada do Globo e saímos para a rua lamacenta. Está anoitecendo, um céu de um azul profundo dividido por um halo rosa e roxo, que conduz a noite e uma nova multidão, bem diferente da do dia. Mercadores dão lugar a batedores de carteira, lavadeiras a prostitutas, vendedores a ladrões. Mantenho um olho neles enquanto caminhamos, mas um olhar mais atento em mim mesmo.

– Podia ter sido melhor – diz Carey enquanto seguimos em direção ao cais. – Mas também podia ter sido pior.

– O homem é impossível – digo.

Carey ri, embora não com maldade.

– Agora que você sabe o que eu aguento, talvez tenha mais simpatia. Escritores são seres inseguros e temperamentais, não são? Ouso dizer que são mais difíceis que rainhas.

Talvez, mas pelo menos os escritores mantêm seus assassinatos no papel.

Capítulo 9

KIT

Taverna do Elefante, Southwark, Londres
15 de novembro de 1601

Até agora, gosto de fingir ser um garoto. No início, tive certo arrependimento, especialmente depois de cortar o cabelo. Ele se revelou muito mais encaracolado do que eu me lembrava, e, embora eu quisesse que ele ficasse na altura do ombro como o de Jory, os cachos puxaram as pontas para cima até a altura do meu queixo. Jory disse que isso me fez ficar parecida com um monge – e ele não disse isso como um elogio –, então dei a mim mesma uma franjinha, o que pode também ter sido um erro, pois ela não faz nada além de cair em meus olhos e bater em meu rosto, e em geral ir para todos os lados, menos na direção que quero.

Mas não está de todo ruim. Por mais que pareça um absurdo, meu cabelo fez coisas boas com meu rosto. Meus olhos acinzentados, já grandes, agora parecem enormes. Meus lábios de algum modo parecem mais cheios; meu sorriso, maior e mais brilhante. E a altura que tinha como garota, que eu via como desvantagem, me serve bem agora, também. Até comprei roupas novas – novas para mim, pelo menos: uma calça, algumas camisas, botas e uma capa, um sapato e algumas luvas. Também cortei uma faixa de linho para enrolar em torno do peito, para achatá-lo. No fim das contas, acho que faço um garoto muito convincente. Catesby também acha isso; quando me viu vestida desse jeito pela primeira vez, disse que eu me parecia com meu pai. E, pela primeira vez em quase um mês, não chorei ao ouvir o nome dele.

Por falar em nomes, assumi um diferente: Christopher Alban. Christopher em homenagem a meu poeta favorito, Christopher Marlowe, e Alban ao santo católico, o primeiro mártir da Britânia, padroeiro dos convertidos, refugiados e vítimas de tortura. É apropriado. Catesby sugeriu que eu usasse Kit para abreviar, assim me diferenciando do outro Christopher de sua casa, Chris Wright.

Então ficou Kit Alban.

Mas a melhor parte de me vestir como garoto são todos os lugares aonde posso ir. Nenhum lugar está fora dos limites quando estou de calça. Passei os primeiros dias andando pela cidade, aprendendo sobre ela, como ordenou Catesby, vendo coisas que nunca tinha visto antes. Homens urinando nas ruas, mulheres vendendo o corpo por dinheiro, crianças pedindo comida. Vi pessoas presas e sendo chicoteadas; vi cabeças espetadas em lanças na ponte de Londres, corvos empoleirados em seus cabelos e arrancando seus olhos. Depois fiquei mais ousada ainda e me arrisquei em uma estalagem, um dia, e em uma taverna no seguinte, e em uma casa de jogos no dia depois desse.

Viver a vida como garoto é ter removido de meus olhos um véu que eu não sabia existir. É ver, ouvir e saber coisas que eu apenas imaginava; é saber que toda essa imaginação estava errada. A forma como os homens tossem e arrotam e fazem outros barulhos horríveis quando uma mulher não está por perto para impedi-los. As coisas que eles dizem a respeito das mulheres em sua ausência, sobre seu rosto, corpo e cabelo; sobre as coisas que as mulheres dizem mas os homens não acreditam que elas estejam falando sério; sobre as coisas que as mulheres fazem – ou, com mais frequência, as que não fazem. Isso é quase suficiente para me desinteressar por homens para sempre e me encerrar em um convento, se ao menos eu fosse tão devota quanto Jory.

Catesby e seus homens estão satisfeitos com meu progresso. São bisbilhoteiros como criadas, nenhum detalhe é pequeno ou insignificante demais para eles. Querem saber todos os lugares aonde vou, tudo o que vejo: quem disse o que para quem e quando. E tudo muda, dependendo de que parte da cidade eu frequente. Em torno da catedral de St. Paul, onde ficam as oficinas de impressão, vendedores de livros reclamam da distribuição limitada e do processo de revisão que determina o que é apropriado para ser impresso. Mais perto dos prédios do Parlamento, ouço queixas sobre os membros da Casa dos Comuns e dos Lordes, quanto tempo se passará até o Parlamento ser convocado e se a rainha iria se recusar a assinar suas leis. De vez em quando, um panfleto provocativo chega até mim, e algo é muito falado em toda parte e por todo mundo. Às vezes é sobre impostos. Outras vezes é sobre a guerra com a Irlanda. Mas o mais frequente é sobre as políticas da rainha contra católicos, as leis de recusa e a execução de padres.

O último panfleto, que peguei apenas dois dias atrás, é um pouco mais incisivo. É uma série de desenhos que retratam a rainha em um barco no meio do oceano, navegando em direção ao Novo Mundo. Ela está vendada e sorrindo, como se esperasse uma grande surpresa. O que ela não vê é o papa, em terra na Inglaterra, parado com a estátua da há muito tempo morta rainha católica Maria Tudor de um lado, tendo um padre do outro. Maria usa a coroa da rainha; o papa carrega um cetro. Todos estão rindo. Isso agradou a Catesby e seus homens, e me revelou o que eles e meu pai já sabiam: há um sentimento oculto de raiva contra a rainha; há outros como nós que discordam de suas leis. Saber que não somos os únicos ajuda-me a não me sentir tão isolada.

Esta noite não há sussurros sobre a rainha nem panfletos, Parlamento ou guerras; apenas cerveja, dados e conversas entre homens. É minha terceira noite na Taverna do Elefante em Southwark, e, embora isso não me deixe com muito para contar a Catesby, é valioso de outras maneiras. Se vou aprender a agir adequadamente como um garoto, preciso de alguém que me ensine, e estou descobrindo com rapidez que não vai ser Jory.

Sou uma boa jogadora de dados, posso dizer até mesmo excelente. Aprendi com os cavalariços em Lanherne, e costumava ganhar dinheiro deles, embora meu pai sempre me fizesse devolver. Estava ali por algumas horas, a uma mesa com três outros garotos, em um jogo chamado Hazard. Ganhei dez *pence*, já bebi uma cerveja e ainda não são nem sete da noite.

– Chance – diz o garoto ao meu lado. Acabei de jogar um cinco, o par é oito, o que significa que não ganho nem perco, mas jogo os dados novamente. – Vai apostar? – Ele quer saber se vou colocar mais dinheiro na chance de tirar o par quando jogar.

Não respondo, apenas levo a mão à pilha de *pence* sobre a mesa à minha frente e aposto três. Estou aprendendo cada vez mais que garotos falam fazendo, não dizendo. Jogo de novo e por pura sorte – ao que se resume praticamente todo esse jogo: sorte – tiro oito e ganho o dinheiro. Os outros três à minha mesa reclamam da perda. Por dentro, estou gritando de alegria, porque acabei de ganhar quase um angel – o equivalente a meia libra –, o que vai me manter alimentada e abrigada por mais três semanas. Como também estou aprendendo que garotos não demonstram esse tipo de emoção, apenas jogo as moedas no mesmo saco amarrado que Catesby me deu e o enfio no bolso.

O sino na porta então toca, como fez várias e várias vezes quando as pessoas entravam e saíam. Mas, desta vez, um silêncio se abate sobre as pessoas, e isso é o que chama minha atenção. Ergo os olhos de meus ganhos e vejo um grupo de aproximadamente dez homens e garotos entrar na taverna. Eles vão para uma mesa grande ao lado da nossa, que já está ocupada por uma dúzia de homens jogando cartas. No momento em que veem os recém-chegados, eles se levantam, sem se importarem com o jogo, e apertam a mão deles e trocam tapinhas nos ombros, antes de se mudarem para outra mesa.

– Quem são eles? – pergunto ao garoto sentado ao meu lado.

– São atores. Do Globo. O teatro – esclarece. – Está vendo o alto? O de barba? – São todos altos e com barba. – Aquele é Richard Burbage. Ele é o principal, sabe, em todas as peças. Aquele ali, o ruivo, é Will Kemp; ele faz os papéis engraçados, palhaços e bobos, coisas assim. E o que está ao lado dele, de cabelo escuro? Aquele é William Shakespeare.

Os nomes *Burbage* e *Kemp* não significam nada para mim, mas *Shakespeare* sem dúvida significa. Quando meu pai viajava para Londres, levava para casa poemas de Christopher Marlowe e peças de Shakespeare, recém-saídas da impressão, com a tinta praticamente ainda secando. *Tito Andrônico*, "Hero e Leandro", *Trabalhos de amor perdidos*, *O judeu de Malta* – eu amava todos eles e sonhava acordada com os homens que os haviam escrito, com como deviam ser arrojados e românticos. Agora, por um golpe do destino que não deixaria nada a desejar às próprias peças de Shakespeare, ele está sentado a menos de um metro e meio de mim. Não parece nada arrojado ou romântico. É desleixado e estranho, com botas desamarradas, a camisa aberta e as mãos e o rosto cobertos de tinta.

Shakespeare e seus homens se instalam nas cadeiras agora vagas. Nem precisam pedir – não do jeito que aprendi a fazer, batendo na mesa e erguendo os dedos no ar, um para cerveja, dois para algo mais forte –; o homem atrás do balcão põe as bebidas sobre a mesa antes que eles terminem de tirar a capa. Imediatamente eles começam a beber, a falar e a rir, todos eles barulhentos e animados como se soubessem que todos os observam e quisessem lhes dar um bom espetáculo, mesmo fora do palco.

Faço menção de desviar o olhar para voltar ao meu jogo, mas então eu o vejo. Um garoto de cabelo escuro, vestido de um jeito desmazelado, sentado a uma das pontas da mesa. Ele segura uma caneca como todo mundo, balançando a cabeça afirmativamente ou sorrindo em resposta a coisas que são ditas a ele. Mesmo enquanto faz isso, posso dizer que ele na verdade não está prestando atenção, pelo menos não a eles. Posso dizer isso pela maneira como seus olhos se movem de uma coisa para outra, lenta e deliberadamente, como se fizessem um inventário. Um homem barbado, confere. Segundo homem barbado, confere. Um balcão de mogno, quarenta clientes bêbados, dois pares de galhadas em uma parede pintada de verde. Confere, confere, confere.

Seus olhos param em mim. Espero que eles passem – um garoto comum, confere –, mas eles não fazem isso. Talvez seja porque sou a única na taverna que também não está cuidando da própria vida, talvez seja porque meu cabelo está um caos e parece ter sido atacado por podadores de sebes. Seja como for, sinto uma empolgação momentânea com sua atenção, até que me lembro de que estou vestida de garoto. Por isso acho que ele de algum modo conseguiu ver através de meu disfarce, por isso começo a entrar em pânico. Então faço a coisa mais masculina em que posso pensar e ergo minha bebida para ele, como se estivesse brindando de longe. É outra pequena liberdade que me é permitida vestida assim de garoto; como garota, nunca poderia ser tão ousada.

O garoto não ergue a caneca em resposta, apenas afasta os olhos. Mas não antes que eu veja o menor dos sorrisos passar por seu rosto.

Isso não resolve de verdade minha preocupação, mas pelo menos sua atenção está longe de mim e em outra pessoa. Principalmente no ruivo, o chamado Kemp, que fala alto o bastante para ser ouvido por todo o salão.

– Como vamos conseguir atores em tão pouco tempo? – Ele dirige a pergunta a Shakespeare, que se encosta preguiçosamente na cadeira enquanto bebe de sua caneca.

– Não há falta de atores em Londres – responde Shakespeare. – Poderia colocar um anúncio amanhã que os teria em fila na porta do Globo.

– Atores comuns, sim – diz o chamado Burbage. – Mas você não vai querer apresentar atores comuns diante da rainha.

Com essas palavras, praticamente abandono meu jogo de dados.

– O fato de serem comuns vai apenas fazer com que você brilhe mais – diz Shakespeare, ao que Burbage estufa o peito. – E fale baixo, está bem? Isso deve ser mantido em segredo.

Esforço-me para ouvir todas as palavras que se seguem, acima de todo o ruído e da falação dos jogadores, que começam a conversar ao mesmo tempo.

– Por que mesmo é um segredo?

– Todas as apresentações para a rainha devem ser mantidas em segredo. São mais exclusivas assim...

– Em que palácio vai ser? Espero que não seja Greenwich. A acústica lá é pavorosa...

– Ela vai estar na primeira fila. Não precisamos nos preocupar com a acústica...

– *Psst* – repete Shakespeare.

O garoto ao meu lado me cutuca com o cotovelo; é minha vez de apostar. Jogo um pêni na pilha, depois torno a olhar para a mesa de Shakespeare, sem querer perder uma palavra.

– É sobre a Noite de Reis e vai ser apresentada na Noite de Reis – diz Burbage. – Isso é um pouco blasfemo no clima atual, não é? Por que a mudança do Natal?

– Porque eu sou um *artista* – diz Shakespeare. – É meu dever forçar os *limites*.

– Mas Noite de Reis não é um tanto... herético?

– Eu não iria tão longe – diz outra pessoa. – Ou ela não teria permitido os festejos da Noite de Reis...

– *Psst* – diz Shakespeare mais uma vez.

Espero até que os atores comecem a falar de outra coisa antes de pedir licença, deixar a mesa e sair pela porta. Direto para a North House e Catesby.

– Uma peça particular diante da rainha. – Catesby anda de um lado para outro diante do fogo em sua biblioteca. Estou sentada em uma cadeira ao lado da janela. Estamos sozinhos; é a primeira vez que estou na casa dele sem Jory, sua criada ou os outros homens por perto. – Tem certeza disso?

Assinto.

– É sobre a Noite de Reis. Para ser apresentada nesse dia, também. Foi isso que um dos atores disse. E outro ator a chamou de herética.

Catesby me lança um olhar penetrante.

– Você soube onde ela vai ser apresentada?

– Não – respondo. – Eles começaram a falar da acústica, como ela não ia ser o ideal, mas que a rainha estaria sentada tão perto do palco que não iria importar. Também estavam preocupados em conseguir atores. Ao que parece, não há o suficiente para preencher todos os papéis, e eles vão ter de fazer testes.

Catesby me dá as costas e olha novamente para o fogo. Ele fica em silêncio por tanto tempo que acho que pode ter esquecido que estou ali ou começou a pensar em outras coisas. Mas eu não.

– Quero fazer um teste para a peça – digo. – Quero conseguir um papel e me apresentar para a rainha. Quero parar diante dela e olhá-la nos olhos. Depois, quero matá-la.

Catesby gira para trás e, por um momento, apenas olha para mim. Espero que ele me diga que é perigoso demais, que sou uma garota, que não posso fazer o teste. Em vez disso, ele diz:

– O que você sabe sobre teatro?

– O suficiente – respondo. – Li Shakespeare e Jonson, Lyly e Nashe, Peele e Chapman e Heywood e Marlowe. Conheço todas as histórias, todos os personagens, todas as tramas. Minha dicção é excelente, e não há uma fala em nenhuma dessas peças que eu não possa recitar. – Nem sempre consigo me gabar de minha educação, que é tão boa quanto a de qualquer garoto, e eu sei disso. – Também sei cantar e sou boa diante do público. Eu me apresentava na igreja toda semana.

– Não gosto disso. – Ele ergue a mão para deter meu argumento. – Não pela razão que você pensa. Acabamos de passar por isso com Essex há menos de um ano, quando ele usou uma das peças de Shakespeare para incitar a rebelião e fracassou. Foi desastroso, para todos nós.

Catesby não me contou sobre a rebelião de Essex, mas as fofocas de taverna, sim, e ele não precisa explicar em detalhes.

– Mas não estamos tentando incitar uma rebelião – digo. – Estamos tentando nos livrar da rainha. De uma vez por todas. – Catesby estreita os olhos ao ouvir isso, mas não interrompe. – Ela matou meu pai. Mesmo que eu nunca tivesse aparecido em sua porta, ainda assim seria verdade. Eu ainda ia querer vingança pelo que ela fez. Da forma que eu vejo, estou lhe dando duas chances de atingir seu objetivo. Porque, se eu falhar, você ainda tem sua trama e sua inocência intactas.

Faz-se uma pausa longa, estendida. Quase posso ver o conflito por trás de seus olhos, avaliando o risco contra a recompensa e a oportunidade contra a responsabilidade. Ele mal me conhece, mas conhecia meu pai, e talvez sinta que deve a ele me manter longe do perigo.

Depois de algum tempo, a oportunidade vence.

– Se pegarem você, ou se de algum outro modo você for descoberta, eles vão matá-la. Entende isso? E nós não vamos conseguir salvá-la.

Acho que ele pretende me assustar, mas não consegue. Porque a pior coisa que podia me acontecer já aconteceu, e não resta mais nada a temer.

– Eu sei – digo. – Mas, por enquanto, tudo o que quero é fazer um teste para uma peça.

Capítulo 10

TOBY

TEATRO GLOBO, BANKSIDE, LONDRES
23 DE NOVEMBRO DE 1601

Minha peça – agora formalmente intitulada de *Noite de Reis* – foi escrita. Temos a história, que, depois de arrancar muito cabelo e rasgar pergaminhos, de Shakespeare me enterrar sob insultos por minha trama trivial, prosa tediosa e ambientação mundana, e de reescrever infinitas vezes, agora se assemelha a uma peça.

Ela tem todas as coisas dos festejos da Epifania: há festas, há criados vestidos como seus mestres, há identidade trocada. Há a inversão da ordem social, há personagens que agem como senhores do desgoverno, há um personagem que se opõe a isso. É tudo tremendamente extravagante, e, em relação a usar esta peça para provocar conspiradores católicos, bem... Tirando o título, ela é menos direta do que eu teria desejado, mas Shakespeare e Carey argumentaram que, se ela fosse sincera demais, arriscaríamos nos expor, tanto para os conspiradores quanto para os atores, que sem dúvida iam se revoltar se acreditassem ser parte de mais uma trama política.

O elenco da peça está escolhido, pelo menos em parte. Temos os atores habituais: Richard Burbage, Will Kemp, Nick Tooley, Tom Pope, Will Sly. Esses são os homens de Shakespeare, seu sustentáculo para toda a produção, aqueles que ele se recusava terminantemente a ficar sem. O papel que eu ia interpretar também foi mudado; o duque Toby agora foi reformulado para duque Orsino, sob o argumento de Shakespeare de que Toby não era um nome apropriado para um duque. É, aparentemente, o nome apropriado para um nobre bêbado, agora chamado Sir Tobias.

Formamos seis dos onze papéis principais, então os cinco restantes precisam ser escalados, assim como todos os substitutos dos atores, homens que vão representar os papéis se surgir a necessidade. Depois há os assistentes de palco e os músicos, que parecem mudar tão rapidamente quanto os favores da rainha. Isso nos deixa com dezesseis novos atores e vinte trabalhadores: trinta e seis chances de o assassino da rainha aparecer para um teste.

Eu me assegurei de que ele fizesse isso.

Escrevi panfletos anticatólicos e mandei imprimir e distribuir por toda a cidade, para incitar a raiva contra a rainha. Escrevi cartas anônimas denunciando o encarceramento e a tortura de mais um padre, capturado em uma incursão no mês passado na Cornualha, e fiz com que elas circulassem na própria rede católica que eu vigiava. Havia também os homens de Shakespeare. Eles estavam empolgados com a ideia de se apresentar diante da rainha outra vez, e suas investidas noturnas a tavernas davam a eles uma nova chance de se gabar, de sussurrar até o último detalhe em tons contidos, ouvidos por todo mundo.

Com tudo isso, eu ainda não sabia ao certo se ia funcionar. Comecei a me perguntar se a rainha não estaria certa, se os católicos se deixariam mesmo enredar por uma celebração de sua fé. Preocupei-me que pudesse ter desperdiçado o tempo de Carey, o tempo de Shakespeare, o meu tempo. Enquanto estava ocupado com minhas maquinações, os conspiradores estariam avançando, executando seu plano, enquanto evitavam completamente o meu.

Preocupei-me que meu plano não fosse funcionar até receber notícias de que tinha funcionado. Uma carta codificada, capturada na mesma rede católica da primeira. Ela dizia simplesmente:

noite de reis

E assim começa a parte difícil: encontrar o assassino. É seguro supor que nenhum dos oito nobres, os homens aos quais havia referência na carta que interceptei, será quem vai tentar o assassinato. Eles são reconhecíveis demais e têm muita coisa a perder – família, dinheiro, títulos, sua *vida* – para fazer isso eles mesmos. Vão contratar alguém para fazê-lo, e, quem quer que seja essa pessoa, quando eu pegá-la, vai me levar direto a eles.

Shakespeare estava certo quando disse que os possíveis atores estariam formando fila em torno do Globo para fazer um teste. Na última semana, observei o que parece ser todo garoto e todo homem de todos os bairros de Londres saírem de trás da cortina e assumirem seu lugar no palco. Hoje tenho trinta e dois garotos lendo para os três papéis femininos. Já estou aqui há três horas, observando cada um deles ler suas falas, as páginas úmidas e trêmulas nas mãos.

Ouvem-se um rangido e um gemido de madeira, e eu me viro e encontro Carey se sentando no banco ao meu lado. Ele está aqui porque diz que gosta de ver como estou indo, porque é o último dia de testes e ele quer minha lista final. Mas eu também sei que é mais que isso. Ele observa aqueles sobre o palco com a mesma atenção que eu. Espero por isso. O princípio central do bom ofício de espião é nunca deixar nada nem ninguém passar despercebido.

Ficamos sentados em silêncio enquanto o garoto número dezessete se engasga com suas falas. Observo cada expressão, cada gesto, escuto cada inflexão e cada palavra. Presto atenção a performances tão ruins que é difícil acreditar, motivadas por uma fala praticada demais, nervos agitados demais, nervos que não estão em suficiente agitação. Estudo aqueles que veem o palco e seu entorno como se fosse tudo o que lhes disseram que seria.

Presto atenção à procura de atores que atuem como atores.

Tomo notas copiosas em um livro grosso com capa de couro, com os dedos manchados de tinta, tão pretos quanto os do próprio Shakespeare. Há o de sempre: nome, descrição, altura, experiência anterior, que falas de que fontes eles escolhiam ler. Essa informação é concreta, fácil de pôr em palavras. O que nem sempre é fácil é o abstrato. O tique facial ou a gagueira, um remexer de pés ou a postura rígida. Falas pronunciadas com ênfase demais, ou murmuradas demais. Se parecem desesperados para conseguir o papel porque o desespero, pelo menos em minha experiência, geralmente precede a culpa.

Embora seja eu quem esteja cuidando deste teste das sombras para cima, é Shakespeare quem o dirige do fosso abaixo. Cada garoto diz sua idade quando sobe no palco. Eles vão de treze a dezessete anos, mas todos parecem iguais para mim: magros, cabelos despenteados, vozes trêmulas e olhos grandes e curiosos. Não leem trechos de *Noite de Reis*, pois Shakespeare não quer ladrões literários nem rufiões artísticos – suas palavras – ouvindo seu (meu) trabalho e o roubando para si. Em vez disso, leem trechos de outras peças bem conhecidas. *Sonho de uma noite de verão* parece ser a favorita.

– *Assim eu morro. Assim, assim, assim. Agora morro, agora voa...*

– *Voo* – corrige Shakespeare. Seu tom é de tédio. – Tem de rimar com *morro*.

O garoto, tão cheio de espinhas que consigo contá-las daqui, tenta novamente.

– *Minha alma está no céu. A língua perde sua luz, luz, luz...*

– Só uma *luz* – corrige Shakespeare.

– *Lua, pode voar. Agora morra, morra, morra, morra, morra, morra, morra...*

– A fala pede cinco *morras* – avisa Shakespeare. – Não sete. Acho que a lua está bem morta a essa altura.

– Meu Deus – sussurra Carey. – Eles são todos assim?

– Em geral, não – respondo. – Hoje, sim.

Carey observa enquanto eu risco o nome do garoto no livro, outro dos muitos homens e garotos que dispensei – na verdade, a maioria

· 118 ·

deles –, antes de me voltar para o palco. O garoto com as espinhas se foi, e em seu lugar há outro. Alto, magro como um inseto, roupas desmazeladas. Cabelo ruivo que parece ter sido pego em uma moita de espinheiro; olhos de corça, tão grandes que são quase cômicos. Ele se mantém muito imóvel, com as mãos entrelaçadas às costas, como se estivesse se segurando para não sair correndo. Sinto um lampejo de reconhecimento – já vi esse garoto antes, tenho certeza disso, mas não consigo localizar onde.

– Nome – entoa Shakespeare.

– Christopher – responde o garoto. – Alban. O senhor pode me chamar de Kit.

– Idade?

– Dezesseis. Dezessete – ele se corrige rapidamente.

– Bom, quantos são? Dezesseis ou dezessete?

– Fiz dezessete no mês passado – responde o garoto.

– O que significa que você provavelmente tem dezoito – diz Shakespeare. Ele disse que todos os garotos iam mentir a idade, os mais velhos querendo parecer mais jovens para aumentar as chances de conseguir um papel. – Experiência de palco?

– Nenhuma, senhor – diz o garoto. – Embora eu cante na igreja todo domingo e seja bastante bom. Pode estar achando que não sou grande coisa de se ver, mas eu lhe asseguro, minha voz é de sereia.

Vários atores no pátio riem disso, e eu me vejo sorrindo. Não é verdade. Ele é bonito, e posso dizer que sabe disso.

– Espero que não – observa ironicamente Shakespeare. – O que vai recitar? *As alegres comadres de Windsor* ou *Sonho de uma noite de verão?*

– Com todo o respeito, mestre Shakespeare, nenhum dos dois. Gostaria de recitar Christopher Marlowe. "Hero e Leandro", se for de seu agrado.

Sinto os olhos de Carey sobre mim. Mantenho meus olhos no garoto.

– Se for de meu agrado, há! Kit Alban recitando Kit Marlowe. Muito bem, então. Vamos ouvir.

O garoto olha as tábuas. Posso ver seu peito subindo e descendo, rápido e irregular, nervoso como todos os outros, mas, quando ergue a cabeça, seus olhos encontram as arquibancadas na galeria, como se o resto de nós, assistindo, sussurrando e julgando no teatro, não existisse.

"Não está em nosso poder amar ou odiar,

Pois a força de vontade em nós é vencida pelo destino.

Quando dois são desnudados, muito antes começou a maldição."

Sua voz é diferente da dos outros, não estridente nem irregular, mas melodiosa e suave, com uma cadência que me diz que ele é do Oeste, de Devon ou Dorset, talvez. Há uma severidade característica nas consoantes que ele se esforça bastante para arredondar, mas nas quais ainda assim se prolonga, principalmente nos R. Mesmo assim, ele chama sua voz de sereia e não está errado: é o tipo de voz que faz você querer fechar os olhos.

"Desejamos que um deve perder, o outro ganhar

Onde os dois são deliberados, o amor é frágil.

Quem já amou que não amou à primeira vista?"

Eu me vejo sentado na frente em meu assento, não mais escutando a voz desse Kit, mas a de Marlowe. Lembro-me de quando ele escreveu esse poema. Eu tinha doze anos, os teatros haviam sido fechados por causa da praga, e ele se voltou para a poesia. Houve alguém que virou seu coração do avesso; eu sabia disso por sua distância e sua ausência, pelo modo como ele nunca terminava o poema, como se ele mesmo não soubesse como terminá-lo. Depois que ele morreu, outra pessoa o terminou para ele – não eu – e, quando foi impresso alguns anos mais tarde, também não foi por mim; não podia aguentar ver palavras que não eram de Marlowe atribuídas a ele. Ainda assim, agora eu mesmo fazia isso, atribuindo o nome de Shakespeare às minhas palavras, e começo a entender sua raiva em relação a mim. Se algo tão puro quanto as próprias ideias é conspurcado, o que mais pode restar?

O teatro está em silêncio quando o garoto termina, e há alguns poucos aplausos em meio ao restante dos possíveis atores ainda enfileirados no pátio.

Shakespeare olha em minha direção e aceno com a cabeça para ele.

– Acho que você vai servir bem – diz ele. – Com esse rosto, vai fazer uma Viola perfeita.

O garoto, Kit Alban, parece momentaneamente confuso, e uma expressão vazia cai sobre seu rosto em vez de um sorriso, uma risada ou mesmo um rubor, todos os quais eu poderia ter esperado. Por fim, ele sai do palco, entra pela cortina e desaparece nas coxias. Faço uma marca ao lado de seu nome.

– Por que ele? – pergunta Carey.

Quase tinha me esquecido de que ele estava ali, com meus pensamentos ainda no garoto.

– Ele se atrapalhou com a idade – respondo. – Onze outros fizeram isso e eu os escolhi também. A idade pode não ser a única coisa sobre a qual estão mentindo. Ele é pobre... Você viu as roupas? Mas ainda assim articulado. Essas duas coisas não costumam andar de mãos dadas, e, mais uma vez, isso aponta para uma mentira. Tenho mais sete em minha lista com a mesma discrepância. Por fim, ele é bom. Bom demais para não ter experiência em algum lugar, coisa que ele diz não ter. Isso pode ou não ser verdade. Ele é um de uma dúzia que marquei por isso também.

Confirmo os nomes dos atores, músicos e assistentes de palco em minha lista, depois pego uma folha limpa em meu livro e os copio antes de entregá-los a Carey.

Ele examina rapidamente a página, com olhos brilhantes de curiosidade.

– Então são estes.

Assinto.

– Se há um homem usando esta peça como meio de assassinar a rainha, ele está aqui.

– Você está certo disso – diz Carey com satisfação.

Estou.

– Vou começar a vigiá-los esta noite.

Levanto-me, mexo o pescoço de um lado para outro, rígido após um dia sentado. Com tantas pessoas para vigiar, os próximos dias vão ser longos, com mais alguns à frente também estendidos. Não vai haver muito descanso em nenhum deles, já estou sentindo isso.

– Vou ter uma lista mais exata para você no fim da semana que vem. Então, poderemos apresentá-la à rainha.

Capítulo 11

Kit

Teatro Globo, Bankside, Londres
30 de novembro de 1601

Apesar da relutância inicial de Catesby em relação a usar a peça de Shakespeare como meio para eu assassinar a rainha, ele mudou de ideia bem rápido. Principalmente porque as duas ideias que propôs sobre como isso deveria ser feito – uma flecha atirada da margem enquanto ela navegava pelo Tâmisa em sua barca, ou uma pistola disparada enquanto cavalgava pelo campo em uma caçada – deixavam muito ao acaso. A flecha poderia errar o alvo; a pistola poderia falhar. Nem Catesby nem seus homens têm habilidade para disparar a distância com esse tipo de precisão, então precisariam contratar alguém para fazer isso por eles, alguém que poderia virar um traidor ou um covarde. Para mim, de pé no palco com um punhal na mão, a apenas alguns metros de distância da rainha, vai ser muito mais difícil errar. Como eu já sou uma traidora – mas sem dúvida não sou covarde –, havia mais razões para dizerem sim do que não.

O restante dos homens de Catesby ficou entusiasmado com a ideia. Quando consegui o papel, os irmãos Wright, Chris e John foram mandados para tentar trabalho como assistentes de palco. Catesby raciocinou que eu estaria tão ocupada aprendendo minhas falas que precisaria de alguém para ver os detalhes e a logística de como e quando o trabalho – palavras de Catesby – seria feito.

Dos homens de Catesby, Chris e John – com trinta e um anos e trinta e três anos, respectivamente – eram a melhor escolha, pois os outros eram velhos demais ou reconhecíveis demais para assumir tal disfarce. Os Wright são inteligentes, também; Catesby diz que estão sempre inventando pequenos dispositivos, e ele me mostrou um que eles lhe deram, uma pequenina bússola de ouro montada em um anel. Para eles, era fácil o bastante entender o funcionamento dos objetos de palco para conseguir blefar em uma entrevista com o principal assistente de palco do Globo. Mostraram-lhe fogos de artifício que fizeram com pólvora enfiada em um rolo de papel, fizeram fumaça preta, branca e vermelha, misturando álcool com diferentes tipos de sal, jogaram pedaços de resina na chama de uma vela para simular relâmpagos. Chris disse que todos no teatro assistiam a eles e, quando terminaram, o emprego era deles.

De qualquer forma, aqui estou eu no Globo. Ele não parece menos grandioso na segunda vez do que era na primeira, no dia do meu teste. Hoje o dia está claro e azul, mas frio, com o vento assoviando pelos becos que parecem túneis e agitando as águas cinza do Tâmisa em pequenas ondas encimadas de branco. Um dia como este daqui seria extraordinário na Cornualha, pois quase todo dia depois de outubro é repleto apenas de céu lacrimejante e nuvens encharcadas. Talvez seja assim aqui, também, pois parece que todas as pessoas de Londres saíram de casa e estão aglomeradas em mercados, ruas e pontes. A caminhada até o teatro levou mais de uma hora quando devia ter levado vinte minutos, e agora estou atrasada no meu primeiro dia.

Quando me aproximo da porta do Globo, posso ouvir as vozes no interior, altas como se uma apresentação já estivesse em andamento. O nervosismo que senti em meu teste ressurge. Paro por um momento, com a mão no anel de latão no meio da porta, e ofereço a mim mesma um pouco de encorajamento.

Eu sou um garoto, digo. *Sou um ator e estou aqui para interpretar um papel. Não sou uma garota e não estou aqui por vingança. Não estou aqui como parte de uma trama para matar ninguém.*

Isso não me faz nenhum bem, é claro, porque dizer a mim mesma coisas nas quais não devia estar pensando faz com que eu pense ainda mais nelas. Meus pensamentos começam a se descontrolar, como cachorros excitados em demasia, tal qual os cães que meu pai levava consigo ao caçar, latindo, rosnando e completamente fora de controle.

Por fim, puxo a porta para abri-la, e um rangido e um gemido ecoam pelo corredor estreito que leva ao teatro. Ando devagar, passando pelas escadas que levam às galerias superiores e ao fosso. Aqui está tão movimentado quanto o dia do mercado em Truro. Há dois homens no palco, cada um segurando um pedaço amarrotado de papel. Eles dizem suas falas enquanto medem os passos, articulando as palavras com tanta clareza e tão alto que podem ser ouvidas até os caibros do teto. No fosso, cerca de dez homens estão reunidos em uma cena que ensaiam, murmurando em vez de projetar a voz, para não atrapalhar os que estão no palco. Um grupo de músicos está sentado no balcão, dedilhando alaúdes e cistros, e soprando delicadamente flautas e gaitas, sons ambientes, embora de vez em quando um prato ou sino seja tocado e logo silenciado com rapidez.

No meio de tudo está mestre Shakespeare, parecendo tão cansado quanto no dia do meu teste. Sua camisa está para fora da calça, o rosto pelo menos há três dias sem barbear, e um ninho de cabelo preto aponta para todas as direções. Está parado no fosso, com os cotovelos apoiados na beira do palco, enquanto escuta a cena em andamento. Ele segura uma pena com uma das mãos e escreve furiosamente no pergaminho à sua frente.

Dirijo-me ao palco, mantendo-me nas sombras o máximo possível. Meu coração é um coelho da Cornualha acuado; o suor começa a se acumular entre meus seios e a passar pela faixa. Ao me aproximar, posso ouvir com mais clareza a cena e as falas. Elas são entre um garoto que, com seu rosto manchado e voz variando, não pode ter mais de treze anos e o homem de cabelo ruivo chamado Kemp de quem me lembro da Elefante.

O garoto está recitando, mas as falas são mortas como um carneiro na primavera e não têm metade da graça. Encolho-me diante da maneira como ele diz as palavras todas juntas, como se as dissesse sem considerar seu significado. Mestre Shakespeare parece pensar o mesmo e ergue a mão para interrompê-lo.

– Você. Viola. – Ele aponta para o garoto. *Viola!* Esse é meu papel, e é a minha cena que ele está ensaiando; por um momento, entro em pânico. Estou atrasada, mas não *tão* atrasada, e sem dúvida mestre Shakespeare não me substituiu. Até que percebo que o garoto apenas preenchia meu lugar, não sendo nem de longe bom o suficiente para me substituir, e relaxo um pouco. – Qual é seu nome mesmo?

– Wash.

– Wash? – Mestre Shakespeare pisca e balança a cabeça, supostamente pela mesma razão que eu: o nome desse garoto ser menos um nome e muito mais a profissão da mãe. – Tente se lembrar, Wash, de que está interpretando uma mulher, e você quer que sua voz esteja fina. Vamos ouvir de novo, mas desta vez em falsete.

O garoto assente e tenta novamente.

– Com toda a sinceridade, vou lhe dizer isso, estou quase doente por uma, embora eu não a quisesse crescendo em meu queixo. Sua senhora está aí?

Mestre Shakespeare dá um grunhido.

– Não, não, *não*. Você precisa dar um pouco de impertinência, Wash. Lembre-se de que Viola é uma garota vestida de garoto. *Você* é um garoto vestido de garota vestida de garoto. O palhaço brincou que você teria uma barba, mas, como você não é capaz de ter barba, essa é a verdadeira piada. Entende?

– Sim, senhor.

– Você entendeu mesmo ou está dizendo isso só para me agradar?

– Sim, senhor.

– Pelos deuses! – A pena e o pergaminho se agitam; há tinta no ar e cabelo arrancado. Abençoado seja mestre Shakespeare por suas

• 127 •

palavras, mas, é bom que se diga, ele é tão dramático quanto uma mulher em trabalho de parto. – Uma pausa, está bem? Uma pausa antes que eu mergulhe na bebida. Ou comece a beber, os dois vão servir. Senhora Lovett!

Uma mulher de pele morena em um vestido de musselina sai de trás da cortina com a boca cheia de alfinetes. Ela os cospe na palma da mão.

– Aqui, senhor.

– Vista esse... *Wash* com um vestido, está bem? Talvez, se ele parecer uma garota, isso o ajude a se lembrar de agir como uma.

A senhora Lovett pega o braço de Wash e o arrasta para trás da cortina. Kemp salta do palco para o fosso para se juntar aos outros. Eles riem, dão tapinhas em suas costas e o parabenizam por fazer aproximadamente nada. Eu uso a oportunidade para dar um passo à frente e me apresentar.

– Mestre Shakespeare. Desculpe por estar atrasado.

Com meu nervosismo e pressa, esqueço de fazer uma reverência como um garoto e, em vez disso, faço uma mesura como uma garota, como uma *idiota*, e o fio de suor por baixo de minha faixa se transforma em uma inundação. Mas mestre Shakespeare parece se deleitar com isso. Ele leva a mão ao peito, joga a cabeça para trás e dá uma risada gutural.

– Há! Se não é Viola. A *verdadeira* Viola. Graças aos deuses você chegou. Aos *deuses*. – Ele se posta à minha frente e me olha de alto a baixo, acariciando sua barba de lixa. – Nem mesmo com o figurino e já está interpretando o papel – continua ele. – Um garoto como uma garota, totalmente. Viu a dificuldade de

· 128 ·

seu substituto na última cena? Como você teria falado aquilo? Diga-me.

Sinto uma pequena emoção com isso, em um dos maiores dramaturgos de Londres querer saber como eu – uma ninguém – diria uma de suas falas. Quase me encolho – se eu fosse Katherine de espartilho, talvez tivesse feito isso –, mas minha calça me dá uma coragem que ela nunca teve. Recuo um pouco, para dar a ele espaço para me observar melhor.

– *Com toda a sinceridade, vou lhe dizer isso, estou quase doente por uma.* – Então eu lhe dou as costas, como se me dirigisse ao público em um sussurro exagerado. – *Embora eu não a quisesse crescendo em meu queixo.* – Sem interrupção, viro-me para ele e termino a fala. – *Sua senhora está aí?*

Mestre Shakespeare sorri para mim, alucinado.

– É isso. É. *Isso*. E a voz. Doce! Eufônica! Me-lí-flu-*a*. Soube no momento em que subiu no palco que seria perfeito, e aí está você. Perfeito.

Enrubesço com seu elogio; ele me aquece como um dia de verão. Abro um sorriso tão grande que minhas bochechas doem.

– Você sabe suas falas? – Shakespeare aperta meu ombro com a mão livre. – Quero ouvir mais. Quero ouvi-las todas.

– Este é meu primeiro ensaio, senhor – respondo. – Ainda não as tenho.

Ele me dá as costas e salta sobre o palco, acenando para que eu suba atrás dele. Deve haver um jeito gracioso de subir naquela plataforma de 1,20 metro, mas o jeito que utilizo – uma mão, depois a outra, seguidas de um joelho, depois o outro – não é ele.

– Senhora Lovett! – berra mestre Shakespeare. – Traga-me o garoto.

Ouve-se um grande baque surdo nas coxias, seguido por um grito agudo, e em seguida uma senhora Lovett carrancuda enfia a cabeça pela cortina. Shakespeare gesticula para que ela se aproxime com um aceno impaciente e ela obedece, com Wash em seu encalço. Ele usa um vestido verde, ajustado com alfinetes.

– Suas falas, Wash. Você as tem?

O garoto pensa nisso por um momento, então enfia a mão no corpete do vestido e faz surgir o que parece ser um maço suarento de pergaminho. Ele o passa para Shakespeare, que o recebe como se Wash lhe entregasse um órgão interno. Shakespeare gesticula para que os dois saiam com a mesma mão impaciente e começa a desamarrar o papel, que na verdade são pedaços individuais de pergaminho. Neles há palavras que vou levar aproximadamente cinco anos para decifrar. Elas parecem ter sido escritas por uma criança no escuro montada em um cavalo em movimento.

– Suas falas. – Ele as entrega para mim. Imagino que a surpresa esteja evidente em meu rosto, porque ele diz: – Tenho apenas uma cópia da peça. Seria um desperdício criterioso de meu tempo copiá-la inteira, trinta vezes, para cada ator ter uma. E não há dúvida de que não posso confiar em outros para fazer isso. Já ouviu falar em ladrões literários, Viola? Eles existem, e estão *por aí*. Há um resumo afixado nos bastidores.

Assinto em resposta, mas ele não vê isso. Já me deu as costas e olha para as fileiras de assentos que cercam o palco. Estão todos vazios, eu já olhei, mas começo a imaginar que nunca é possível saber ao certo o que Shakespeare vê que o resto de nós não vê.

– Orsino! – Os berros outra vez. – Onde está você? Orsino!

Shakespeare gira para trás, ainda olhando. Suponho que Orsino seja outro personagem da peça, já que Shakespeare parece preferir nos chamar pelo nome deles.

Acima de nós, na segunda fileira da galeria, há uma mudança na sombra, o único lugar no teatro claro não iluminado pelo sol do meio-dia. Sigo o movimento enquanto ele desaparece; então, momentos depois, reaparece na boca do corredor que leva para dentro do fosso. É um dos atores. Ele vem em nossa direção, sem pressa. Shakespeare estala os dedos, sem nenhum efeito sobre ele.

Já vi esse garoto antes, primeiro na Elefante, depois no dia do meu teste. Ele também estava sentado na galeria, bem no alto, como se achasse estar invisível, como se achasse ser o único a saber alguma coisa sobre se esconder. O que ele não sabe é que eu o observava enquanto ele me observava, o modo como se debruçou na balaustrada de madeira quando comecei a recitar o poema de Marlowe, o jeito como puxou um caderno e o apoiou na beira da balaustrada e começou a escrever nele. O modo como o fechou e chegou para trás no banco, desaparecendo na escuridão. Se não soubesse que ele era um ator, seu comportamento poderia me preocupar: estou escondida há tempo demais para me sentir confortável com esse tipo de reserva e escrutínio. Mas, antes que eu ficasse mais preocupada, lembrei-me de como aqueles homens tropeçavam uns nos outros para impressionar mestre Shakespeare, e acho que esse garoto não é diferente. Está apenas investigando a concorrência, assegurando-se de que eu não o substitua nos favores de Shakespeare.

Ele dá um salto gracioso para o palco, vem parar ao meu lado, e finalmente vejo como é sua aparência sob a luz. Ele não é alto – na verdade, não muito mais alto que eu. Ele é feito de sombras e coisas afiadas, cabelo escuro, sobrancelhas escuras e maçãs do rosto bem definidas. Mesmo seus olhos são duros, um tom de gelo que eu só vi em um bode irritante que tínhamos chamado Tin – o que parece carinhoso até você saber a palavra em córnico para *traseiro*, que também se pronuncia "tin". Ele não parece um ator, alguém que vive das palavras de outras pessoas. Parece viver das próprias, e nenhuma delas agradável; o tipo de pessoa de quem eu correria se o encontrasse sozinha depois de escurecer em uma das muitas ruas iguais de Londres.

– Viola-Cesário, conheça o duque Orsino – diz Shakespeare. – Orsino, conheça Viola-Cesário.

Se o garoto me reconhece, não sei dizer; ele apenas me olha com seus olhos de bode e me dá o mesmo sorriso praticamente inexistente que me deu na taverna. O que parecia amistoso com a névoa das bebidas e dos dados agora parece desdenhoso, como se ele se achasse um ator bom demais para se incomodar com uma iniciante como eu. Retribuo o sorriso quase inexistente, assegurando-me de lhe acrescentar uma inspeção dos pés à cabeça, como se eu, também, captasse o que vejo e não estivesse impressionada. Não é a melhor maneira de começar meu primeiro dia, mas não estou aqui para fazer amigos, não quando tenho *um trabalho a realizar.*

Ainda assim, Shakespeare se deleita com esse diálogo sem palavras e solta mais um *há, há, há* rouco.

– Muito bom! Já antagonistas. Isso vai ser útil, Viola-Cesário, quando Orsino acusá-la de se casar com Olívia, depois matá-la no ato final da peça. Mal posso esperar. Vai ser simplesmente *looplab*. Orsino! Sabe suas falas, garoto?

Embora *garoto* pareça uma alcunha pouco precisa – não sei se esse Orsino foi alguma vez um garoto; é provável que tenha nascido rude e com dezenove ou vinte anos –, ele assente, apenas uma vez e de forma rápida.

– Vamos começar por onde paramos, no primeiro ato, cena quatro. Viola, essas falas devem estar perto do fim de sua pilha, não aí, elas não estão em ordem; vai precisar procurar por elas. É o primeiro dia de Viola no trabalho com Orsino, vestida de garoto e disfarçada como o criado Cesário. Você as tem?

Meus dedos se movem pelo pergaminho enquanto procuro os números rabiscados nos cantos, enfim detendo-me nos que dizem *1.4.14, 1.4.15, 1.4.41*. As falas não fazem sentido fora de contexto, pois não sei o que vem antes delas nem depois. Mas, assim como com todo o resto, vou ter de descobrir. Eu as arrumo em ordem, guardo-as com rapidez na memória, em seguida olho para Shakespeare e balanço a cabeça afirmativamente uma vez. Esse é um jogo para dois.

Orsino se afasta de nós e assume sua posição na frente do palco. Olha ao redor como se não me visse e diz sua fala, que, irritantemente, ele já sabe.

– *Olá! Quem viu Cesário?*

Penso em Viola, em como ela não é um criado, mas apenas age como um, que precisa dessa posição para melhorar a sua, e que deseja mantê-la. Shakespeare disse que era o primeiro dia de Viola-Cesário no trabalho, então acho que ela estaria nervosa e querendo agradar. Imagino que sua mente estaria mais ou menos como a minha neste momento; não é difícil pensar em como reagir.

Caminho depressa em direção a Orsino, subserviente, mas ainda assim com entusiasmo, cheia de sorrisos.

– *Às suas ordens, meu senhor, aqui estou.*

Capítulo 12

TOBY

TEATRO GLOBO, BANKSIDE, LONDRES
6 DE DEZEMBRO DE 1601

A primeira semana de ensaios é um desastre. Não havia como não ser, não com uma grande quantidade de novos homens perturbando o microuniverso que é o Globo, com a própria ordem e o próprio ritmo de funcionamento. Burbage e seus homens, atores profissionais com anos de experiência no palco, não escondem a aversão pelos recém-chegados. Dizem que eles foram mal escolhidos, que havia atores melhores que foram recusados, que sua inexperiência atrasa a peça, que isso atrapalha a performance deles. É tudo verdade, claro. Shakespeare suporta o peso dessas reclamações e o administra da melhor maneira possível, o que significa nada bem.

Ele anda pelo palco durante as cenas dos novos atores, mudando suas falas às vezes no meio da frase, escrevendo uma prosa indecifrável em um pedaço de pergaminho e estendendo-o para eles com dedos manchados de tinta, gritando se o deixarem cair ou, valha-me Deus, se não conseguirem ler o que ele escreveu. Burbage e seus homens não oferecem nenhuma ajuda; ficam de lado com um sorriso malicioso, revirando os olhos, tossindo insultos dentro de punhos fechados: crianças brincando de ser adultas.

Todo esse caos também deixa meu trabalho mais difícil. Primeiro há minha peça, que está sendo reescrita tão rapidamente que fica cada vez mais difícil saber minhas falas. Isso tira minha atenção de onde ela deveria estar, que são meus suspeitos. Os cinco novos principais – três garotos e dois homens – estão com tanto medo de Burbage e seu grupo que não fizeram nada além de se comportar de maneira estranha, ficando sozinhos e quietos nos bastidores até serem chamados. Os onze substitutos e vinte assistentes de palco são ainda piores. Desaparecem tão completamente contra o fundo que procurá-los chamaria atenção indevida sobre mim.

Assim, depois de uma semana de observações e indagações sobre o passado deles, que demora tanto a chegar, não tenho quase nada sobre ninguém, só o que percebi nos testes. Devia ter mais, o suficiente para reduzir minha lista de trinta e seis suspeitos àqueles nos quais posso concentrar minha atenção. Mas, do jeito que estão as coisas, ninguém é mais suspeito que ninguém, então estou na posição nada invejável de ter de observar todos eles. Tudo o que vejo é que estão desconfortáveis. Um suspeito desconfortável é um suspeito cuidadoso, menos propenso a cometer erros ou a começar a estabelecer padrões regulares que, pelo menos se os suspeitos não são quem dizem ser, são invariavelmente rompidos.

São quase três horas, o fim do dia de ensaio. As sombras longas do breve entardecer rastejam pelo telhado aberto, deixando o palco frio e escuro quando Shakespeare finalmente nos diz para parar. Estou sozinho nos bastidores com os outros atores enquanto eles vestem capas, cachecóis e chapéus, preparando-se para ir embora. Ainda não ensaiamos com os figurinos – isso vem depois –, mas Shakespeare gosta que sejamos ágeis no palco e diz que nossas roupas para o ar livre são uma *desgraça para nossa destreza*, embora seja inverno e estejamos todos rígidos de frio.

Decido que agora é uma hora tão boa quanto qualquer outra para fazer amizade com um de meus suspeitos. Quanto melhor conheço uma pessoa, mais fácil é para mim dizer se ela está mentindo.

Avalio minhas opções. Primeiro, tem Thomas Alard, o garoto escalado para o papel de Olívia. Ele é louro, de olhos azuis e alto, com articulações volumosas nos membros e um pomo de adão que se move quando fala. É quieto – agora, estão todos quietos –, mas eu me lembro de seu teste, com seu falsete agudo e o vestido que usava, embora não fosse exigido. Também me lembro da maneira como ele disse que sua idade era dezoito, mas sua barba dizia vinte, da maneira como seus olhos moviam-se pela galeria observando a concorrência; como sua calça é curta demais e seu gibão, apertado demais, embora ele use sapatos novos feitos de couro, engraxados e sem lama. Contradições em demasia sempre apontam para mentiras.

Tem também Aaron Barton, que foi escalado como Maria. Baixo, corpulento, dezessete anos – esta é a idade que ele diz ter, e acredito nele. É sardento e ruivo, com um ligeiro sotaque escocês que ainda se revela nos G. Ele veio das Crianças da Capela, o coral de meninos. Começou aqui há três anos, mas partiu depois de um ano, só para retornar no último inverno, coincidentemente (ou não) logo após a execução de Essex. O mestre das Crianças da Capela disse a Shakespeare que Barton não lhe deu razão para ter partido, nem disse a ele aonde tinha ido, tampouco por que havia voltado. Esse tipo de lacuna – tanto em relação ao conhecimento quanto em relação à origem – é sempre suspeito.

Depois vem Gray Hargrove, que interpreta Sebastião, um dos gêmeos náufragos. De cabelo escuro e magro, ele diz ter dezessete, mas na verdade parece mais próximo de quinze. É quieto, mas se expressa bem quando fala. Ele diz que fez parte de um grupo de teatro itinerante em Nottingham, apresentando-se em estalagens e salas de reuniões de guildas antes de se mudar para Londres no ano passado para tentar atuar no Globo ou no Fortuna. Não tive razão para não gostar de seu teste, mas não gostei: ele leu um trecho de *A rainha das fadas*, de Edmund Spenser – um pouco pretensioso para um vagabundo –, e demonstrou nervosismo pelo movimento dos olhos e pela postura incomum para um ator experiente.

E tem Christopher Alban – Kit –, o que interpreta Viola. O garoto com voz encantadora e o cabelo caótico que recitou Marlowe em seu teste. Que disse não ter nenhuma experiência de interpretação, que disse a Shakespeare ser apenas um cavalariço de Plymouth cuja voz agradou ao mestre da casa em que ele servia e que este o enviou com um cavalo, um pouco de dinheiro e desejos de boa sorte para se tornar um ator no grande teatro de Londres.

É quase certeza de que é tudo mentira. Kit é um ator decente, um aluno rápido, sempre preparado e, desde o primeiro dia, pontual.

Apesar de todas as mudanças que Shakespeare faz em suas falas, ele aparece no dia seguinte com elas decoradas, às vezes dizendo-as de um modo diferente. Mantém-se firme nas cenas que tem com os Homens de Lorde Chamberlain, e mesmo eles não conseguem encontrar defeito na maneira como as diz. Seu comportamento é impecável, e está com rapidez tornando-se o favorito. E esse é o problema. Nenhum cavalariço deveria ser o favorito, não neste teatro e não com estes homens. Nenhum cavalariço deveria ser capaz de ler suas falas, muito menos saber como interpretá-las e dizê-las do jeito que elas devem ser ouvidas. Pretendo descobrir por quê.

Meus últimos quatro suspeitos também estão presentes. Simon Sever, no papel de Valentino, Mark Hardy, que interpreta Antônio, e os irmãos Bell, ambos assistentes de palco. Sever e Hardy já estão vestidos, e sei, de observá-los, que serão os primeiros a sair pela porta e ir para casa sem ao menos se despedir. Os Bell entram e saem apressados da cortina, ainda trabalhando, andando depressa em obediência frenética às ordens do mestre de palco. Vão estar aqui até bem depois que escurecer, então duvido que vá segui-los esta noite.

Os atores começam a deixar o teatro. Junto-me a eles, mantendo um olho em Alard, Barton, Hargrove e Alban enquanto seguimos pela escada de tábuas até a porta dos fundos. Como eu esperava, Sever e Hardy são os primeiros da fila, os primeiros a saírem do prédio. Do lado de fora, a noite cai com rapidez, o céu azul derretendo-se em rosa e laranja. Apesar de sua beleza, as coisas logo vão ficar feias, quando os bordéis se abrirem e homens com dinheiro e tempo de sobra vierem aqui para jogar, beber e procurar mulheres.

E é para aí que metade do grupo do teatro vai – entre eles, Alard e Barton. O resto entra em Rose Alley – a rua que avança ao lado do teatro Rose e do Globo – e segue para o norte, rumo a Bankside, pela ponte de Londres e para o outro lado do Tâmisa na direção de casa. Acabei de decidir seguir Alard e Barton – é mais eficiente para mim observar os dois ao mesmo tempo –, quando minha atenção é atraída para Alban. Ele se demora no meio da rua, a única coisa imóvel na multidão que se acotovela, por tempo suficiente apenas para a distância entre ele e os outros aumentar, de modo que não o percebam se afastar.

Kit começa a se movimentar para o sul, rumo ao Rose. Não há nada nessa direção além do teatro e, depois disso, pastos e lavouras. Isso, por si só, é suficiente para despertar minha curiosidade, mas, quando ele dá um olhar furtivo para trás, está decidido. Dou a ele uma folga de vinte passos antes de sair em seu encalço, com lembranças do teatro e de Marlowe se insinuando a cada passo.

O teatro Rose encerrou suas atividades apenas um ano atrás. Marlowe era seu principal dramaturgo, de forma muito parecida com que Shakespeare é o do Globo. Quando realizava tantas apresentações quanto o Globo – até seis por semana –, vim aqui mais vezes do que consigo contar. As paredes de argamassa e madeira são familiares, assim como o telhado de palha pesado, que a essa altura deve abrigar mais pássaros do que já teve público, e o jardim de rosas vizinho que deu nome ao teatro. Ele agora está descuidado, mas, em vez de secarem, as rosas cresceram sem controle, agora arbustos emaranhados com muitos espinhos e flores mortas.

· 140 ·

Kit se dirige à entrada dos fundos do Rose. Já esteve aqui antes, posso dizer pela maneira como se move com segurança nas sombras, pelo jeito como sabe que a porta prende, que precisa ser puxada e depois empurrada antes que o trinco se abra. Ele entra no teatro e fecha a porta com cuidado às suas costas. De meu lugar na rua, espero um instante, dois, antes de seguir atrás dele. Estou a meio caminho da porta quando escuto: aquela voz bonita, aguda e harmônica emanar através das madeiras.

– *Disfarce, vejo que é uma imoralidade. Onde o inimigo fértil muito faz*. Muito *faz*? Ou *muito* faz? – Kit para e tenta a fala outra vez, decidindo-se pela última. – *Como sou uma mulher, agora, pobre de mim...* – Há um farfalhar de papel, um grunhido irritado, depois em tom baixo, murmurado: – *...nesse dia*. Pobre de mim, nesse dia, mesmo.

Está ensaiando, e agora tenho uma explicação de por que é um ator tão capaz. Repito o truque de Kit com o trinco da porta, entro no teatro, subo a escada e chego aos bastidores dilapidados. Observo enquanto ele anda pelo palco de um lado para outro, roendo distraidamente uma unha enquanto murmura suas falas, várias e várias vezes. Não há luz suficiente para ler os pedaços de pergaminho que segura na mão, mas talvez esse seja o objetivo – a escuridão forçando-o a guardar o que sabe na memória.

– *Ah, tempo, você deve resolver isso, não eu? Não eu.* – Kit para, estreitando os olhos para suas falas, que agora devem estar ilegíveis, e dá um suspiro. – *Não eu...*

Eu me aproximo e dou a ele a fala que está procurando.

– *É um nó muito apertado para desatar.*

Há uma inspiração brusca – eu o assustei –, e ele chega para trás, para as sombras, onde o perco de vista por um momento.

– Orsino – diz ele por fim. – O que está fazendo aqui?

Como sempre, estou preparado para uma mentira.

– Por acaso, é aqui que ensaio, também.

– É? – Pausa. – Não o vi aqui antes.

– Então suponho que, no fim, estávamos fadados a esbarrar um no outro.

Kit dá um passo à frente, para o espaço no palco que não está coberto pela sombra do telhado.

– Eu estava acabando – diz ele, embora eu saiba que não é verdade. – Vou deixar você à vontade em um instante. – Ele se volta para as sombras, procurando sua capa nas tábuas, uma coisa fina que ele joga por cima de ombros ainda mais finos.

– Tenho uma ideia melhor – digo. – Por que não ensaiamos juntos? Temos muitas cenas iguais, e, se estamos os dois aqui, isso faz sentido.

Kit para no meio de um dar de ombros, olhando para mim com uma cautela que se poderia reservar para um canto sombrio ou um beco escuro. Não parece nada inclinado a aceitar minha oferta, mas preciso que faça isso. Preciso que esta noite me forneça alguma informação sobre ele, pois já perdi uma oportunidade com Alard, Barton e Hargrove.

– Acho que a outra opção é montarmos uma escala – digo quando ele não responde. Se puder mantê-lo falando, ele vai ter menos chance de sair. – Você pode ficar com o palco todo dia das três às seis, e eu podia ficar com ele das seis às nove. Mas vou considerá-lo responsável por todo ferimento que possa receber na escuridão, é claro. Ou podíamos alternar os dias para que cada um tenha três dias por semana, e jogamos nos dados para ver quem fica com o quarto. Ou, veja: podíamos duelar para decidir. Não queria que chegasse à violência, mas parece que por baixo dessa sua calma exterior há um coração contencioso, e não tenho dúvida de que você arrancaria o meu de forma limpa, só para se adequar a seus propósitos nefastos.

A boca de Kit se contorce, algo parecido com um sorriso.

– Por que não ensaia com Burbage e seus homens?

– Por que eu faria isso? – respondo. – Mal os conheço.

Isso o faz franzir o cenho.

– Achei que você conhecesse. Parecia que conhecia. Eu já o vi antes, sabia?

Seis palavras que um bom vigia nunca deve ouvir. Estou surpreso por essa declaração, e um pouco preocupado, mas Kit está olhando para mim, então procuro encarar isso com leveza.

– Já viu – confirmo. – Hoje mais cedo. Ontem também, e no dia anterior.

– Estou falando antes de a peça começar – diz ele. – Eu o vi na Elefante algumas semanas atrás. Você estava com Shakespeare, Burbage e os outros.

Agora me lembro por que Kit parece tão familiar. Ele estava sentado perto, jogando dados, com seu cabelo insano e falsa insolência, lançando moedas que agora sei que ele não pode gastar sobre a mesa. Estava olhando para mim antes mesmo que eu o percebesse, e eu o percebi. Era a coisa mais interessante no salão naquela noite, uma das muitas passadas com os homens de Shakespeare, indo de

· 143 ·

taverna em taverna, espalhando notícias sobre a peça. Suponho que Kit tenha ouvido falar sobre ela assim; é como toda a Londres deveria ter ouvido falar sobre ela. Não há nada para deduzir aí, de maneira nenhuma. Mas Kit me ver naquela noite me coloca na companhia deles antes do início dos testes, algo que estou preparado para explicar.

– Eu me lembro de você – reconheço. – Aquela foi uma noite longa. Fui escalado para a peça naquela tarde, e aparentemente Shakespeare e seus homens têm um ritual: o primeiro nome nos registros paga na Elefante. Tudo o que queria na verdade era ir para casa.

Observo Kit enquanto escuta essas palavras, fazendo com que signifiquem algo para ele. A ruga na testa se aprofunda.

– Você não precisou passar por testes?

– Não formalmente – respondo. – Atuei um pouco com uma trupe em Canterbury. Shakespeare estava na plateia em uma das apresentações no ano passado e, depois, convidou os atores para procurá-lo se viéssemos a Londres. Foi o que fiz.

Em nome do anonimato e da segurança, Carey e eu concordamos com minha história, que me coloca como formado na King's School, também em Canterbury – que Marlowe frequentou –, onde vivi até partir para me tornar ator em Londres. Isso explicava minha aparição repentina e constante no Globo, não apenas para Burbage e seus homens, mas para o restante da equipe, sócios, parceiros e financiadores.

– Foi bom Shakespeare ter me dado seu aval – prossigo. – Mas seus homens foram um pouco mais difíceis de convencer. Não ajuda em nada as falas estarem sempre mudando, e estou com problemas para me lembrar delas. Se isso acontecer no palco, estou acabado. – Estendo as mãos. – Foi por isso que vim aqui. Para um ensaio extra.

Kit cruza os braços e empina o nariz.

– Não, você não está.

– Não estou o quê?

– Não está tendo problemas com suas falas – responde ele. – Seu jeito de falar podia melhorar um pouco. Não vou discutir isso. Mas você se lembra das palavras muito bem.

Agora sou eu quem cruza os braços.

– Desculpe?

– Não se preocupe. Não vou usar isso contra você. – Kit continua. – De qualquer forma, você não é o pior no palco, então pelo menos pode se confortar com isso.

– É bom ouvir essas palavras – digo. – Você é sempre tão irritante?

Kit estreita os olhos para mim, a boca trabalhando em um sorriso ou uma resposta. Mas não recebo nenhum dos dois, por isso digo:

– Olhe, vamos ensaiar juntos ou não? Você é um bom ator, e suponho que eu não possa piorar.

– Agora veja quem é irritante.

Kit olha para o céu, agora de um cinza profundo. Acho que ele vai me dizer que é tarde demais, que tem de estar em outro lugar, quando diz:

– Se vamos ensaiar juntos, não acha que eu deveria saber seu nome verdadeiro?

– Toby. – Estendo minha mão, e demora um instante antes que Kit a tome. Seu contato é frio e firme.

– Pode me chamar de Kit.

Capítulo 13

Kit

North House, Lambeth, Londres
8 de dezembro de 1601

É sábado, e hoje não tem ensaio, pois Shakespeare e seus homens estão fazendo uma apresentação no Globo, uma de suas peças mais novas chamada *Como gostais*. Não sei sobre o que é, mas ontem, após o ensaio, eles começaram a se preparar para ela e foram trazidos bodes, e por alguma razão inexplicável a senhora Lovett começou a colocar um pano marrom sobre eles e a encaixar coisas em suas cabeças que pareciam galhadas. Toby sussurrou para mim que era isso o que ia acontecer com ele se eu não o ajudasse a se lembrar de suas falas; que seria substituído por animais porque eles custam menos e não discutem tanto. Acho que ele estava brincando, mas me assegurei de fazermos planos para nos encontrarmos no Rose na semana que vem, só por garantia.

No início, fiquei cautelosa em relação a concordar com os ensaios com Toby. No dia em que o conheci, ele foi, na melhor das hipóteses, gelado, e, na pior delas, teve péssimas maneiras. Mas na verdade eu também não era um modelo de educação. Seja como for, agora ele está mais amistoso em relação a mim, um pouco mais falante, então acho que estava apenas nervoso, assim como eu.

Não contei a Jory sobre esse arranjo, nem pretendo contar a Catesby. Embora o ensaio extra vá melhorar minha performance, portanto me mantendo concentrada na peça (e garanto que o trabalho seja feito), não acho que eles fossem querer que eu passasse algum tempo com alguém fora do círculo de Catesby, não importa a razão. A preocupação de que eu pudesse revelar meu disfarce, ou, sem perceber, ter um deslize e mencionar a trama contra a rainha, seria um risco grande demais para que se sentissem confortáveis. Mas eu vivi toda a minha vida por trás de um véu de segredos, então penso que dois a mais (três, na verdade, se você contar este) não vão machucar.

Estou pensando sobre tudo isso enquanto caminho pelas ruas na direção da North House para ver Catesby e seus homens, com Jory ao lado. Está muito frio e cinza hoje, o ar remoinhando com uma névoa fina de neve que dá até mesmo à nossa parte horrenda da cidade uma sensação festiva. Não vejo Catesby há mais de uma semana, não desde que os ensaios para a peça começaram, e vi Jory muito pouco. Em sua nova posição como padre de Catesby, ele fica lá o dia inteiro, do amanhecer até bem depois de escurecer, fazendo não sei ao certo o quê. Sinto-me culpada em relação a isso, também:

não saber o que está acontecendo em sua vida e não me importar o bastante para perguntar.

– Como têm andado as coisas na casa de Catesby?

Jory olha para mim de baixo de seu gorro marrom de lã, o rosto um pouco inexpressivo, como se talvez tivesse esquecido que eu estava ali.

– Muito bem – responde ele depois de algum tempo. – Catesby tem sido bom para mim, dando-me acesso total à sua biblioteca. Passo a maior parte do dia ali, estudando. Seu acervo é impressionante. Ele tem todos os textos católicos laicos: os apócrifos, os martirológios, manuais de oração e de preparação para receber os Santos Sacramentos...

– *Psst*. – Olho para trás porque mesmo em um beco congelante no meio do nada, em Londres, você nunca sabe quem pode estar escutando. Hoje há apenas um comerciante jogando um balde fumegante de alguma coisa horrível na rua. Espero que ele termine e torne a entrar. – Você não precisa listá-los.

– Passamos muito tempo discutindo teologia, ética, temas acadêmicos, política. – Jory prossegue sem perder o ânimo. – Catesby lembra muito seu pai, Katherine. Kit. Ele é um homem muito estudado, como era seu pai.

Meu pai gostava de Jory, admirando tanto sua inteligência e convicção religiosa que lhe permitia assistir às minhas sessões com tutores. Nunca me importei, e isso às vezes funcionava em meu benefício: Jory entrava em discussões tão acaloradas com mestre Litcott, o professor de teologia, que eu podia sair sem ser percebida e passar o resto da tarde fazendo o que quisesse.

– Ele me ajudou a ver o que vim fazer aqui – diz Jory. – Mostrou-me meu propósito. Meu *verdadeiro* propósito. – Ele olha para o céu e faz o sinal da cruz.

– Pare com isso. – Dou um tapa em suas mãos. – O que você quer dizer? Achei que já soubesse seu propósito. É ser padre, não é?

– É claro – responde ele. – Mas é mais que isso, agora. Muito mais.

Nós nos aproximamos da ponte de Londres e Jory fica em silêncio, sem querer ser ouvido pela multidão que se acotovela ou sem querer me contar o que quer dizer. De qualquer maneira, estou curiosa por essa nova revelação. Jory está, de algum modo, se envolvendo na trama contra a rainha? Além de *abençoar a missão*, como disse Catesby? Não consigo ver isso. Jory é fervoroso e fiel, mas uma pessoa que vive de acordo com as regras não vai arriscar tudo para desobedecê-las.

Uma longa hora mais tarde, chegamos ao outro lado do rio, passando pela área ainda cheia de gente em Southwark e entrando em Lambeth. As ruas aqui são mais largas e as árvores mais frondosas, e o chão coberto de lama e esgoto congelado abre espaço para o ar fresco e pedras cobertas por neve pura. Não há uma alma ao redor, por isso Jory começa a falar outra vez, tão abruptamente quanto parou.

– Quando você me contou pela primeira vez sobre o plano de seu pai, eu não o entendi – diz ele. – Sabia como ele se sentia, claro, e até concordava. Pelo menos em teoria. Mas matar alguém... – Ele se interrompe antes que eu tenha a chance de fazer isso. – Não sabia como poderia me envolver com algo assim, ou permitir que acontecesse. Isso ia contra tudo em que acredito.

Se Jory não estivesse falando no passado, estaria assustada ao ouvir isso, porque parecem as palavras que uma pessoa diria antes de entregar alguém.

– Mas estou começando a ver que não está relacionado à crença. Ela tirou a crença da questão no momento em que executou o primeiro padre. – *Ela*, é claro, significa a rainha. – Ela pegou uma questão espiritual e a tornou política. Catesby diz que, se jogarmos de acordo com as regras que não existem mais, estamos destinados a perder. E, se perdermos, o que resta para nós? – A voz de Jory se elevou bastante, e eu o silenciaria se não achasse que isso iria perturbá-lo ainda mais. – Não estava claro para mim, vendo o plano de Catesby como uma vingança pela morte de seu pai. Mas agora sei que não se trata dele, nem da rainha, nem mesmo de Catesby. Trata-se de tudo.

Assinto, embora não concorde. Pode não ser sobre meu pai ou a rainha, não para Jory. Mas, para mim, tem tudo a ver com eles.

Finalmente, chegamos à North House. Ela parece desoladora com suas janelas com persianas, montes de neve empilhados junto da porta de entrada, lanternas frias e galhos sujando o passeio. Mas essa deve ser sua aparência, assim como Catesby deve aparentar o papel do nobre ocupado fazendo o que homens com recursos fazem, viajando para uma de suas muitas casas no campo ou fazendo uma visita a um de seus muitos amigos, o contrário do que ele está fazendo, que é se enfurnar nesta casa escura e tramar feitos sombrios.

Jory e eu seguimos pela entrada lateral, a destinada aos criados, uma trilha de cascalho que desce por um lance de escada até uma porta pequena, sem janela. A criada de rosto de ardósia de Catesby, que agora chamo de Gárgula de Granito, abre a porta, dá um sorriso para Jory e franze o cenho para mim. Gesticula para que nós a sigamos, e somos levados até a sala de visitas, a mesma para onde fomos conduzidos no primeiro dia em que chegamos ali.

Catesby está sentado perto do fogo; vestido de vermelho, parece um belo homem. A seu lado estão os irmãos Wright, as cabeças parecidas curvadas sobre algo de aparência mecânica; Tom Dois está se coçando, e Tom Um folheia um livro. Catesby nos agradece por vir, em seguida convida Jory a rezar uma missa.

Jory vai até o armário no canto e, depois de mexer em alguns objetos por um momento, ele começa a tirá-los da gaveta e a dispô-los sobre a mesa. Uma Bíblia, um cálice e um pano, um pão e um odre sem dúvida cheio de vinho cerimonial. Ele está, é claro, calmo e em atitude de devoção enquanto faz isso, assim como o resto dos homens, o que me enfurece. O fato de Catesby manter suas relíquias assim tão abertamente – não em um esconderijo secreto nem protegidas por uma tranca, mas em seu armário, como se fossem pratos ou toalhas, e não algo pelo qual poderia ser enforcado – é, para mim, tão perigoso quanto ele colocar uma estátua em tamanho natural de são Pedro no jardim de entrada. Imagino que ele acredite que, se fosse pego, sua riqueza e posição iriam salvá-lo, apesar de eu ser uma prova viva de que não vão.

Fico ali sentada, furiosa e com medo, enquanto essa missa interminável continua, sentada, de pé e ajoelhada, e recitando *Amém* ou *Senhor, tenha piedade* ou *Abençoado seja*, e apenas escutando pela metade Jory falar de luz e trevas e almas imortais, porque estou ocupada demais vigiando a porta, esperando por punhos que batam nela e gritos de acusação. Eles não vêm, mas, no último *Aleluia*, estou tão tensa que tremo e seguro os braços da cadeira com força demais, a ponto de meus dedos doerem.

– Há algum problema, Katherine? – diz Catesby. – Você parece um pouco tensa.

– Tensa! – repito. – Como pode fazer isso? Rezar uma missa abertamente assim? – Sussurro a palavra *missa*, como se isso fosse fazer alguma diferença. – Sabe o que aconteceria se fôssemos pegos? Ou preciso lhe contar toda a história novamente? – Desisto de todas as tentativas de me manter calma, e todos os homens olham para mim; até Jory desvia a atenção da purificação do cálice para mim. – Podíamos pelo menos ir para o porão! Ou trancar a porta! Ou não rezar nenhuma missa, por causa das leis, das punições, de traição e morte.

Estou de pé, agora. Meu rosto está quente e as palmas de minhas mãos estão úmidas; minha pulsação está irregular, e é como se estivesse lá novamente, no canto do corredor escuro em Lanherne. Vendo a espada cair, vendo meu pai cair, ajoelhando ao lado de seu corpo, agarrando sua mão já fria e sussurrando palavras que ele nunca pôde ouvir.

A tristeza é tão instável quanto o céu da Cornualha, e nunca sei quando vai desanuviar ou quando vai despencar, mas está chovendo agora. Faço contagem regressiva a partir de cinco e tento afastar isso; se Catesby perceber que não consigo me controlar, vai tirar o *meu trabalho*, e esse trabalho é tudo o que me resta agora. Sento-me novamente e aperto o nariz para deter o fluxo de lágrimas, mas Catesby está de pé e com o braço estendido em minha direção, sua mão firme, mas delicada, em meu braço e me detendo.

– Não – diz ele. – Você não pode usar o que não sentiu. Não deixe que eles tirem isso também de você.

A sala de visitas fica em silêncio agora, não em beatitude após a bela e perigosa missa de Jory, mas porque homens nunca sabem o que fazer quando uma garota chora. Talvez seja demais para Catesby aguentar, talvez ele esteja tentando me dar privacidade quando não há nenhuma. Mas, enquanto estou ali sentada, chorando e fungando em sua cadeira de veludo cor de ameixa, cercada pelos estalos do fogo na lareira e pelo bramido silencioso de piedade e desconforto, ele diz isto:

– Tudo começa com uma ideia. Ideias são infalíveis, são indestrutíveis; a única coisa mais forte que um exército de homens é uma ideia cuja hora chegou. Foi exatamente com essa convicção que concebi a trama que estamos colocando em ação.

A voz de Catesby é o silêncio da maré, mas por trás dela há o poder de um oceano inteiro. Parei de chorar, os homens pararam de se remexer, e Jory parou de limpar, e estamos todos escutando, não apenas com os ouvidos, mas com todas as nossas partes.

– Mas ideias, fortes como são, não escrevem a história; homens escrevem. Mulheres – concede ele com um sorriso para mim. – Somos o que dá vida às ideias. Se uma ideia morre, não podemos pranteá-la. Mas podemos prantear um homem. Podemos dizer seu nome e nos lembrar dele. O que é a história, afinal de contas, se não as biografias dos maiores de nós? Hesitei para dar um nome a esta trama, como é costume para todas as grandes conspirações. Mas acho que agora é apropriado que a batizemos de Conspiração Arundell, em nome de Richard e executada por Katherine. Um homem e uma mulher fazendo história.

Catesby olha para mim. Há um sorriso em seu rosto, um eco do que agora há no meu. Um sorriso não de felicidade, mas de determinação, e essa é a coisa mais próxima que posso ter de me sentir feliz agora, talvez para sempre.

Depois que Jory guarda os objetos do altar – agora trancados no porão para me acalmar –, Catesby volta sua atenção para os Wright.

– Conseguiram? – pergunta a eles.

John ergue uma pilha de pergaminho do lado de sua cadeira e a passa para Catesby: uma cópia completa de *Noite de Reis*. Mesmo que eu não os tivesse visto escondidos fora do palco durante os ensaios, copiando cada palavra, saberia imediatamente, pelo padrão de palavras na página e porque as vi uma centena de vezes, presas na parede dos bastidores do Globo.

Catesby folheia as páginas, o rosto belo e impassível, enquanto examina as falas.

– Vamos precisar copiar isso para que todo mundo tenha uma – diz ele. – Precisamos memorizar cada fala, mesmo que mudem, e cada deixa para cada entrada e saída do palco. Precisamos estar familiarizados com todos os detalhes se vamos montar um planejamento em cima disso. E, por falar em planos...

Catesby leva a mão sob a própria cadeira e pega um rolo comprido de pergaminho, desenrola-o e o abre sobre a mesa à sua frente: um mapa desenhado à mão do interior de Middle Temple Hall, onde a peça vai ser apresentada para a rainha.

– A peça, é claro, representa o *quando* de nosso plano – diz Catesby. – Este mapa representa o *onde*, e vamos precisar conhecê-lo de maneira igualmente íntima. Todas as entradas, todas as janelas, todos os corredores para todos os aposentos e todos os passos até todas as portas. Sou grato a Winter e a Percy, que passaram a última semana inteira em Middle Temple, disfarçados de estudantes, para reunir esta informação e a colocarem em um desenho. – Ele gesticula para Tom Um e Tom Dois. – Felizmente para nós, e para nosso plano, a segurança estava bem fraca, e conseguimos obter aquilo de que precisávamos sem grandes problemas.

Nós sete passamos um tempo debruçados sobre o desenho e tudo o que ele significava. Quatro salões, uma única porta, dois corredores, uma peça, uma trama, uma faca, e o fim da vida da rainha.

– O salão principal é onde a peça vai ser apresentada, é claro. – Catesby bate com o dedo no pergaminho. – Mas e o Salão do Príncipe, o Salão da Rainha e a Câmara do Parlamento? – Ele dirige a pergunta aos Wright. – Suponho que devam ser usados como bastidores. Vocês sabem quem ou o que vai ser destinado a cada um?

– Ainda não – responde Chris. – O do Parlamento é o maior, mas o do Príncipe é o mais afastado. Minha opinião é que vão instalar Burbage e seus homens no do Príncipe. Eles têm os próprios aposentos no Globo e provavelmente não vão querer mudar isso.

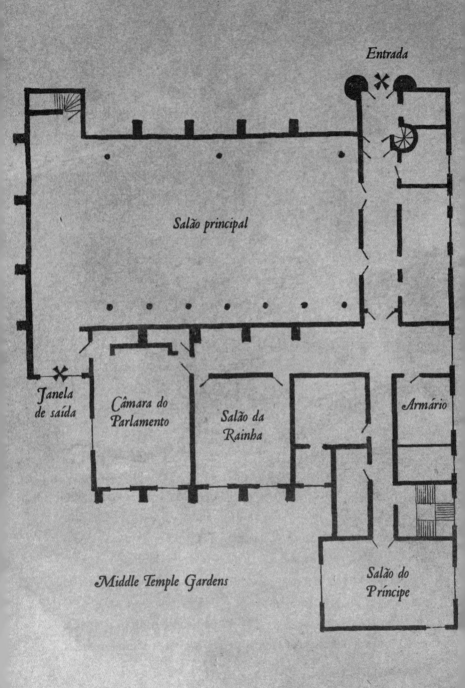

– Bom... faça o que puder para garantir que isso permaneça assim – responde Catesby. – A sala do Parlamento tem acesso direto ao próprio salão, assim como à maioria das saídas, tanto para o jardim quanto para o pátio. Ambas têm o acesso mais rápido ao rio, um pouco mais de cento e vinte metros. – Ele olha para mim, depois para os Wright. – A rainha vai estar sentada o mais perto possível do palco. Descubram como esse palco vai estar disposto, se vai estar na frente do salão ou no centro. Vamos precisar saber de que lado ela vai ficar, assim como quem vai estar sentado ao seu lado e atrás dela. Onde os guardas vão estar. Suponho que alguns estarão postados em cada entrada, mas e as janelas? Onde vão estar posicionados do lado de fora? Precisamos saber, até o último homem, quem vai estar onde o tempo inteiro. Isso é essencial para uma retirada segura e desimpedida.

– Vamos descobrir – diz Chris.

Catesby assente.

– Tenha essa informação para nós em uma semana, e daí podemos começar com a logística. Enquanto isso, vamos voltar nossa atenção à peça para descobrir a cena ideal para executar a tarefa.

– Pensei em perto do fim – digo. – Quinto ato, cena um.

Catesby pega a peça e a abre. Depois de um momento, ele chega à cena, e observo seus olhos escuros se movimentarem pela página.

– Há uma luta de espadas, e quase todos os atores estão no palco, incluindo o garoto que interpreta meu gêmeo idêntico – digo. – Com todo o caos e confusão dessa cena, a atenção vai estar dividida. Tudo de que preciso é um momento. Para me separar dos outros, caminhar em direção à rainha. Puxar a faca de meu gibão e cortar sua garganta.

Eu me lembro de como isso era feito em Lanherne durante o abate de primavera. Os homens de meu pai abatiam um porco de cem quilos com um único movimento da faca.

Catesby e Tom Um trocam um olhar.

– Sei que estudou muito – começa Catesby. – Mas imagino que a educação não se estendeu à habilidade com a espada, ou à arte do combate.

Meu silêncio é resposta suficiente.

– Imagino que não – diz ele. – Richard era progressista, mas acho que nem ele veria valor em transmitir essas habilidades a uma mulher. – Não tenho tempo de ficar ofendida, porque então Catesby diz: – Não importa. Winter é um espadachim excelente. – Ele aponta Tom Um com a cabeça. – Ele vai lhe ensinar tudo de que precisa saber.

Capítulo 14

Toby

**Taverna da Sereia, Londres
13 de dezembro de 1601**

Como da última vez que vim a esta taverna com os homens de Burbage, eles a tomam: o espaço, a mesa já ocupada, a atenção dos clientes. Não está menos cheia esta noite do que sempre está, este lugar abafado e desinteressante com sua lareira suja de fuligem e paredes de reboco amarelado, cadeiras e mesas diferentes. Eu na época me questionei sobre sua popularidade, mas, à medida que o aumento de barulho e energia no salão se torna mais perceptível, compreendo que não é pelo lugar que as pessoas vêm; somos nós. Ou melhor, é Burbage. Ele sabe disso – assim como o resto de seus homens –, e ele adora.

Burbage se instala à cabeceira da mesa, como de costume, e os outros tomam seus lugares ao redor. Os lugares que restam são na outra ponta, o lado mais distante do centro do salão, da porta e da atenção. O restante de nós vai para eles, um de cada vez: eu e um punhado de atores e assistentes de palco. Acabamos de chegar do ensaio, e, enquanto a maioria das pessoas foi para casa, alguns aceitaram o convite inusitado de Burbage para acompanhá-lo, e a seus homens, à sua taverna favorita. Ia recusar, até que ouvi Thomas Alard aceitar.

– Por que estamos aqui mesmo?

Alard tamborila os dedos sobre a mesa. Não sei a quem ele pergunta, pois não está olhando para nenhum de nós, tendo o olhar fixo em Burbage.

– Porque eles nos convidaram, talvez? – Movo a cabeça para a outra extremidade da mesa. – Embora não saiba ao certo por que, já que nos exilaram em Tomis.

Alard emite um ruído, a meio caminho entre uma expressão de escárnio e um riso, e sei que identifiquei precisamente sua agitação. Seu papel como Olívia é importante – o único ator além de Kit e eu a receber um; os demais foram apropriados pelos Homens de Lorde Chamberlain –, e quer ser tratado como tal, não relegado às laterais. Está tomado de aspirações, sem dúvida, e há a possibilidade de que estar no teatro seja seu ápice. Mas Marlowe dizia que aspirações têm sua maneira de corromper, e é verdade. Não estaria em minha posição se não corrompessem. De qualquer jeito, isso me diz muito sobre Alard e o melhor modo de proceder.

– Sugiro pedirmos toda a bebida da taverna, e toda a comida, depois colocarmos na conta dele. Isso vai lhe ensinar a nos colocar na galeria. E, se não – ergo a mão para chamar a garçonete; ela já trouxe bebidas para Burbage e seus homens, mas nos ignorou –, nossa vingança vai ser doce.

O comentário ganha um sorriso de apreciação, depois uma risada no momento em que um grupo de mulheres aparece, trazendo tudo o que pedi. Pratos de ostras cruas, tigelas de avelãs e vagens, frutas secas e alcachofras, e jarra após jarra de cerveja. Observo com satisfação quando Alard pega sua caneca e a enche. Temos ensaio amanhã, mas não vou ser eu quem vai lhe dizer para ir devagar esta noite.

Alguns minutos se passam com conversas sem importância e o som de pessoas comendo e bebendo. Não é fácil se aproximar de Alard, e ele não é boa companhia; há nele algo um pouco selvagem. Ele tem uma cabeça que se volta com rapidez para a melancolia e daí para pior, principalmente quando bebe, algo que observei nas duas vezes que o segui. Estou trabalhando na melhor maneira de iniciar uma conversa com ele quando Burbage se levanta, 1,80 metro de vaidade, e dá um gole grande em sua caneca. Ele a bate na mesa, abre os braços, puxa uma moeda do gibão e a segura no ar. Deve ser algum tipo de sinal, porque os outros atores à mesa ficam em silêncio, assim como os clientes e até o homem atrás do balcão.

Ele sobe em sua cadeira e então na mesa, como se fosse um palco, chutando canecas, pratos e tigelas para o lado e os derrubando no chão. É um comportamento surpreendente para Burbage, que tem, sobretudo, postura e boas maneiras. Mas talvez essa seja a atração, porque todos que estão à nossa volta começam a aplaudir e assoviar e bater os pés, silenciando apenas quando ele começa a falar:

– *Minha coroa está em meu coração, não em minha cabeça, não adornada com diamantes...*

Ele é interrompido por Tooley, que sobe em cima de *sua* cadeira e diz:

– *Então, pobres felizes, durmam! A cabeça coroada deita desconfortável.*

Burbage joga a cabeça para trás e grunhe uma risada, aceitando o que parece ser uma derrota. Há mais aplausos, mais pés batendo, uma chuva de cascas de avelãs jogadas com bom humor sobre ele enquanto desce da mesa para Tooley tomar seu lugar, o que ele faz, lançando-se em mais uma fala.

Volto-me para Alard, com uma observação menos que simpática nos lábios. Mas ele já está de pé, junto com um punhado de outros, abandonando meu lado da mesa para se juntar ao de Burbage.

Contenho um suspiro e examino minhas opções. Passar o resto da noite observando Alard se esforçar para ser incluído não vai me levar a lugar algum. Estou aqui há tempo demais para tentar alcançar Barton ou Hargrove. Kit deixou o Globo ao mesmo tempo que os outros, e, como não tínhamos ensaio no Rose marcado para hoje, ele disse que iria para casa. Duvido que seja mentira, mas, mesmo que fosse, ele se foi há tempo demais para que eu descubra.

Finalmente aceito que esta vai ser uma noite morta e visto minha capa puída substituta, sentindo falta daquela que dei para Carey pela décima vez hoje. Eu me pergunto o que ele fez com ela, se está em algum lugar de sua casa indubitavelmente enorme ou se ele se livrou da peça. Este último pensamento é tão insuportável que considero aparecer em sua porta e exigi-la de volta, para o inferno com as suspeitas, quando vejo Kit entrar pela porta.

Ele não leva muito tempo para ver nossa mesa, não com Tom Pope agora empoleirado de joelhos sobre ela, gemendo uma fala sobre portões da misericórdia, virgens jovens e bonitas, e crianças florescendo. Kit observa a cena à sua frente, com surpresa evidente no modo como estuda seus movimentos e arregala os olhos. Dá um passo para trás como se pensasse em ir embora – não o culpo, mas também não posso deixar que faça isso. Dou um assovio, alto e curto entre os dentes, e ele vira bruscamente a cabeça em minha direção, permitindo o surgimento do mais leve sorriso em seus lábios.

Depois de duas semanas de observação quase diária no Globo, aprendi que ele não desiste com facilidade. O que também descobri: ele não desiste de nada com facilidade. Ele olha para todos ao seu redor com uma hostilidade que beira a desconfiança, como se o mundo estivesse dividido em amigos e inimigos, e ele conhecesse pouquíssimos amigos. Ele não fala nada de outros em sua vida, passada ou presente. Isso é incomum – eu deveria saber – e pouco faz para aliviar minha suspeita sobre ele. Dito isso, ele também tem um humor astuto e ferino que consegui fazer aflorar, e com o tempo talvez consiga obter um pouco mais.

Kit caminha em minha direção, desviando de mesas, cadeiras e cotovelos. Então para à minha frente, com o rosto sardento corado devido ao frio, os olhos acinzentados e brilhantes. Ele usa um gorro, uma coisa verde de lã, e, quando o tira, uma cortina de cachos cai sobre seu rosto. Observo enquanto ele tenta arrumá-los outra vez, afastando uma mecha de cabelo dos olhos e colocando outra atrás da orelha. Ele olha para meu lado vazio da mesa e ergue uma sobrancelha.

– Vejo que está fazendo amigos em todo lugar que vai – diz ele.

– Eles foram embora quando souberam que você estava chegando.

Seu sorriso fica marginalmente maior.

– O que está fazendo aqui? – pergunto. – Achei que fosse para casa.

– Eu ia, mas depois mudei de ideia – responde Kit. – Só que agora não sei bem ao certo se foi a escolha certa. O que é tudo isso, afinal?

Ele aponta a cabeça para a outra ponta da mesa.

– Acho que é algum tipo de aposta – respondo. – Burbage começou. Alguém joga uma moeda na mesa e recita uma fala de uma peça. Outra pessoa escolhe uma palavra dessa fala, então começa uma nova fala de uma nova peça, que contém essa palavra. A cada fala recitada, o bolo fica mais alto. Imagino que o último que sobrar ganha tudo.

– Então é ao mesmo tempo teatro *e* pretensão – diz Kit. – Que adorável.

Agora sou eu quem sorri.

– Você vai se sentar? – Aponto para uma cadeira vazia. – Eu me sentaria. Ou corre o risco de ser arrastado para isso. A menos que queira brincar também.

– Nem por todos os xelins em Saltash – responde Kit. – Seja como for, sou mais um jogador de dados.

– Eu me lembro – digo. – Você é bom?

– Sou mediano – diz ele, de um jeito que me diz que ele é muito melhor que isso. Ainda está de pé ao meu lado, com o gorro na mão e um pé prestes a sair pela porta, e agora eu sei como fazê-lo ficar.

– Não posso dizer que sou ruim – digo. – Imagino que não se importaria de jogar algumas partidas. Só pela diversão.

Funciona.

– Espero que você tenha bolsos fundos, Orsino. – Kit tira a capa antes de se ajeitar na cadeira ao lado da minha, todo membros magros e roupas puídas. – Porque vou gostar de esvaziá-los.

– Qual é o seu jogo? Hazard? Barbooth? Par e ás? – Os dados não são meu negócio, nenhum jogo é; meu trabalho é aposta suficiente sem acrescentar nada mais a ele, mas segui homens suficientes a casas de dados suficientes para saber o que é jogado e como jogar.

– Hazard – responde Kit. – Mas, como somos apenas nós dois, vamos ter de jogar Barbooth. Você sabe as regras?

– Quem joga os dados ganha se tirar três-três, cinco-cinco, seis--seis ou seis-cinco. Um-um, dois-dois, quatro-quatro ou um-dois, perde. Os jogadores apostam contra quem rola os dados.

– É isso – diz ele. – Pelo que vamos jogar?

– Honra? – digo. – Valor? A sensação bela e incomparável de vitória?

– Um pêni por rodada – diz Kit.

Ele não tem isso para perder, nem eu, o que é exatamente a questão.

– Exibido – digo. – Tanto quanto Burbage.

– Pior, imagino. – Kit joga algumas avelãs na boca e se encosta na cadeira, o sorriso cauteloso agora um sorriso pretensioso e cheio de malícia. – Está dentro?

Então sinto a emoção do desafio, não diferente da que obtenho ao seguir uma pessoa, disfarçar-me ou decifrar uma carta. Mas não há nada estratégico neste jogo, nada que eu possa aprender sobre Kit que já não saiba. Não é nada além de uma competição amigável. Mesmo assim, não gosto de perder.

Kit ergue a mão e a mantém nessa posição. No momento seguinte, a garçonete aparece e, um instante depois, reaparece com os dados que ele pediu. Ele os aninha na palma da mão.

– Cavalheiros jogam primeiro. – Ele gesticula como se fosse dá-los a mim, mas então fecha a mão. – O que significa que você aposta.

Ponho um pêni sobre a mesa. Kit joga 3-3 e ganha. Em vez de puxar o que ganhou para si, coloca outro pêni à pilha, aumentando a aposta.

Assim como no palco, a confiança de Kit surge quando ele joga. Ele tenta, mas não consegue muito bem esconder seu prazer quando ganha uma mão, coisa que faz mais duas vezes. Ponho outra moeda na mesa e jogo. Kit se recusa a apostar contra mim, então, quando perco a jogada, perco meu dinheiro também. Em seguida é a vez dele.

– Cinco-cinco. – Seus lábios contêm um sorriso.

– Eu tenho olhos – digo, e com isso são três xelins que perdi agora. Kit continua e joga 5-5, 3-3 e 4-4, metade ganhando e metade perdendo, só que apostei mal, e o ganho irregular que eu tinha agora se tornou uma perda constante. Quando Kit me serve uma caneca e a empurra em minha direção, eu a pego, embora raramente beba, e nunca no trabalho.

Minha vez novamente. Ganho, 6-6, mas Kit abriu mão de apostar, por isso acabo sem nada.

– Como você se tornou tão bom? – pergunto.

– Nos dados ou no teatro?

– Sabe o que estou dizendo.

Kit me olha de trás de sua caneca, depois a põe cuidadosamente sobre a mesa antes de responder.

– A família para a qual trabalhei nos estábulos em Plymouth, eles tinham um filho de minha idade, e nós nos tornamos amigos. Richard, esse era o nome de meu amigo, convidou-me para jantar em sua casa uma noite. Seu pai me conhecia, é claro, mas não bem, e não fora de meus deveres. Mas depois ele disse que ficou impressionado comigo e me chamou para voltar na semana seguinte. Após aproximadamente um mês, ele me permitiu acompanhar Richard nas sessões com seu tutor.

– Isso é incomum – observo. – Você ser incluído desse jeito. Imagino que poucos em sua posição podem dizer o mesmo.

– Tenho sorte – reconhece Kit. – O pai de Richard achava ser sua responsabilidade cultivar o intelecto, não importava onde ele o encontrasse. Eu aprendi os números, francês, latim, filosofia e geografia. Mas a melhor parte eram os livros, as peças e os poemas que nos mandavam ler. O pai de Richard pegava cópias impressas deles em Londres, e eu, nós, passávamos minhas horas de folga recitando-os no jardim, perto do fogo, em qualquer lugar. Essas histórias, as palavras... elas significaram muito para mim, sabia? Elas significam muito.

Assinto, porque eu sei. Amei as palavras e as odiei, mas nunca fui indiferente a elas. Passei os últimos anos a temê-las, o modo como têm o poder de dar vida a coisas que você sente, coisas que são mais seguras se deixadas sem nome.

– No fim de cada semana, o pai de Richard gostava que ficássemos de pé e recitássemos as coisas que havíamos aprendido – prossegue Kit. – Eu era bom nisso e coloquei na cabeça que podia ganhar a vida assim. E aqui estou. – Ele tenta sorrir novamente, mas desta vez o sorriso não vem inteiro, não consegue chegar a seus olhos.

– Onde está Richard, agora? – pergunto.

Kit olha para o outro lado, de novo para a ponta turbulenta da mesa cuja parte frontal e central é ocupada por Burbage, de pé em sua cadeira, os braços estendidos.

– ...*o rei, a rainha-mãe do nosso lado* – recita ele. – *Para deter a malícia de seu coração invejoso*...

– Isso é de *O massacre de Paris* – diz Kit como resposta. – E ele está morto.

Estava dissecando a história de Kit enquanto ele a conta, retirando o que achava ser verdade e deixando o resto para examinar depois. Faço uma anotação para mim mesmo – *Richard*: outra peça de seu passado para verificar. Não acho que o que ele me contou é mentira, pelo menos não tudo. Não há como fingir a expressão de angústia que tomou seu rosto, e por um momento eu a senti também: aquela coisa sombria que se instalou em meu interior no dia em que Marlowe morreu, algo que deixou nas sombras todos os meus dias desde então.

De qualquer jeito, não é o que eu esperava que ele dissesse.

– Sinto muito por saber disso.

Kit não reage às minhas palavras, apenas aponta a cabeça para os dados em minha mão.

– Sua vez.

Espero que ele faça uma aposta, mas de novo ele ergue a mão para declinar.

– Não está apostando porque acha que não vai ser uma mão vencedora – digo. – Como sabe disso?

– Probabilidades – respondeu Kit. – Matemática simples. Bem, não é *tão* simples. Mas é matemática.

Lanço um olhar severo para ele, em seguida jogo 1-2. Outra perda, e mais um de meus *pence* vai para a pilha. Isso é carvão por uma semana e lavagem de roupas por duas; nesse ritmo, vou perder o jogo, e, se perder, vou ter de sobreviver de pão amanhecido e queijo duro até receber meu próximo pagamento de Carey. Quando olho para Kit novamente, ele me observa com atenção.

– Acho que devíamos aumentar as apostas – diz ele.

Meus bolsos estão vazios o suficiente sem isso. Mas me recosto na cadeira e a empurro para trás mesmo assim, com indiferença cuidadosamente fingida.

– Vá em frente.

– Acho que o perdedor deve ficar sem algo que seja muito mais que moedas sobre a mesa – diz Kit. – Algo que vá realmente doer.

Fico evasivo por um momento. Não sei ao certo o que poderia ser pior que perder dinheiro, e não achei que Kit fosse tão sorrateiro para sugerir isso. Mas, apesar de não querer e de tudo a que não posso me dar ao luxo de perder, estou intrigado.

– Deixe-me adivinhar – digo. – Quer disputar um duelo? Uma briga na rua? Nadar à meia-noite até o outro lado do Tâmisa?

– Estava pensando em um beijo.

Minha cadeira volta para o chão, e as pernas da frente atingem o piso com uma pancada surda.

– O vencedor decide quem o perdedor deve beijar – prossegue Kit, destemido. – Pode ser qualquer um, a qualquer momento, em qualquer lugar. Se eu ganhar, posso decidir, por exemplo, no meio do ensaio, que você tem de beijar Shakespeare, e você vai ter de fazer isso. Sem perguntas.

– Onde?

– Sem perguntas.

– Quero dizer, beijar onde?

Kit sorri, e, assim como tudo o que está acontecendo esta noite, sou pego de surpresa. Seu sorriso é largo e brilhante, e por um momento ele quase parece feliz.

– Na boca, claro!

Faço um ruído metade irritação, metade diversão.

– Vou gostar de fazê-lo beijar Burbage.

E, desse jeito, acabo perdendo.

Capítulo 15

Kit

**Spitalfields, Londres
16 de dezembro de 1601**

Nunca matei nada antes.

Em Lanherne, criávamos alguns animais, galinhas, gansos e capões. Quando algo precisava ser abatido, nossa velha cozinheira, Wenna, ia para o quintal com um avental surrado de couro amarrado sobre um vestido de musselina e uma expressão resoluta no rosto. Caminhava até qualquer ave que fosse se encontrar com seu destino, pegava-a, botava-a no toco de árvore que usava como cepo e, no movimento de um cutelo, tudo acabava, antes de o que quer que fosse pudesse piar uma nota qualquer de agonia. Tudo parecia muito simples, pelo menos de onde eu ficava, perto do celeiro, para observar, a mais de cinco metros de distância, para não ficar perto demais. Não havia nem tanto sangue. Era simples, rápido e silencioso.

As galinhas à minha frente agora não estão silenciosas.

– Há cinco princípios para enfrentar uma arma afiada – diz Tom Um. Estamos parados perto de uma cerca de tábuas de madeira no exterior de uma fazenda em Spitalfields, uma área remota ao norte da casa de Catesby. Na parte interna da cerca há um quintal de terra cheio de dezenas de galinhas andando e cacarejando. É cedo, antes das oito, e o céu ainda está delicado em torno de suas extremidades. – Não seja cortada. Espere ser cortada. Tudo é um alvo. Mantenha a arma sempre em movimento. E não tenha pressa para morrer.

– Essas galinhas não vão me matar – digo.

– Hoje, elas não são galinhas. São os guardas da rainha, e, se houver necessidade, você precisa aprender a se esquivar e enfrentá-los – diz ele. – Agora entre aí. – Ele me entrega uma faca, que chama de estilete, com o cabo em riste. A lâmina tem cerca de trinta centímetros de comprimento, a extremidade afiada em uma ponta perigosa aguçada como agulha. Eu a pego, com cuidado para não violar o segundo princípio, *espere ser cortada*, e passo através das tábuas da cerca. Meus pés afundam em lama, esterco e penas, e o cheiro ali é pior que o do Tâmisa. Tom Um, vestido com seu melhor traje dominical de veludo, cadarços e couro, não me segue.

As galinhas se agitam, gritam e bicam meus pés, e, para cada uma que afasto com o bico de minha bota, duas outras retornam. Não parecem ter nem um pouco de medo de mim, mas imagino que isso vai torná-las alvos mais fáceis. Por toda a minha volta há campos de grama fria e quebradiça, e uma ovelha ou vaca eventual, ninguém para ver nem ouvir o que estou prestes a fazer. Além disso, o dono da fazenda é amigo de Tom, então ele não ia mesmo se importar, mesmo que não estivesse na igreja. É onde eu devia estar, também, mas Catesby queria que eu fosse instruída na *arte do combate* o quanto antes.

– Mantenha a postura – instrui Tom Um. – Ela é o alicerce a partir do qual você vai fazer manobras e combater. Projetar-se para frente é o melhor. Pé esquerdo adiante, com o peso igualmente distribuído na ponta dos pés, e o joelho à frente levemente flexionado. O queixo para baixo para proteger a garganta. A mão de ataque, a que está com o estilete, deve estar recolhida para trás; a mão de defesa, a que desvia os golpes de seu adversário, deve estar estendida à frente. – Há uma pausa. – Não desse jeito.

– Não de que jeito? – digo. – Estou fazendo o que está dizendo.

– Você parece um lagarto – diz ele. – Levante um pouco o queixo... Aí. Estique um pouco as pernas e não se apoie só nos dedos dos pés... Sim. É assim que você deve ficar, e lembre-se disso. Essa é sua postura de movimento. Mostre-me como vai se movimentar.

Ando para frente e para trás, sentindo-me tola e sem saber como isso vai me ajudar a matar uma galinha *ou* uma rainha, mas Tom Um parece satisfeito.

– Bom. Agora quero que escolha seu adversário.

– Escolher meu adversário? – Corro o olhar pelo cercado. Algumas galinhas são marrons, algumas brancas, outras malhadas de preto e branco, e outras ainda são inteiras pretas. Sinto como se sua instrução fosse uma armadilha; que escolher uma vai ser como escolher todas, por isso digo: – Por que não está aqui me enfrentando?

Tom Um ignora minha pergunta com um aceno de sua mão com anel de ouro.

– Você precisa aprender a engatinhar antes de poder andar. Agora, escolha um adversário antes que eu escolha um para você.

– Como faria isso? Não importa. Aquela.

Aponto o punhal para uma galinha preta e branca, com as penas um pouco falhas e aparência de velha, e acho que pode mesmo ser sua hora de partir, por isso raciocino que estou lhe fazendo um favor.

– Vai reduzir a distância entre você e o inimigo agora. Isso se chama entrada. Você avança para fazer isso, assim como fez antes.

Dou um passo engraçado e contorcido em direção à galinha. Ela continua a bicar algo no chão, ignorando-me completamente.

– Bom. Mantenha a arma à frente e posicione a lâmina para que fique apontada para a ameaça – diz Tom Um. – Qualquer coisa que esteja à frente de sua lâmina, incluindo seus dedos, torna-se um alvo para o adversário. Esse é o princípio número três. Quando se movimentar, lembre-se dos princípios três e quatro. Tudo é um alvo, e mantenha a arma em movimento.

Ele tem razão. Tudo *é* um alvo. As galinhas, incluindo minha pequena inimiga malhada, são alertadas por minha aproximação na posição agachada de lagarto, e todas começam a se mover. Não é exatamente uma corrida; só começam a fazer tudo mais rápido. Bicando, ciscando, batendo asas, gritando.

– Leva apenas duas repetições para estabelecer um padrão – diz a voz de Tom Um. Quase não consigo ouvi-la em meio à algazarra. – Mantenha a arma em movimento. De lado a lado, em círculos, em espirais também é bom; o importante é mudar sempre o padrão. Bom. Muito bom, Katherine.

Estou me aproximando da galinha, olhando para ela e mais nenhuma outra. Imagino que aquelas penas pretas e brancas são um vestido preto e branco, que a crista vermelha no alto de sua cabeça é uma nuvem de cabelo ruivo assassino, que seus olhos pequenos e redondos são os olhos pequenos e redondos dela. É necessário muito fingimento de minha parte, mas felizmente sou uma atriz e estou me tornando muito boa em fingir.

– O que está esperando? – diz Tom Um. – Mate-a.

Eu respiro. Ergo minha faca. Penso em Wenna e seu avental, e em sua expressão feroz e determinada. Lanço-me para a rainha galinha com meu estilete afiado como agulha...

E erro.

É como se tivesse soltado uma raposa aqui dentro. Imediatamente as galinhas estão saltando, bicando, agitando as asas e gritando, e então todas elas começam a correr de mim. Não há mais nada a fazer além de correr atrás delas, enquanto Tom Um berra conselhos sem sentido.

– Use a mão armada e a mão livre para atacar a mão armada do adversário.

– Meu adversário não tem mão!

– Você vai querer atingir primeiro os tendões do pulso...

– Nem pulso!

– Você quer incapacitar o braço e perfurar a artéria – exclama ele. – Isso se chama tirar as presas da serpente.

Bom, isso resolve o caso. Estou cercada de galinhas raivosas, ele está gritando sobre serpentes, o ar está cheio de penas, cacarejos e fedor de ração de galinha, e não foi assim que imaginei isso acontecendo. Tento alcançar a rainha, perco o equilíbrio e caio esparramada na lama. Quero desistir, mas, como aprendo rápido, penso no princípio número cinco – *não tenha pressa para morrer* –, por isso me ergo e fico de quatro, e começo a engatinhar na direção dela. Isso parece funcionar, talvez porque ela não me veja ou porque pareço menos ameaçadora abaixada assim, ou talvez apenas porque galinhas são estúpidas. Mas, de repente, ela para de correr, e eu a pego pelo pescoço magro.

A rainha se debate em minha mão, seus olhos negros, redondos e brilhantes estão arregalados, e tudo dentro de mim grita para que eu faça isso, para que eu *faça isso*, e eu jogo a coisa no chão. Isso a atordoa e faz com que as outras galinhas comecem a correr novamente, como se soubessem o que está para acontecer. Levanto a faca. O sol invasor reluz brilhante na lâmina pesada de aço e pisca para mim quando eu a abaixo, rápido e sem hesitação, assim como Wenna costumava fazer. E, rápido assim, está feito. A cabeça em minha mão está mais leve, sem peso, estranhamente pequena e volumosa. O corpo, agora sem cabeça, corre à minha volta em círculos cada vez mais lentos. E, tal como me lembro, há pouquíssimo sangue. Apenas uma fonte lenta e pulsante saindo do corpo e um filete da cabeça. Mas o que mais prende minha atenção são os olhos. Estão simplesmente... vazios. Abertos, negros, olhando sem ver e *mortos*. Mortos como os olhos de meu pai, tão vazios quanto estavam os dele antes mesmo que caísse no chão.

– Continue. – A voz de Tom Um está mais perto do que estava antes, e me viro e o vejo parado acima de mim. Suas belas botas de couro estão sujas de lama. – Manter, controlar e escapar. Lembre-se dessa última parte, Katherine. Escapar. Não basta apenas eliminar o inimigo. Tampouco é suficiente sobreviver. Você precisa ter sucesso.

Olho para minha mão, ainda segurando a cabeça da galinha, com sangue escorrendo pelo meu punho e descendo pelo braço. Sinto-me atônita, desconectada. Parece um pouco um choque, mas também parece uma descoberta.

– Quantos anos você tem? – eu me escuto dizer.

Quando olho para ele, ele está olhando fixamente para mim com uma expressão cautelosa, como se achasse que enlouqueci.

– Vinte e nove – responde Tom Um. – Por quê?

– Já matou alguém?

Ele olha para o horizonte onde o sol ainda paira bruto, sangrando laranja através de campos lamacentos. Acho que é seu jeito de me ignorar, por eu ter feito o que vem a ser uma pergunta muito pessoal, e ele é educado demais para dizer que sou rude.

– Meu tio era um padre católico – responde ele por fim. – Enforcado e esquartejado quando eu tinha apenas catorze anos. Isso não é algo de que você se esqueça. Desde então, causei um pouco de problema em nome da vingança. Causaria mais se pudesse, embora ache que o maior problema está por vir. Você não?

É ao mesmo tempo uma resposta e uma não resposta, mas mesmo assim ela me satisfaz. Assinto.

– Quero que continue a treinar – prossegue Tom Um. – O que você aprendeu hoje sobre postura, sobre como segurar uma faca, como se envolver e se desvencilhar de uma luta. Daí vamos seguir para o combate básico. Apenas por precaução – esclarece. – Se for confrontada por um guarda ou um ator que fique perto demais de você nessa noite, vai precisar ser capaz de detê-los. Se tiver chance, seria bom observar uma luta pessoalmente. Você pode tentar as tavernas, rinhas de ursos ou casas de dados na ponte de Londres.

Tom Um estende a mão para mim, e eu jogo a cabeça de galinha no quintal e a pego. Fico de pé, suada e coberta de lama – e, provavelmente, algo pior que lama. Minhas mãos e meu rosto doem com arranhões e bicadas.

Achei estranho que Catesby quisesse que eu fizesse isso, mas agora sei por quê. Foi minha mão que decidiu matar essa galinha, foi minha mão que a abateu. Não a mão de Deus nem a da rainha, que as pessoas dizem ser Deus. Foi Deus quem disse para não demonstrar piedade: olho por olho, vida por vida. A rainha decidiu que ia tirar a vida de meu pai. Se eu puder me lembrar disso, sei que não vou ter problema em tirar a dela.

Capítulo 16

Toby

Casa em Blackfriars, Londres
17 de dezembro de 1601

Todo ano Carey faz uma festa de patronato, enviando convite a todos os nobres e grupos teatrais da cidade para que os atores consigam patronos para a temporada seguinte. A maioria dos atores, a menos que sejam do *status* de Burbage, ou os remanescentes dos Homens de Lorde Chamberlain, não tem como ganhar a vida a menos que sejam patrocinados, normalmente por um nobre. Para homens de recursos, é questão de prestígio, assim como uma competição. Eles lutam para garantir o melhor ator da melhor companhia, o que eleva seu *status*, assim como o dos atores.

Não é uma caminhada grande de meu quarto até a casa de Carey, quinze minutos com uma volta na catedral de St. Paul até St. Andrews's Hall, depois seguindo direto até Blackfriars ao longo do Tâmisa. Nunca fui à casa de Carey antes, mas ela é como eu esperava que fosse. De tijolos, alta e cercada de outras, uma típica casa da cidade nessa área, mas ainda assim elegante com suas fileiras de árvores, caminhos de cascalho e conjuntos de janelas com vidro dividido por esquadrias. Ele tem até o próprio cais, aonde os convidados chegam deslizando em botes ou barcas, para desembarcar e adentrar o jardim privativo. O resto de nós, sem o benefício dos próprios barcos ou *pence* para gastar com o dos outros, entra pelo lado da rua.

Lanternas cheias de velas margeiam a passagem da entrada que leva à porta principal, com música e risos se derramando no ar frio e limpo da noite, misturando-se com o aroma agradável de carne assada e o odor suave de tabaco. Mostro meu convite aos guardas – texto verde sobre pergaminho grosso o bastante para se barbear com ele –, e eles se afastam para permitir minha entrada.

O *foyer* reluzente está cheio de roupas, penas, joias, correntes de ouro e cremes de cabelo ainda mais reluzentes. Todas as mulheres têm lábios vermelhos, rostos brancos e vestidos semelhantes a bolos de Natal: volumosos, decorados e vertendo coberturas doces. Há também eu, na minha calça menos surrada (azul-escura, lã, sem dúvida nada brilhante), minha camisa mais limpa (na verdade nada limpa) e capa brocada emprestada de Carey. Examino o espaço, contando os aposentos que surgem desde o *hall* de entrada (oito), todos eles cheios de lareiras, móveis, músicos e criados, quando escuto uma voz familiar.

– Ah, Toby.

Carey, então, está ao meu lado, resplandecente de preto, pérolas e pele. Eu o cumprimento com um aceno de cabeça, e ele aperta meu ombro com uma das mãos em resposta.

– Você veio! Estava esperando que viesse.

– Não achei que tivesse escolha.

– É só por escolha, não por acaso, que os homens criam sua situação.

– Você esta noite está estranhamente esotérico – observo.

– Totalmente délfico, há! Ah, não ligue para mim. É o *sack*, você experimentou? Vinho fortificado com *brandy*. Vou ter uma dor de cabeça horrível de manhã, o que me dá aproximadamente doze horas antes que eu tenha de me preocupar com isso. Agora, veja, aí vem a senhora da casa. Comporte-se, Tobias. Tente não liberar todo o seu charme de uma vez.

A mulher de Carey se dirige a nós, e leva um pouco de tempo, pois é sempre detida após alguns passos pelos convidados oferecendo seus cumprimentos e desejos de bem-estar. É uma mulher bonita, na casa dos cinquenta anos, acho, assim como Carey. Também como Carey, seus cabelos são os mais encaracolados que já vi, erguendo-se a trinta centímetros de sua cabeça em todas as direções, em uma nuvem castanho-escura. Ela usa um vestido que é tão largo quanto o corredor, pesado de tanto ouro e pérolas, com golas brancas engomadas.

– Este é Tobias Ellis – apresenta-nos Carey. – Toby. Ele é um dos novos atores da última de Shakespeare. Costumava ser escritor, mas caiu em si. Um rosto como este pertence ao palco; não se esconde atrás de páginas. – O sorriso dela é de apreciação. – Toby, esta é minha esposa.

Ela estende a mão, e eu a pego.

– Baronesa – digo.

Ela ri.

– Por favor, chame-me de Bess. Ou de Elizabeth, se preferir. – Dou um pequeno sorriso ao ouvir isso, a recusa dela e de Carey em usarem seus títulos formidáveis. – Um ator novo! Que maravilha. William podia usar mais de vocês, tenho certeza. Você tem patrono? Ou ainda está no mercado?

– No mercado – respondo, embora não seja verdade: Carey e eu já concordamos que, enquanto devo fazer contato com patronos em perspectiva em nome das aparências, não devo aceitar nenhuma oferta que não seja a dele. – Espero ter a sorte de encontrar alguém para ser meu benfeitor.

– Ah, bobagem. Nós é que teríamos sorte de ter você – prossegue ela. – Você tem meu voto, se é que a opinião de uma mulher importa.

– Acho que sua opinião é a que mais importa – digo, e Carey ri, enquanto a baronesa enrubesce.

– Tobias está muito certo, claro – diz Carey graciosamente; em seguida dá um beijo leve em seu rosto.

Ela toma isso como um sinal para nos deixar, o que faz, olhando para trás só mais uma vez antes de se misturar novamente às pessoas. Carey a observa se afastar, em seguida se volta para mim e, como mágica, a expressão de olhos vidrados que tinha quando o cumprimentei desaparece, substituída pelo brilho penetrante, ao qual estou mais acostumado.

– Bom trabalho – diz ele. – Agora ela vai contar a todos que estiverem dispostos a ouvir sobre você. Vai achar que está mostrando ter direitos sobre você, mas na verdade tudo o que está fazendo é marcá-lo como um prêmio que os outros não podem deixar passar.

Você vai ter de se deixar cortejar por eles, é claro, mas, pelo amor de Deus, não eleve demais seu preço.

– Nem sonharia com isso.

– Fique de olhos abertos – continua ele, abaixando a voz, embora não haja ninguém por perto. – Metade da cidade está aqui, o que significa que há meia dúzia de tramas se desenrolando neste exato momento. Maldição, como odeio essas coisas; ainda assim eu as faço todo ano. Qual é o problema comigo? Não responda. – Ele ergue uma das mãos. – Então? Você está há três semanas nesta coisa. E os seus suspeitos?

– Estou de olho em alguns – respondo. – Aaron Barton. Ele é o da Escócia com uma lacuna de dois anos em seu paradeiro, o que interpreta Maria. Gosta de cerveja, fica acordado até tarde, gosta de uma briga de rua. Não é um garoto de coro comum. Thomas Alard, que foi escalado como Olívia. Eu o segui duas vezes até a casa de dados, duas vezes até as rinhas de ursos, sem dinheiro as duas vezes. Problemas com jogos não se encaixam no perfil típico de um ator, mas sim no de um assassino pago.

Carey assente.

– Os dois estão aqui, e já conseguiram alguns pretendentes. Shrewsbury, Pembroke e Berkeley, da última vez que verifiquei. Eles sempre querem os principais. Quem mais?

– Gray Hargrove. Ele interpreta Sebastião, um dos gêmeos náufragos – respondo. – Recusa-se a passar qualquer tempo com qualquer dos atores fora do ensaio, apesar de ser convidado repetidamente. Vive sozinho, janta sozinho, vai para o teatro sozinho e volta para casa sozinho. Dorme sozinho. Até agora, não há ninguém que eu possa seguir para saber mais sobre ele. É isolado demais. Um perfil assim parece bastante familiar.

Em outras palavras, é parecido demais com o meu.

– É mesmo suspeito – diz Carey. – Ele também não apareceu aqui esta noite, apesar de ser chamado, apesar da oportunidade de assegurar fundos dos quais ele nitidamente precisa. E o outro recém-chegado? Aquele garoto. O que recitou Marlowe.

Hesito, apenas por um instante, antes de responder.

– Kit Alban – digo. – Sério em relação a seu papel. Não erra uma fala, muito menos perde um ensaio. Também joga um pouco. – Não há uma razão real para contar a ele sobre nossos encontros no Rose, pelo menos ainda não, então não conto. – É muito bom nessas duas coisas.

– Parece incomum – observa Carey. – Para um garoto que diz que sua única experiência em se apresentar é na igreja.

Então ele também se lembrava disso. Eu esqueço, às vezes, que, com todo seu bom humor, Carey vê tudo, não se esquece de nada e está nesse jogo há uma vida. Tudo o que sei sobre desonestidade, fraude e meias verdades ocultas sob meias mentiras, ele inventou.

– Bem, o que você sabe? – A voz de Sir George Carey invade meus pensamentos.

– Nada ainda – respondo. – Deixei algumas perguntas com minha rede na semana passada, mas eles ainda têm de me retornar. Eu o segui até em casa algumas vezes. Vive em uma estalagem barata em Dowgate. E você viu como ele se veste. Parece que seu mestre, que lhe desejou tanto sucesso em sua jornada para Londres, na verdade não lhe deu fundos para isso.

– Hum.

Carey não está impressionado com essa avaliação e não deveria estar: se falta de fundos fizesse um assassino, quase Londres inteira estaria sob suspeita.

– Nada disso, por si só, é suspeito – digo. – Mas recém-chegados são sempre suspeitos. Vou continuar a vigiá-lo.

– Bom, pode começar esta noite.

Carey aponta o queixo para o salão da frente, pelo qual passei quando entrei. Ali, parado ao lado da janela e parcialmente escondido por cortinas, usando roupas tão ordinárias quanto as minhas, está Kit. Sabia que ele viria; ele me disse que viria. Mas não sou tão indiferente quanto deveria ser ao vê-lo, e me preocupo em manter o sorriso afastado de meu rosto.

– Ele está parado naquele canto desde que chegou – conta Carey. – Não falou uma palavra com ninguém. Não vai encontrar patrono desse jeito, embora ele pudesse escolher e, como você diz, precisa disso. Veja o que pode fazer.

Carey sai outra vez e pega mais uma taça de *sack* de uma bandeja que passa.

Penso em ir até ele. Mas tenho trabalho a fazer, e não há nada sobre Kit que eu possa descobrir esta noite, ou que não pudesse ter descoberto no Rose. É Barton quem continua a me desconcertar, meus esforços para conhecê-lo continuamente frustrados. Kit ainda não me viu, por isso mantenho-me fora de sua linha de visão e sigo para o salão de entrada para procurar Barton pela casa. Passo por sala após sala, todas elas cheias e barulhentas. Enfim o encontro, vestido apenas um pouco melhor que eu, com uma calça azul-escura e capa, e uma boina com pena que ele usa inclinada sobre um olho. Está no jardim, onde é cortejado por dois nobres. Estão parados no fim do caminho de cascalho, perto do rio.

Não há muitos convidados aqui fora, não quando está tão frio ao ar livre, e a comida, a bebida e o calor estão lá dentro. Apenas oito, pelas minhas contas. Todos fumam cachimbos ou folhas de tabaco enroladas, e o cheiro acre daquilo é o bastante para me revirar o estômago. Se vou ficar aqui fora, é o que também terei de fazer, ou pelo menos parecer interessado nisso. Eu me aproximo do grupo parado mais perto de Barton e seus pretendentes, três homens vestindo capas orladas com peles.

Minha chegada causa muita excitação e saudações, apertos de mão e perguntas respeitosas em demasia. Sou mesmo o papel principal na última de Shakespeare? Não diga. Fui mesmo escritor antes? Incrível. Gostaria de experimentar tabaco trazido do Novo Mundo? É fascinante – dizem que até a própria rainha fuma. Tenho dificuldade para imaginar a rainha sufocando no meio desse fedor, mas, quando um dos homens me oferece uma folha de tabaco enrolada, grossa e apertada, eu a pego. A primeira tragada é quase suficiente para me fazer desmaiar.

A discussão depois de algum tempo volta-se para a falcoaria, só um pouco mais interessante que fumo. Ainda segurando minha folha de tabaco, afasto-me um pouco do círculo, não o bastante para deixá-lo, mas o suficiente para chegar perto de Barton e ouvir sua conversa.

– Então ele pulou sobre mim, achando que eu seria uma vítima fácil – diz Barton.

– Totalmente escocês – responde um de seus companheiros, e eu balanço a cabeça. Nenhum inglês vai admirar um escocês, a menos que haja alguma vantagem nisso.

– Há um boato, sabe, que você pode ser um pouco mais perigoso que um ator comum. – Outro homem pisca. – O que tem a dizer em relação a isso?

Barton fica atônito. A boina cai um pouco mais sobre seu olho.

– Posso ter cumprido uma sentença no passado.

Os homens trocam um olhar e um sorriso.

– Por brigar?

Barton dá uma baforada em seu cachimbo, deixando a fumaça sair espiralando-se de seu nariz.

– Eles me botaram em Bridewell. Dois anos. Foi por algo um pouco pior que brigar.

Há um coro de assovios de admiração e tapinhas nos ombros, não dirigidos a Barton, mas uns aos outros. Eles veem atores como uma novidade, um item a ser colecionado, algo para acrescentar a seu gabinete de curiosidades: quanto mais singular, melhor. Um passado na prisão funcionaria bem em relação a isso, e tem menos a ver com Barton do que com a ousadia do patrono que o assumir.

Mas isso me dá algo com que trabalhar. Se Barton cumpriu pena em Bridewell, vai ser fácil confirmar. Assim como sua sentença. Dois anos é uma sentença longa. E, se for verdade, sem dúvida foi por algo pior que brigar. Mas o quê? E como ele foi solto? Por que não foi mandado de volta à Escócia? Ou ele foi solto e depois, de algum modo, encontrou um meio de voltar ao país, talvez com um padre desafiador? Muitos esquemas nasceram e cresceram dentro das paredes de uma prisão; por que não esse?

Livro-me dos homens com quem estou, contrapondo desculpas educadas à insistência deles para que eu fique. Mas minha cabeça gira, tanto pela fumaça quanto por essa nova informação sobre Barton. Saio andando pela trilha, um pouco cambaleante, mas mantenho os olhos no chão para permanecer firme.

– Orsino, aí está você.

Ergo os olhos e vejo Kit parado à minha frente.

– Viola-Cesário – digo como forma de cumprimento.

– Procurei por você a noite inteira – prossegue ele. – Eu me perguntei se teria decidido não vir, mas aí... – Seu olhar volta-se para a folha de tabaco ainda em minha mão, e os olhos ficam arregalados. – Você *fuma*?

Ele parece tão escandalizado que começo a rir, mas isso me deixa zonzo, então paro.

– Não. – Afasto-me alguns passos da trilha, jogo-me em um banco próximo, largo a folha fumegante sobre a grama e a esmago e apago com o calcanhar. – Mas, quando um patrono promissor oferece, o que mais você pode dizer?

– Não? – sugere Kit. – Você também podia dizer que tabaco fede a penas de galinha queimadas, e que fumar é um hábito sujo e nojento.

– Não podemos todos ser tão tranquilos quanto você – digo. – Conte-me: quantas ofertas recebeu esta noite?

– Nenhuma, ainda – diz Kit. Está parado acima de mim, com uma taça na mão e um sorriso malicioso nos lábios. – Mas tenho um plano.

– Aposto que sim. – Inclino-me para frente, os cotovelos sobre os joelhos e a cabeça baixa. – Queria que o chão parasse de girar.

– As coisas que fazemos pela nossa arte! – Kit se joga no banco a meu lado. Sinto seu braço roçar minha manga. – Primeiro fumar, e depois tem essa capa. Você parece minha tia-avó Hegelina, toda enrolada como um capão no Dia de São Crispim. Vocês têm até a mesma barba.

– Esta é uma ocasião formal – digo. – É preciso se arrumar.

– *É preciso se arrumar* – imita-me Kit. – Então conte-me. Seu mergulho na depravação lhe garantiu um patrono? Espero que sim. Parece que você vai ficar doente.

– Acho que sim – digo. – Acho que Carey.

– Ah. – Kit pensa sobre isso. – É uma boa escolha. Ele parece bom. Generoso. Alguém que seria receptivo se você fosse até ele e pressionasse seus lábios delicadamente nos dele.

Ergo bruscamente a cabeça para olhar para ele. O movimento repentino me deixa tão tonto que quase caio do banco.

– O quê?

– Não achou que eu tinha esquecido, achou? – Kit sorri, e seus olhos estão brilhantes, como se tivesse tomado uma ou duas daquelas taças de *sack*. – A aposta. A que você perdeu.

– Ah, não... – digo. Não esta noite.

– Você sem dúvida se esqueceu da regra: a qualquer hora, em qualquer lugar – diz ele. – Mas veja. Posso ser razoável. Se Carey não for sua preferência, não saberia por que não; ele tem um cabelo tão bonito... posso escolher outra pessoa. Sua esposa, talvez. Não há mulher mais bonita aqui...

– Não.

– O que acha de Earl Stanley? Ele é tão ousado! Mais cedo, estava contando uma história sobre sua viagem ao Egito, como ele enfrentou e matou um *tigre*...

– Não.

– Então o que acha de sua esposa? Ela deve estar bem. Considerando que o tigre não a enfrentou nem *a* matou...

– *Kit*. – A palavra sai estrangulada, e agora estou rindo, e ele também.

– Você tem sorte por eu ser uma pessoa boa, Orsino – diz ele. – Posso não ser da próxima vez.

– Considero-me devidamente alertado.

Kit sorri e toma mais um gole de sua taça. Fecho os olhos e respiro fundo algumas vezes, devagar, tentando pôr a cabeça em ordem. O ar cheira a grama, lua e expectativa.

– Tem uma coisa que ando com vontade de perguntar a você – diz ele.

Inclino minha cabeça na direção da dele. Normalmente, uma afirmação dessas me deixaria tenso. Parece que uma pergunta pessoal está por vir, e não gosto de perguntas pessoais. Mas decido permitir.

– Vá em frente.

– Você nunca me contou como se tornou ator – diz Kit. – Eu lhe contei minha história na Sereia. Mas e você?

– Eu queria ser escritor, se quer mesmo saber – digo. – Mas não era muito bom nisso, e atuar pareceu ser a melhor opção.

– Não. Sério? – Ele diz isso com delicadeza, quase sem acreditar, e sou lembrado do que ele disse naquela noite, sobre palavras e o que elas significam para ele. – O que você escreveu?

– Peças, na maioria – respondo. – Minha primeira foi sobre Robin Hood. Ela se chamava *O ladrão e o oleiro*. A segunda se chamava *A espada e a rosa vermelha*. Era sobre Herevardo, o Vigilante. Minha terceira, e última, foi sobre a Fera de Bodmin. Eu chamei essa de *Pessoa na sombra*.

A boca de Kit se retorce.

– Acho que eu gostaria de ler isso.

– Posso lhe assegurar que não – digo. – Escrevi alguns poemas também, mas, quanto menos se falar neles, melhor.

– Poemas! – Kit leva a mão ao peito. – Orsino! Não tinha ideia de que você levava uma vida tão trágica.

– Não sei ao certo se estou entendendo.

– Afirmo que ninguém que leva uma vida feliz se torna escritor – diz Kit. – Especialmente, não de poemas, não quando eles se constituem apenas de morte inesperada, amores não correspondidos e luxúria não consumada...

– Quanto vinho você bebeu exatamente?

Ele acena com a mão.

– Estou falando sério. Poetas precisam sofrer muito para escrever as coisas que escrevem. É preciso ter experimentado pelo menos *uma* coisa trágica. De que outra forma você poderia saber como é? Você não consegue inventar esse tipo de coisa.

– Consegue se estiver escrevendo sobre flores, árvores, pássaros ou o oceano.

– Entendo – diz Kit. – Sobre o que eram seus poemas?

Morte inesperada, amores não correspondidos e luxúria não consumada; os três.

– Esqueça.

Kit então ri, o som tão tranquilizador quanto o cair da chuva.

– Eu sabia.

– Não sei se funciona assim – digo. – Não exatamente. Acho que é o contrário. Acho que, quanto mais você sente, menos palavras há para descrever isso. É como se as palavras não fizessem justiça; você só pode escrever o que já está morto em seu coração.

Agora eu fiz: falei demais. Falei com sinceridade – ainda mais para um suspeito – sobre meu passado e meus sentimentos, e sinto-me exposto e desconfortável, como se tivesse acordado e encontrado alguém parado acima de mim, a me observar enquanto dormia.

Isso passa pela minha mente em um segundo. Olho para Kit, e ele está me olhando daquele jeito engraçado dele, do mesmo modo que fez durante o jogo de dados na Sereia, quando decidiu parar de apostar dinheiro e, em vez disso, apostou um beijo. É uma expressão que não vejo em algum tempo, não desde Marlowe. Ele olha para mim como se me entendesse.

E, pela primeira vez desde Marlowe, sinto que também entendo alguém.

– Então, você nunca me contou – digo para mudar de assunto. – Qual seu grande plano para encontrar um patrono?

– Ah, sim. – Kit acena com sua taça. – Primeiro, ele envolve *sack*.

– Isso não parece bom – digo.

Kit simula apertar um dedo sobre meus lábios para me silenciar.

– Em segundo, envolve minha voz. Você a ouviu.

– Me-lí-flu-a – digo em minha melhor imitação de Shakespeare.

– Mas não vejo como essas duas coisas resultem em um plano.

Kit solta um suspiro exagerado.

– O que homens fazem quando bebem demais? Principalmente *sack*?

– Quer mesmo que eu responda a isso?

– Eles cantam – continua ele. – Tudo o que preciso fazer é esperar até estarem se sentindo soltos e livres com suas vozes *e* seu dinheiro. É quando entro e canto melhor que todos eles, como um melro canoro grande, belo e com manchas negras. – Começo a rir, e Kit também. – E pronto! Eles vão jogar ofertas sobre mim. Estou lhe dizendo, Orsino, eles não têm a mínima chance. Esse plano é positivamente *maquiavélico*.

Paro de rir de imediato. Kit explicou sua educação para mim – o acompanhante de um filho mimado e provavelmente frívolo de um nobre que exige diversão constante, mesmo durante as lições – e ela continua válida. Mas algo sobre a lembrança e o uso dessa palavra em especial – *maquiavélico* – sugere uma educação muito além de uma aula eventual com um tutor. Arquivo isso para depois e ponho um sorriso de novo no rosto, antes que Kit dê por sua falta.

Levanto-me de meu assento.

– Vamos, então. Quero conseguir um bom lugar para esse espetáculo que você está prestes a apresentar.

Capítulo 17

Kit

Teatro Rose, Londres
19 de dezembro de 1601

— Viola-Cesário.

A voz de Toby ecoa pelos caibros do teto do Rose. Eu o escuto antes de vê-lo, subindo pela escada dos fundos e entrando nas coxias. Desde a festa dos patronos, ele começou a me chamar pelo mesmo apelido ridículo que Shakespeare me chama, e respondo em seguida.

— Aqui, senhor. — Estou sentada de pernas cruzadas na beira do palco, de chapéu, luvas e capa, tentando me manter aquecida e seca. Começa a escurecer agora, o céu plúmbeo cuspindo chuva como fez o dia inteiro, e está ficando mais frio a cada minuto. Esquento-me quase imediatamente quando Tobias aparece, embora eu o tenha visto menos de trinta minutos atrás no Globo. — Você as conseguiu?

Refiro-me às nossas falas, que Shakespeare mudou, mais uma vez, durante os ensaios. Não sei como ele espera que nos lembremos dessas mudanças, e foi exatamente isso o que Toby disse a ele. Houve muitos gritos, claro, não de Toby, mas de mestre Shakespeare, que disse que éramos todos *weepeggle*, o que não significa nada, que eu saiba, mas pude imaginar muito bem o que era por sua expressão assassina. No fim, Shakespeare conseguiu encontrar alguém nos bastidores que pôde escrever as mudanças para nós. Claro, havia apenas uma cópia dessas mudanças, por medo de *furto literário*, sem falar em uma *grande perda de tempo*, por isso Toby passou a escrevê-las todas de novo antes de vir se encontrar comigo. Não porque ele é generoso, mas porque ameacei fazê-lo beijar Shakespeare se não fizesse isso.

Em resposta, Toby ergue duas folhas de pergaminho, em seguida senta-se no palco ao meu lado.

– Desculpe por ter demorado tanto – diz ele. – Cinco atores, uma pena. Tive de esperar minha vez. – Ele revira os olhos e entrega minha cópia, e eu começo a ler. Toby tem bela caligrafia, letras que são rebuscadas, precisas e belas. Ele escreve como um cavalheiro, ou um poeta, o que me faz levá-lo em mais alta conta ainda. Acho que se pode dizer muito sobre uma pessoa pelo jeito como ela escreve. Jory escreve com letras pequenas e apinhadas, que me fazem achar que ele está escondendo alguma coisa, e Shakespeare escreve com garranchos retorcidos e indecifráveis, como um louco, o que ele é.

– Então ele acrescentou três novas pessoas a esta cena – digo. – E ele o colocou mantendo não apenas a mim, mas também a Olívia, sob a ponta de uma espada. Tanta sede de sangue! Você está mesmo louco por essa mulher, não está? – Embora eu tenha interpretado essa cena menos de uma hora atrás, lê-la agora é mais ou menos como vê-la pela primeira vez, porque é difícil saber o que está acontecendo quando nos dizem *Pare!* ou *Psst* ou *Silêncio, seus tolos*, tudo isso entremeado com longos períodos de silêncio nos quais ficamos parados sem fazer nada enquanto Shakespeare escreve em um pergaminho. – Parte de mim está impressionada com sua tenacidade; a outra acha que você é um pouco louco.

Toby me lança um sorriso torto, todo audacioso e com olhos de céu de verão.

– Sem dúvida – diz ele. – Eles, porém, deviam mesmo ter conseguido alguém com aparência melhor para interpretar Olívia, porque é difícil pensar que um homem pudesse gostar dela, muito menos quatro, e muito menos brandir uma espada por ela.

– Tão grosseiro, Orsino. Tenho certeza de que ela é bonita por dentro. – Volto para a página. – E veja. Shakespeare escreveu suas falas todas em letras maiúsculas. Você está tão apaixonado que está gritando e tudo o mais. – Aperto o papel junto ao peito e finjo desmaiar. – É tudo tão romântico.

– Sim, estou tão apaixonado por Olívia que me caso com você na cena seguinte. Tenho pena da esposa de Shakespeare – diz Toby, e agora nós dois rimos. – Que bagunça.

Talvez sim, mas, em particular, eu acho que *é* romântico. E, da mesma forma, em particular, adorei ver Shakespeare fazer essa mudança, e, em vez de Orsino me matar no final, ele se *casa* comigo, o que basicamente abrange toda a variedade de empenho humano. De qualquer forma, não há beijo, ainda não, embora, com a propensão de Shakespeare em mudar as coisas a cada minuto, isso ainda possa acontecer. Seria maravilhoso, e se alguém comentar que pareço estar gostando um pouco demais desse beijo, posso simplesmente atribuir isso ao fato de ser um bom ator, e não a Toby ser um bom beijador, coisa que, tenho certeza, ele é.

– Acho que devíamos trabalhar. – Fico de pé, e Toby também. Vou até o centro do palco, onde costumamos começar, mas ele se esgueira outra vez para as coxias. – Aonde você vai?

– Trouxe uma surpresa – grita ele. No momento seguinte, sai segurando uma espada. – Peguei emprestada do Globo. Achei que deixaria as coisas um pouco mais excitantes. – Ele a joga para mim, e eu quase não a pego. É mais pesada do que aparenta, feita de algum tipo de madeira, mas pintada para parecer real, com uma lâmina cinza e punho preto, a guarda em cruz pontilhada com círculos azuis feitos para serem pedras preciosas. Então ele me joga a bainha, uma tira negra de couro que prendo em torno da cintura antes de enfiar a espada em seu interior.

– A cena é muito confusa – diz Toby, aproximando-se e parando ao meu lado. Ainda está olhando para o pergaminho. – Não precisava ser. Por que ele colocou sete atores nesta cena quando você só precisa de três? Estava bom do jeito que eu... – Ele para. – Na verdade, acho que enlouquecer com a espada ajuda. Isso vai impedir que as coisas pareçam uma audiência no Parlamento.

Solto uma risada, e isso sai um pouco feminino, então me contenho.

– Devo interpretar três papéis e você, quatro? Ou devemos nos limitar a dizer nossas falas sem eles? – Já fizemos dos dois jeitos, dependendo de como a cena se desenrola, e se isso nos ajuda a dizer melhor nossas falas.

· 197 ·

– Vamos dizer as falas sem eles, acho – diz Toby, com os olhos ainda no papel, só que agora ele está de cenho franzido.

Ele parece um pouco assustador quando faz isso, como alguém que você poderia imaginar facilmente espreitando as ruas de Bankside depois da meia-noite, esperando para saltar, bater em você e levar todos os seus pertences. Ele não tem essa aparência com frequência, não comigo, pelo menos não desde o dia em que o conheci no Globo, quando ele olhou para mim com a mesma expressão de pedra da criada de Catesby. Mas, de vez em quando, ele assume essa expressão, que indica algo sombrio em seu interior, talvez não vilanesco, mas no mínimo perverso. Pergunto-me o que poderia ser. Ele esconde alguma coisa, assim como eu?

– ...Olívia?

– O quê? – Abandono meus pensamentos e dou com Toby me observando. – O que tem Olívia?

– Estava dizendo que mudei de ideia, que você devia fazer seu papel e o de Olívia. Assim podemos praticar bloqueios com a espada.

– Ah.

Ele me pegou de guarda baixa, e agora estou um pouco confusa; não posso deixar minha mente divagar enquanto estou ensaiando. Tenho de permanecer completamente focada em meu papel na peça, não em meu papel na trama. Diz-se uma coisa na missa: "Nunca deixe a mão esquerda saber o que a mão direita está fazendo". Meu pai dizia que isso significava que uma pessoa devia manter seus interesses separados um do outro todo o tempo, e, se houve algum dia um momento de dar ouvidos à Bíblia, é agora.

– Parece bom – digo por fim. – Por onde devemos começar?

– Vamos começar quando Olívia e Maria entram em cena – diz Toby. Vou até meu lugar na beira do palco, com Toby no centro.
– Olívia e Maria chegam enquanto converso com Antônio e seus oficiais. Eles se afastam para o lado, e eu faço uma reverência para Olívia. – Toby se curva e simula tirar o chapéu. – Então ela vê você...
– Faço uma reverência – digo e faço isso. – Você tenta seduzi-la novamente, mas ela não cede. Você a chama de cruel, e é quando começa com seus berros.
– Certo.
Toby ainda finge segurar o chapéu, então tiro o meu e o jogo para ele, a fim de que tenha algo real para segurar.
– *Ainda tão constante, senhor* – sussurro para ele.
– *Ao que, à perversidade? A senhorita é uma dama nada educada* – começa Toby.
Ele caminha pelo palco em minha direção e continua falando, agitando meu chapéu nas mãos, a voz se erguendo junto com fingida frustração.
– Bom – digo quando ele termina seu discurso –, isso foi muito bom. Pude realmente sentir sua raiva. Agora Olívia diz: *Faça o que quiser, milorde, desde que seja apropriado.*
Toby joga meu chapéu no palco e corre em minha direção. Pega a espada na bainha em minha cintura e a mantém em riste, como se Olívia estivesse parada diante dele e ele a apontasse para ela.
– *Por que eu não deveria? Se tivesse a coragem de fazê-lo...*
Observo enquanto ele diz suas falas. Ele grita em muitas delas – são berros, como eu disse –, mas, como tudo o mais nesta peça, acho secretamente romântico. Observo seu rosto enquanto ele fala

com a inexistente Olívia, brandindo a espada velha enquanto grita palavras de amor e ciúme selvagem, aqueles olhos azuis suplicando com uma angústia incontida. Não tenho problema para descobrir o que Viola deve sentir enquanto olha para ele, que é nunca ter visto alguém tão belo na vida.

Toby então me agarra, como pede a cena. Sou pega desprevenida outra vez, e, quando ele envolve a mão em meu ombro, apertando-me contra ele enquanto a outra mão aperta a lâmina de madeira em minha garganta, as palavras ecoando pelos caibros vazios do teto do Rose, eu me esqueço. De que isso é apenas uma peça e que estou apenas fingindo. Eu me esqueço de tudo, exceto dele.

– Eu... esqueci minha fala. – Sussurro isso, porque também pareço ter me esquecido de minha voz.

– *Seguindo aquele que amo* – inicia ele, sussurrando em resposta. – *Mais que amo aqueles olhos, mais que minha vida...*

Ele diz as falas por mim, os lábios perto de meu ouvido e seu hálito em meu rosto, minha mão em seu braço enquanto ele se aperta contra mim. Fecho os olhos e escuto, na esperança de que a escuridão que entrou pelo teto esconda o sorriso involuntário em meus lábios. Acho que, se me limitar a ficar parada aqui, sem fazer nem dizer nada, ele vai passar o resto da noite falando a peça em meu ouvido, e para mim isso não seria problema nenhum.

– Você se esqueceu da fala de Olívia também?

Pela segunda vez, as palavras de Toby me puxam de novo para o presente. Viro, e ali estamos nós, parados cara a cara, e estou dizendo *cara a cara*. Não podemos estar a mais de alguns centímetros de distância; ainda assim, de algum modo, na escuridão parece muito mais perto, e sem dúvida ele vai se afastar, ou eu vou, mas nenhum de nós faz isso.

– Eu... Sim, não estou tendo uma noite muito boa – digo por fim, o que não é nem um pouco verdadeiro, mas digo apenas para dizer alguma coisa, pois ficou muito silencioso aqui.

– Estou vendo – diz Toby, e dá aquele sorriso malicioso outra vez. – Espero que isso não aconteça na noite de estreia.

– Eu não... Não vai – corrijo. – Vai dar tudo certo. Eu só... Estou pensando muito. A peça – esclareço com rapidez. – Todas essas mudanças. Elas são... – Ergo os dois braços e os agito como algum tipo de idiota. – É tudo um pouco louco.

– Eu sei – diz Toby, e há silêncio outra vez.

Sinto-me sem fôlego e fora de controle, e é difícil saber quem ser agora, Kit ou Katherine, o que talvez não importe mais, porque não sei como reagir em nenhuma situação que envolva estar sozinha no escuro com um garoto parado à minha frente, olhando para mim. Já li o suficiente para saber todas as coisas que podem acontecer em cenários como este, e é difícil saber se estou com medo, excitada ou os dois.

– Acho que devo ir – digo por fim.

Toby assente.

– Sempre podemos tentar de novo outra hora.

– Amanhã – digo, embora não consiga evitar o pensamento de que, de algum modo, eu o decepcionei.

Chego aos bastidores e olho para trás, parando na escuridão para tentar dar uma última olhada para ele. E, sob a luz do luar, eu o vejo olhando para mim também.

Capítulo 18

TOBY

PONTE DE LONDRES, LONDRES
20 DE DEZEMBRO DE 1601

Vigiar Thomas Alard é exaustivo.
  Ele não tem horário, não tem padrão determinado, não tem nenhum contato regular, nenhuma rotina. Fora dos ensaios no Globo, parece circular por Londres fazendo o que tem vontade, onde tem vontade, quando tem vontade. Ontem à noite, depois que Kit deixou o Rose, fui até o apartamento de Alard em Billingsgate Ward, esperando pegá-lo chegando ou saindo, de preferência saindo. Tudo o que consegui foi uma porta fechada e uma janela escura, e, depois de três horas de vigia no escuro e na chuva, concluí que ou ele estava dormindo ou não ia voltar para casa tão cedo, portanto decidi tentar novamente esta noite. E é por isso que estou sentado nesta casa de dados depois da meia-noite, um lugar imundo no meio da ponte de Londres que fede a carvão, serragem e cerveja choca.

A ponte de Londres é um caminho largo fronteado por portões nas duas extremidades, com mais de duzentas lojas construídas diretamente sobre ela, algumas com sete andares de altura, debruçadas sobre o rio, e outras sobre a rua, a passagem sendo mais através de um túnel que uma estrada. Duzentos e cinquenta metros de pedras escorregadias no calçamento atulhados de carrinhos, carroças, cavalos e mil pessoas a pé. Atravessá-la leva horas de dia ou de noite, e muitos se esgueiram para as tavernas e cervejarias para esperar isso tudo melhorar.

Nunca venho aqui se posso evitar, preferindo usar o pouco dinheiro que tenho para pagar uma barca; o fedor e a multidão são suficientes para azedar o ar. Comida estragada, excrementos de animais, dejetos humanos e putrefação; as cabeças de traidores que ficam no alto de lanças ao longo do portão sul: carniça para os corvos. E agora estou enterrado em uma mesa no fundo, com o chapéu de Kit puxado sobre os olhos em um esforço para esconder minha identidade. Não que isso importe, não a essa altura. Este lugar está tão cheio, e Alard está tão bêbado, que duvido que ele reconheceria a própria mãe, muito menos a mim.

Eis o que concluí sobre ele até agora: não ganha muito dinheiro como ator; nenhum dos homens ganha, a menos que tenha um patrono, coisa que ele agora tem. Os nobres que ele selecionou na festa de Carey vão lhe pagar um estipêndio para cobrir suas despesas de sobrevivência, além de um bônus se a peça em que ele estiver for um sucesso.

Mas o maior problema de Alard é o jogo. Ele aposta alto, o que significa que fatura alto ou, na maioria das vezes, perde muito. Isso explica seus sapatos caros – em minha experiência, homens com problemas com jogo raramente usam seus ganhos em despesas mundanas, como aluguel ou comida, preferindo gastar em excesso com coisas nada práticas como vinho, joias ou roupas. Isso também explica seu horário estranho, pois casas de carteado, casas de apostas e rinhas de urso funcionam apenas em horários estranhos. Por mais que isso explique seu comportamento, também cria problemas, pelo menos para mim. Jogadores são alvos ideais para espiões ou grupos secretos usarem como contatos ou mensageiros. A própria natureza de um jogador envolve risco: eles vicejam nesse ambiente. Normalmente – sempre – querem dinheiro. Reúnem-se em lugares onde é fácil passar um bilhete, uma palavra sussurrada ou um saco de dinheiro sem ser notado. Isso torna meu trabalho difícil, porque, para pegar esse tipo de coisa, preciso estar ali, e, como não posso estar ao lado de Alard todas as horas de todos os dias, isso deixa muito de meu sucesso reduzido à sorte. Não gosto de deixar nada à sorte.

Ouve-se um grito de triunfo vindo da mesa do outro lado do salão – não de Alard, mas de outra pessoa – e, com isso, junto com a expressão fechada de Alard e de uma sacudidela triste de sua cabeça loura, vejo que ele perdeu sua jogada. A agitação dele cresce. Ele põe as duas mãos no canto da mesa e dá um empurrão, espalhando dados, moedas e homens. Isso é outra coisa que aprendi sobre Alard: ele é um idiota. Longe do Globo, quando não está interpretando outra pessoa ou tentando impressionar alguém, é este quem ele é. Isso faz com que cada momento que eu passe com ele pareça um castigo. Não é como vigiar Kit, que é engraçado e livre, e me faz esquecer o que estou realmente fazendo quando estou com ele, que é o meu trabalho.

Meus pensamentos começam a divagar e não gosto do rumo deles: de volta ao Rose. Não devia ter ensaiado aquela cena com Kit ontem à noite ou, se tivesse, devia ter pelo menos ensaiado de um jeito que não terminasse tocando-o. Porque, se não tivesse feito isso, envolver o braço em torno de seu pescoço e puxá-lo para perto, não teria sentido o jeito como ele ficou dócil em minha mão. Não o teria visto fechar os olhos enquanto eu dizia suas falas em seu ouvido. Não teria sentido seu cabelo, macio como penas de chapéu contra meu rosto, e não teria conhecido o cheiro dele, recendendo a serragem e sal marinho. Não saberia nada disso e poderia voltar a fingir que não vejo o modo como ele olha para mim, ou o modo como me faz rir, ou que, pela primeira vez desde a morte de Marlowe, eu me sinto mais leve com outra pessoa por perto.

Preciso voltar a fingir que nada está acontecendo entre nós porque nada pode acontecer, nunca. Porque Kit é um suspeito e pode ser parte de uma trama para matar a rainha. Porque estar com outro homem é ilegal e um crime punido com a forca, e sei que nem mesmo a rainha vai me salvar, porque ela não salva ninguém. Porque a última vez que me senti desse jeito em relação a alguém, ele virou meu coração do avesso e depois morreu, e não voltei ainda a ser o mesmo.

Além do mais, não tenho tempo para isso. Envolvimento com este ou qualquer outro garoto – ou garota – não é parte do plano. O plano que me permitirá sair de baixo do fardo da rainha e de seus homens, suas tramas labirínticas e mentiras intermináveis. Que me permitirá seguir meu caminho, livre da marca do engano que me seguiu desde que Marlowe botou os pés dentro de minha oficina de impressão tantos anos atrás. Que me permitirá viver minha própria vida, em vez de observar outros viverem as deles.

Vou ter de dar fim aos ensaios no Rose. Posso citar inúmeras razões, de bondosas a indelicadas: Estou ocupado demais. Estou perdendo o foco. Não estou mais interessado. Kit não vai questionar isso, acho que não; vai aceitar e me deixar em paz e parar de me fazer questionar coisas que luto diariamente para negar.

Desvio a atenção de Kit e volto para o trabalho penoso com Alard, que parece resolvido e, ainda assim, inacabado. Pego meu diário e começo a revisar minhas anotações enquanto também observo Alard voltar cambaleante até o bar, e os outros homens à mesa correm para separar dados e moedas. Estou em minha investigação há um mês, e meu segundo relatório para a rainha deve ser entregue amanhã. De meus trinta e seis suspeitos originais, consegui dispensar vinte e oito por meio de observação pessoal ou investigação sobre o passado deles. A maioria eram homens em papéis pequenos, substitutos ou assistentes de palco, suspeitos porque eu acreditava que estavam mentindo sobre alguma coisa, idade, origem ou experiência. Na verdade, todos estavam mentindo, mas, em vez de serem mentiras sobre tramas traiçoeiras ou ressentimentos católicos, apenas escondiam esposas, empregos ou, no caso de Joseph Gill – um garoto que foi escolhido como substituto de Kemp –, extrema juventude: ele tem apenas doze anos de idade.

Isso me deixa com oito sobre os quais concentrar minha atenção. Barton. Alard. Hargrove. Mark Hardy no papel de Antônio. Ele tem cabelo castanho e pele morena, é quieto e despretensioso. Mora sozinho em Holborn – na periferia de Londres, quase zona rural, em uma caminhada de duas horas até o Globo –, onde está pelos últimos seis anos. Está no início da casa dos trinta anos, mas não tem família, por assim dizer; passa as noites lendo e escrevendo, o que indica uma educação que vai de encontro a essa origem humilde. Tem também Simon Sever, que interpreta Valentina, uma de minhas criadas (de Orsino). É um papel pequeno, mas ele o interpreta bem. O problema com Sever é que, embora ele diga ter morado toda a vida em Londres, segundo minhas investigações, não há nenhum garoto, homem, bebê ou velho chamado Simon Sever em toda a cidade. Está mentindo sobre alguma coisa. Os irmãos Bell, Jacob e Jude, dois novos assistentes de palco. Não são gêmeos, embora pudessem ser: cabelos escuros, olhos escuros; dizem ter vinte e cinco e vinte e sete anos, e acredito nisso. São travessos e inteligentes, rápidos para encontrar soluções para os muitos problemas de contrarregra de Shakespeare (no fim, foram eles dois que encontraram bodes para se passarem por veados na última peça), apesar de não terem nenhuma experiência prévia.

E, é claro, há Kit.

Apesar da promessa que fiz a mim mesmo de não pensar nele, apesar do relatório à minha frente e de Alard às minhas costas, e das outras cem coisas que podiam me ocupar além disso, volto a pensar sobre ontem à noite, uma luta de espada encenada, falas esquecidas sussurradas na escuridão e um garoto.

Capítulo 19

KIT

Teatro Globo, Bankside, Londres
21 de dezembro de 1601

Estou parado nas coxias perto do lado esquerdo do palco, à espera de minha deixa.

No palco, sentados em um banco a uma mesa comprida sobre cavaletes, estão Thomas Alard e Aaron Barton. Hoje é o primeiro ensaio com todos os figurinos, por isso é um ensaio alegre, todos nós com vestidos e perucas, os rostos cheios de maquiagem de palco.

Primeiro tem Aaron, que é baixo e atarracado e usa lábios curvados desenhados com maquiagem, além de um vestido decotado – com um decote mais profundo do que deveria ter – que exibe metade de seu peito. A costureira que o fez, a sra. Lucy, é apenas uma aprendiz e de algum modo errou as medidas de Aaron (confundindo sua altura com sua largura?). Não sei; a sra. Lucy quase chorou quando o viu com ele, a barra arrastando no chão, quase um metro mais comprida, e o corpete praticamente até o umbigo, com um ninho de pelos castanhos no peito totalmente à mostra. Aaron riu muito, e mestre Shakespeare o declarou *ploosnar*, termo que ninguém entendeu, mas deve ter significado alguma coisa boa, porque os pelos do peito se mantiveram no lugar.

Thomas Alard está igualmente divertido como Olívia: o branco do alvaiade cobrindo seu rosto, lábios vermelhos chamativos e bochechas rosa coradas, sobrancelhas desenhadas a lápis sob uma peruca preta e com vários cachos pequenos. Seu vestido é severo: preto, de mangas compridas e gola alta, encimada por babados brancos elaborados. Ele também tem dezoito anos, pelo menos dois anos além da idade ideal para interpretar uma mulher, alto demais e largo demais, tendo a necessidade de babados para esconder os movimentos de seu pomo de adão. Sua voz é um falsete inconstante, e nesta cena ele começa usando um véu negro sobre o rosto, parecendo uma mortalha. Mesmo assim, Thomas é um bom ator. Ele usa sua masculinidade para provocar risos, e caminha de um modo engraçado, parecendo flutuar por baixo de todo aquele veludo. A primeira vez que mestre Shakespeare o viu fazer isso, ele riu tanto que achei que fosse estourar.

É também nosso primeiro ensaio com público. Os atores que não estão no palco, os assistentes de palco, as figurinistas, os músicos e mestre Shakespeare estão reunidos no pátio para nos dar uma sensação de como vai ser a apresentação.

– Lembrem-se, o palco vai estar no meio do salão, então o público vai estar dividido. Metade sentado de um lado do palco, metade do outro – diz Will Kemp com conhecimento de causa, pois ele se apresentou diante da rainha e sua corte inúmeras vezes. – Qualquer que seja o lado em que estiver a rainha, ela vai estar sentada bem na frente. Sua visão não é como costumava ser, nem sua audição, por isso ela precisa ficar bem perto. Suas damas de companhia estarão com ela e vão ocupar toda a primeira fila. Atrás dela, de um lado, seus nobres favoritos e as esposas. Do outro, os cortesãos favoritos. Bem ao fundo ficam os ministros e, atrás deles, a guarda. Os piores lugares na casa, como sempre. – Ele troca um olhar com Burbage. Os dois riem. – Eles estiveram em duas dúzias de espetáculos, mas duvido que tenham visto ao menos um.

Isso ajuda mais do que ele se dá conta.

Chegamos até a metade, sem parar, antes de terminar o ensaio. O sol começava a se pôr antecipadamente no inverno, com sombras assomando, longas e baixas, sobre as tábuas. Perguntei aos Wright por que não podíamos acender algumas velas ou tochas para podermos continuar a ensaiar, e eles explicaram que ter fogo no interior do teatro é um risco terrível. Uma única fagulha caindo na palha que cobre o chão atearia fogo em toda a construção.

Todos nós estamos reunidos nos bastidores, cada ator, assistente de palco, figurinista e músico, e agora estou prestes a ter de tirar a roupa em frente a eles. Fiz isso no início do ensaio, tirando minhas roupas de rua e vestindo o figurino, mas o lugar estava mais vazio. A maioria dos atores andava pelo pátio ou sob os cuidados de figurinistas e pintores faciais. Nenhum deles, na hora, olhava para mim, e provavelmente nenhum deles está olhando para mim agora. De qualquer jeito, não há nada que possa fazer, então resolvo acabar logo com isso.

Os sapatos, meias e ligas do figurino saem muito facilmente, e, antes que a brisa de inverno nos bastidores consiga arrepiar a pele de minhas pernas nuas, minhas calças estão vestidas e amarradas, minhas botas puxadas até as canelas. Mas é a parte do gibão de meu figurino que apresenta mais problemas. Um *jacquard* rígido e branco costurado com cem botões revestidos de feltro na frente, fechado no alto e com a corrente de uma capa presa aos ombros. A sra. Lucy levou vinte minutos para me colocar dentro dessa coisa, nessa ordem; e ela precisa sair nessa ordem, também. A corrente se solta com bastante facilidade, deixando que a capa caia em um amontoado sobre o banco. O gancho que fecha o gibão apertado e justo sobre minhas clavículas se solta com rapidez também. Mas os botões... Eles são tão desgraçados quanto são bonitos, e meus dedos tremem e suam com o esforço de empurrá-los através das casas pequenas demais, várias e várias vezes.

Finalmente, termina. Eu tiro o tecido pesado dos ombros e agora a única coisa que me separa deles, a verdade de toda essa falsidade, é uma túnica fina de musselina, amarrotada e agora um pouco úmida. Se alguém olhasse com atenção suficiente, veria a faixa amarrada em torno de meu peito, os ombros que não são largos o suficiente e as clavículas que são um tanto delicadas; veria a pele que é macia demais e lisa demais para pertencer a um garoto de minha idade. Mas ninguém está olhando, por isso visto uma camisa e em seguida mais uma sobre ela, depois minha capa velha e as luvas. Não estou com meu chapéu, não depois que o dei a Toby dois dias atrás no Rose.

Agora que estou vestida e em segurança, penso em tentar encontrá-lo. Mas tudo o que vejo quando olho ao redor são atores circulando sem camisa e outros completamente nus, dando tapinhas em bundas e se empurrando com os ombros. É um sinal para eu sair, portanto faço isso, desviando os olhos da melhor maneira possível enquanto me dirijo para a escada, rumo à saída, através da porta dos fundos até a rua.

A noite está congelante, com um pouco de neve caindo do céu, um torvelinho poeirento que cobre os cílios e entra pelo nariz, algo que na Cornualha chamávamos de *lusow*, que significa "cinza". Devia ir para casa, com frio e sem chapéu como estou. Mas Jory vai estar na casa de Catesby até tarde da noite, e ficar sozinha em meu quarto sentindo as correntes de vento não é exatamente algo de que eu goste. Em vez disso, saio andando por Bankside à procura de um jeito de passar o tempo.

Assim que comecei a trabalhar para Catesby, e antes de conseguir o papel na peça de Shakespeare, passei muito tempo andando por Londres. Fiz isso para conhecer a cidade, para me sentir confortável sozinha tanto antes quanto depois de escurecer, em situações em que nunca estive antes. Nunca consegui andar por aí desse jeito em Lanherne, não como garota e não como católica, e sem dúvida não como a filha de um nobre que determinava tudo o que eu fazia. Eu abriria mão disso tudo se significasse que meu pai ainda estivesse vivo, mas não posso negar que gosto de minha independência recém-descoberta.

Tenho cuidado para não chamá-la de liberdade, porque este não é um mundo que dá liberdade facilmente, não sem tomar algo em troca.

Desço por uma das escadas que leva ao Tâmisa, onde, em um dia comum, barcos estariam à espera boiando na maré. Mas agora, no frio, partes do rio congelaram, e os botes foram para outro lugar. As pessoas vêm aos montes para cá para deslizar e patinar no gelo, mercadores empreendedores montaram lojas temporárias ao longo da margem, e há barracas de madeira que vendem vinho quente e castanhas assadas, doces em forma de bengalas e maçãs, enfeites com fitas para pendurar em árvores. Está mais festivo do que este lado do rio costuma ser, com metros de lanternas penduradas ao longo das docas e dispostas ao longo da margem, e sua luz brilhante se refletindo pelo gelo do rio. Sons de risos e conversas flutuam pelo ar perfumado: açúcar, especiarias e fogo para assar. Ouço alguém chamar isso de uma feira de diversões no gelo, e me parece bem agradável.

Gasto algumas moedas para comprar uma caneca de vinho, principalmente para esquentar as mãos, mas percebo que gosto da doçura, e ele me esquenta também. Caminho pela margem, com cascalho e escorregadia, desviando de crianças que gritam e correm pelo rio de um lado a outro, desafiando umas às outras a ir mais longe na direção da bandeira branca erguida a cerca de quinze metros da margem, demarcando o fim do gelo sólido.

Paro diante de uma barraca que vende bolinhos em forma de estrelas, corações e flores. São redondos e cobertos de açúcar colorido, amarelo, vermelho e rosa, com geleia saindo pelos lados.

Custam um pêni cada, um verdadeiro roubo, coisa que eu podia considerar cometer se não fosse um pecado, e já estou até o pescoço em planos para cometer um ainda maior.

– Sabia que isso devia estar pendurado em árvores? – A voz de Toby enche meus ouvidos, e levo um susto tão grande que viro para trás e quase esbarro nele. – Quero dizer, originalmente – prossegue ele. – Como decoração. Mas não sei. Eles deviam ser admirados? Comidos? Ou os dois? Imagine entrar na casa de alguém, dizer que gosta de sua árvore e em seguida começar a comê-la. Parece um costume estranho. Há maneiras mais fáceis de conseguir seu jantar.

Estou tão surpresa de vê-lo aqui, coberto de neve, com o rosto vermelho e parado perto de mim, que não consigo encontrar palavras para responder.

Ele leva a mão ao interior de sua capa surrada e pega meu chapéu.

– Queria lhe devolver mais cedo, mas você saiu antes que eu pudesse encontrá-lo.

– Como você me achou? – digo por fim.

– Sorte, eu acho – responde ele. – Vim pelo vinho quente e para ver crianças escorregarem pelo gelo.

Só agora vejo que ele também segura uma caneca, que bate na minha em um brinde antes de voltar a observar o rio.

– Você parece muito esperançoso – digo. – Não devia ficar. Tem uma história que eu li uma vez, sobre uma baía na Corn... myth. Em Plymouth. Ela congelou em um inverno e alguns garotos caíram através do gelo e ficaram presos embaixo dele. Eles morreram, é claro, e seus corpos nunca foram encontrados.

Isso chama a atenção dele, que se vira para me olhar.

·   214   ·

– E?

– E agora a baía é assombrada – respondo. – Peixes aparecem mortos na areia, a água está sempre congelante, mesmo no verão, e os barcos que chegam muito perto da costa viram. Dizem que são os garotos em busca de vingança contra aqueles que não os salvaram.

– É uma boa história – diz Toby. – Devia escrever sobre isso.

– Você é o escritor – digo. – Não eu. Você podia contá-la muito melhor que eu. – Não é uma resposta interessante, nem engraçada, tampouco inteligente. Mas, desde nosso último ensaio no Rose, estou com problemas para conversar com ele; todas as coisas que quero dizer se perdem entre o momento em que eu as penso e o momento em que tento dizê-las.

– Talvez devêssemos seguir andando – diz ele por fim. – A última coisa de que preciso é um bando de crianças exigindo sua vingança fantasmagórica de mim.

A faixa de praia fica mais estreita e mais rochosa ao nos afastarmos das barracas da feira. O barulho ambiente de mercadores anunciando seus produtos e crianças gritando começa a desaparecer, dando espaço a sons irrequietos de água, da maré, de gaivotas preguiçosas e de baques ocos do casco de barcos, agrupados no meio do rio e se entrechocando.

Chegamos a um ponto onde não podemos mais andar, por isso paramos e olhamos para a extensão cintilante de água, tomando nossa bebida em silêncio. Espero que Toby termine a dele e vá embora, porque ele, sem dúvida, tem alguma coisa melhor a fazer do que ficar parado ao meu lado, em silêncio e com a língua presa, junto de um rio congelado e francamente estranho.

– Você disse, naquela noite na Sereia, que gosta de palavras – diz Toby.

Enrubesço um pouco, surpresa e satisfeita por ele se lembrar.

– Disse – falo. – E gosto mesmo. Eu as amo. Por isso nunca ousei escrevê-las. Algo tão precioso não pode ser confiado a mim.

Toby me olha, e igualmente rápido se volta de novo para a água.

– O que você acha das palavras em *Noite de Reis*?

– Acho que são bonitas – digo com sinceridade. – E gostaria que Shakespeare parasse de mudá-las. Toda vez que ele faz isso, a peça parece perder alguma coisa. As coisas parecem ir do poético para o caótico. Ela parece, de algum modo... diluída. Talvez isso não faça sentido.

– Faz todo o sentido. – Então: – Eu penso a mesma coisa.

– Parecemos pensar muitas das mesmas coisas.

Um sorriso toca seu lábio.

– Tais como?

– Bem, nós dois gostamos de histórias e nós dois achamos que Shakespeare é louco. Nenhum de nós quer ser assombrado pelos fantasmas de meninos afogados, nem queremos comer a decoração das árvores de Natal das pessoas. Ah, e nós dois gostamos de vinho quente.

Ergo minha caneca, embora ela esteja vazia há muito tempo.

– O alicerce de todas as boas amizades.

Amigos. Imagino que seja isso que somos; imagino que seja tudo o que poderemos ser. Mas mesmo isso não parece verdade. Não pode ser; não quando tudo em relação a mim é mentira. Bom, talvez nem tudo.

Vi o jeito como Toby olha para mim. É o mesmo jeito com que olho para ele. O jeito como olha em minha direção quando acha que eu não o vejo; o jeito como mantém esse olhar só um pouco mais do que é estritamente necessário. E houve a noite no Rose. Algo está acontecendo entre nós, eu acho, algo que não devia. Se eu fosse sábia, me afastaria; se não fosse a tola completa que sou, eu me lembraria do trabalho que estou aqui para fazer, que nada tem a ver com nenhum garoto. Mas o vinho está me dando ao mesmo tempo coragem e maus conselhos, portanto, em vez disso, digo:

– Eu disse outra coisa também naquela noite na Sereia. Sobre uma aposta. – Isso sai antes que eu consiga pensar direito no assunto, mas é tarde demais para voltar atrás agora. – Acho que é hora de você pagar. Hoje, no ensaio, pensei em fazê-lo beijar a senhora Lovett, depois pensei em Barton, mas agora tenho uma ideia melhor. Você pode me beijar.

Toby fica imóvel. Não imóvel: rígido.

– Quero dizer, o quanto isso pode ser ruim? – continuo. – Não sou tão intimidador quanto a senhora Lovett, nem tão perigoso quanto Barton. Se eu o fizesse beijá-lo, ele provavelmente lhe daria um soco na cara e...

Toby dá alguns passos em minha direção até parar à minha frente. Sem tirar os olhos dos meus, pega a caneca vazia de minha mão e a põe no chão ao lado da dele. Então, de maneira igualmente deliberada, olha para uma direção da margem, depois para a outra. Está se assegurando de que não estamos sendo vistos – se estivéssemos, isso poderia significar problema, e ainda mais. Mas não há ninguém por perto, a multidão do mercado é uma imagem distante, e nós dois estamos envoltos pela noite.

Toby estende a mão, seus dedos passam por meu queixo e descansam em meu pescoço, o polegar acariciando a maçã de meu rosto quando ele se inclina em minha direção, todos os músculos ainda cantando de tensão. Mas seus olhos, agora fixos nos meus, contam uma história diferente. Eles estão selvagens, vivos e livres, um mar da Cornualha no verão.

Fecho os olhos, e ele me beija.

Mal é uma sugestão de beijo, apenas um leve roçar de lábios contra os meus. Seu outro braço me envolve pela cintura e me sinto amolecer. Ele se afasta só um pouquinho, só o suficiente para eu sentir sua respiração, rápida e quente. Então o primeiro beijo se torna um segundo, esse só um pouco mais longo, um pouco mais vigoroso.

Abruptamente, ele para. Meus olhos se abrem e ele está olhando para mim. Estou segurando sua cintura, meus dedos agarrando o tecido rústico de sua capa. Eu largo. Nenhum de nós fala.

– Eu... Talvez eu deva ir – digo por fim, só para dizer alguma coisa.

Mas não quero ir. O que quero é que ele me puxe de volta e me beije novamente, mas em vez disso ele assente e não diz nada em resposta. Sua expressão, quente antes, tornou-se fechada, controlada e rígida. E a escuridão que vi dirigida a mim uma vez antes, em meu primeiro dia no Globo, está de volta.

Sentindo-me tola – e com um pouquinho de medo –, eu me afasto dele. Um passo, em seguida outro, e mais outro. Toby não me detém. Está olhando para mim, mas não parece me ver, a atenção voltada para outra coisa ou outra pessoa.

Não digo mais nada; simplesmente sigo andando. Apenas pelo som de meus passos no cascalho, sei que ele não está me seguindo. Quando chego ao mercado, e antes que a multidão possa me engolir, olho para trás como fiz quando deixei o Rose, na esperança de encontrar seus olhos apontados para mim. Em vez disso, eles olham para a água, como se ele já tivesse me esquecido.

Capítulo 20

Toby

Átrio da Catedral de St. Paul, Londres
22 de dezembro de 1601

Marlowe costumava dizer que havia duas Londres: a das horas de luz do dia, com seu casaco dourado e costuras brilhantes, cheia de apertos de mão, sorrisos e promessas. E havia a Londres da noite, secreta e dissimulada, com olhares de soslaio e miradas discretas e culpa pelo que foi feito ou está prestes a sê-lo. Ele dizia preferir a da noite porque sabia o que iria obter.

Porque, à noite, é quando a verdade se revela.

Verdade é o que eu busco, e, depois de três dias sem descobrir nada de novo, estou prestes a retomar minha busca. Estou vestido de maneira apropriada, com calça, botas e três discretas camisas superpostas para me aquecer. Mesmo com minha capa barata substituta, vou estar desconfortável, pois todo o calor há muito foi sugado da terra e substituído por um céu encharcado e ventos entorpecentes que correm sobre o Tâmisa congelado e entram em seus ossos. Uma única carta, escrita, codificada e cuidadosamente guardada entre minhas camisas, completa minha preparação. Saio de meu quarto para a noite fria de dezembro.

A cidade está agitada. À tarde houve a execução de mais um padre, arrastado até Tyburn, depois enforcado e esquartejado, outro homem descartável que ousou desafiar as leis da rainha e descobriu, muito pouco e tarde demais, que isso não pode ser feito. É por isso que estou na rua, nos becos entre as vias principais de Cheapside e da rua Fleet. Elas estão repletas de estalagens e tavernas, a Taverna do Diabo, a Watling, a Coração Sangrento e a Âncora. São mais ou menos a mesma coisa, tijolos marrons com fileiras de vidro rachado e opaco, o interior apertado, escuro e vagamente úmido, cheias de homens que vão beber demais e falar demais, e, se há informação a ser obtida, agora é a hora de consegui-la.

Entro e saio delas, em cada uma homens se debruçam sobre mesas e balcões, bebendo canecos de cerveja. Peço um também, e me debruço no balcão ao lado de um grupo de homens que sem saber me convidaram a me aproximar apenas por dizerem a palavra *padre*.

– O recebedor-geral do ducado da Cornualha – prossegue o homem. Ele tem cabelo escuro e pele morena clara, com um toque árabe na voz. Um mercador, provavelmente. – O padre confessou ser dele. Se não tivesse sido morto na operação, ele teria acabado na forca ao lado dele. Primeiro Essex...

– *Pst.*

Um de seus contemporâneos olha em torno do salão para se assegurar de que não há ninguém ouvindo. Seus olhos passam por mim e seguem adiante.

– E agora Arundell – prossegue o mercador. Desta vez num sussurro. – Se eles não estão em segurança, quem está?

– Nós estamos – responde outro homem. – Não tenho intenção de quebrar esta nem nenhuma outra lei. Se eles me disserem que o céu é verde e a grama é azul, vou acreditar. Vou acreditar em qualquer coisa que me digam, desde que isso mantenha meus membros e órgãos intactos.

Depois que se passa um instante, dois, ponho meu caneco semivazio em cima do balcão (a outra metade já cuidadosamente derramada no chão) e abro caminho pela taverna, voltando para a rua. Nenhuma dessas informações é nova. Já sabia o nome do condenado, informação que recebi vários dias atrás de Carey. Um homem chamado Antonio Mendoza, que usava o nome de Ryol Campion. Sei que ele ficou preso por seis semanas na Torre de Londres em uma cela apelidada de "Pequeno Sossego", e não tenho ideia do que isso significa. Sei que foi torturado no cavalete, que confessou ser parte de uma conspiração contra a rainha, e em seguida retirou a confissão. Que em seu julgamento o veredito foi dado em menos de uma hora, que ele foi considerado culpado e, após a sentença de execução, começou a cantar o "*Te deum*", um hino religioso católico. E sei que sua cabeça, agora, reside em meio a uma multidão sempre crescente no alto da ponte de Londres, colocada em uma lança e coberta de urias e milhafres.

Também soube que ele tinha encontrado abrigo na casa de um homem chamado Arundell da Cornualha, o recebedor-geral do qual falaram os mercadores, que há muito tempo está na lista da rainha de católicos recusantes. Ele foi multado em mais de cinco mil libras ao longo dos últimos anos por deixar de comparecer aos serviços anglicanos, estava sob vigilância dos mensageiros da Cornualha pelos últimos dois anos e foi morto na incursão à sua casa, após o que a rainha lhe concedeu um perdão póstumo para que recebesse um enterro adequado.

O que o padre não confessou eram os nomes de seus companheiros de conspiração, embora seja seguro afirmar que Arundell era um deles. Não sei ao certo se Arundell era um dos oito nobres que procuro, ou se a conspiração na qual Mendoza estava envolvido é a mesma que procuro impedir. A carta que guardo entre minhas camisas é uma tentativa de descobrir isso. Está endereçada ao xerife na Cornualha, um homem chamado Sir Jonathan Trelawney, que realizou a incursão à casa de Arundell. Carey disse que os homens de Trelawney levaram todos os membros da residência sob custódia, alguns dos quais ainda estavam detidos, e preciso que eles falem. Preciso de informações sobre Arundell, o que viram, com quem ele falava, quem visitava a casa, se ele tem filhos ou outros familiares que possam estar desaparecidos, que possam ter vindo a Londres para se envolver em uma conspiração contra a rainha.

Carey diz que eles não disseram nada a Trelawney, nem sob a pressão do interrogatório e do confinamento. Mas Trelawney não ofereceu o incentivo certo. Ele não tem autoridade para sancionar métodos mais persuasivos, que vão da liberdade em troca de informação à tortura em troca de negá-la. Carey tem, e são as palavras dele que forjei e codifiquei sob um selo real para jogar em minha própria rede particular de comunicação. Ela deve chegar à Cornualha em questão de dias.

É um risco. Enquanto Carey tem autoridade para sancionar a libertação de prisioneiros – ou para castigá-los –, ele não pode fazer isso sozinho. A situação tem de ser colocada diante da rainha e seus ministros; tem de ser votada. Isso poderia levar dias – semanas –, e não tenho tempo. Também há a possibilidade de minha carta ser interceptada. Se já forjei as palavras de outros homens no passado, e com frequência, foi antes de a rainha ficar cada vez mais desconfiada e vingativa, antes que começasse a perseguir fantasmas em cada esquina e atingir seus próprios homens para encontrá-los. O velho provérbio de que é melhor pedir perdão que permissão não funciona mais. Pergunte só a Essex. Ou a Arundell.

Chego à esquina de Watling e Bow. Há uma igreja ali chamada St. Mary Aldermary, vazia em uma noite em que homens rezam em outro lugar. Cada canto da fachada de tijolos está irregular, as pedras angulares cinza desgastadas pelo tempo, e há uma na parede sudeste que está solta; ela sai da argamassa o suficiente apenas para colocar ali uma tira de pergaminho. Carrego um pedaço de giz no bolso que, depois de guardar o pergaminho com firmeza dentro da pedra e de colocá-la novamente no lugar, uso para deixar uma marca, indicando haver ali uma carta para ser apanhada.

Pelo menos, é isso o que faria se não tivesse companhia.

– Carey. – Dirijo-me a ele sem encará-lo, sem mesmo me virar. Ele desiste da pretensão de se esconder e caminha até onde estou.

– Você me viu, não é mesmo? – Suas palavras são sopradas dentro de mãos em concha junto com uma expiração forte, uma tentativa de aquecê-las bem. – Onde foi? Na Âncora, na Coração Sangrento ou no átrio?

Nos três, se ele quer mesmo saber. Carey é um bom mestre de espiões; se eu não fosse melhor, não o teria visto.

– É o que você me paga para fazer – digo em resposta. – O que traz você aqui em uma noite tão bela? Negócios ou prazer?

– Estritamente profissional, eu lhe asseguro. – Não paro de andar; contorno a igreja e chego à praça ao redor e aos jardins do festival, em direção ao rio. Carey acompanha meus passos. – Não vai fazer sua entrega?

Paro. Viro-me. Eu o fixo com um olhar que não é nem amigável, nem profissional. O fato de ele ter me seguido esta noite é perturbador o bastante. Mas ele saber o local de minhas entregas é algo que não vou tolerar.

– Agora, Toby – diz Carey. Sua voz é firme, mesmo que ele dê um passo para trás. – Eu lhe asseguro, seu segredo está em segurança comigo.

– Não tenho dúvida – minto. – Mas, com todo o respeito, tenho um trabalho a fazer. Apreciaria se me permitisse fazê-lo. – Mais uma vez, eu lhe dou as costas; mais uma vez, caminho em direção ao rio. Tenho mil coisas na cabeça e nenhuma delas inclui George Carey.

– E o trabalho, Toby? – exclama Carey às minhas costas. – E a trama? E os suspeitos? E a peça que você concebeu, escreveu e a qual comanda? E o assassinato? – Ele dizer isso em voz alta, mesmo sob a sombra azul da noite, me choca. Olho ao redor, rapidamente e apenas com os olhos, e, embora não veja ninguém, não significa que ninguém esteja ali.

– Eu entreguei meu relatório – respondo com a voz mortalmente calma contra uma maré crescente de emoção. – Ele foi enviado a Whitehall, para as mãos de Sua Majestade, ontem. Você deveria estar lá para lê-lo, a menos que estivesse ocupado com outra coisa, e nesse caso eu mesmo lhe conto. Dos trinta e seis suspeitos originais, eliminei vinte e oito através de observação de rotina e verificação do passado deles, realizadas por mim pelo gabinete do próprio Cecil, por seus próprios homens. A lista desses homens e um relato da história deles para acompanhá-la foram incluídos...

– Eu li o relatório.

– ...restando oito suspeitos, que foram posteriormente divididos em três categorias em ordem decrescente de cautela, observação e alerta. Thomas Alard e Gray Hargrove estão no topo da lista de cautela. Simon Sever e Mark Hardy ainda precisam ser observados. Jude e Jacob Bell permanecem na lista de alerta. Aaron Barton foi eliminado ontem; minha investigação sobre o passado dele confirmou sua sentença de dois anos de prisão e sua relativa inocência, pelo menos no que se refere a esta trama.

– E o outro garoto? Kit Alban?

Chegamos ao Tâmisa agora, cintilante, barrento e silencioso como sempre; navios no cais rio abaixo ao longo do Pool e barcas ancoradas perto das margens, nenhum deles querendo navegar em meio ao gelo que derrete, mas ainda está presente. Penso imediatamente no dia anterior, quando estava parado ao lado de Kit neste mesmo rio, na mesma escuridão em que ele me desafiou a beijá-lo e, em vez de ir embora como deveria ter feito, eu o beijei.

Penso na coragem necessária para ele pedir, sabendo que eu podia ter dito não, mas de algum modo sabendo que eu não faria isso. O jeito como suas palavras eram leves, mas sua expressão, séria, como se aquilo significasse mais para ele que apenas um desafio. Sua expressão quando me afastei, impedindo a mim mesmo de prolongar o beijo antes que não fosse capaz disso.

Disse a mim mesmo para me manter afastado dele. Eu não ouvi, e agora as coisas ficaram perigosas. Para ele e para mim. O que quer que esteja acontecendo, precisa terminar. Para começo de conversa, nem deveria ter deixado que chegasse tão longe.

– Ele está na lista de observação – respondo por fim. – Não um dos principais suspeitos, mas ainda não excluído. Como escrevi em meu relatório.

– Não foi isso o que perguntei.

– Então o que, exatamente, está perguntando? – digo. – Se tem alguma coisa em sua cabeça, Carey, fale. Ou, se quer que eu decifre sua charada, escreva-a em um pergaminho e em código, para que eu possa solucioná-la em casa e em paz.

– Vi vocês dois em minha festa com os patronos. No banco no jardim, as cabeças unidas, rindo. Você parecia familiar... mais que familiar. Se não o conhecesse, diria que vocês pareciam conspirar.

À minha frente, o rio. Às minhas costas, as ruas e os becos da praça de St. Paul; acima de mim, a escuridão límpida e a lua. Estou cercado por águas abertas, ruas abertas e céu aberto, ainda assim sinto-me aprisionado, enjaulado pelas palavras de Carey e tudo o que elas significam. O que ele sabe? O que ele *pensa* que sabe? Nesta Inglaterra da rainha, um é tão perigoso quanto o outro. É impossível que Carey possa acreditar que eu esteja de algum modo conspirando com Kit, mas talvez conspiração não seja o tipo de traição à qual ele se refere. Pela primeira vez em meses, anos, sinto uma pontada de verdadeiro medo. Não posso deixar isso transparecer.

– Havia uma pergunta aí?

– Não seria tão tolo para fazer uma pergunta a você – responde Carey. – Não quando seu maior dom é o da mentira.

– Com o risco de me repetir, é para isso que você me paga.

– Faz sentido – diz Carey. – Confio em você, Toby, mas confiança é uma dívida. Com o tempo, ela vai precisar ser paga.

– Eu trabalho para você há seis anos – digo. – Sem um único passo em falso. Imaginava que tinha conseguido crédito suficiente para confiança não ser uma questão.

– Mesmo assim – diz Carey. – Não me dê motivo para enforcá-lo.

– Assim como fez com Marlowe?

É uma acusação que nunca fiz, não até agora. É o primeiro passo em um caminho perigoso que leva de mim aqui de pé a estar de pé diante do Conselho Privado, e daí para uma cadeira em uma taverna e uma disputa por uma conta e uma faca no olho, o mesmo que aconteceu com ele. Mas isso tem o efeito que eu queria, de inverter as acusações, de mim para Carey, de Kit Alban para Kit Marlowe.

– Você ainda acredita que ele foi assassinado – diz Carey.

– Sim.

– O inquérito não apurou nada. Nem o primeiro, nem o segundo.

– Sei o que os inquéritos apuraram.

– E os últimos cinco pedidos que fez para que fossem abertos outra vez foram negados – prossegue Carey. – Por que você insiste?

– Por que você insiste em perguntar por quê? – digo. – O que você tem medo que eu descubra?

Estou pisando em gelo tão fino quanto o que cruza o centro do Tâmisa, e sei disso. Perguntar esse tipo de coisa não é apenas questionar sua autoridade e a dos ministros; é questionar a própria rainha, que chefiou os inquéritos e declarou a morte de Marlowe um acidente. Mas isso, também, tem o efeito que eu queria: Carey vira e vai embora. E, em meio ao barulho das ondas e dos sinos da igreja batendo meia-noite, eu o ouço responder:

– Faça seu trabalho, Toby.

Capítulo 21

Kit

North House, Lambeth
23 de dezembro de 1601

Desde nosso desastroso beijo na margem do rio, fiz o possível para manter distância de Toby.

Não temos nos encontrado no Rose para ensaiar. Só falo com ele quando a situação exige, enquanto ensaiamos no Globo, e, a menos que esteja em uma cena com ele, evito totalmente olhá-lo. Não há sentido em fazer isso, pois iria apenas confirmar o que já sei, que ele também não está olhando para mim. Mestre Shakespeare sugere que eu pareça *sofrida* e *apaixonada*, do jeito que Viola-Cesário deve ser em relação a Orsino. Se ele soubesse...

Continuo a me perguntar como pude interpretar tão equivocadamente as coisas entre nós. Claro, não tenho ninguém com quem conversar sobre isso, nenhum amigo com experiência que pudesse me aconselhar, e a ideia de confiar um segredo a Jory é risível. Já pensei muito a respeito e cheguei à conclusão de que simplesmente vi o que queria ver. Que eu gostava de Toby, como mais que um amigo. Que ele gostava de mim também, mas só como amigo. Permiti que o que queria que acontecesse ocultasse o que realmente *aconteceu* e, além disso, eu o forcei a fazer uma coisa que ele não tinha o desejo de fazer. Dizer a mim mesma que nada disso importa, que era uma amizade construída sobre mentiras e destinada a acabar com o golpe de uma faca não é muito consolador.

Por falar em facas, ajusto a pressão na que está em minha mão, limpo a palma suada em minha calça e me volto para a vítima. Estamos na sala da North House, ensaiando a peça, mas uma cena completamente diferente, a cena na qual mato a rainha. Todos os móveis do lugar foram afastados do caminho, o centro deixado vazio para simular um palco. Cadeiras da sala de jantar foram arrastadas até ali e estão enfileiradas nos dois lados, onde Catesby e o resto de seus homens estão sentados assistindo. Tom Um, mais uma vez meu instrutor, está sentado no meio. Está de capa, gola de babados e joias, fingindo ser a rainha. Jory está aqui também, sentado na ponta e observando com atenção. Ele tomou para si a responsabilidade de fazer anotações, e faz mesmo isso, enchendo página após página de um diário com sua letra apinhada. John e Chris Wright circulam pelas extremidades da sala, acendendo as velas que tinham acabado de ser apagadas.

– Vai ter de acertar bem entre o pescoço e o ombro, mas acima do osso aqui – diz para mim Tom Um, tocando sua clavícula com a ponta do dedo. – O ângulo é importante. Não pode ser reto. É preciso ser agudo, menos de noventa graus. Você conhece os ângulos, Kit? Katherine?

– Eu os conheço – respondo. – Agudos: um quarto de volta, meio pi radiano, noventa graus, cem grados.

– Bom. Seu pai a educou bem – diz ele. – Depois que entrar, você puxa para baixo. Rápido, como puxar uma alavanca. Isso vai cortar a artéria carótida e ela vai estar morta em menos de cinco segundos.

Engulo em seco.

– Isso não vai... fazer muita sujeira?

Tom Um balança a cabeça.

– Não. Por isso o ângulo é tão importante. Se fizer do jeito certo, não apenas vai incapacitá-la, mas também garantir que o sangue corra para dentro do peito em vez de jorrar para fora e em cima de você. Ela não vai conseguir nem pedir ajuda.

– Como sabe disso?

Penso em meu pai, em como ele caiu no chão e também não conseguiu pedir ajuda. Lembrar-me disso me deixa nauseada.

– Eu não lhe disse que já causei problemas antes? – Ele começa a rir, e os outros também. Mas eu não, nem Jory, que ainda está debruçado sobre seu papel, escrevendo. – Só se lembre do ângulo e vai dar tudo certo. Agora vamos começar do início.

Volto até o centro da sala, enfiando minha faca na bainha. Ela foi projetada para mim pelos irmãos Wright e se prende em torno de minha cintura para ser usada por baixo do gibão, pequena, fina e indetectável.

· 232 ·

– Duas horas e trinta e seis minutos após o início da peça, você vai estar no palco com outras seis pessoas – diz Tom Um.

– Quinto ato, cena um – repito, como fiz na primeira vez que ensaiamos isso, e na segunda e na terceira. Os homens de Catesby precisam que os detalhes entrem fundo em sua cabeça, tanto quanto eu. – A primeira vez que apareço junto do ator que interpreta meu irmão gêmeo. Vamos estar vestidos de modo idêntico.

– Correto – diz ele. – Isso é importante. Se há dois de vocês, isso torna mais difícil que você seja identificada. Vocês caminham na direção um do outro até estarem lado a lado. Quando você ouvir a fala *esta senhora e este senhor...*

– Essa é minha deixa. Eu me fixo na posição e pego minha faca – digo e faço isso. Ela sai da bainha com um ruído cristalino.

– Nesse exato momento, duas horas, trinta e sete minutos e cinquenta e um segundos, as luzes vão se apagar. – Tom Um estala os dedos, e os Wright mais uma vez apagam as chamas. – Calcule a morte.

Com isso ele quer dizer: encontre a rainha usando minha posição fixa, não a dela. A lua vai estar minguante na noite da peça, e, quando as velas forem apagadas no interior de Middle Temple, o salão vai mergulhar em escuridão quase completa. Para compensar isso, "fixo" minha posição no salão em relação à rainha de modo que tudo o que preciso fazer é andar em linha reta para encontrá-la.

Pelos meus cálculos, Tom Um está sentado doze passos à minha frente.

A razão de eu praticar isso várias e várias vezes é apenas esta: prática. Na verdade, esfaquear alguém não é tão simples quanto parece. Pareceu bem fácil quando vi ser feito com meu próprio pai. Uma lâmina, um movimento, um corte e um fato consumado. John Wright disse que foi acidente, Tom Dois disse que foi azar, e Jory disse que a sorte é lançada, mas que toda decisão procede do Senhor. Mas Catesby disse que meu pai simplesmente foi pego de surpresa, e é nesses momentos que as coisas acontecem com as pessoas: quando não esperam que aconteçam.

Isso eu entendo.

– Quando as luzes se apagarem, pode ficar silencioso em um primeiro momento – diz Tom Um. – Os espectadores podem pensar que faz parte da peça. Ou podem gritar, e você pode ficar tentada a ouvir a voz da rainha para guiá-la. Resista a isso. Você não vai ter ouvido a rainha falar antes. Não vai ser suficiente ouvir uma voz feminina, pois ela estará cercada por suas damas.

Um passo, dois.

– Os olhos precisam de dez minutos para se ajustar à escuridão total – prossegue ele. – Você vai procurar instintivamente por luz na sala, mas deve resistir a isso também. Isso vai permitir que você se ajuste mais rápido.

Seis passos, sete.

– Ela não vai vê-la, não vai estar esperando por você – continua ele. – Levante a faca enquanto estiver andando, com a mão principal à frente, o punho apertado e a ponta para baixo. Leve-a até o alto do arco e segure-a aí. A essa altura, dez segundos terão se passado. Pode haver conversas, pode não haver, pode haver instruções para os atores, ou para os guardas sobre a segurança da rainha. Ignore tudo e siga em frente.

Doze passos, paro. Sinto Tom Um à minha frente.

– *Agora.*

Eu abaixo a faca, com força. Há uma proteção de couro sobre a lâmina, então não posso lhe causar nenhum dano, nada além de um hematoma. Ele dá um pequeno grunhido com o impacto e imediatamente dou três passos para trás.

– Bom – diz ele. – Muito bom. É provável que ela caia da cadeira no chão, mas, como você agora se moveu, ela não vai cair em cima de você. Você ainda não vai conseguir ver, por isso vai usar sua posição fixa para se encaminhar para a saída.

A saída, nessa demonstração, fica à minha esquerda. Recuo mais três passos, viro e começo a andar em sua direção.

– Agora provavelmente vai estar um caos – diz Tom Um. – Vai haver berros, gritos, muita correria; pode até haver luz se alguém tiver a iniciativa de levar fósforos. – Os irmãos Wright, depois de acenderem as velas no início da peça, devem encontrar e remover todas as outras no prédio para nos dar o maior tempo possível no escuro. – Alguém pode tê-la visto esfaquear a rainha. Alguém pode tentar agarrá-la, ou porque a viram fazer isso ou por estarem tentando mantê-la afastada. Em sua pressa ou nervosismo, você pode tê-la esfaqueado no lugar errado e estar agora coberta de sangue. Mas, aconteça o que acontecer, continue em frente. *Continue em frente.*

Eu faço isso. Estou andando, rumo à extremidade da sala, onde minha saída está designada.

– O trinco da janela vai estar aberto. Abra-a, saia por ela e caia no gramado. Por enquanto, é isso. – Tom Um estala um dedo e há um ruído de riscar de fósforo e uma vela é acesa, em seguida outra.

– Ainda estamos trabalhando na parte da fuga – continua ele. – Vamos revisar isso na semana que vem. Enquanto isso, quero que pratique fixar sua posição, onde puder, sempre que puder. Aprenda a movimentar o corpo no escuro.

Assinto.

– De novo. Desde o começo.

Capítulo 22

Toby

St. Anne's Lane, Aldersgate Ward, Londres
23 de dezembro de 1601

A investigação que fiz sobre o passado de Kit, que solicitei logo que ele foi escalado para a peça, retornou para mim esta manhã. É o que eu esperava, embora não o que quisesse ver.

É incriminador.

Kit diz ter trabalhado nos estábulos de uma família nobre em Plymouth, uma cidade relativamente pequena no sudoeste da Inglaterra. Mas, segundo meus contatos, não há famílias nobres em Plymouth, pelo menos não em Plymouth propriamente dita. Há razões plausíveis e bastante benignas para ele ter mentido sobre isso: talvez sua vinda a Londres não tenha ocorrido sob circunstâncias agradáveis como ele disse; talvez tenha sido demitido ou tenha partido antes do término de seu contrato de trabalho. Se esse fosse o caso, poderia entender por que Kit esconderia sua história. São delitos que podem valer um castigo, e ele ia querer deixar a menor trilha possível.

Considerando essa possibilidade, expandi minha investigação a todas as famílias nobres no condado de Devonshire, onde Plymouth fica localizada. Há nove delas, entretanto, nenhuma teve um cavalariço com o nome ou o sobrenome de Kit, Christopher ou Alban a seu serviço, nem agora nem nunca. Nenhuma delas tinha um cavalariço com outro nome que desapareceu sob qualquer circunstância, fortuita ou não. E nenhuma dessas famílias teve *nenhum* empregado desaparecido nos últimos seis meses, muito menos nas últimas seis semanas.

É perturbador. Em minha cabeça, Kit já era suspeito pelo que é: inteligente, educado e estudado. Agora ele é mais suspeito pelo que não é. Tento pensar no que sei sobre ele, reformulando tudo sob a luz do que ele agora também pode ser: um de meus três principais suspeitos em uma trama de assassinato contra a rainha. É quase impossível. Tudo o que consigo ver é seu sorriso, e tudo o que consigo ouvir é sua voz; tudo em que consigo pensar é em seu corpo pequeno e magro. Não consigo conciliar isso com alguém que pretende pegar uma faca ou uma pistola – provavelmente uma faca; pistolas são difíceis demais de esconder –, abrir caminho através dos homens da rainha, seus ministros e seus guardas, enfiá-la em seu peito ou pescoço várias vezes, o suficiente para matá-la, e achar que pode escapar disso. Talvez ele não pretenda escapar; talvez seja algum tipo de missão suicida desesperada. Mas também não consigo ver isso. O Kit que eu conheço é vibrante demais, muito cheio de humor e espírito para se jogar fora por um ideal. Ele não tem a convicção para isso, nem religiosa nem política. Ele não pode: não se parou às margens do Tâmisa e me beijou, quando fazer isso vai contra os princípios de ambas.

A única sugestão sombria que vi nele foi na Sereia, quando ele falou do garoto que chamou de Richard. Seu amigo, o que agora está morto. Tem alguma coisa aí. Talvez Richard não fosse o filho de um nobre. Talvez não fosse amigo de Kit. Talvez fosse outra coisa: pai, irmão, tio, amante? É até possível que Richard seja uma garota, com um nome completamente diferente. Quem quer que tenha sido essa pessoa, ele (ou ela) significava alguma coisa para Kit, e essa pode ser a única verdade sobre seu passado que eu tenho.

Seja como for, preciso saber mais. Porque citar Kit como um de meus últimos suspeitos é colocá-lo em risco pelo resto da vida. Nada que ele faça vai passar despercebido, sem registro; nada vai ser visto sem uma dose de suspeita. E isso para sempre. Mesmo que a rainha morra este ano, no ano que vem ou no seguinte (que Deus não permita, Deus salve a rainha), essa lista vai passar para seu sucessor. A qualquer momento em que um crime traiçoeiro for cometido sem um suspeito conhecido, Kit vai ser detido. Antes que eu faça isso com ele, preciso estar absolutamente certo.

Estou pensando em tudo isso enquanto estou sentado à mesa em meu quarto, quase no escuro, com uma vela derretendo à minha frente e uma pena na mão. Pego uma folha de pergaminho e me dirijo mais uma vez ao meu contato no oeste do país. Peço a ele que procure famílias com um filho da idade aproximada de Kit – com cinco anos para mais ou para menos – chamado Richard. É um nome bem comum, então a lista vai ser grande, mas talvez haja algo para eu seguir. Também peço a ele que procure famílias com uma filha na mesma faixa etária, que tenha morrido recentemente. Por fim, peço a ele que amplie sua investigação sobre um cavalariço desaparecido, ou qualquer outro criado, de Devonshire à vizinha Cornualha. Não verifiquei a área antes porque é muito remota, mas, depois de saber da incursão que ocorreu ali em outubro, que levou à execução do padre Ryol Campion – e que aconteceu na casa de um homem chamado Richard Arundell –, vale a pena investigá-la. Ainda espero uma resposta da carta que enviei ao xerife da Cornualha em relação à casa e à família de Arundell. Se alguém ali confere com a descrição de Kit, vou descobrir.

Leva algum tempo para codificar a carta, mas finalmente termino e a dobro, selando-a com algumas gotas de cera e a pressão de um anel de sinete. Pesado, prateado e gravado com a inicial *J*; ele pertencia a meu pai e foi enviado para mim depois de sua morte, a única coisa que tenho de meu passado. Então verifico algumas datas. Se enviar a carta esta noite, ela vai levar três dias para chegar a meu contato. Mais quatro para ele fazer sua investigação. Não é o suficiente, mas é tudo o que posso dar a ele. Três dias para suas descobertas chegarem a mim. Isso me situa em dois de janeiro. A peça está marcada para seis de janeiro, a Noite de Reis, para permitir que a rainha observe espiritualmente a Epifania. Isso me dá duas semanas para pegar quaisquer descobertas que eu tenha e determinar se meus dois suspeitos são na verdade três. Duas semanas antes de entregar meu relatório final para a rainha, o que justifica todos os meus pensamentos, palavras e ações pelos últimos dois meses, o que estabelece meu caso e não deixa espaço para erro. É uma questão de segurança de Estado, uma questão de traição, uma questão de vida ou morte.

Levanto-me e sopro a vela. Jogo algumas moedas em uma bolsa para meu mensageiro, algumas a mais que o habitual para garantir sua agilidade. São quase quatro, e a noite começa a cair quando deixo meu quarto, com nuvens do crepúsculo abrindo caminho para um fundo negro. Avanço através da multidão em torno da catedral de St. Paul, mais movimentada e frenética que o habitual agora que o Natal está perto. Mercadores mantêm seus negócios abertos até mais tarde que o normal e os clientes aparecem, embora seja domingo e a praça normalmente estaria cheia de frequentadores da igreja e apenas um punhado de barracas. Dá certo trabalho, mas acabo por encontrar um de meus mensageiros jogando cartas em uma estalagem perto da rua Watling. Espero-o sair do jogo e então, após lhe dar instruções cuidadosas, entrego a carta e o dinheiro e o ponho a caminho. Ainda tenho toda a noite pela frente, por isso decido começar na Taverna da Sereia. Em parte porque é perto, em parte porque é onde Burbage e seus homens vão, e posso ter sorte o bastante para esbarrar com Thomas Alard, que passei a manhã seguindo sem nenhum resultado. E em parte porque posso ver Kit.

Sei de observá-lo que Kit passa suas manhãs de domingo na igreja, suas tardes comendo em uma estalagem e suas noites jogando dados em tavernas ou fazendo caminhadas vagarosas e sem rumo certo em torno da cidade que terminam invariavelmente com ele sentado em um banco às margens do Tâmisa, olhando para a água como se ela falasse com ele. Se puder vigiá-lo, talvez ele me dê algo que possa tranquilizar minhas suspeitas e me permita voltar a pensar apenas em Alard e Hargrove. Algo que enfim me permita desemaranhar-me de pensar em Kit, coisa impossível agora, quando isso é parte de meu trabalho.

Mas, quando chego à Sereia, Kit não está lá. Nem Burbage, Alard, nem nenhum dos atores. Só Barton, que vejo a uma mesa perto do bar, cercado por um grupo de garotos que não conheço, nem quero. Os cinco têm aproximadamente o mesmo tamanho de Barton, troncudos e rudes; um tem um machucado no rosto, o outro, nós dos dedos esfolados. Todos eles são valentões. Como Barton foi eliminado como suspeito, não tenho razão nem desejo de ficar e falar com ele. Dou meia-volta para ir embora, mas ele me vê e me chama até onde está com um aceno.

– Ellis. O que o traz aqui?

– Achei que Burbage talvez estivesse aqui – digo. – Mais um jantar grátis não cairia mal. – A história sobre eu pedir comida e colocar na conta de Burbage se espalhou como fogo em meio aos atores. Desde então, ele tem sido seguido por pelo menos meia dúzia deles em todas as suas saídas para tavernas, procurando repetir a performance.

Isso tira uma risada de Barton.

– Você é o terceiro do Globo a vir aqui esta noite. Já mandei Sever para a Elefante. Pode tentar lá.

Sever ainda é um de meus principais suspeitos, não eliminado porque é difícil de seguir. Se ele está na Elefante, é um lugar para começar. Assinto e dou meia-volta para ir embora, mas paro.

– Quem era o outro? – digo.

· 242 ·

– O *quê*?

– Você disse que eu fui o terceiro do Globo a vir aqui esta noite – respondo. – Eu, Sever e quem mais?

É uma pergunta muito direta, que não tenho boa razão para fazer. Mas o sotaque escocês de Barton está a toda esta noite, algo que acontece quando ele bebe. Provavelmente ele não vai me perguntar por quê.

– Alban – responde Barton. – Mas ele não estava procurando nada grátis. Disse que estava procurando briga. Achou que eu talvez soubesse onde ele pudesse encontrar uma.

Sei de imediato que isso não está certo. Conheço Kit, e brigar na rua não faz parte de seu repertório. Adoto um tom entediado e digo:

– É mesmo? Para onde você o mandou?

– Vintry Ward – responde Barton. – Você sabe, os becos perto da Cloak? O lugar está repleto de perdulários à procura de briga. Mas tem dinheiro nisso, se você for bom.

– E se não for?

Eu me esforço para impedir que o alarme seja visto em meu rosto.

Conheço a área, e as lutas que acontecem ali não são amigáveis, com regras, limites e alguns xelins apostados por diversão. É uma luta de rua, sem limites quanto a dinheiro de verdade, uma chance pela qual alguns estão dispostos a matar e morrer.

– Você sabe, ele é só um garoto. – Meu tom de voz está um pouco menos entediado agora. – Não é um escocês desprezível como você.

Os amigos de Barton se irritam com o insulto e se remexem no assento, como se achassem que deviam fazer alguma coisa em relação a isso. O olhar que dou faz com que parem imediatamente.

Barton dá de ombros, sem se deixar abalar.

– Todos precisamos começar em algum lugar, não é?

Abro caminho para sair da Sereia e sigo pelas ruas até a Knightrider, o jeito mais fácil de chegar a Vintry. Não é longe, talvez alguns quilômetros. A Knightrider desemboca na Great St. Thomas Apostle, que desemboca na Cloak Lane. O nome é apropriado, uma rua escura e indisciplinada cercada de prédios instáveis, as pedras do calçamento escorregadias de lama, o ar frio e úmido. As pessoas encolhidas nas sombras me chamam quando passo, pedindo dinheiro, comida, qualquer coisa. Eu as ignoro e sigo em frente. Há cerca de uma dúzia de becos que serpenteiam de cada lado da rua, com uma multidão gritando e se lamentando em cada um. Todo mundo aqui está participando de uma briga, e Kit pode estar em qualquer uma delas.

Entro e saio de becos, aumentando a velocidade ao ouvir o som surdo de socos acertando em cheio, o estalido nítido de ossos se quebrando, e o travo de sangue agora misturando-se ao ar. Vejo garotos surrados encolhidos no chão, alguns cercados por pessoas que os consolam, outros sozinhos. Vejo outros garotos vitoriosos, segurando seus ganhos em mãos machucadas. Nenhum dos garotos é Kit, o que me faz sentir melhor. E pior.

Por fim, eu o encontro. Ele está no último beco que sai da Cloak, ao fundo de uma multidão de espectadores, assistindo a uma luta em andamento, apoiado contra uma parede de tijolos. Braços e pernas cruzados, vestido como sempre com uma calça pequena demais e botas grandes demais. E uma capa verde-musgo que não é quente o suficiente para esta noite congelante de dezembro.

Ele não me vê; seus olhos estão fixos na luta à sua frente, vendo cada soco, contragolpe, movimento e reação, como se memorizasse alguma coisa. Sem dúvida ele não pretende realmente passar por isso. Os garotos que lutam agora estão no chão, se espancando. Os dois são tão fortes quanto Barton, se não mais. Não há nada a fazer em relação a isso, além de pegar Kit pelo braço e arrastá-lo dali. Mas fazer isso indicaria propriedade, supor um direito sobre ele que não tenho. De qualquer modo, ele não me agradeceria mesmo por isso.

Decido esperar. Se ele der um passo à frente e se apresentar como voluntário, posso me apresentar como seu adversário. Deixo que ele atinja alguns golpes, depois bato nele o bastante para que pense duas vezes em relação a fazer isso de novo. Vou até permitir que ele me bata, se é no dinheiro que está interessado.

Satisfeito com meu plano, relaxo para observar e esperar. Mas, como sempre acontece com Kit, ele me surpreende e desencosta da parede, deixando a luta antes do fim para seguir pelo beco na direção oposta de onde estou. Não há como saber se desistiu ou apenas seguiu em frente, por isso abandono meu lugar nas sombras e saio atrás dele, desviando de ombros e cotovelos para mantê-lo à vista.

Entro na Dowgate Street, Kit cerca de cinquenta passos à minha frente. A rua segue pelos limites de Vintry, levando ao Dowgate Ward, lugar que Kit chama de casa. Ele parece ter caído em si, e estou aliviado.

Então eu os vejo.

Um trio de homens sai da boca de outro beco e segue atrás dele. Kit está de cabeça baixa, perdido em pensamentos do jeito que sempre fica em suas caminhadas noturnas, o que é perigoso em qualquer lugar, ainda mais aqui. Se ele sabe que estão atrás dele, parece não demonstrar, mas minha opinião é que não sabe. Observo o modo como eles o seguem, o modo como mantêm uma distância constante, com olhares furtivos para frente e para trás. Todos são de estatura e peso medianos, vestidos com musselina, gorros de lã e sapatos que fazem barulho no chão enquanto andam, se desfazendo nas costuras. Não são garotos à procura de uma briga – posso afirmar. São ladrões em busca do que quer que possam obter.

Penso no que fazer. Gritar é perder minha cobertura. Mas ficar em silêncio é arriscar que Kit seja atacado, e não posso permitir algo assim. Solto um assovio breve e penetrante, um sinal para os ladrões de que não estão sozinhos. Isso chama a atenção de dois dos garotos, que se viram e examinam a escuridão. Estou atrás deles, longe o bastante para que não me vejam ou não me considerem uma ameaça.

Seguir Kit foi o primeiro erro deles. Este vai ser o segundo.

– Oi. – Um dos garotos se afasta do grupo e se adianta para bloquear o caminho de Kit. Ele levanta bruscamente a cabeça, e posso vê-lo hesitar, apenas por um instante. Então desvia do garoto e continua a andar. O garoto, é claro, não deixa que ele faça isso. – Estou falando com você.

Ele estende a mão, agarra o ombro de Kit e o gira para trás com mais força que o necessário. A princípio, acho que Kit vai titubear, ou tentar fugir. Mas, assim como das outras vezes que pareço não ser capaz de prever o que ele vai fazer, Kit não faz nenhuma das duas coisas; em vez disso, leva a mão ao interior da capa surrada e saca uma faca.

Eu levo um susto. Mesmo de onde estou, a cinquenta passos de distância, não é exatamente uma faca, é mais a droga de uma faca de açougueiro, enorme e sólida e tão afiada que quase posso ouvi-la perfurar o ar enquanto Kit a segura à frente.

– Não pedi companhia – é tudo o que ele diz.

O garoto encosta a palma da mão no peito de Kit e o empurra, com força, contra a parede de tijolos. A cabeça de Kit bate na superfície. Vejo uma expressão de incredulidade tomar seus olhos e ele afrouxar a pressão na arma, então levo a mão à minha bota esquerda e saco a minha.

Kit está no chão, e os outros garotos estão em cima dele, remexendo em seus bolsos e agarrando sua capa, transformando furos em rasgos, dando tapas em seu rosto e socando seu estômago, e enquanto isso sua faca surge e some de vista. Se aquilo for manejado da maneira errada, se aqueles garotos de algum modo conseguirem usar a faca contra ele, tudo vai estar terminado antes que Kit possa pedir ajuda.

Salto das sombras para o meio da refrega, estendo a mão, seguro o ladrão que pegou a faca, o agarro pelo cabelo imundo e emaranhado e puxo sua cabeça para trás, expondo sua garganta com marcas de sujeira. Seguro minha faca contra sua pele.

– Não se mexa – digo.

Todos os garotos ficam imóveis, Kit também, como se congelados. O único som na rua é de respiração ofegante. Mantenho os olhos na faca de Kit e em mais nenhum outro lugar.

– Largue a faca. Devagar, no chão.

Ele faz isso. Eu ponho o pé em cima da lâmina e ergo a minha, de modo que ela brilhe na faixa estreita de luar que desce do alto.

Só então eu o solto. Ladrões são covardes, por isso se levantam, saem correndo e se separam uns dos outros, com o som de sapatos batendo pelo beco, e ficamos sozinhos.

Kit rola, fica de bruços e se ergue de quatro. As mãos estão estendidas sobre as pedras do pavimento, não mais lisas e pálidas, mas arranhadas e ensanguentadas; sua cabeça está tão baixa que não consigo ver seu rosto. Devagar, eu me ajoelho ao lado dele. Seus ombros estão tremendo.

– Kit.

Ele levanta uma mão, como se para me dizer que está bem. Mas, quando tenta se levantar, sei que não está. Ele se ergue com dificuldade sobre um pé, depois o outro, e depois tomba para frente na direção da parede. Estendo as mãos, seguro-o pelos ombros e o levanto, antes de virá-lo para olhar para mim. Seus olhos estão arregalados, as pupilas diminutas pelo medo e pela dor. Tudo o que mantenho contido começa a se soltar a cada respiração.

– Você está ferido? – pergunto.

É uma pergunta estúpida, porque ele está. Tem um hematoma começando a florescer na bochecha, um corte no lábio inferior. Não consegue ficar de pé direito, e também há suas mãos, cerradas em punhos rebeldes, todos os socos que não acertou ainda guardados no interior.

Ele não responde. Em vez disso, diz:

– Por quê?

– O quê? – Ainda estou catalogando seus ferimentos, vendo cada arranhão e corte. Penso na faca. Olho para suas mãos.

– Por que está aqui? Você me seguiu? Toby.

Ele diz meu nome porque agora ergui os olhos e os afastei dele, de volta para o beco por onde os ladrões fugiram, perguntando-me se consigo segui-los, perguntando-me se posso machucá-los, perguntando-me se posso pegar o que quer que esteja sentindo e transformar em algo que eu reconheça.

– Vi Barton na Sereia – digo por fim. – Ele disse que você estava à procura de briga. Não pareceu algo que você faria. Não queria...

– Detenho-me. Não sei o que quero e o que não quero. – Por que você veio aqui?

No início, ele não responde.

– Só queria ver uma. Uma luta, quero dizer. Nunca vi, sabe? Achei que, se viesse aqui para ver, saberia o que fazer se um dia entrasse em uma. – Ele vira o rosto por um instante antes de acrescentar em uma voz tão baixa e embargada que tenho de me esforçar para escutar. – Não funcionou muito bem.

Não era uma pergunta. Mas há sem dúvida alguma coisa incerta aí, no nó em sua voz e no jeito como ele agora olha para mim, os olhos cinzentos arregalados e assombrados. Estou parado à beira de um precipício. De um lado está a verdade, onde me permito dar um nome ao que está acontecendo e me dou permissão para senti-lo. Do outro está a segurança, onde faço o que sempre faço e contenho e transformo os sentimentos em inconsequência e continuo a mentir.

Estou muito cansado de mentir.

Dou um passo à frente e apoio a mão espalmada sobre os tijolos ao lado da cabeça de Kit, prendendo-o perto de mim. Inclino minha cabeça na direção da dele, dando-lhe tempo para se afastar se escolher fazer isso. Ele não faz. Estou perto o suficiente para sentir sua respiração. Espero e espero que suas mãos se abram e sua postura relaxe, e que eu encontre um lugar para ocultar meu medo, tanto por ele quanto por mim. Passa-se um instante, dois, antes que ele erga a mão e envolva os dedos com firmeza em torno de meu pulso. Eu levo a mão à sua nuca e ao seu cabelo, com cachos macios como plumas, e depois levo meus lábios aos seus, com delicadeza, em torno de seu hematoma e de seu corte. Ele solta um suspiro e fecha os olhos. Tem gosto de maçãs e sal.

Um beijo se transforma em dois. Mas, como antes, quando o medo e a onda de coisas que não consigo controlar avançam, eu recuo. Sinto a escuridão invadindo e assumindo, e eu já tinha de certa forma decidido sair dessa situação e ir embora, quando Kit agarra as dobras de minha capa nos punhos cerrados.

– Não vá – diz ele. – Não de novo.

Inclino a cabeça e o beijo pela terceira vez.

Capítulo 23

Kit

Dowgate Street, Vintry Ward, Londres
23 de dezembro de 1601

Tom Um me aconselhou a aprender a movimentar o corpo no escuro, mas tenho certeza de que não era isso o que ele tinha em mente.

Toby me beijar esta noite é a última coisa que pensei que aconteceria. Esta noite estava preparada para ver algumas lutas, aprender alguns truques, depois ir para casa e tentar convencer Jory a me deixar demonstrar os movimentos com ele. Não achei que seria roubada. Não achei que teria de sacar uma faca. Não achei que seria socada, estapeada e surrada, só para ter a dor aplacada com um beijo, primeiro um, depois outro e mais outro.

Minha boca está cortada, machucada e dolorida, mas com os lábios de Toby sobre os meus e uma das mãos em um toque firme contra minhas costas e a outra irrequieta em meu cabelo, a dor se transforma em outro tipo de latejar. Ele beija como se soubesse o que fazer, mas tivesse tempo que não fazia isso. A tensão que senti nele antes, que me dizia que ele queria sair correndo, agora diz que ele está escondendo alguma coisa. O jeito como agora me aperta contra a parede, os tijolos ásperos se cravando em minha espinha. Sei o que é essa alguma coisa. Ele sussurra meu nome e depois algumas palavras que eu mal registro.

– Devemos ir – diz ele enquanto me beija.

– O quê? – Minha voz sai tão atônita quanto me sinto, e ele ri, um pequeno hausto de ar que aquece meu pescoço e faz com que meu corpo estremeça.

– Não podemos ser vistos – diz ele, e não precisa dizer mais nada, porque sei o que significaria se fôssemos pegos.

Eu solto um suspiro de frustração e algo mais, e posso sentir sua boca contra minha pele curvando-se em um sorriso. Mas não quero deixá-lo e não quero que ele se vá. A única solução é algo que me choca quando me ouço dizendo-a.

– Podemos ir a algum lugar onde *não vamos* ser vistos?

Toby se afasta para olhar para mim, e seus olhos percorrem meu rosto para ver se estou falando sério. Quando assinto, ele diz:

– Acho que conheço um lugar.

– Então o que está esperando? – Aperto a mão sobre seu peito e o empurro para longe de mim, para a rua. – Mostre-me.

Ele cambaleia para trás, os olhos brilhando e sorrindo, então ri, e sua respiração forma uma nuvem que posso ver no ar congelante. Ele olha para mim e balança a cabeça, e ainda está sorrindo, como se pensar em mim fosse demais. Eu gostaria de ser demais para ele.

– Fique perto de mim.

Ele pega minha faca no chão e a põe em minha mão antes de sair andando pela rua.

Conto até três antes de segui-lo. Meus passos são lentos, mais lentos do que eu gostaria. Estou um pouco mais machucada e dolorida do que pensei no começo, sem Toby, seus lábios e seu toque para aliviar a dor. Seguimos sinuosamente por uma rua movimentada e depois outra, e de vez em quando Toby se vira para ver se estou em segurança atrás dele. Eu o observo andar, o jeito como ele faz cada curva e vira a cada esquina sem pensar. Ele não caminha como eu, de cabeça baixa, com medo do mundo. Ele mantém a cabeça erguida como se desafiasse o mundo a detê-lo.

Entramos em uma rua na qual há poucas pessoas, o barulho se aquieta e há uma igreja vazia na esquina. Dou uma pequena risada seca, pensando no que gostaria de fazer se tivesse coragem, mas, como nesta noite trata-se de fazer coisas que não temos coragem de fazer, avanço rapidamente os dez passos até onde Toby está parado, entrelaço meus dedos nos dele e o puxo pelos portões abertos da igreja e para baixo de uma árvore que nos esconde de praticamente tudo. Ele sabe o que quero fazer; gosto que ele saiba, e de repente ele está ao meu lado, em seguida à minha frente, então está me beijando outra vez, as mãos em minha cintura, seu peito respirando sobre mim. Antes que eu consiga envolver seu pescoço com meus braços para mantê-lo ali, ele se afasta, e agora é ele que está sem fôlego de tanto rir, e volta mais uma vez para a rua.

Ele me leva para a ponte de Londres. Como sempre, a multidão é grande aqui, e Toby reduz a distância entre nós. Ele está a um braço de distância, ainda olhando para trás como se eu fosse algo de valor para ele, algo que está determinado a proteger. Quando chegamos do outro lado e seguimos pela região familiar de Bankside e do Globo à minha frente, meu coração bate rápido quando entendo para onde ele está me levando.

O teatro Rose está imóvel e vigilante sob a luz do luar, e, conforme cambaleamos pela trilha desgastada até a porta desgastada, desvio dele, mas ele pega minhas mangas e me puxa em sua direção, e está sorrindo e para apenas quando seus lábios encontram os meus, e começa novamente quando eu o afasto. Então entramos pela porta, subimos a escada e chegamos ao palco; estamos sozinhos. Como eu queria que estivéssemos.

Antes era um jogo. Um jogo de um lado para o outro, de empurra-empurra, de beijos e carinhos rápidos e nada que pudesse revelar a ele quem realmente sou. Há um facho de luz do luar e estamos parados sob ele, parte de nós à vista, parte de nós na sombra. Mas Toby está todo iluminado, sua expressão clara e franca, e sei o que lhe custou para estar aqui. Para ele abrir caminho através de sua escuridão, encontrar aceitação e vir aqui comigo; para estar com quem ele acha que sou. Saber que é tudo mentira é um peso que cai sobre mim de todos os lados, esmagando-me do jeito que o esmagaria. Conto a ele quem sou? Ele ainda vai sentir o mesmo por mim se eu fizer isso? Ou vai me odiar por minhas mentiras, embora elas tenham sido contadas por necessidade? Toby lê minha apreensão, mas não pelo que é, e se aproxima para tocar um dedo na palma de minha mão, apenas um dedo.

– Nada que você não queira – diz ele.

Seu semblante é franco, sem reservas e verdadeiro, e pela primeira vez desde que o vi a uma mesa na taverna por trás de olhos semicerrados e uma centena de portas trancadas, sei que estou olhando para o Toby real. Ele parece ao mesmo tempo mais jovem e mais velho do que estou acostumada. Parece externamente do jeito que me sinto por dentro. Ele parece quase feliz, mas do mesmo jeito que eu pareço quase feliz, quando posso sentir alegria em um momento, porém, quando esse momento passa, as cortinas se fecham, e eu encaro tudo o que ainda está escondido por trás delas.

– Kit – diz ele, e percebo que não falei nada.

Estou com medo do que possa dizer.

Seus dedos se entrelaçam nos meus. Quando não me oponho a isso, ele ergue a outra mão, e sua palma roça meu rosto, em seguida descansa aí, as pontas dos dedos macias sobre minha nuca, o polegar acariciando lentamente meu queixo, devagar e com delicadeza. Há uma mudança no ar e o calor da proximidade, e espero por isso, por seus lábios sobre os meus, mas eles nunca chegam. Em vez disso, vão até meu rosto, traçando uma linha até meu ouvido, onde eles ficam, apenas por um momento, antes de descerem novamente. Fecho os olhos.

Acho que se eu puder ter esta noite com ele – se puder impedir que as coisas cheguem longe demais –, posso conversar amanhã. Deve haver um jeito de lhe dizer quem realmente sou, que não comprometa meu disfarce. Um jeito que ainda nos permita conhecer um ao outro, ou pelo menos que ele não me odeie.

Com tudo o que estou pensando, não estou pensando em nada, em nada além de sua boca, agora sobre a minha, e o jeito como ele se livra da capa sem parar o que está fazendo, deixando que ela caia sobre as tábuas só para me deitar sobre ela e se ajoelhar do meu lado com uma das mãos em torno de meu pescoço, possessiva como seu olhar, a outra apoiada ao lado de minha cabeça para sustentar seu peso.

Nós nos beijamos muito, e a cada toque eu me esqueço de minha determinação. Eu me esqueço de quem deveria ser, eu me esqueço de tudo, menos do que estou sentindo, e é o pecado do egoísmo; prometi a Jory que não ia mais pecar, mas na verdade também não ligo para isso. Não com a mão de Toby espalmada sobre minha barriga, dirigindo-se à barra de minha túnica e, em seguida, por baixo dela. Ele se movimenta quente sobre minha pele, com os dedos apertando minha cintura, e sinto isso da mesma maneira que sinto o sol, quente e bem-vindo depois de um inverno desolador, e *não estou pensando*. Mas, quando sua mão desliza para baixo, sobre o osso de meu quadril, e ainda mais para baixo, ela fica lenta e então para.

Há um momento em que acho que ele está pensando duas vezes, que sabe que descer mais sua mão é ir longe demais para nós dois, que está reconsiderando e que isso é tudo. Sinto seus músculos se contraírem, braços e pernas, e ele se afasta de mim, movendo-se bruscamente para trás como se meu corpo fosse um fogão quente e ele tivesse acabado de ser escaldado. Seus olhos se movem da pele nua em minha barriga para meu rosto, depois retornam.

– Você...

Ele para. Posso ver seu peito se movendo com rapidez conforme ele respira. Minha mão está sobre minha boca, meu cabelo está sobre todo o meu rosto, e minha camisa está afastada para o lado, a mão quente que estava bem ali substituída por um golpe de ar gelado.

– Uma garota – finaliza ele. – Você é uma garota.

Capítulo 24

TOBY

TEATRO ROSE, BANKSIDE, LONDRES
23 DE DEZEMBRO DE 1601

Por um momento, parece um truque terrível. Mas, tal como a disputa por uma conta em uma taverna que colocou uma faca no olho de Marlowe e o deixou morto, algo inesperado e selvagem demais para ser verdade, sei que isso, também, é outro acerto.

O ar da noite entra e me envolve, bolorento e barulhento, serragem e dissonância, um espelho de todas as coisas que estou pensando, nenhuma delas possível, mas todas elas reais. Tudo o que eu sabia se rearranja em torno de uma figura pequena e magra, encolhida à minha frente em um palco escuro.

Kit é uma garota.

Ela muda de posição e se senta, passando as mãos pelo cabelo, empurrando-o repetidamente para trás das orelhas. A luz do luar rasteja sobre ela; ela se arrasta sobre as tábuas, as arquibancadas, os sarrafos e a argamassa, tudo entrando em foco: tudo. O jeito como ela fez uma mesura quando conheceu Shakespeare. O jeito furtivo como vestia e tirava seu figurino quando achava que eu não estava olhando. O jeito cuidadoso como ela me observava, imitando minha postura. O jeito como sua pele nua tocava minha pele e meus lábios, muito macia e muito lisa. As mentiras que ela contou, todas elas com aparente facilidade.

O jeito como ela não é ele de maneira alguma.

– Toby – diz ela. Até sua voz parece diferente, aquele tom melodioso e profundo agora com a inflexão de algo estilhaçado e suplicante.

– Quem é você? – digo por fim.

– Eu... não sou um cavalariço. Claro que não. Sou uma criada do campo e...

– Está mentindo. – Sei disso por sua fala entrecortada e o tom de voz que, de repente, ficou agudo demais. Minha voz mudou também, de delicada e íntima para severa e breve, e ela se encolhe ao ouvi-la. – Quem é você? – repito.

– Sou só uma garota. – Ela agora está de joelhos com uma das mãos segurando a parte de cima da camisa e a outra sobre o estômago, como se tentasse se manter inteira. – Eu queria ser ator. Não podia fazer isso como garota, então cortei o cabelo, me vesti de garoto e assumi um nome diferente e... – Ela para. – Desculpe, Toby.

– Qual é?

– O quê?

– Seu nome. Qual é seu nome?

– Eu... É Katherine.

Ela me observa, as mãos apertadas, imóvel como uma estátua. Reconheço essa expressão; é a mesma que ela usava no palco do Globo quando estava parada diante de Shakespeare, prestes a fazer seu teste. Ela parece tão assustada agora quanto estava então, e por um momento selvagem fico feliz. Fico feliz por ela estar com medo. Quero que ela sinta medo, e mais, e pior. Quero que ela sinta o que estou sentindo.

Quero que ela se sinta abandonada.

– Toby...

– Pare de dizer meu nome.

– Eu... Tudo bem. Só queria dizer que não era minha intenção que isso acontecesse. Só que gostei de você e pensei... – Olho para ela, e o que quer que ela vê em meu rosto a detém. Mas ainda assim ela reúne coragem suficiente para acrescentar: – Eu esperava que você gostasse de mim de qualquer jeito.

Fico de pé. O movimento é abrupto o bastante para assustá-la. Ela se agacha e se levanta. Está desgrenhada, com o cabelo no rosto e os lábios inchados e machucados, em parte por ter apanhado, mas em parte devido aos beijos. Suas roupas estão amarrotadas e soltas pela mesma razão, e não consigo olhar para isso. Minha capa está amontoada sobre as tábuas aos seus pés, e eu a pego, visto-a e olho para qualquer lugar, menos para ela.

– Aonde você vai?

– Isso não é da sua conta.

Há uma pausa.

– Mas... você não acha que devíamos conversar?

– Não há nada a dizer.

– Você vai contar a Shakespeare? – pergunta ela. – Eu poderia me meter em uma grande encrenca, e ele sem dúvida iria me substituir e...

– Não vou contar a ele.

– Obrigada por me ajudar esta noite – ela tenta novamente. Suas palavras soam tão baixas que, se não estivéssemos em um palco construído para a ressonância, poderia não tê-las ouvido. De qualquer modo, não teria importado. – Se você não tivesse chegado, as coisas poderiam ter ficado piores.

Suas palavras são ditas com a intenção de provocar. Elas têm a intenção de que eu reveja o que aconteceu esta noite sob a luz do que sei agora, para mudar a narrativa de um garoto à procura de briga em uma parte suspeita da cidade para uma garota que foi vítima dela. Ela tem a intenção de despertar minha simpatia, para que eu me pergunte por que ela se colocou nas ruas e em perigo dessa maneira. Talvez até para me lembrar de que a mesma ousadia que transformou uma garota em garoto não era uma atuação, era parte dela o tempo inteiro. Que sua teimosia diante de minha raiva é a mesma, quem quer que seja ela. Kit ou Katherine, garoto ou garota; não é uma atitude estúpida, e quase – quase – funciona.

Como se pudesse ler meus pensamentos, ela acrescenta:

– Ainda sou a mesma pessoa.

Mas isso é mentira também. A irreverência desapareceu, a confiança e a ousadia desapareceram. Em seu lugar estão fraqueza, deferência e manipulação, e odeio isso. Eu a odeio por mentir, odeio-a por fingir ser o que não é; odeio-a por ser tudo o que eu queria, e depois retirar tudo de mim. Odeio Kit por desaparecer.

De novo.

– Toby. Por favor, diga alguma coisa.

Arrisco um olhar em sua direção. Para seus olhos acinzentados, lábios inchados, postura frágil e cabelo desalinhado. Para a garota que eu achava ser garoto, por quem eu teria feito qualquer coisa apenas momentos atrás e por quem não sinto nada agora.

– Fique longe de mim, Katherine.

Eu a afasto do caminho, atravesso os bastidores e desço a escada, rumo a Bankside, agora silencioso. Nunca devia ter voltado para este teatro, com seu passado que assombra e seu presente que provoca, um lugar ao qual sei que nunca poderei retornar.

Capítulo 25

Kit

**Estalagem Praça do Golfinho,
Dowgate Ward, Londres
23 de dezembro de 1601**

— Perdoai-me, pai, porque eu pequei.

Estou ajoelhada sobre as tábuas sujas de areia de nosso quarto na estalagem, diante do lençol que divide o espaço em dois. Do outro lado está Jory em seu papel de padre, usando outro lençol em torno dos ombros para funcionar como batina, preparado para ouvir enquanto confesso meus pecados de modo que ele possa me dar a penitência e absolvê-los.

Confessar foi ideia de Jory, não minha. Mas não dei a ele nenhuma outra escolha, não depois de chegar em casa do Rose e irromper em lágrimas no momento em que estava em segurança no interior de meu quarto. Chorei por um bom tempo enquanto Jory me perguntava, repetidas vezes, qual era o problema. Podia ter dito que era saudade de meu pai. Podia ter dito que tinha sido roubada. Nenhum dos dois é mentira, mas não são, também, exatamente a verdade, e nestes dias essa linha está ficando cada vez mais indistinta. De qualquer jeito, não queria mentir sobre Toby, não outra vez, não depois de ter mentido tanto. Então decidi contar tudo a Jory.

– Beijei um garoto. Duas vezes – começo. – Bem, com isso quero dizer duas vezes em dias diferentes. A primeira vez foi alguns dias atrás e não durou muito. Mas a segunda foi esta noite. E durou algum tempo, horas... – Paro. – Isso em si não é pecado, pelo menos eu acho que não. Mas talvez ele tocar minha pele nua seja... – Paro novamente. – Mas meu verdadeiro pecado foi ter mentido para ele. Menti de todas as maneiras que se pode mentir para uma pessoa. Ele me conhecia como garoto, e deixei que ele pensasse que eu era um. Ele achava que eu era um garoto quando me beijou, e não contei a ele que não era. Não me importei de forçá-lo a me mostrar algo sobre si mesmo que ele não estava preparado para mostrar. Não me importei de comprometer meu disfarce. Fiz todas essas coisas e nem uma vez preocupei-me com nada além de mim mesma. Fui egoísta, que é o pecado que está acima de todos os outros.

Jory fica em silêncio por muito, muito tempo. Parte de ser um padre é não julgar o pecador; esse, afinal de contas, é o trabalho de Deus. Mesmo assim, posso praticamente ver seus lábios cerrados, as mãos se espremendo, as sobrancelhas escuras em uma expressão vincada que se aprofunda a cada segundo. Também posso ouvi-lo respirar, um pouco rápido demais, como se as chamas do inferno estivessem subindo pelas tábuas do piso, atrás de mim por causa dos meus pecados e de Jory por ter sido corrompido ao ouvi-los, e ele tenta apagá-las antes que nos engolfem a todos.

– Pelo que entendo, ele descobriu – diz Jory por fim – que você não é um garoto.

Assinto, mas claro que ele não pode me ver.

– Sim. E ficou com muita raiva. Ele olhou para mim como se me odiasse. Ele provavelmente me odeia. E me disse para ficar longe dele... – Engulo em seco, pensando na dureza na voz de Toby e na expressão vazia em seu rosto quando apenas alguns segundos antes ele me tocava como se eu fosse uma maravilha, no jeito como não conseguia me olhar e como mal podia esperar para se afastar de mim.

– Tentei dizer a ele que sou a mesma pessoa que era antes. – Faço uma pausa para me recompor. – Mas mesmo isso era uma mentira, porque ele não sabe quem eu sou. Nem *eu mesma* sei quem sou.

– Você é Katherine Arundell, da Cornualha – diz Jory.

Mas também não é verdade. Katherine Arundell era devota, quieta, obediente e estava sempre, *sempre* com medo. Porém, no momento em que me tornei Kit Alban, virei uma pessoa diferente. Alguém que não vigiava o que dizia ou fazia; alguém que dizia e fazia exatamente o que queria, não o que se esperava. Alguém que enfim sentiu permissão para decidir quem realmente era. No momento em que Toby descobriu quem eu era, senti-me reverter à antiga Katherine, uma rápida mudança a alguém que não quero ser. Não mais.

– Deseja confessar mais alguma coisa? – pergunta Jory.

Balanço a cabeça.

– Não.

– Para sua penitência, determino que reze dez Pai-Nossos e dez Ave-Marias.

– Dez!

– E uma Nossa Senhora de Fátima.

– Uma Fátima! – surpreendo-me. – Por quê?

– Pecados da carne – responde Jory. – E por ser cúmplice dos pecados de outro. E um Magnificat por questionar sua penitência.

Abro a boca. Fecho-a. Abro-a outra vez, mas apenas para recitar o Ato de Contrição a fim de concluir minha confissão antes de me meter em mais problemas.

– A misericórdia Dele dura para sempre – diz Jory, o que é bom, porque vou levar mais ou menos todo esse tempo para terminar essa penitência que ele me deu.

Mas faço o sinal da cruz, e tudo termina; volto a ficar de pé e vou para meu colchão, onde planejo passar o resto da noite em paz, chorando em silêncio em meu travesseiro. Porém ouço um arrastar de cadeira, uma pausa agitada, o farfalhar de uma cortina, então a cabeça de Jory surge de trás dela.

– Quem é ele?

– Jory! – Estou chocada por ele me perguntar, porque um padre nunca deve perguntar a alguém sobre sua confissão depois que ela termina.

– É alguém do Globo, certo? – continua Jory. – Atores. Eles são todos depravados, libidinosos, libertinos, profanos, *pecadores*...

– Desculpe, mas eu sou um ator.

– Exatamente. E por isso se encontra nessa situação. – Jory cruza os braços com a boca cerrada em reprovação, como imaginei. – O que ele fez quando descobriu?

Abaixo a cabeça entre as mãos.

– Eu já lhe disse.

– Aquele foi Jory, o padre. O Jory cavalariço não ouviu você.

Embora ele não esteja mais usando a batina de lençol, agora vestido com a habitual túnica e a calça de musselina, sinto como se estivesse forçando as regras para se adequarem a ele e não gosto disso.

– Onde achou que isso ia dar? – continua ele.

– Não sei – digo. Minha voz está abafada. – Achei que talvez ele não se importasse, que fosse gostar de mim mesmo assim. Mas obviamente eu estava errada.

– É errado por muitas razões – diz Jory. – Ele *beijou um garoto*.

– Não, não beijou – digo. – Eu sou uma garota, lembra?

– Sim, mas ele não sabia disso – responde Jory. – Não acha que é o primeiro garoto que ele beijou, ou pensou que beijou, acha?

Toby me beijou esta noite como se eu fosse a única pessoa no mundo. Não me importo com quem veio antes de mim.

– Esse garoto, seja ele quem for, deu a você um bom conselho – diz Jory. – Mantenha-se longe dele. Não há mais nada que possa ou deva fazer. Porque, em catorze dias, tudo isso vai acabar. A rainha vai estar morta. Vai haver um novo governo em seu lugar. E os que não se alinharem com ele, ou que pecaram tão gravemente que não possa haver salvação, na terra ou no céu, como seu ator sodomita...

Ergo a cabeça bruscamente.

– Não o chame disso.

– ...vão ser declarados pecadores e hereges. E vai haver punições.

– Punições? – digo. – O que quer dizer com isso?

– A Inquisição, é claro.

· 267 ·

A palavra me surpreende e faz com que fique em silêncio. Sou jovem demais para me lembrar dela, e Jory também, mas meu pai não era e me contou as histórias, quando a própria irmã católica da rainha estava sentada no trono e tornou ilegal ser protestante; como oitocentos homens e mulheres foram forçados a renunciar à sua religião e, se não fizessem isso, eram queimados vivos em uma praça que fica a pouco mais de um quilômetro de nosso próprio quarto.

– Catesby quer trazer a Inquisição de volta? – digo por fim. – Ele nunca disse isso.

– Não com todas essas palavras – diz Jory. – Mas a Espanha há muito tempo é uma entusiasta. Assim como a França. Seria considerado uma retribuição pelos atos condenáveis que foram cometidos contra nossa fé. Não há um país sequer na Europa que não apoiaria isso. Mas não é algo com que deva se preocupar, Katherine – diz ele diante de meu silêncio. – Você pecou, mas pertence à verdadeira fé. Você vai ser salva.

– Mas isso não é a mesma coisa que eles fazem conosco? – digo. – Eles nos perseguem, tornam nossa religião ilegal, matam nossos padres, e então fazemos a mesma coisa com eles? Você não pode simplesmente se vingar de alguém fazendo a mesma coisa que fizeram com você.

– É diferente – diz Jory, desaparecendo atrás de seu lado da cortina.

Mas, na verdade, não é nada diferente.

Capítulo 26

TOBY

St. Anne's Lane, Aldersgate Ward, Londres
24 de dezembro de 1601

A revelação de que o garoto chamado Kit é, na verdade, uma garota chamada Katherine vem mostrando ser um problema maior do que eu esperava.

Isso muda minha investigação, pois agora minha lista se reduziu de três suspeitos-chave para dois. Normalmente, consideraria uma vitória ser capaz de eliminar alguém. Fazer isso é o ápice de dias, semanas e às vezes meses de trabalho duro, vigiando, solicitando investigações e seguindo pistas, enumerando todos os fragmentos de informação que reuni para declarar alguém oficialmente inocente. Mas ainda não encontrei as palavras de que preciso para explicar como Kit, agora, está fora de minha lista. Como, depois de semanas vigiando-a, passando tempo com ela, passando a conhecê-la, beijando-a...

Eu não vi. Devia ter visto e não vi.

Não que ela seja inocente: nenhuma pessoa que já vigiei não era culpada de alguma coisa. Kit – Katherine – era culpada de mentir sobre seu gênero, e toda a desconfiança que eu tinha em relação a ela era parte disso – desde a investigação sobre seu passado, que não deu em nada, até seu estranho sotaque de Devonshire, que parece mais forte do que deveria, suas roupas desmazeladas e a educação exemplar. Meu melhor palpite: ela é filha de um nobre. Possivelmente prometida em casamento e refugiada em Londres para escapar disso, vestindo-se de garoto para evitar ser encontrada, aproveitando para saciar alguma fantasia antiga de atuar no palco de Shakespeare. Sobre o que mais ela mentiu, não importa mais para mim.

Com um movimento selvagem de minha pena, risco o nome *Kit Alban* da lista no pergaminho à minha frente. Como suspeito, ele não existe mais. Nunca existiu. Meu foco agora está em Gary Hargrove e Thomas Alard, e isso é tudo. A peça será em duas semanas, e vou precisar reduzir esses dois a um.

Afasto-me da mesa e visto minha capa. Hoje é mais um ensaio, o último antes da parada para o Natal, e um dos poucos antes da apresentação final em janeiro. A *última apresentação*. Não posso cometer erros. Preciso entregar o assassino à rainha, recolher meu estipêndio e então, sem aviso ou alerta a ninguém, embarcar no primeiro navio para a França, livrando-me para sempre dessa vida de mentiras. A única coisa em meu caminho é minha capa, que não está comigo. A que dei a Carey em Whitehall, a que tem as economias de toda a minha vida costuradas no forro: 6.800 libras. Carey ainda está com ela, e, se não conseguir fazer com que a devolva sem alertar sua mente sempre desconfiada, vou ser forçado a invadir sua casa para pegá-la de volta, absolutamente o último recurso.

Saio correndo de meu quarto, passo pela senhoria que está com raiva de mim por ter recusado seu presente antecipado de Natal, oferecido por meio de uma batida em minha porta tarde da noite, e chego às ruas perpetuamente enlameadas. Hoje o dia está luminoso, revigorante, claro e frio, o sol refletido na água me cegando quando me aproximo do Tâmisa. A cidade fervilha com preparativos para a vindoura celebração da Noite de Reis, então opto por não pegar a ponte de Londres, obstruída como sei que vai estar com ainda mais carroças de mercadores, cavalos, carruagens e pessoas. Chego ao Poles Wharf e chamo uma barca para me levar ao Globo.

– Você é ator? – pergunta-me o barqueiro quando digo a ele aonde vou.

Assinto em resposta.

– Muito bom – diz ele. – Acabei de ver a última de Shakespeare. Na semana passada. *Como gostais*. E eu gostei, muito. – Ele ri da própria piada. – Soube que ele tem uma nova. Muito sigilosa, será apresentada apenas para a rainha.

– É mesmo? – digo. Fiz essa informação vazar seis semanas atrás; fico sempre surpreso com a velocidade com que uma notícia se espalha e para quem. – Não pode ser tão sigilosa assim, se você sabe sobre ela.

– Verdade, há! – diz o barqueiro. – Bom, você sabe o que dizem. Duas pessoas conseguem guardar um segredo desde que uma delas esteja morta. Vai ser um pêni – acrescenta ele enquanto o barco balança e bate na orla.

· 271 ·

Pago e subo a escada até a margem.

No interior do Globo, sou recebido pelo som de alaúdes, cistros e tambores, músicos no palco ensaiando sua música de abertura. Os bastidores fervilham de figurinistas cuidando de botões, golas, vestidos e perucas, assistentes de palco correndo de um lado para outro, arrastando e montando objetos de cena, atores ensaiando e interrompendo falas, conversas e risos nervosos. Os Homens de Lorde Chamberlain estão reunidos em um canto, fazendo exercícios de voz, movendo o pescoço ou olhando fixamente para a frente em um transe de preparação. E ali está Kit.

Está perto da sra. Lucy e, se me vê, não deixa transparecer. Ela também olha fixamente para frente, não em preparação, acho, mas por precaução. Seu cabelo curto está apertado por baixo de uma peruca ruiva comprida, as bochechas estão coradas e os lábios pintados, o corpo abotoado por baixo de um gibão, além de calça e uma meia que deixa suas pernas quase nuas. Eu já a vi com o figurino antes. Vestida como garota antes: um garoto vestido de garota, mas agora que sei que é uma garota disfarçada de garoto e vestida de garota, e me vejo perguntando-me se essa é sua verdadeira aparência. Antes de cortar o cabelo, amarrar-se e trocar saias por calças. Com o figurino, ela parece igual, mas também diferente, os olhos ainda enormes, o queixo ainda pronunciado, mas, com o cabelo comprido, tudo fica de algum modo refinado, de algum modo mais delicado e feminino; seus lábios...

– Toby Ellis. – A sra. Lovett estala os dedos diante de meu rosto. – Está se escondendo de mim hoje? Você precisa tirar essas roupas. Agora está dez minutos atrasado.

· 272 ·

Ela dá uma volta em torno de mim, tirando minha camisa com mãos ágeis, gesticulando para que eu tire a calça. Põe um pedaço de renda em minha mão, que é minha camisa, e eu a visto, depois meu gibão marrom, minhas meias e a calça, coisas volumosas que fazem com que eu fique... Como Kit disse? Todo enrolado como um capão no Dia de São Crispim. Um dia de festa para os católicos.

A sra. Lovett reaparece diante de meu rosto, brandindo um pente para meu cabelo e uma almofada de pó para meu rosto. Eu não gosto de nenhum dos dois, e aceno para que me deixe, mas ela não aceita isso, então sou forçado a suportar sua ajuda até que tudo termine a seu contento. Finalmente ela acaba, enfia o chapéu em minha cabeça, segura minha manga e me dá um grande empurrão na direção da cortina.

– Orsino! Você está atrasado – diz Shakespeare como cumprimento. Não sei como ele me viu chegar; não desgrudou os olhos de seu pergaminho.

– Não muito – digo.

– Melhor três horas cedo demais que um minuto atrasado – diz devagar e com firmeza. – *Ah*, eu amo essa fala. Garoto! Assuma seu lugar no palco, pelo amor de Deus.

Somos todos garotos – bem, nem todos –, então olhamos um para o outro, sem saber ao certo a quem ele se refere.

– Orsino. Viola-Cesário. – Shakespeare estala os dedos. – Fabiano. Feste. No centro do palco. *Immédiatement*. Vamos começar do início do quinto ato, cena um.

Pelo canto do olho, vejo Kit olhar para mim e depois desviar os olhos com a mesma rapidez. A cena que estamos ensaiando é a última que praticamos no Rose, quando a tomei nos braços e ela se esqueceu das falas, e mesmo então eu sabia por quê. Sabia que a tinha naquele lugar onde uma palavra é forte como um feitiço e um olhar tão íntimo quanto um beijo, conhecia a onda de sentimentos quando você sabe que alguém tem consciência de tudo o que você faz, quando um toque significa tudo, e, às vezes, é tudo.

– Orsino! Tire essa expressão nostálgica do rosto – berra Shakespeare. – Você, no começo, deve estar agitado; sim, essa é a expressão que estou procurando. Há muito tempo para ficar com olhos de corça no fim, quando perceber que está apaixonado por Viola-Cesário. E, por falar em Viola-Cesário, diminua um pouco o tom, rapaz, está bem? Você parece absolutamente *raivoso*. Tomem seus lugares.

Olho para Kit, e Shakespeare está certo. Ela parece furiosa, olhando fixamente para ele enquanto se dirige a seu lugar no palco, mas não acho que é dele que ela está com raiva.

– Do início – grita Shakespeare, e nós começamos.

Conheço esta cena bastante bem. Com todas as suas mudanças, Kit e eu conseguimos acompanhá-la com os ensaios no Rose. Fico feliz, porque, com tudo o que agora sei sobre ela – a dinâmica de uma cena na qual seu personagem declara seu amor por mim, uma peça na qual acredito amar uma pessoa, que na verdade é outra –, tudo mudou, e estou distraído.

Ela avança como deveria. Kit, eu e três outros atores dizemos nossas falas e bloqueamos nossos passos. Mais dois atores se juntam – a audiência no Parlamento, como chamamos –, então grito minhas falas, puxo uma espada da bainha ao lado de Kit e a agito diante do rosto de Olívia, antes de lançar a força de minha fúria sobre Kit.

Chego até ela por trás, passo meu braço em torno de seu pescoço, como pede a cena e como ensaiamos no Rose. Mas, no momento em que a toco, Kit segura meu braço com as duas mãos e me afasta dela, virando-se para olhar para mim com uma expressão tão feroz que dou um passo para trás.

Shakespeare ergue a mão para se opor à mudança na coreografia.

– Viola-Cesário, é *Orsino* que deve afastá-lo, não o contrário. Vamos tentar novamente...

Mas Kit ignora suas instruções, e eu também, terminando minhas falas, berrando-as para ela: palavras sobre sacrifício, amor, maldade e um coração de corvo dentro de um pombo.

– ...ou não. – Shakespeare suspira.

– *Sigo aquele que amo* – responde-me Kit, sua voz cada vez mais alta. – *Mais que amo estes olhos...*

– Agora eu recomendaria demonstrar amor – grita Shakespeare. – Não com todos esses berros...

– *Mais que minha vida...*

– ...e olhares furiosos.

– *Punam minha vida por macular meu amor!* – Kit para.

Seu discurso devia terminar aqui, para ser seguido por uma fala de Olívia antes de prosseguir. Mas todo o Globo ficou em silêncio, olhando de Kit para mim, de mim para Shakespeare e depois de uns para os outros. Os olhos dela estão arregalados, e ela está com uma das mãos sobre a boca enquanto a outra está em torno de sua cintura, um gesto que vi uma vez antes, só que em um palco diferente. Isso faz com que ela pareça vulnerável, amedrontada e totalmente feminina, e quero dizer a ela que pare, que vestida desse jeito e com essa aparência não há uma alma na Inglaterra que não a veria como o que ela é. Mas eu lembro que não ligo, que ela não é da minha conta, que não me importa o que vai acontecer com ela porque eu lhe disse para se manter longe de mim.

– Bem – diz Shakespeare. Seus olhos escuros, espertos como os de um bode, vão de Kit para mim e retornam. – Bem, bem, bem. Viola-Cesário, tire dez minutos. Como você vai aparecer no resto do quinto ato, vamos começar na cena anterior, quarto ato, cena dois, passando por toda a cena três. Pode tornar a se juntar a nós então, se tiver conseguido se acalmar. Cavalheiros, *des endroits*.

Shakespeare faz um aceno com as mãos, e seus homens, Burbage e os demais sobem no palco enquanto o restante de nós desce para o fosso, para assistir a eles. Menos Kit. Ela segue diretamente para as coxias e desaparece por trás da cortina. Depois de um momento, um momento longo no qual me asseguro de que ninguém está olhando para mim – e decido se isso é algo que devo ou quero fazer –, vou atrás.

Ela está sentada no banco de tábua que se estende ao longo da parede dos fundos, com os cotovelos apoiados nos joelhos, a cabeça para baixo, sem o chapéu de pena, que balança preguiçosamente em sua mão. É uma pose de garoto, que ela fez sentada ao meu lado no banco na casa de Carey, imitando a minha. Algo em meu peito pressiona minha caixa torácica, com força.

Talvez ela tenha ouvido meus passos no ranger das tábuas, talvez tenha sentido alguém parado à sua frente. Mas o chapéu fica imóvel e ela olha para mim, a raiva que havia em seu rosto apenas momentos antes desaparecida, em seu lugar uma expressão que nunca vi antes, não dela: desinteresse.

– Já tem dez minutos? – pergunta ela.

– Ainda não – respondo.

Ela assente e volta a cabeça para o chão novamente.

– A cena – digo eu depois de algum tempo. – Ela estava um pouco diferente do que ensaiamos.

– É. Imagino que sim. – Então: – Peço desculpas. Estava com raiva e descontei em você. Não devia ter feito isso.

Com raiva de mim, ou de alguma outra coisa ou pessoa? Não sei. Vejo-me com vontade de perguntar, mas sei que não posso.

Em vez disso, digo:

– Acho que não preciso dizer a você para não sair à procura de briga.

Arrependo-me das palavras assim que as digo. Elas são leves demais, provocantes demais; são algo que eu poderia ter dito antes, quando éramos... não o que somos agora. São um lembrete de uma noite que começou de um jeito e terminou de outro. Isso foi culpa dela, sim. Mas também minha.

– Não, também não vou fazer isso. – Kit fica de pé, e limpa a serragem da calça e põe o chapéu.

Sem dizer mais nada, ela acena com a cabeça, brusca, depois passa por mim, atravessa a cortina azul estrelada e vai para o palco.

Ela está se mantendo afastada, como pedi a ela que fizesse. Mas isso não parece tão satisfatório quanto achei que seria.

Capítulo 27

Kit

Estalagem Praça do Golfinho, Dowgate Ward, Londres
24 de dezembro de 1601

Hoje é véspera de Natal.

Estou a caminho da casa de Catesby para celebrar a noite, para assistir à missa e começar nossos preparativos finais para a peça, a menos de treze dias de sua realização.

A noite está de um frio cortante, e o céu derrama uma chuva forte que, de vez em quando, transforma-se em flocos de neve, depois volta a chover. Estou com minha melhor roupa, que na verdade não é muito boa, calça azul-escura e camisa branca, as mesmas peças que usei na festa dos patronos de Carey. Também estou com minha capa – os rasgos no tecido da briga com os ladrões agora remendados –, meu chapéu verde volumoso e luvas. Esses também não são meus melhores acessórios, tampouco combinam ou me caem bem. Mas não há ninguém na casa de Catesby que eu queira impressionar, pelo menos não com minha aparência.

A caminhada até a North House, em Lambeth, leva pouco menos de uma hora. Cada vez que vou, pego um caminho diferente, às vezes seguindo pelas estradas largas das aldeias, outras atravessando pastos. Não foi uma das instruções de Catesby, mas é uma regra que criei para mim mesma depois que Toby começou a aparecer em todo lugar ao qual eu ia. Mas, agora que sei que ele não tem mais nada comigo, pego o caminho mais curto e direto, uma estrada larga pavimentada com pedras que fica progressivamente mais estreita e suja à medida que chego perto dos limites da cidade. Jory saiu de manhã dizendo que precisava estar lá cedo para se preparar para a missa. Isso é verdade, eu acho, mas também julgo ser verdade que ele esteja me evitando, desde minha confissão de ontem à noite. Depois, eu o peguei olhando para mim e balançando a cabeça bem de leve, antes de desviar os olhos novamente. Mas não consigo pensar em Jory, nem em seu julgamento e desapontamento agora. Ele vai ter de tomar seu lugar na fila, pois parece que todo mundo está desapontado comigo também: primeiro Toby (embora ele *não seja da minha conta*) e agora mestre Shakespeare.

Meu pequeno surto durante o ensaio no Globo não foi tão ruim ou revelador quanto poderia ter sido, mas passou perto. Não deixei de perceber o jeito como todo mundo no fosso olhava para nós, depois, trocando sorrisinhos engraçados, como se tivéssemos acabado de confirmar algo de que eles já desconfiassem. Também não deixei de perceber a expressão astuta no rosto de Shakespeare. Não que ele saiba que sou uma garota – eu teria sentido sua ira certa e imediata se fosse isso –, mas sim que eu tinha agido como um amante rejeitado diante do papel de Toby na vida real como um destruidor de corações insensível.

Não percebi até hoje que estava com raiva de Toby. Não achava ter o direito de estar, na verdade. Eu tinha mentido para ele, afinal de contas. Mas, quando penso nisso, vejo que ele também mentiu para mim. Ele me fez pensar que sentia algo por mim, quando isso não aconteceu. Não de verdade. Não quando era tão fácil para ele se afastar, depois pedir para que eu me mantivesse afastada, não importando quem sou.

Eu contemplo esse e todos os outros problemas que criei para mim mesma, e uma ligeira depressão vem à superfície quando chego à North House. Quase não a reconheço, decorada como está para o Natal, uma mudança radical em relação à fachada sem vida de antes. As muitas janelas estão enfeitadas com galhos de azinheira entrelaçados com hera e bagas silvestres, as portas decoradas com coroas de louro. As lanternas ao lado da trilha estão iluminadas por velas, e ainda mais velas tremeluzem nos batentes das janelas.

A Gárgula de Granito puxa e abre a porta para mim sem dizer uma palavra, e sou quase nocauteada pelos aromas que emanam de trás dela: um banquete de Natal em preparação. Estou surpresa e tocada pelo esforço, pois tudo isso sem dúvida é para Jory e para mim. Catesby e o resto de seus homens têm famílias, esposas e filhos no campo, os quais eles vão viajar para ver e com quem vão celebrar amanhã. Normalmente, não haveria necessidade disso.

Entro na sala de jantar. Catesby e seus homens estão espalhados por lá, segurando cálices grossos de cristal lapidado, cheios com um líquido de um vermelho profundo. Eles falam, riem e se coçam. Catesby, Tom Um e Tom Dois estão perto do fogo, todos parecendo elegantes e felizes em roupas bonitas, veludo negro, brocados dourados e babados engomados, pele em golas e penas em chapéus. Até Jory consegue parecer satisfeito: está profundamente envolvido em uma conversa com os irmãos Wright, que assentem de modo enfático para o que quer que ele esteja dizendo. Atrás deles, a mesa está coberta e posta, e o tronco de Natal já foi trazido e queima alegremente na lareira, onde, por tradição, ficará até de manhã.

– Katherine! – Catesby acena para que eu me aproxime. – Você chegou. – Ele pega um decantador e um copo para me servir o que quer que esteja bebendo. – É vinho – diz ele. – Espanhol. De Sevilha, na verdade. Seu pai.

– Era o favorito de meu pai, eu me lembro. Ryol gostava também.

Eu sempre achei que, se alguém pudesse entrar em nossa adega, cheia até o teto com barris de vinho espanhol, saberia qual era nossa religião só por isso.

– Uma homenagem aos dois, pode-se dizer. – Catesby toca meu copo com o seu. – Espero que tenha chegado com fome. Madeline está cozinhando o dia inteiro.

Levo um momento para perceber que ele está falando da Gárgula de Granito. *Madeline* parece um nome alegre demais para ela. E por que está aqui na véspera de Natal? Não tem família para ver? Ou é Catesby que ela considera sua família?

– O cheiro está maravilhoso – digo por fim. – Igual a Lanherne. Sempre preparávamos cabeça de javali para a véspera de Natal, e galinha assada, creme de ameixas, vinho quente e uma torta... – Sinto um nó na garganta com a lembrança, dos trombeteiros, cantores de canções natalinas e atores populares que meu pai trazia, de como eu usava meu melhor e mais belo vestido, dançava o Sellinger's Round e brincava de ferrar a égua, de cabra-cega e um jogo de Natal em que era preciso adivinhar quem era uma pessoa sem vê-la. Era o melhor dia do ano, e agora isso acabou, e me pergunto como vai ser daqui para frente, depois deste ano, se houver um próximo ano.

O que vai acontecer comigo depois que tudo isso acabar? Vou sempre ficar olhando para trás, com medo de um assassino igual a mim? Um protestante raivoso devidamente ofendido em busca de vingança pela morte de sua rainha – um catalisador para um novo governo e uma possível Inquisição –, ao longo de meses ou anos de medos, mentiras e planejamento do que fazer se for apanhada? Matar a rainha vai resolver alguma coisa? Tudo vai ser diferente, mas eu ainda vou ser a mesma: enraivecida, solitária, insegura, agora uma assassina e, além disso, alvo de vingança? Ou vou apenas ser pega e executada por minha participação em tudo isso e não vou ter mais que me preocupar com nada?

Sinto uma mão quente em meu ombro e ergo os olhos para o olhar astuto de Catesby.

– Sei que esta noite deve ser difícil – diz ele. – Mas use o que quer que esteja sentindo para ditar suas ações de agora até a Noite de Reis.

Não sei se era isso o que me aconselharia se ele soubesse que o que eu sentia era confusão.

Quando o ganso, a carne e as frutas douradas são retirados da mesa, Catesby abre um mapa. Não é do interior de Middle Temple Hall, mas do exterior – um esboço belamente desenhado de cada rua, jardim e prédio que compõem todo o complexo dos Inns of Court, do qual Middle Temple é apenas uma pequena parte.

Há "X" desenhados em lugares estratégicos, há distâncias marcadas, há indicações de hora e símbolos que denotam qual homem vai estar onde e quando, que barco vai partir de qual cais e quando. Há rotas de fuga primárias e rotas de fuga secundárias, com crânios e ossos cruzados à espreita em esquinas e becos, e mesmo na igreja próxima, a Temple Church, para indicar o posicionamento esperado da guarda da rainha.

– A peça começa às sete horas – diz Catesby. – Kit e os Wright vão chegar às cinco. A rainha, às seis e meia.

Ele olha para mim em busca de confirmação. Eu me assegurei, com cuidado, de perguntar a Burbage qual seria o horário de chegada da rainha. Disse a ele que tinha um estômago nervoso e queria ter certeza de que qualquer problema resultante disso tivesse passado antes que ela pusesse os pés no prédio.

– Seis e meia, correto – digo.

Catesby assente.

– O séquito que a acompanha é significativo. Isso, é claro, nós já sabíamos.

Ele lança um olhar para os Wright, ambos envolvidos na última rebelião tentada contra a rainha, liderada pelo agora morto conde de Essex.

As semelhanças entre aquela trama e esta são inquietantes:

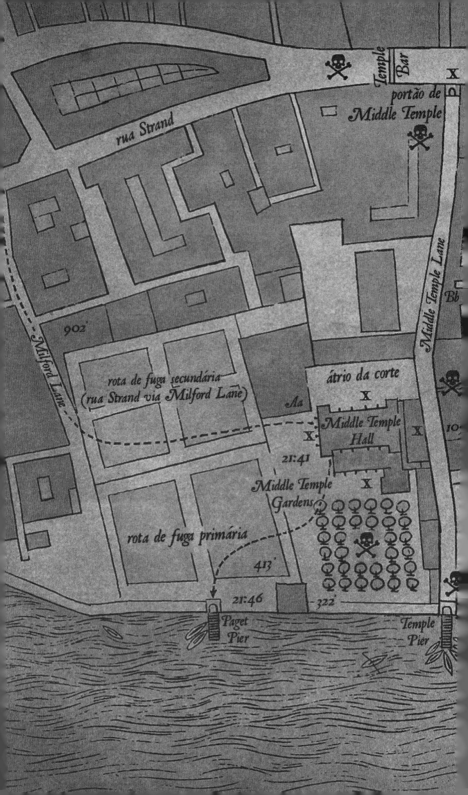

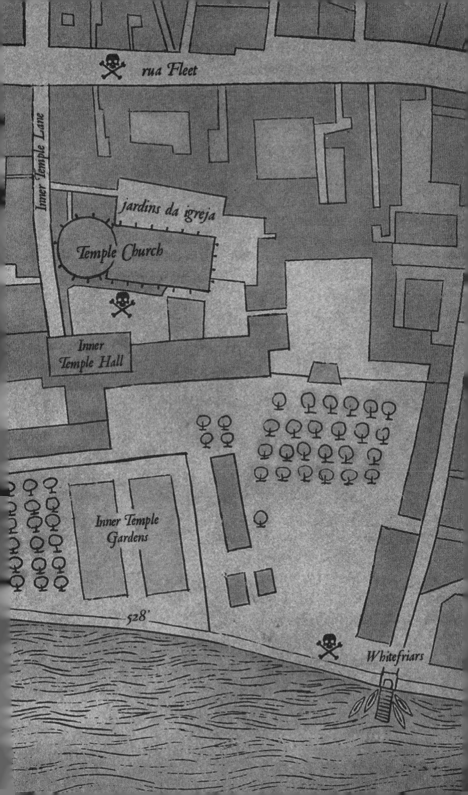

Essex contratando Shakespeare para apresentar uma peça de pouco interesse, usando-a como sinal para seus seguidores darem início ao levante, que incluiu todos os homens desta sala. Montei o restante dos detalhes dessa rebelião após ouvir sussurros sobre ela em tavernas e nas ruas, após a execução de Ryol dois dias atrás, relacionada ao nome de meu pai. Mas Catesby acha que são essas semelhanças que vão nos deixar a salvo, pois quem poderia pensar que usaríamos o mesmo plano duas vezes?

– Cinquenta cavalheiros armados – diz Catesby. – Incluindo um capitão, um tenente e um porta-estandarte. Esses homens, contudo, são ornamentais, apenas para pompa e cerimônia, e parece que essa peça não se qualifica como tal. O mapa dos assentos obtido a contento pelos Wright indica que os guardas de serviço nesta noite serão entre dez e doze. – Ele dá um sorriso desagradável. Pelo menos uma vez, imagino, podemos agradecer pela economia da residência da rainha.

Catesby prossegue:

– Os Wright confirmaram que os guardas vão estar sentados ao fundo, que Sua Majestade vai estar cercada por todos os lados por seus cortesãos favoritos e as respectivas esposas, assim como seus ministros. Todos, menos as mulheres, estarão armados, e, enquanto isso causa certa preocupação, acho que o elemento surpresa e a escuridão vão estar do nosso lado. Mesmo assim, os Wright vão estar a postos para neutralizar qualquer possibilidade de ataque e conduzir Katherine em segurança para fora assim que a missão estiver completa.

– Os Wright vão sair por aqui. – Catesby aponta para a janela na extremidade sudeste do salão. – Assim como você, Katherine.

Isso vai colocá-la no meio dos jardins de Middle Temple. Há apenas uma porta para o salão, que vai estar sob vigilância. Quando o trabalho estiver feito, e quando os homens da rainha entenderem que a comoção no interior do prédio não se deve à peça, pelo menos não na parte planejada da peça, vão sair em perseguição. Estimamos que você não vai ter mais que cinco minutos de vantagem. Cinco minutos desde o momento em que as velas dos Wright se apagarem, sua faca encontrar o peito da rainha e você sair em fuga pela janela rumo ao jardim. Você tem mais cinco minutos para chegar ao Paget Pier no rio. Vai haver uma barca esperando por você.

A extensão entre a janela e esse cais é de menos de duzentos metros. Duzentos e onze passos na caminhada, metade disso correndo. Sei disso. Já calculei umas cem vezes. Mas, no mapa, a distância parece ser de quilômetros, uma eternidade: a distância entre minha vida e minha morte.

– Onde o senhor vai estar? – digo. – E Tom Um e Tom Dois? – Ambos trocam um olhar confuso; nunca os havia chamado assim em voz alta. – Winter é o Um. Percy é o Dois – esclareço.

– Winter vai estar presente, a uma distância segura para observar o que acontece – diz Catesby. – Quando receber a confirmação de que tudo correu como planejado, Percy e eu vamos seguir para Whitehall. E vamos apresentar isso. – Ele puxa de seu gibão festivo uma carta creme, bonita e presa com uma fita preta e grossa, além de lacrada com um selo de cera quase do tamanho de meu punho. – Cartas patentes do papa Clemente VIII e de Felipe III da Espanha, prometendo amizade com o Estado soberano da Inglaterra, a depender da transferência de poder para as mãos da arquiduquesa Isabella.

– Ele acena com ela uma vez, em seguida a guarda de novo no gibão.

– Um gesto com o qual os ministros vão concordar se não quiserem que este país seja invadido pelo poder coletivo de Espanha, Portugal, Itália, Áustria e França.

– E eu? – pergunto. – Onde vou estar depois de ir embora na barca?

– Vamos pagar a você uma soma de duas mil libras – responde Catesby. – Você pode ir para onde quiser. Pode ficar em Londres, sob nossa proteção, ou pode voltar para a Cornualha, se isso lhe agradar mais. No novo reino, vamos lhe devolver Lanherne, junto com seu título e os direitos de aluguel sob seus arrendatários. Você vai ser uma mulher rica, Katherine. E vai viver em paz.

Catesby quer que essa informação seja reconfortante, eu sei, uma recompensa por um trabalho bem-feito. Mas há algo profundamente perturbador sobre essa história terminar onde começou, como se ela nunca tivesse acontecido.

Capítulo 28

Toby

St. Anne's Lane,
Aldersgate Ward, Londres
5 de janeiro de 1602

Os últimos ensaios do ano estão completos. Passei o Natal sozinho, assim como o Ano-Novo, uma tradição indesejada que começou no ano em que Marlowe morreu e continuou desde então. Recusei um convite para me juntar aos festejos de Natal em Whitehall – outra tradição –, assim como um de Carey para me juntar a ele, sua esposa e sua família para a ceia de Ano-Novo. Não que eu não goste de companhia. Mas a ideia de passar uma noite desfiando e perpetuando mentiras pareceu enfadonha, sem mencionar o desconforto da ocasião. É mais seguro e mais fácil estar sozinho.

A melancolia me ameaça, por isso eu me volto para a carta fechada à minha frente.

Ela chegou quatro dias atrás, no dia de Ano-Novo, do meu contato no oeste. No interior está a resposta para a pergunta que fiz sobre a amizade de Kit com um garoto chamado Richard, e meu pedido para ampliar a busca por um cavalariço desaparecido ou qualquer outro criado da área de Devonshire até a Cornualha. É a resposta à carta que escrevi quando ainda achava que Kit era um suspeito, na mesma noite em que o segui até Vintry Ward e o beijei; na mesma noite em que descobri que Kit era, na verdade, uma garota chamada Katherine.

Não a abri porque a resposta não me interessa mais. Talvez haja um cavalariço desaparecido, mas, a menos que esse garoto por acaso também seja uma garota, ele é irrelevante para mim. O mesmo vale para um garoto chamado Richard. Kit me contou que seu amigo era o filho de um nobre, e, ao mesmo tempo que achava que ela me dizia a verdade, também poderia estar enganado sobre isso. Talvez ele não exista, ou exista com um nome diferente. Mas, quem quer que seja essa pessoa, se é o noivo de Kit, rejeitado e deixado para trás em Plymouth ou na Cornualha, com raiva ou eufórico, de coração partido ou indiferente, ainda assim não me importa mais.

Exceto que, na solidão fria, úmida e inquietante de meu quarto, descubro que importa.

Pego a carta. Pergaminho dobrado em más condições, manchado de terra e enrugado pela chuva, selado com deselegância por uma impressão digital em uma mancha de cera preta. Penso em queimá-lo. Jogá-lo no fogo baixo e crepitante de minha lareira, seis *pence* gastos em lenha, minha única concessão às festas. Então eu estaria livre dela, livre para voltar minha atenção novamente para onde deveria estar: meus suspeitos. Meu trabalho. O ápice de um plano em preparação há dois anos, que será concluído amanhã.

Livre para partir e pensar e ser qualquer coisa que eu deseje ser, sem ninguém para vigiar tudo.

Antes que eu possa mudar de ideia, quebro o lacre e a abro.

Devonshire (Plymouth, Tiverton, Torrington, Salcombe, Ford e Exeter). Nenhuma família nobre na região relatou o desaparecimento ou a morte de nenhum membro chamado Richard. Há registro de três garotos não nobres chamados Richard (com a idade de doze, quinze e vinte e um anos), mortos no ano de 1601. Fevereiro, abril e julho. Nenhum empregado desaparecido, cavalariço ou cocheiro. Cornualha (Newquay, Truro, Camborne, St. Ives). Uma família nobre relata a morte de um membro chamado Richard Arundell (com trinta e sete anos) em outubro do ano de 1601. Registro de um garoto não nobre chamado Richard (quatorze anos) morto em maio do ano de 1601. Um empregado desaparecido, cavalariço, outubro de 1601. Jory Jameson (dezessete anos), empregado de Richard Arundell.

Richard Arundell. O católico recusante da Cornualha que foi morto em uma incursão à sua casa em outubro. O nobre que abrigava o padre que foi executado no mês passado depois de confessar ter conspirado contra a rainha. Um cavalariço desaparecido, da mesma idade que Kit disse que tinha no teste, desaparecido desde outubro.

Abaixo a carta.

Se ainda achasse que Kit era um garoto, isso seria o suficiente para desistir de Hargrove e Alard e dedicar o resto de meu tempo, de agora até a peça, a vigiá-lo. Isso vai ao encontro de tudo o que sei sobre ele. A história de ser cavalariço de um nobre. A educação inexplicada, o conhecimento íntimo de todos aqueles livros e peças. Penso nas palavras que ela usa, em suas maneiras impecáveis, na mesura perfeita que fez a Shakespeare em seu primeiro dia no Globo. Conhecimento que você não obtém, a menos que esteja perto dele. Tudo isso faz sentido, até o amigo chamado Richard. Tudo, exceto pelo fato de Kit ser uma garota chamada Katherine.

Há uma coincidência aqui que não consigo identificar, e todos os sentidos que tenho depois de aguçá-los por seis anos neste emprego me dizem que alguma coisa não está certa. Não sei se estou me agarrando a Kit porque estou desconfiado ou porque não quero me afastar dela.

É algo que não me permiti pensar antes: o que aconteceria se Kit *fosse* o assassino? Qual seria a sensação de entregar seu nome aos ministros, de arranjar para que os guardas da rainha fossem a algum lugar onde eu saberia que ela está, não no Globo, porque é público demais, mas à sua estalagem, ou ao Rose, ou a algum local de suas caminhadas noturnas? Para prendê-la, colocar seus pulsos frágeis a ferros, arrastá-la para a Torre, porque é para onde eles levam os piores tipos de criminosos, os que ameaçam a rainha e seu domínio. Eles até podiam enfiá-la naquela cela de um metro chamada "Pequeno Sossego", pelo menos até levarem-na para ser torturada, para descobrir os nomes dos conspiradores da mesma maneira que fizeram com o padre. Para esticá-la no cavalete, depois jogar seu corpo alquebrado e ensanguentado na traseira de uma carroça de madeira para ser levado a Tyburn, não uma execução privada na Torre como foi com Essex, mas algum lugar público, um local onde as pessoas poderiam gritar e atacá-la com paus e pedras e insultos, antes que o carrasco a enforcasse e em seguida a cortasse ao meio, e seus membros fossem arrancados e depois sua cabeça...

Fecho os olhos. O mundo se inclina sob meus pés.

Mas isso não pode acontecer porque Kit *é* uma garota chamada Katherine, e isso agora significa algo diferente para mim. Não apenas que ela não tem mais nenhum interesse nessa investigação, ou que a rainha e os ministros nunca precisarão saber seu nome nem quem ela é. Não é nem o fato de ela ser uma mentirosa, embora não esteja mentindo sobre estar envolvida em uma trama católica para matar a rainha.

Isso significaria que meu interesse por ela – algo que não consigo continuar a negar – não é mais perigoso para nenhum de nós. Estou com raiva dela, sim. Mas essa raiva compete com todo o resto que sinto em relação a ela – simpatia, curiosidade, desejo – e está perdendo. Observo a janela, o barulho e a atividade lá embaixo. Uma cidade nos espasmos da Noite de Reis, mais uma celebração que tradicionalmente evito. Por causa da multidão, dos bêbados, da euforia que não sinto, nem nesta noite nem em qualquer outra. Porque a última vez que fui com Marlowe são agora memórias fragmentadas, ele com gravetos no cabelo e eu com frutinhas vermelhas no meu, nós dois vestidos como Homens Santos – a aparência de inverno do Homem Verde, um personagem da mitologia pagã –, a mão dele na minha e meu coração no dele. Porque é uma noite na qual se finge ser algo que você não é, coisa que eu faço todo dia.

O que eu faria se não fosse Toby, o vigia, criptógrafo, mentiroso consumado? Se não morasse neste quarto miserável e pequeno como a vida que levo nele, bem trancado para manter todo mundo fora? Se pudesse finalmente dizer a verdade? Isso mudaria alguma coisa, essa inversão da ordem, um dia antes que tudo mude para sempre? Não sei. Mas sei que a resposta não está aqui. Levanto-me de minha mesa, visto a capa e saio para as ruas repulsivas.

Capítulo 29

KIT

Estalagem Praça do Golfinho,
Dowgate Ward, Londres
5 de janeiro de 1602

Meu estômago parece uma cama de cobras.
Amanhã é a peça, e tudo o que vem com ela. Vingar meu pai, dar adeus a Toby, desaparecer para sempre. São todas coisas de poemas: morte inesperada, amor não correspondido e luxúria não consumada, toda uma vida de acontecimentos comprimida em duas horas e cinquenta e oito minutos.

Estou deitada em meu colchão e, pela janela fria e rachada, posso ouvir o barulho nas ruas abaixo. É Noite de Reis, e a cidade ganha vida com ela. Os preparativos estão sendo feitos há dias; há música, comida e fogueiras, desfiles, atores populares e trovadores. Há palcos de madeira improvisados e armados perto de cruzamentos, lanternas penduradas pelas ruas, janelas, portas e moirões de cercas enfeitados com hera e também ramos de abeto, fitas amarradas por toda parte, em todas as cores do arco-íris. O ar está carregado e doce com o aroma de bolos da Noite de Reis e bebidas, e, a caminho do mercado para casa esta manhã, passei por uma fonte de mármore em Cheapside que estava sendo abastecida com vinho, para jorrar pela boca de um querubim a fim de que os passantes enchessem as canecas com ele. Fui a uma versão menor do festival em Truro, na Cornualha, mas não era nada em comparação a isto.

Se fecho os olhos e faço um esforço mental, posso me lembrar de ir com meu pai antes que dissesse ser velha demais, antes que dissesse ser infantil demais para mim, antes que dissesse – em um acesso de raiva e desespero do qual me arrependo – que passava o dia todo fingindo e não precisava de um festival como aquele para fazer isso. A última vez que fui eu tinha doze anos, talvez; meu pai e eu, ambos vestidos de mendigos, um vestido de lã esfarrapado para mim e para ele calça, uma camisa de tamanho errado, capa e um chapéu achatado caído sobre a testa – na verdade, parecendo--se muito comigo agora. Ele amava a Noite de Reis e continuou a ir mesmo depois que eu parei. Talvez gostasse da liberdade de ser outra pessoa por uma noite também.

Rolo de meu colchão e começo a mexer em uma pilha de roupas amontoadas no canto. Eu as comprei esta manhã, mais um disfarce para colocar depois da peça: meias e botas delicadas com cadarços, combinação e anágua, um chapéu elegante com uma pena no alto, e um vestido preto, dourado e cinza. Roupas como as que eu usava quando ainda era Lady Katherine Arundell. Levo algum tempo para vesti-las, atrapalhada com cadarços, espartilhos e ligas, e todas as coisas que não estou mais acostumada a usar. Meu cabelo, revolto como está, não cabe direito embaixo do chapéu como antes, então arranjo alguns grampos e o arrumo da melhor maneira possível. Se a Noite de Reis é uma noite para disfarces, para ser quem você não é, esta é uma boa escolha.

– Aonde você vai? – A voz de Jory chega até mim do outro lado da cortina.

Imagino que ele ouviu o farfalhar de tecido e um fragmento ocasional de linguagem chula (um hábito que adquiri do tempo passado em tavernas – meu pai não ficaria muito satisfeito) enquanto me esforçava para entrar no vestido.

– Pensei em sair um pouco – digo. – Tomar um ar. Ver como é a Noite de Reis em Londres.

– O quê? – Ouço um rangido alto quando ele se levanta da cadeira, em seguida sua voz na boca da cortina. – Tem certeza? A peça é amanhã. É arriscado demais estar no meio dessa multidão. Você pode ser roubada outra vez... O que está vestindo?

Passei pela cortina e estou no lado de Jory do quarto, agora, e ele olha para mim como se tivesse visto um fantasma.

– Por que está vestida assim?

Faço uma pausa por um momento, tentando dar forma à minha resposta de um jeito que ache que Jory vá entender.

– A peça é amanhã.

Ele pisca.

– Sim.

– Depois de amanhã, tudo será diferente – continuo. – Para você, pra Catesby e seus homens, para a Inglaterra, para os católicos.

Como diz Catesby, isso vai mudar o mundo. Não me permito considerar o fracasso, não posso. Nenhuma quantidade de contagens até cinco de trás para frente em córnico poderia aliviar esse medo.

Outra piscada.

– Sim.

– Tudo já mudou para mim, Jory. Mudou para mim no minuto em que meu pai foi morto. Não me sinto mais como Katherine Arundell. *Não sou* mais Katherine Arundell.

– Então você não é Katherine.

Ele não parece convencido.

– Não importa o que aconteça amanhã, nunca mais vou ser ela. Mesmo que tudo corra de acordo com o plano, mesmo que Catesby me devolva Lanherne, e eu esteja livre para viver lá como quiser, com título, dinheiro e terras, ainda assim não vou ser ela. Depois de amanhã, serei uma assassina. Uma regicida. – Articulei bem essas duas últimas palavras. – Um retiro para o campo e fingimento não vão mudar isso.

– Se é com o pecado que está preocupada...

– Não é.

Eu não digo isso porque não estou preocupada; digo isso porque já estou muito além de me preocupar. Eu menti e desonrei; desesperei-me e odiei. Escolhi a malícia em vez da benevolência, precipitação em vez de cuidado, e estou até a gola de seda de minha combinação decotada de pensamentos impuros. Estou impregnada de pecado e não há nada a fazer em relação a isso, não mais. Porque, mesmo com Jory em sua batina de lençol e suas orações e suas promessas de penitência, depois de amanhã, será impossível me salvar.

– Esta é minha última chance de ser eu mesma, quem quer que seja essa e o que quer que tenha restado, antes que tudo mude para sempre.

– Você está preocupada com... Isso tem a ver com morrer? – Os olhos escuros de Jory estão arregalados. – Você não vai morrer, Katherine. Kit. Não se seguir tudo de acordo com o plano de Catesby. Eles não vão deixá-la morrer.

– Ah, eu acho que deixariam sim – digo. – Sem salvação, sem fidelidade. Lembra?

– Está pensando em desistir?

– Não – digo, e posso não saber de mais nada, mas disso eu sei. – Eu fiz promessas. Para mim mesma e para meu pai. Prometi que faria alguém pagar por sua morte. Pretendo cumprir essa promessa, não importa o que aconteça.

Um meneio de cabeça, em seguida silêncio.

– O que você vai fazer, então? No fim? Se não é mais Katherine e não vai voltar para a Cornualha? Vai ficar aqui? Em Londres, como um garoto? Ou como garota, mas com um nome diferente? – Jory dá um passo em minha direção; ele parece ao mesmo tempo alto e diminuído pela luz acinzentada da vela no quarto. – Quem você vai ser?

Viola-Cesário, Katherine ou Kit – quem quer que eu seja está preso dentro desta garota vestida de garoto agora vestida de garota. Quem quer que eu vá ser depende do resultado do ato final de uma peça.

– Eu não sei.

Capítulo 30

TOBY

ESTALAGEM PRAÇA DO GOLFINHO, DOWGATE WARD, LONDRES
5 DE JANEIRO DE 1602

Esta noite o mundo parece de cabeça para baixo.
Toda rua em toda a Londres celebra esta noite. O último dos doze dias do Natal, a véspera da Epifania, a noite em que o Senhor da Anarquia, o Abade da Insensatez, preside sobre o banquete dos tolos, em que a ordem das coisas é invertida e o que é torna-se o que não é: reis são plebeus e mendigos são rainhas, homens tornam-se tolos e garotos são garotas. É uma noite que não conhece criado ou realeza, ministro ou espião, verdade ou mentira, quando disfarces do dia a dia são retirados e a verdade é contada, mesmo que momentaneamente.
Uma multidão de homens e mulheres, garotos e garotas, bebês e idosos enchem as ruas. Alguns seguem desfiles espontâneos,

outros entram e saem de tavernas, igrejas e estalagens, vestindo fantasias escandalosas, penas, seda e pele, rostos pintados, máscaras e cabelos adornados com flores. Barcos com flâmulas atravancam o Tâmisa, viajando de uma margem a outra, despejando foliões dos dois lados para começar sua celebração ou encerrá-la. Poetas recitam, trovadores dançam e menestréis cantam. Atores mascarados ganham aplausos por suas peças populares, combates entre heróis e vilões nos quais os heróis sempre ganham e bufões riem do otimismo vigente. Ilusionistas surgem em túnicas e fazem as pessoas acreditarem em mágicas e mentiras, e elas acreditam.

Ando pelas ruas devagar, com calma constante, seguindo o caminho até onde mora Kit. Vim aqui apenas uma vez antes, depois de escrever o nome dela em meus registros em seu teste, quando investiguei Londres inteira para descobrir onde cada suspeito vivia. Não houve necessidade de voltar, não depois que começamos a ensaiar juntos no Rose.

Dowgate é uma área rude, mais rude até que a minha: ruas cheias de lixo e prédios decrépitos, três ou quatro andares de altura, o topo inclinado perigosamente. A luz aqui é menos confiável que em Aldersgate também; as lâmpadas se consomem e não são novamente acesas, ruas estreitas bloqueiam a lua orientadora, fogueiras são cautelosas e infrequentes: uma fagulha desgarrada em um telhado de palha seria o suficiente para transformar todo o local em uma pira.

Um grupo de homens vestidos de mulher passa por mim: perucas desgrenhadas de crina encimadas por coroas de flores; lábios e faces pintados de vermelho, vestidos de tamanho errado presos no lugar por rendas e fitas. Eles me dão um olhar atravessado quando passam, aproximando o rosto do meu, um de cada vez, mostrando os dentes, exagerando sorrisos, rosnando ou simulando beijos. Um deles ergue a mão para tirar o capuz da capa de minha cabeça, outro põe uma caneca de vinho quente já frio em minha mão. Espero que eles passem antes de colocar meu capuz novamente no lugar e despejar a bebida na terra.

Eu chego à rua com o nome absurdo de St. Laurence Poultney Hill, e enfim à sua estalagem, um prédio de sarrafos e argamassa com um golfinho desanimado e lascado pintado acima da porta. Esgueiro-me pela soleira em frente a ela, bem escondido pela multidão e pelo céu, que escurece rapidamente, e espero.

Fico ali parado por um bom tempo, observando a agitação das fantasias, o cambalear dos bêbados, e nem uma vez a vejo. Começo a me perguntar se a perdi, se ela decidiu ficar em casa, se escolheu esta noite para fazer alguma outra coisa inesperada. Então me pergunto se não sou um tolo pelo simples fato de ter vindo até aqui, se ela gostaria de ouvir minha confissão, mesmo que eu conseguisse reunir a coragem para fazê-la.

É quando vejo uma garota saindo pela porta da frente da Estalagem Praça do Golfinho em um vestido preto, dourado e cinza, o cabelo vermelho arrumado sob um chapéu cinzento com pena, botas pontudas engraxadas nos pés. Se não estivesse esperando por ela, poderia não reconhecê-la. Na situação atual, quase não a reconheço. Já vi Kit de vestido antes, de peruca comprida antes. Mas isso foi no palco, atuando: garota como garoto, e este como garota.

Mas vê-la como ela mesma é um figurino completamente diferente, a cintura bem apertada e a cabeça erguida, toda ela a filha de um nobre que desconfio que ela seja.

Ela abre caminho em meio aos ambulantes que empurram coisas em sua direção – varas enfeitadas com fitas, ramalhetes de flores decorados com ervas – e dispensa todos eles, seguindo em frente, até a praça que cerca a catedral de St. Paul, verdadeiro coração da cidade. Eu a sigo em meio a tudo isso, parando apenas quando ela começa a subir as escadas até as portas da frente da igreja, totalmente abertas para paroquianos, que se derramam para dentro e para fora. Mas ela não entra. Em vez disso, esconde-se atrás de uma das colunas de pedra, a uma distância segura da multidão: uma espectadora para um público cada vez maior.

Eu a observo enquanto ela assiste a todo o resto, atores mascarados, acrobatas e malabaristas. De onde estou, a aproximadamente trinta metros de distância, aqueles olhos acinzentados estão brilhantes e convidativos, fixos em trovadores que começam uma música estranha e obscena, a boca contendo um sorriso. Quando ela ri, posso sentir: sentir como se estivesse caindo.

Eu a observo por um instante, dois, até que uma canção termina e outra começa, sem mudança de tom. Observo até não ser mais suficiente e dou um passo em sua direção, saindo de onde estou oculto. É um erro motivado pela emoção; uma nota dissonante no coral. Ela vê. Está em demasiada harmonia com os outros para não ver. Seus olhos se movimentam dos músicos na rua para o espaço na multidão e em seguida para mim quando saio dela. Kit congela, fica tão imóvel quanto uma corça na mira de um arco.

· 303 ·

Nós nos encaramos por um momento, um instante pontuado por tambores e meus próprios pensamentos – *ela está aqui* e *ela me vê* e *o que ela vai fazer?* –, e então ela desce os degraus, seguindo por eles com cuidado em seu vestido até parar à minha frente. Não disfarço minha atenção, toda ela concentrada em seu rosto, em suas sardas e no cacho de cabelo que escapou de seu chapéu para flutuar sobre bochechas sopradas pelo vento.

– Toby – diz ela. – O que está fazendo aqui?

Abro a boca para a mentira que está ali parada, a que diz que eu também vivo ali perto, que foi sorte tê-la visto, nada mais que uma coincidência. Mas esta noite se trata da verdade, de uma revelação ainda mais difícil do que achei que pudesse ser.

– Estava procurando por você – digo. – E quase não a reconheci.

Espero que ela não pergunte como fiz isso, porque a verdade está em palavras como *esperança*, *desejo* e *felicidade*, e esta noite eu seria muito tolo se dissesse qualquer uma, ou todas elas.

– Por que estava procurando por mim? – diz ela. – É sobre a peça?

– Não. – Respiro. O ar à nossa volta pulsa, com a multidão batendo palmas, o som de tambores, flautas e alaúdes subindo e descendo. – Queria conversar com você, se quiser escutar.

Suas bochechas, coradas pelo frio antes, ficam mais vermelhas. Ela assente.

– Eu fui indelicado com você na última vez que a vi no Rose. Na noite em que nós... – Paro. – Estava com raiva de você, mas não pela razão que você pensa. Não totalmente. – Paro novamente. – Não porque você fosse uma garota, é uma garota. É que você mentiu para mim. Sei que mentiu – acrescento rapidamente. – Mas você descobriu meu segredo. Que eu gosto... – respiro – ...de garotos. Não era algo que eu estava pronto para compartilhar.

Kit assente. Seu rosto adorável está sério.

– Não sabia que ia gostar de você – diz ela, tão diretamente quanto se estivesse me falando sobre o tempo ou a hora, impassível como se isso não importasse muito. – Não desse jeito. E, quando aconteceu, não queria que você se afastasse. O que é tolice, porque claro que você teria feito isso quando soubesse a verdade. Você tinha toda a razão para fazer isso e fez. – Ela engole em seco. – Eu não devia ter mentido para você e não vou contar a ninguém, prometo. Segredos são uma coisa ciumenta, eu sei. Eles não gostam de ser compartilhados.

Algo em seu tom de voz me faz achar que ela não está falando apenas de se disfarçar de garoto.

– Você diz isso como se soubesse.

Ela meneia a cabeça afirmativamente outra vez.

– Eu os guardei minha vida inteira. Assim como vou guardar o seu.

Quero perguntar a ela que segredos são esses. Quero saber se ela me contaria. Mas não quero me permitir revelar um segredo ainda maior, que precisaria contar a ela se o desfecho fosse qualquer outro além de ela se afastar de mim. Mas isso poderia acabar desse jeito, ainda assim.

– Queria que tivesse me contado porque eu poderia ter dito a você que não me importava – digo. – Não me importa que você seja uma garota. Eu *gosto* de garotas. Quero dizer, eu gosto delas, também. – É a primeira vez que admito isso em voz alta, essa confusão que eu sinto desde que amei Marlowe, depois outros como ele, que na verdade não eram nada como ele, só para voltar atrás e me envolver da mesma maneira com garotas. – Não sei por quê. Não importa, pelo menos não para mim, e não sei de que outra forma explicar isso. Tudo o que sei é que gostava de Kit o garoto, e não consigo parar de pensar em Kit a garota. Kit a *pessoa*.

– Ah – sussurra ela. – Eu não estava esperando que você dissesse isso.

– Isso a incomoda?

Os trovadores começam a caminhar em nossa direção, anunciados pelo som de tambores. Estamos emaranhados em um aglomerado de centenas de outros que empurram e se acotovelam ao nosso redor ao passar. A voz de Kit se perde em seus gritos e canções, então ela se aproxima de mim, para evitar ser arrastada. Estende o braço em minha direção, e pego sua mão, entrelaçando meus dedos nos dela. Ela me olha fixamente, enquanto ficamos ali parados, a única coisa imóvel e silenciosa na multidão, até ela se inclinar em minha direção e sussurrar:

– Nada em você me incomoda.

Eu gostaria que isso fosse verdade. Não pode ser, não quando ela ainda não conhece meu trabalho nem meu papel verdadeiro na peça, nada que possa contar a ela até depois de amanhã.

Então eu me viro na direção da multidão, procurando aquilo de que preciso. Levanto a mão, e em momentos uma ambulante aparece, uma mulher envolta em azevinho, com o rosto pintado de verde e frutinhas vermelho-sangue no cabelo. Ela tem uma cesta. Dentro dela há dezenas de guirlandas, entrelaçadas com flores, fitas e guizos.

Entrego algumas moedas à mulher, volto-me outra vez para Kit e ergo a guirlanda, pedindo sua permissão. Um aglomerado branco e verde de flores diminutas entremeadas com frutinhas roxo-escuras, amarradas com uma fita de um verde-maçã pálido. Ela assente e tira o chapéu, liberando uma avalanche de cachos.

– É uma tradição, não é? Dar um presente na Noite de Reis?

Eu ponho a guirlanda em sua cabeça. Não me dou ao trabalho de desemaranhar as fitas nem de ajustá-la onde se inclina de leve para a direita, nem de fazer mais nada para esconder a torrente de pensamentos e sentimentos que sei que devem estar visíveis em meu rosto. O que quer que ela veja aí faz sua face corar.

– Agora é minha vez.

Ela se afasta e reaparece momentos depois com um bolo na palma da mão. Ele cheira a manteiga e açúcar, com cobertura branca e decoração romântica em geleia verde e vermelha, embrulhado em um papel dourado fino como papel de seda. Cada pedaço é preparado para conter uma de cinco quinquilharias, e aquela que você tirar é sua sorte para o ano. Ela o põe em minha mão.

– Bolo de Noite de Reis – digo. – Faz um bom tempo que não como um desses.

– Eu também.

– Você se lembra do ditado? – pergunto.

Há um poema que você deve recitar antes de desembrulhar o bolo para revelar a sorte em seu interior.

Kit pensa um minuto antes de recordar.

– *Se tirar o cravo, você é um vilão. Se tirar o graveto, você é um tolo. Se tirar o pano, você é um sujeito vulgar. O rei tira o feijão; e a rainha, a ervilha.* – Ela aponta a cabeça para a minha mão. – E então? – diz ela. – Qual deles é você?

Abro o bolo. Bem no meio há uma lasca pequena de madeira.

– O tolo – diz ela, e o ar entre nós silencia por um momento.

É apenas uma quinquilharia e é apenas um jogo, mas, em uma noite que para mim tem tudo a ver com a verdade, é inquietante mesmo assim.

Uma brisa passa pela rua, fitas da guirlanda se agitam como grama contra seu rosto e contra o meu. Quando eu as afasto de sua face enrubescida e meus dedos roçam sua pele, ela fecha os olhos.

Capítulo 31

Kit

Átrio da catedral de St. Paul, Londres
5 de janeiro de 1602

Toby tirou o tolo, mas a única tola aqui sou eu.

No momento em que o vi, parado na praça da catedral de St. Paul, todo moreno, leve e me observando, soube por que ele tinha vindo. Soube pelo modo como ele olhou para minha saia e depois para minha cintura, meu corpete e depois meus olhos, meu chapéu e meu cabelo, e os cachos teimosos que caíam sobre meu rosto. Ele disse que veio para me contar a verdade, mas a verdade já estava ali, escrita em todo o seu rosto.

Eu devia ter fugido. Devia ter dito as palavras que o teriam feito fugir. Devia ter dito que não queria seus segredos nem seu afeto e não me importava com nenhum deles, uma mentira apenas um pouco menos dolorosa que a verdade. Neste momento, estou aqui apertada em um canto, em um beco atrás do átrio da catedral de

St. Paul, em meio a gritos, canções e risos. Pratos que soam como nervos agitados, tambores que ecoam como um batimento cardíaco. Os lábios de Toby nos meus, suas mãos em meu cabelo, as promessas sussurradas sendo uma brisa em meu ouvido. Mas as promessas que sussurro em resposta não podem ser nada além de desejos, exceto que desejos têm esperança e os meus não têm nenhuma, por isso, também, nada mais são que mentiras.

Parece que o bolo da Noite de Reis que comprei para Toby na verdade não era para ele. Porque, como sempre, não há tola maior que eu.

Capítulo 32

TOBY

**Estalagem Praça do Golfinho,
Dowgate Ward, Londres
5 de janeiro de 1602**

É quase meia-noite quando eu a deixo, depois que ela me permitiu acompanhá-la até sua casa pelas ruas de uma cidade ainda embriagada de si mesma, protegendo-a de olhares atravessados, mãos bobas e comentários ainda piores, todos os problemas que cercam Kit em um vestido.

– Eu não vestiria isso outra vez – digo para ela depois de passar um braço em torno de seus ombros muito nus. – Você fica mais segura de calça. Por enquanto, pelo menos.

O vigia em mim não consegue deixá-la viver nessa estalagem e nessa região mais que o necessário, tanto para sua segurança quanto para minha paz de espírito.

– Você é bom para mim, Toby. Cuidando de mim desse jeito. – Suas palavras são simpáticas, mas seus olhos e seu tom de voz são de reprovação, mas não me retraio diante disso. – Sei cuidar de mim. Não me saí tão mal até agora. Você me viu arrumar uma briga.

– Eu vi – respondo. – E é exatamente por isso que eu me preocupo.

Kit ergue o punho de brincadeira e roça meu queixo com ele.

– Incorrigível.

– Bem, eu tirei o tolo.

Isso provoca uma risada nela, algo pequeno e baixo.

– Não esqueci.

Ouvem-se um berro e um grito em algum lugar atrás de nós, não de festa, mas de algo mais sinistro, seguido pelo barulho inconfundível de uma briga. Eu a pego pelo braço e a levo até a porta de sua estalagem, tão azul e envelhecida quanto a placa acima dela. Kit se desvencilha de minhas mãos, e há uma expressão passageira de pânico quando ela olha não para a rua, na direção da fonte do barulho, mas pela janela do próprio prédio. Como se houvesse mais perigo ali do que o que está diante dela.

– Tem alguma coisa errada?

Kit sorri, o que quer que a preocupava um momento atrás agora controlado.

– É só que... Eles acham que estão alugando meu quarto para um garoto – explica ela. – Se souberem que não, tenho certeza de que eu não poderia ficar. E, se for vista aqui parada com você... – Ela tira a guirlanda e a coloca em minhas mãos. – Tento levar uma vida reservada. As pessoas fazem menos perguntas assim.

Eu entendo, por isso assinto e me afasto dela por precaução, voltando para a rua. Mas ela não tira os olhos dos meus, mesmo quando as pessoas começam a passar de um lado para o outro entre nós.

– Feliz Noite de Reis – digo como despedida.

Ela responde com um meneio de cabeça e, quando o grupo seguinte de pessoas passa, ela se foi. Enfio a guirlanda na dobra do braço e volto para a rua. Tenho uma noite de trabalho à frente, para determinar qual de meus últimos dois suspeitos é o assassino da rainha. Metade da caminhada até em casa se dá enquanto penso no que vai acontecer; a outra metade, penso em Kit.

Não vejo o garoto até ele estar quase em cima de mim. Tem cerca de doze anos, vestido não com uma fantasia, mas com a roupa grosseira de um criado. A única concessão à loucura à nossa volta é um único ramo de azevinho, pendurado na casa de botão torta de sua capa.

– Mensagem para o senhor.

Ergo uma sobrancelha. Uma mensagem enviada em um feriado custa pelo menos o dobro, se não o triplo do preço padrão dos mensageiros. Qualquer que seja a mensagem, é importante o suficiente para o remetente achar que eu não ligaria de pagar por ela. Estendo a mão, e o garoto pega um pedaço dobrado de pergaminho do bolso. Ele traz o selo de cera amarela do Ducado da Cornualha. As perguntas que forjei sob o nome de Carey e enviei duas semanas atrás para o xerife, Sir Jonathan Trelawney, retornaram por fim. Entrego dois *pence* ao garoto e o mando embora. Só depois que estou dentro de meu quarto, com a porta trancada, em segurança tanto contra foliões quanto contra minha senhoria, acendo minha última vela e me sento na cadeira à minha mesa. Rompo o selo da carta e leio.

Sir, começa ela.

No presente momento, seis membros da casa de Sir Richard Arundell ainda estão sob custódia. Nenhuma informação em relação ao padre chamado Ryol Campion (ou Antonio Mendoza) tornar-se cooperativo até sua permissão para utilizar mais persuasão. A nova informação é a seguinte: antes de Mendoza, Arundell ocultou e abrigou dois outros padres. Michel Allemande, da França, e Edmond Arbeau, também da França. O cavalariço pessoal de Arundell, Jory Jameson, de dezessete anos, desapareceu na noite da incursão. Segundo membros da casa, ele estava em treinamento para se tornar padre havia dois anos, com a bênção de Arundell. Supõe-se que esteja no exílio.

Agradeceríamos muito se os fundos (trezentas libras) oferecidos pela captura de Richard Arundell fossem oferecidos aos homens de Sua Majestade.

Abaixo a carta. O cavalariço de Arundell, o mesmo mencionado na carta anterior. Um padre em treinamento. Supostamente fugiu do país, provavelmente para uma região simpática aos católicos. É a idade certa, o momento certo, quase a motivação certa – supondo que a religião fosse causa suficiente para a vingança de um cavalariço, em vez da relação familiar. Mas, se algum de meus suspeitos restantes for um nome falso para esse cavalariço chamado Jory, isso não bate com o que sei sobre eles. Alard tem a idade certa, mas seu passado está ligado a Suffolk, não à Cornualha, sem falar que ele não poderia ser mais ateu. Hargrove chega mais perto, silencioso e discreto o bastante para ser um padre rebelde. Entretanto, os registros mostram que ele está em Londres desde março, muito antes da ocorrência dessa incursão na Cornualha. Li a carta outras vezes. Analisando cada palavra para ver se há algo aqui que posso não ter percebido, que pudesse ter lido de um jeito que não era o devido. Porém, desisto. Não há nada novo para ser aprendido aqui. Nada além de um católico recusante que foi vendido para a rainha pelo xerife a seu próprio serviço, cujos criados de sua casa esconderam tanta informação quanto possível até a permissão do uso de tortura, admitindo a presença de um rodízio de padres e um garoto com esperanças mais elevadas que cuidar de cavalos. A história de Arundell terminava com sua morte e a do padre.

Começo a aproximar a borda da carta às chamas de minha vela, para queimar a prova de minha falsificação, quando percebo o pós-escrito do outro lado.

Levando adiante sua pergunta, Richard Arundell não tinha filhos, irmãos, pai ou tios (ainda vivos) no momento de sua morte. Os outros únicos membros da família incluem a esposa, Mary Arundell, falecida em 1584, e a filha, Katherine Arundell, com dezessete anos, as duas de inclinação católica. Katherine foi capturada na noite da incursão em Lanherne, mas escapou pouco depois, e seu paradeiro atual é desconhecido. Supõe-se que esteja morta.

Katherine Arundell, dezessete anos. Filha de um nobre católico da Cornualha. De inclinação católica. Paradeiro atual desconhecido. Supõe-se que esteja morta.

A carta treme antes mesmo de cair de minha mão.

A garota que apareceu no Globo, de cabelo cortado e recitando Marlowe. Que jogou dados comigo na Sereia, apostando um beijo. A garota que depois eu beijei: uma vez, duas vezes, depois cem vezes mais; a garota que achei que fosse um garoto, que achei estar livre de qualquer acusação de conspiração, revelou-se não estar livre de nada.

Seu sotaque, pronunciado demais para Plymouth ou qualquer outro lugar de Devonshire, é por ser da Cornualha. O amigo que ela chamou de Richard não era amigo nenhum, mas seu pai. A história que me contou sobre ser cavalariço de um nobre pertence ao garoto chamado Jory. Ela me comparou a um capão do Dia de São Crispim na noite da festa dos patronos de Carey, sendo São Crispim um conhecido feriado católico. O sobrenome que ela escolheu para si mesma, Alban, o santo católico da Inglaterra. O jeito como seus olhos se iluminaram quando pus a guirlanda em sua cabeça esta noite, um aglomerado de abrunheiro branco que cresce ao longo das sebes na Cornualha, uma coincidência de minha parte, mas devia ter prestado atenção.

Eu devia ter prestado atenção.

Fico sentado com mãos ainda trêmulas na cabeça por um longo tempo, até a vela se apagar, então permaneço no escuro por ainda mais tempo. Depois que meu coração desacelera e minha respiração se acalma, pego uma folha nova de pergaminho. E, nas sombras da Noite de Reis, escrevo meu relatório final para a rainha e seus homens, dizendo a eles exatamente o que precisam saber.

Capítulo 33

Kit

**Middle Temple Hall, Londres
6 de janeiro de 1602
17h45**

É mais aterrorizante do que pensei que seria.

Middle Temple Hall, onde a peça vai começar em pouco mais de uma hora e terminar em pouco menos de três, é um lugar que conheço bem. Devia mesmo conhecer; os Wright vieram aqui em ocasiões numerosas demais para se contar a fim de investigar cada porta, cada janela, cada sombra e cada som desse lugar e seu entorno, para depois serem detalhados no mapa ambicioso de Catesby. Foi bem fácil. Middle Temple é um prédio em um complexo composto de aproximadamente uma dúzia deles – ao qual se referem coletivamente como o Temple, incluindo uma igreja, uma biblioteca, um salão de jantar e escritórios, todos eles dedicados a formar os melhores advogados de Londres. Tudo o que

Chris e John tiveram de fazer foi se vestir de preto, carregar livros e parecer terrivelmente ocupados em fazer nada, e se misturaram com perfeição.

O salão onde a peça vai ser apresentada é estreito e comprido, com um teto escuro e arqueado em madeira e paredes de argamassa branca com fileiras de janelas de vitrais intercaladas com fileira após fileira de brasões. A parede dos fundos, em frente à entrada, tem uma série de quadros a óleo (o maior, claro, sendo de Sua Majestade a rainha Elizabeth, seu retrato e sua posição prestes a serem substituídos por Sua Majestade a rainha Isabella). Todo o lugar tem um cheiro bolorento, mofado, cheiro de homens velhos, discussões e justa indignação.

Cadeiras estão dispostas dos dois lados do palco. Quatro fileiras de vinte assentos cada – cento e sessenta no total. O palco é o chão, de madeira e praticamente limpo, apenas com alguns juncos espalhados para impedir que escorreguem, assim como no Globo. E está escuro, tal como os Wright prometeram que estaria. Escuro porque são quase seis horas da noite e o sol há muito tempo se pôs. Escuro porque o teto preto de carvalho parece uma extensão do vasto vazio, o céu da costa da Cornualha à meia-noite. Escuro porque o salão é iluminado apenas por velas, tremeluzindo tanto sozinhas quanto em grupo, presas a candelabros de latão reluzente e em cimalhas presas às paredes.

Shakespeare está satisfeito com o ambiente que isso cria, naturalmente, pois foi sua ideia (proposta a ele por dois assistentes de palco com ideias próprias), sentindo que a luz escura iria emprestar mais realidade aos gêmeos idênticos se os espectadores não pudessem ver com muita clareza nosso rosto. Em relação ao restante do prédio, ele, também, é um lugar que conheço bem apesar de vê-lo pessoalmente pela primeira vez. O Salão da Rainha está reservado para figurinos e objetos de cena, pois ele é o mais próximo do salão. O Salão do Príncipe, mais longe do salão principal, assim como dos outros salões, está reservado para Burbage e seus homens. O maior salão, a Câmara do Parlamento, é para o resto de nós.

Eu achava que nos separar em diferentes espaços iria reduzir o caos, mas estava enganada. Se o Globo era febril, Middle Temple é ainda mais, porque é menor, dividido em salões, com atores e substitutos chegando em grupos apressados, outros circulando perto da parede onde Parry, o detentor do livro, prendeu as folhas que contêm a peça, todos eles murmurando consigo mesmos como se quisessem guardar de novo a história na memória. A sra. Lovett circula com alfinetes na boca, costurando homens em vestidos, gibões e golas engomadas. A sra. Lucy está encarregada das perucas e pintura de cabelo e do rosto, carregando pincéis, esponjas e tubos de alvaiade veneziano. Assistentes de palco correm de um lado para o outro, empurrando mesas, cadeiras e tapetes do chão para o salão, preparando-o para a cena de abertura.

E ali está também mestre Shakespeare. É o único a agir de maneira perfeitamente normal, o que quer dizer como um completo louco. Sua camisa está desatada, as botas estão desatadas, ele está desatado. Ele fala em meias frases, depois para, como se tivesse se esquecido da outra metade. Suas palmas das mãos suadas agarram um pergaminho; há uma pena presa entre seus dentes. Ele me vê ociosa no corredor, põe a mão no meu ombro e o sacode um pouco.

· 319 ·

– Onde está Orsino? – pergunta ele. A pena cai de sua boca; ele quase não a pega. – São quase seis horas. A peça começa em uma hora, e ele é o primeiro a entrar. Já devia estar aqui.

– Não sei – digo.

Eu não vejo Toby desde que ele me deixou em minha porta na noite passada. Sem nunca me perder de vista, até que eu tivesse entrado em segurança.

– Você não sabe! Isso ajuda muito. Achei que você e ele estivessem... – Ele gesticula para mim com a pena, para cima e para baixo. – *Voonex*.

– Tenho certeza de que Orsino tem muitos *voonex* – digo, torcendo para que isso signifique "amigos".

– Estou aqui.

E ali está Toby, parado na porta. Ele está um pouco corado, como se tivesse chegado a pé e depressa, com as bochechas rosadas e o cabelo soprado pelo vento, e, enquanto tira a capa, aqueles olhos azuis vão de mim para Shakespeare e de volta para mim outra vez. Meu coração dá uma batida seca desobediente, e me esforço para afastar os olhos dele.

– Os guardas – disse ele como explicação. – Eles montaram seis postos de vigia. Um no Temple Pier, um em Whitefriars, um na extremidade sul dos jardins e três ao longo do Temple Bar, da Fleet e da Middle Temple Lane. E, é claro, estão postados por todo o entorno do salão, em cada porta e janela. Levou uma eternidade para passar por eles.

Recebo essa informação, avalio-a junto do que já sei, satisfeita por se alinhar. Sei que os Wright, envolvidos em algum lugar daquela loucura, mas sempre perto, ouviram isso também. O que não sei é por que Toby olha para mim quando diz isso.

– Eu sei onde estão os postos da guarda – diz Shakespeare. – Você não mostrou a eles seu *trealop*? Dei especificamente um para cada ator...

– Eu mostrei a eles – responde Toby. – É por isso que estou aqui à sua frente e não do lado de fora, de cara para a grama, com a espada de um guarda em minhas costas.

– Ora, não fique aí parado. Você está na cena de abertura, pelo amor de Deus. Precisa se vestir. Vá. Vá.

Shakespeare segura a frente da camisa de Toby e lhe dá um empurrão bem forte na direção da Câmara do Parlamento. Toby cambaleia e vai, virando-se apenas uma vez para captar meus olhos antes de ser engolido por homens, figurinos e caos. Shakespeare enfia a pena na boca novamente, grunhe algo incompreensível – mais incompreensível que o normal –, sai andando e me afasta de seu caminho.

Fico ali parada, rígida e desconfortável em meu figurino, já começando a suar apesar do frio no corredor e do ar congelante que entra pela porta aberta. Em minha cena de abertura, sou Viola, portanto, vestida como garota. Meu cabelo está empastado por baixo do forro da peruca, e da peruca em si, em forma de cordas, compridas e desfiadas. Meu rosto está rígido sob a pasta de alume, cinza de estanho e clara de ovo para deixar a pele pálida, vermelhão em meus lábios e nas bochechas, *kohl* para delinear meus olhos e escurecer minhas sobrancelhas. Estou vestindo uma bata, meias e um espartilho (cheio de lã para dar a ilusão de seios, que ironia), um vestido e mangas. Meus pés estão enfiados em sapatos que são na verdade pequenos demais para meus pés muito grandes.

Mas, mesmo com toda essa roupa, tudo o que na verdade sinto é a bainha, a que os Wright fizeram para mim e que guarda minha faca – sem proteção na ponta, hoje – por baixo de tiras finas de couro amarradas em torno de minha cintura. É fina e chata e bem escondida, mas dá a sensação de ser um farol, alertando todo mundo sobre o que estou prestes a fazer.

Sinto um sopro de ar, não da janela, e viro a cabeça de leve para ver Toby parado ao meu lado, com o figurino de duque Orsino. Suas roupas são bobas e extravagantes, como devem ser. Mas sua expressão não combina com elas; seus olhos azuis mostram algo que não vi neles antes: alarme.

– Preciso falar com você.

– Não posso – digo, e é verdade.

Eu não posso me dar ao luxo de me distrair com ele agora.

Toby me pega pelo cotovelo mesmo assim, do mesmo jeito que fez na rua ontem à noite, quando achou que eu pudesse estar em perigo, e me empurra pelo corredor.

– O que você está fazendo? – Tento me desvencilhar, mas a pressão da mão dele é muito forte, e sua expressão muito feroz, o que me assusta. – Você está me machucando. Solte-me. Não tem direito...

– Silêncio.

Os atores no corredor abrem caminho para ele, como qualquer pessoa com bom senso faria diante de sua expressão assassina ou de seus passos, que forçam os outros em seu rastro. Há um armário no fim do corredor, que os Wright disseram ser usado para o armazenamento de móveis e retratos, e é para lá que Toby me leva, soltando-me por tempo suficiente apenas para pegar uma vela acesa de um candelabro na parede antes de empurrar e abrir a porta, e de me empurrar para dentro. Estou preocupada com essa mudança inesperada nas coisas, e não sei o que fazer nem dizer, mas Toby está à minha frente e ele fala primeiro.

– Eu sei – é tudo o que ele diz. A vela em sua mão treme, sua chama lançando luz em arcos estonteantes no teto e na parede, onde retratos dourados de rostos sombrios pendurados aleatoriamente por toda a parte nos observam. – Sei que veio até aqui para matar a rainha.

Cambaleio para trás, como se tivesse levado um tapa, mas ele não para de falar.

– Sei que seu nome é Katherine Arundell. Sei que você é filha de Richard Arundell. Sei que ele foi morto na incursão à sua casa e que seu padre foi capturado. Preso, interrogado e depois executado, apenas duas semanas atrás. Sei que seu pai fazia parte de uma trama contra a rainha, e que você assumiu seu lugar. – Toby para, como se quisesse recuperar o fôlego. – Você nega isso?

Eu não faço nem digo nada. Olho ao redor, para retratos, mesas e cadeiras empilhados ao longo da parede até a porta, como se, de alguma forma, fossem os únicos obstáculos para me impedir de fugir de todas as suas acusações.

– Kit. – Toby enfia sua vela em uma fresta entre duas mesas. Depois se aproxima e toma meus braços, que agora estão envoltos em torno de meu corpo, e me sacode, como se eu fosse um saco de farinha do qual ele pudesse obter informações. – O que está acontecendo esta noite? Quem mais está envolvido? Eles estão aqui? Você precisa me contar o que sabe.

– Eu não... Eu... – Levo a mão até a boca. Fico totalmente entorpecida. É como na noite em que Lanherne foi atacada e deu tudo errado, e eu não sabia como consertar, nem mesmo por onde começar. – Quem é você? – é tudo o que consigo dizer.

Toby abaixa as mãos.

– Sou um vigia. Trabalho para a rainha. Interceptei uma carta esboçando um plano para assassiná-la e colocar a arquiduquesa Isabella em seu lugar. Fui contratado para descobrir esses conspiradores e detê-los. – A voz de Toby está uniforme, suas pupilas grandes, negras e inexpressivas como as de um tubarão. – Escrevi esta peça como meio de atraí-los, na esperança de que fossem tolos o bastante para morder a isca. Você era um de meus suspeitos. Por isso observei você. Quando a encontrei no Rose, e na feira de diversões no gelo e nos becos de Vintry Ward, não foi coincidência. Eu a seguia porque, desde que subiu ao palco do Globo para fazer um teste, desconfiei de você.

Cambaleio para trás e bato a cabeça contra a extremidade dura de uma moldura de retrato. Eu mal registro a dor. É impossível, levando em consideração todo o resto.

– Mas eu não sabia que você era a assassina até ontem à noite – prossegue Toby, sem parar. – Eu a havia retirado de minha lista no momento em que descobri que era uma garota. Achei que isso era tudo o que você escondia. Então recebi a resposta de uma carta que enviei ao xerife na Cornualha, um homem chamado Sir Jonathan Trelawney. Acredito que o conheça.

Sinto meus lábios ficarem frios.

– Preciso que me conte tudo – diz Toby. – É o único jeito de poder ajudá-la.

– Por que você ia querer me ajudar?

Seus olhos se estreitam, e eu me afastaria dele se tivesse qualquer outro lugar para onde ir.

– Não seja tola.

Eu olho para a porta. Por trás dela, através das frestas de luz nas junções, consigo ver as sombras de figuras em movimento de um lado para outro, ouvir o zumbido de vozes pontuado por gritos. Quando torno a olhar para Toby, seus olhos apontam para mim, azuis outra vez, não mais gélidos e com raiva, mas suplicantes.

– Um de nós ou nós dois vamos morrer se você não me contar o que sabe.

– Morrer! – Isso, acima de todas as outras coisas, faz com que as palavras saiam de minha garganta. – Por que *você* morreria?

– O que você acha que vai acontecer se eu prometer um assassino à rainha e não entregar nenhum? A rainha tem fama de ser uma mulher clemente? Uma mulher generosa? Ela é compreensiva, piedosa, leniente? – Ele diz isso tão baixo que quase não escuto. – Não. Ela não é nada disso, e é por esse motivo que você está aqui parada, órfã e envolvida até o pescoço em uma trama maior do que qualquer coisa que já imaginou.

Quase acredito nele – quase. Quase acredito que ele quer me ajudar. Mas este armário é pequeno demais para conter todas as mentiras em seu interior, e as coisas foram tão longe que não sei se algum dia vou ser capaz de acreditar em qualquer coisa outra vez.

· 325 ·

– Conte-me – repete ele.

– Eles querem trazer a Inquisição para a Inglaterra. – Não foi isso o que Toby perguntou. Mas é algo em que não consegui parar de pensar desde que Jory me contou os planos de Catesby. – Contra os protestantes. Eles dizem que não há país católico na Europa que não apoiaria isso. Querem puni-los do mesmo jeito que os católicos estão sendo punidos agora.

Espero que Toby aparente severidade, ou que se torne amedrontador, que me mostre a expressão que fez apenas momentos antes, a qual nunca gosto de ver. No fim, ele apenas assente, impassível, e essa é a expressão mais assustadora de todas.

– Eles vão começar com os protestantes – diz ele. – Mas, quando se cansarem de puni-los, acha que vão parar? Para se parabenizarem por um trabalho bem-feito? Não é assim que a perseguição funciona, Kit. Sei que quer vingança, mas esta não é a resposta. Ninguém vai estar em segurança...

– Eu estou em segurança agora!

– Não – diz ele. – E, depois desta noite, não importa o que aconteça, não vai estar em segurança outra vez.

– Mas... se você trabalha para a rainha e seus homens, e está me seguindo e me vigiando todo esse tempo, eles já não sabem quem eu sou? – pergunto. – Por que não me prenderam? Por que me deixaram vir aqui e ficar diante da rainha, se acham que pretendo matá-la?

Toby começa a balançar a cabeça antes mesmo que eu termine.

– Enviei a eles meu relatório final. Hoje mesmo. Por isso me atrasei. Eu mesmo o entreguei nos portões de Whitehall. E, nele, apontei Thomas Alard como assassino.

Cubro a boca com a mão. Toby se encosta na parede e passa a mão no cabelo, várias e várias vezes.

– Ele é o único outro ator que não consegui justificar, o único com perguntas que não fui capaz de responder. – Toby prossegue: – Esperei o máximo possível para entregar o relatório. A rainha e seus ministros vão lê-lo apenas depois do fim da peça, mas ainda assim vão estar esperando que eu o prenda. Não vai importar que ele seja inocente. Porque, independentemente do que aconteça hoje, ele vai ser submetido a horas de interrogatório. Possivelmente tortura. E, se não acreditarem em sua inocência, podem até mesmo matá-lo. Mas tive de dizer alguma coisa a eles. Eu precisava dar a eles *alguma coisa*.

Ele olha para mim e eu vejo: em seu rosto, em sua postura e por toda parte, a enormidade do que ele fez. Ele condenou um homem inocente ao que pode ser sua morte. Algo que fez por mim, por minha causa, e devo levar a culpa disso também.

– Toby...

O que quer que eu fosse dizer é interrompido pelo som da voz de Shakespeare do outro lado da porta, gritando de um lado para outro do corredor por Viola-Cesário e Orsino, e anunciando a hora. A peça começa em quinze minutos.

– O que devo fazer? – digo em resposta. – Eu não sei o que fazer. Não...

Toby agarra meus braços novamente, desta vez para me fazer parar de tremer.

– Quando ia fazer isso?

– Na primeira cena do quinto ato – digo. – Bem no fim.

E, então, antes que eu perca o que resta de minha coragem, conto a ele tudo o que fiz desde que deixei Lanherne, tudo o que vim fazer em Londres, até o último detalhe que sei do plano. Ouvir isso em voz alta é me sentir uma tola novamente, achar que isso teria funcionado. Mas também há uma sensação de alívio: ser uma tola é melhor que ser uma assassina.

À luz da vela, posso ver seus olhos ficarem distantes, a expressão que ele assume quando está pensando e do jeito que agora sei que ele fica quando está tramando alguma coisa.

– Tudo bem – diz ele por fim. – Com isso tenho duas horas para descobrir como nos tirar disso.

– Duas horas e trinta e sete minutos – corrijo, e Toby fecha os olhos.

– Faça tudo o que você ia fazer – diz ele. – Não mude nada. Se mudar alguma coisa, seus homens vão ser alertados. Não os quero alertados de nada até você ter partido e ser tarde demais para que a encontrem.

Ele leva a mão por trás de mim para abrir a porta do armário. Deixa que eu saia primeiro. Dou apenas alguns passos quando sou agarrada pelo cotovelo de novo por Shakespeare, sibilando em meu ouvido palavras sobre *A rainha está aqui* e *Se eu quero deixá-lo louco*, e ele me empurra adiante até os atores enfileirados.

Momentos depois, Toby entra na fila à minha frente no momento em que um toque de clarim chega da extremidade do corredor. Todos viram a cabeça. A postura de Toby faz com que ele cresça alguns centímetros; Shakespeare passa uma mão irritada pelo cabelo. É a rainha e seu séquito entrando no prédio.

Fico paralisada de medo.

Como se sentisse isso, Toby vira-se para olhar para mim, ignorando a comoção e as genuflexões. Ele leva a mão ao bolso do colete de seu figurino ornamentado e retira algo; está escondido em seu punho e não consigo ver o que é. Mas, quando ele abre a mão, reconheço imediatamente: um ramo de abrunheiro da guirlanda que ele colocou em minha cabeça ontem à noite. Ele estende a mão e põe a flor almiscarada com aroma de amêndoas atrás de minha orelha.

Eu me pergunto se ele sabe, como eu sei, que as bruxas do sul de Devon carregam abrunheiro para se protegerem do mal. Que ele é conhecido no folclore da Cornualha como símbolo tanto de proteção quanto de vingança. Que, na mitologia celta, o abrunheiro é conhecido por guardar e elevar segredos sombrios. Que outro mito afirma que a própria coroa de espinhos de Cristo foi feita com ele.

Ou se é, simplesmente, uma flor de um garoto para uma garota em uma noite depois da qual eles podem nunca mais tornar a se ver.

– *Mantenho o destino preso em correntes de ferro* – sussurra ele. – *E com minha mão giro a roda da fortuna.* – Uma fala favorita de uma peça favorita de um dramaturgo favorito, sobre sorte, ousadia e sobre comprometer-se com o impossível: os próprios deuses.

Só que Toby sabe que eu não deixaria nada para a sorte.

Capítulo 34

TOBY

MIDDLE TEMPLE HALL, LONDRES
6 DE JANEIRO DE 1602
19H

Está escuro.

Escuro, apesar das centenas de velas que iluminam o salão de todos os cantos: presas em castiçais e posicionadas a intervalos pelo chão e no beiral que corre por cima dos painéis, até os suportes de ferro presos nas paredes. Mas não é o suficiente.

Não é o suficiente para esconder seu rosto nem seu esplendor, nem sua arrogância ou expectativa. A rainha. Ela espera ver um espetáculo, espera que eu lhe dê isso. Está sentada na primeira fila em um belo vestido vermelho, dourado, verde e laranja, todas as cores do arco-íris, enfeitado com todas as joias que jazem sob o sol, pérolas grandes como frutas penduradas obscenamente em torno do pescoço, penduradas nas orelhas ou plantadas nos dedos. Ela é a coisa mais reluzente no salão, a coisa mais perigosa em qualquer salão.

À sua esquerda está Cecil, vestido de preto. À sua direita está Carey, também de preto. Ao lado e atrás deles, suas esposas e o restante do Conselho Privado, nobres, políticos e cortesãos. A excitação deles preenche o ambiente, a inclusão privilegiada deles. A rainha conversa com todos, graciosa e vibrante, exibindo totalmente seu muito elogiado charme Tudor.

Mas, se você observasse com atenção (e estou observando com atenção), veria aqueles olhos negros e penetrantes se moverem por todo o salão. Como todos os predadores, eles não precisam de luz para ver, observando cada rosto, cada expressão, cada sorriso e cada par de olhos fechados, avaliando e catalogando dados para serem usados depois, a favor ou contra – normalmente contra.

Então, como se alguém tivesse dito essas palavras em voz alta, ela se volta para mim. Estou parado na boca da porta, o primeiro na longa fila de atores nervosos e irrequietos, pois sou o primeiro a entrar em cena, mas ela não deveria ser capaz de me ver. Estou atrás de um biombo, uma espécie de treliça de madeira que funciona como funcionaria uma cortina no Globo, protegendo o público de nossas idas e vindas e dos preparativos frenéticos nos bastidores. Mas, se a Armada Espanhola não consegue deter a rainha e as conspirações francesas não conseguem deter a rainha, se Essex e sua rebelião não conseguiram deter a rainha e se uma rainha francesa católica não conseguiu deter a rainha, com certeza uma simples barreira de madeira não vai deter a rainha.

Seus olhos encontram os meus e permanecem aí, como se ela pudesse enxergar através dela e depois através de mim, chegando ao meu coração traidor. Ele marca o tempo com os tambores que os músicos agora tocam no palco, a flauta, o tamborete e a viela. As figurinistas correm pela fila de atores, agitadas como vespas, ajeitando vestidos e gibões, esticando meias e ajustando perucas e chapéus. Ouço Burbage e Tooley atrás de mim, recitando seus pretensiosos exercícios vocais ("Tecelão tece o tecido em sete sedas de Sião. Tem sido a seda tecida na sorte do tecelão...") enquanto garotos mais novos e homens arrastam os pés, Sever, Barton, Hargrove e os outros que identifico, todos eles nervosos, mas ávidos.

Não consigo me obrigar a olhar para Alard.

Kit está parada dois atores atrás de mim, alta e magra com aquela peruca e vestido, e me observa também. Perguntando-se se pode confiar em mim para sair de tudo isso. O ramo de abrunheiro que prendi em seu cabelo, uma lembrança triste dessa confiança, desapareceu. Não sei se isso foi obra dela ou da sra. Lucy, que está postada junto dela ajustando sua peruca e colocando mais cor em seus lábios. Seja como for, Kit teria razão em questionar. Porque, pela primeira vez em minha vida, não sei o que fazer. Quando deixei meu quarto esta manhã, estava com cada pêni que ainda me resta depois de perder a capa, todo item sem o qual não consigo viver: não muito, apenas o anel de sinete de meu pai e uma carta de Marlowe, a última que ele me enviou. Não importa o que acontecer esta noite, não planejo voltar.

Quinto ato, cena um; é quando Kit planejava atacar a rainha. Quando todos aqueles trezentos círios colocados com cuidado em suportes nas paredes vão se apagar simultaneamente, uma maquinação por cortesia dos irmãos Bell – não o nome verdadeiro deles, mas estava certo em desconfiar dos dois também. Então, quando o salão estiver envolto em escuridão, Kit deve avançar, brandindo a faca cuidadosamente escondida por baixo de seu corpete.

Isso me dá duas horas e trinta e sete minutos de peça para descobrir como detê-la. Algo que devo fazer sem revelar aos outros conspiradores que ela foi apanhada, antes que ela assassine a rainha, e antes que a rainha se dê conta de que eu agora sou parte dessa trama – quisesse eu sê-lo ou não. Depois devo tirar nós dois daqui, ilesos. Vai ser preciso muito mais que um milagre de um dos santos católicos de Kit.

Não gosto de pensar no que poderia ter acontecido se não tivesse recebido a carta de Trelawney ontem à noite. Se não tivesse descoberto quem Kit realmente era. Não sei como ela pensou que pudesse conseguir. Eu a conheço bastante bem para saber que ela não foi enredada nisso – sem dúvida ela se ofereceu diretamente –, mas o que não sei é como esses homens a convenceram de que ela tinha alguma chance de sobrevivência. Ela não parecia com medo de morrer, só de ser descoberta. Meu melhor palpite é que ela contava com o elemento surpresa. Mas o que ela não sabe é que a rainha não pode ser surpreendida, nem seus homens. Não existe nenhuma situação para a qual eles não planejaram cem situações. Cem planos de contingência. É o que eles fazem. É o que *eu* faço.

– Orsino. – Shakespeare, de repente, está ao meu lado. Seu rosto é um mapa de suor. – Pare de devaneios, rapaz. Sua bota está... – Ele baixa a voz e olha ao redor, furtivamente. Daria um péssimo vigia.

– Está bem amarrada ao seu pé?

Eu me inclino para perto dele.

– Sapato.

– O quê?

– Meu sapato está bem amarrado ao meu pé – digo. Era a frase secreta que Carey deu a Shakespeare, sua maneira de me perguntar se tudo estava em ordem. Não era necessário, e não é algo habitual, mas pareceu agradar a Shakespeare ser parte da dissimulação. – E a resposta é sim.

– Bom. Sim. Bom. – Ele passa a mão na testa. – Meu Deus. Isso é sempre assim? Estou suando como uma espécie de animal de criação.

Ponho a mão em seu ombro.

– Vai dar tudo certo. Tem a minha palavra.

Isso faz com que ele franza o cenho com rapidez.

– Ah, eu tenho sua palavra, certo. Dezenove mil delas para ser exato, esse desastre latente de peça...

É então que soa o trompete. Os músicos, agora fora do palco e agrupados atrás de outro biombo na outra extremidade do salão, começam a tocar uma melodia triste. Essa é minha deixa.

Shakespeare fica pálido.

– *Merde* – diz ele para mim; é "merda" em francês, e ironicamente significa boa sorte.

– *Merde* – repito, e saio de trás do biombo. À vista de todos os que conheço, todo mundo. Se há reconhecimento no rosto deles, não vejo. Vejo apenas sorrisos dos cortesãos, dos nobres, das damas de companhia; se eles se lembram de mim, só me conhecem como um acompanhante de Carey na corte. Todos estão me assistindo.

Caminho até o centro do palco segurando um ramo de alecrim, arrancando as folhas em tufos e deixando que as agulhas caiam no chão levemente juncado. Estou pensativo, estou triste, sou a personificação da melodia funesta que ecoa à minha volta, até que ela, abruptamente, para.

– *Se a música é o alimento do amor* – declaro –, *continue tocando.*

Capítulo 35

Kit

**Middle Temple Hall, Londres
6 de janeiro de 1602
19h17**

Estou parada atrás da treliça de madeira enquanto Toby está no palco, terminando a primeira cena. Mas não é para ele que eu olho, nem para os outros dois atores ao seu lado. É para a rainha, sentada cerca de seis metros à minha frente.

Ela é diferente de qualquer coisa ou qualquer pessoa que eu já vi na vida. As palavras antes usadas para descrevê-la, em poesia e em peças – uma Cibele dos céus, Diana em meio às rosas, uma Vênus de beleza destinada a superar soberanos assim como o carvalho ergue-se acima da tamargueira –, ainda não são suficientes. Nem as palavras usadas por Catesby, Jory e até pelo meu próprio pai – astuta, perspicaz, Jezebel; cruel, manipuladora e oportunista. O jeito como ela fica ali sentada em seda suficiente para três vestidos e joias para três continentes, com o cabelo ruivo fogoso e o rosto branco como porcelana, olhos negros e dentes negros, parece desafiar qualquer palavra. Na verdade, ela é horrível, meio bruxa e meio deusa, seu olhar enervante reivindicando posse sobre todas as coisas naquele salão, do local em si aos jardins e à igreja lá fora, dos ministros a seu lado aos guardas atrás dela, de toda a Londres e também da Inglaterra até o fundo de nossas próprias almas. Ela os possui, e a nós, e sabe disso.

E eu a odeio.

Mas, enquanto a observo, e a observo observar Toby, a ansiedade que eu já sentia agora se transforma em um pânico absoluto e implacável. A rainha e seus homens sempre souberam que isso era uma armadilha. Sempre souberam que um de nós veio aqui para matá-la, que nas próximas duas horas e quarenta e um minutos deverá haver um atentado contra sua vida, e ela está presente na plateia mesmo assim. Por um momento, entendo por que: é a mesma audácia e loucura que me trouxe aqui, também.

Eu falhei. Estava destinada a falhar desde o momento em que tudo isso começou, o momento em que subi ao palco no Globo para um teste para o mesmo papel que estou representando agora. Toby soube, no momento em que me viu, que eu não era quem parecia ser. *Eu não sou o que represento*, escreveu ele, uma fala que eu, Katherine como Kit, como Viola, como Cesário, vou dizer dentro de apenas quatro cenas. Ele sabia o quanto isso viria a ser verdade? Ou estava pensando em si mesmo, Tobias como Orsino, vigia como dramaturgo, e este como ator?

Penso em meu pai, um conspirador inveterado fingindo ser um nobre. Penso em Ryol, um padre fingindo ser um criado. Todos nós solitários, todos nós escondidos pelo perigo e aprisionados pela necessidade de um disfarce. A história de meu pai e Ryol chegou ao fim, e Toby me oferece um fim melhor que o deles. Eu confio nisso? Mesmo que confiasse, o que significa para mim aceitá-lo? Uma coisa é vingar meu pai, outra é aplacar a mim mesma. Uma coisa é honrar meu passado, outra, abandoná-lo ao capricho de um futuro. Uma coisa é o pecado do assassinato (embora Jory, *de facto* e *de futuro*, tenha me expurgado desse pecado), outra é o pecado do egoísmo. Eu planejava deixar este lugar como uma assassina, ao menos no coração, mesmo que não por meu feito. Não planejava sair como covarde.

Então, eu penso em Toby, tentando garantir que pelo menos eu tenha uma saída. Para ele, tentar isso é colocar sua vida em risco. Isso vai contra tudo o que ele defende, entretanto, ele faz mesmo assim. Não acho que eu valha todo esse trabalho, mas não acho que seja mais sobre mim.

Catesby me disse que os homens são maiores que uma ideia, mas ele na verdade não pode acreditar nisso. Não quando planeja matar homens em uma Inquisição por nada além de ter ideias contrárias à sua própria. Ele tentou me vender suas crenças, mas o que ele realmente quer é vingança. É o mesmo que eu queria, mas a vingança não pode merecer indulgências: o perdão por um pecado antes de ser cometido, um golpe antecipado contra a culpa. Jory já me concedeu uma indulgência; quantas ele concedeu a Catesby? Quantas Ryol concedeu a meu pai? Isso, também, era parte de *abençoar a missão*?

Toby me disse que precisa entregar um assassino à rainha. Mas esta noite não serei eu.

Ele, então, surge na boca da porta de treliça, depois de terminar a primeira cena, o último a deixar o palco. Sinto seus olhos em mim, indagando, questionando, uma tentativa de interpretar o que estou sentindo. Assinto rapidamente para ele com a cabeça antes de endireitar os ombros e, em meu vestido ridículo e peruca ainda pior, entro no palco para encarar a mulher que matou meu pai.

Capítulo 36

Toby

Middle Temple Hall, Londres
6 de janeiro de 1602
19h55

Abro caminho entre atores, substitutos, figurinistas e assistentes de palco, à procura de Shakespeare. Tento primeiro o Salão do Príncipe, onde estão Burbage e seus homens, e depois a Câmara do Parlamento, onde o resto de nós espera entre as cenas. Depois de algum tempo, eu o encontro parado em frente à treliça localizada na entrada do salão. Seu nariz está apertado contra a madeira, e ele bate a ponta do pé furiosamente no chão. Não escuta quando me aproximo, ou finge não escutar. Mas, quando toco seu ombro, ele se afasta bruscamente, como se eu o houvesse queimado.

— Orsino. — Ele franze o cenho. — Estou petrificado por perguntar, mas o que posso fazer por você?

Não há tempo para tergiversar.

– Preciso que você prepare o substituto de Alard.

– O quê? – Shakespeare para de bater o pé no chão com o rosto cheio de surpresa e, em seguida, medo. – Por quê? Ele é... ele não é o corvo?

Mais uma palavra inventada por Carey; significa "suspeito".

Não posso lhe contar isso nem muito mais, por isso digo, com a máxima delicadeza:

– É parte do plano. Ele vai precisar estar pronto em quinze minutos.

– Não venha me recitar meus horários – retruca bruscamente Shakespeare. – Por que não me contou isso antes? Cressy não está pronto. Ele precisa de cabelo, precisa pintar o rosto, precisa de figurino...

– Contar a você séculos atrás não é parte do plano, é? – interrompo. – E isso não é tudo. Vou precisar do resto dos substitutos com seus figurinos e rostos pintados também.

– Pelo Cristo vivo. – Ele estala os dedos em meu rosto. – Mas em nome de Deus, por quê?

– É apenas precaução – digo. – Caso eu precise retirar outra pessoa. Não antevejo isso, mas é melhor estar preparado. – Essa é uma razão, mas não a mais importante: se todos os atores estiverem com figurinos, vai ser mais difícil para os homens de Kit saberem qual deles é ela, portanto mais fácil para mim escapar com ela quando chegar a hora. – Não se preocupe – digo a ele. – Tenho certeza de que a senhora Lovett está à altura da tarefa.

Shakespeare está olhando para mim como se eu tivesse assassinado seu gato.

– Não é nenhuma ofensa pessoal, Orsino, mas, quando isso acabar, não quero nunca mais botar os olhos em cima de você.

Então ele vai embora e segue pelo corredor à procura da sra. Lovett.

Espero um momento antes de sair atrás dele, à procura de Thomas Alard.

Ele é mais fácil de localizar, enfiado em um nicho ao lado da porta do Salão do Príncipe. Bom demais para estar com os outros na Câmara do Parlamento, mas não bom o suficiente para estar enclausurado com os Homens de Lorde Chamberlain; ele se encontra estacionado em uma espécie de purgatório separatista. Está rígido e imóvel em seu vestido preto, de olhos fechados, enquanto a sra. Lucy se move a seu lado, colocando mais pó em seu rosto e creme vermelho em seus lábios.

– Alard. – Ele não abre os olhos quando me dirijo a ele. – Preciso falar com você.

– Não posso conversar. Eu entro em quinze minutos, pelo amor de Deus.

Ele acena uma mão cheia de anéis para me dispensar, um gesto que pegou de Burbage.

– É importante – digo. A sra. Lucy olha para mim. Alard não percebeu a urgência em meu tom de voz, mas ela, sim. Reajusto minha paciência e tento novamente. – É sobre nossa cena juntos no quinto ato. O bloqueio.

– Não consegue ver que estou ocupado, Ellis?

Seus olhos agora estão abertos. Ele me olha através do *kohl* com uma expressão carrancuda por trás daqueles lábios propositalmente curvos, que poderiam ser engraçados em circunstâncias diferentes.

– Vá embora. E leve suas perguntas com você. Devia ter prestado mais atenção nas primeiras cem vezes que ensaiamos isso.

Dentre todas as pessoas no mundo que eu me arriscaria a salvar, Alard é o último. Mas é minha chance final de consertar meu erro antes que nunca mais possa fazer isso.

Começo a falar de novo, quando outra voz me interrompe.

– Senhora Lucy, preciso que cuide de... uma coisa. – É Shakespeare. Ele está parado mais perto de mim que o necessário, com o olhar desconfiado pousado em Alard. – Siga-me, por gentileza. Por favor.

Os olhos da sra. Lucy ficam arregalados agora, a educação de Shakespeare mais crítica que minha urgência. Quando Shakespeare se vira para ir embora, ela o segue, e Alard se volta para mim com as mãos nos quadris.

– Não mandei você dar o fora?

– Eu trabalho para a rainha.

Isso chama sua atenção. Em seguida, provoca seu ceticismo – e sua ira.

– Vá se foder.

– Fui contratado para localizar devedores – prossigo. – Para obter provas de seus crimes antes de entregá-los. Você estava na lista de homens que eu segui.

O rosto de Alard, assim como o de todos os delinquentes experientes, não muda de expressão. Mas um músculo em seu maxilar salta, mostrando-me que minhas palavras significam alguma coisa.

– Eu o segui até o Paris Garden. Ao Mitre. Ao Crossed Keys. Ao Tabard... – Sigo em frente, listando todos os bares, tavernas, rinhas de ursos e casas de dados aos quais eu o segui. – Você perdeu

· 343 ·

dinheiro para seus adversários, depois pegou emprestado da casa e também perdeu. Você deve dinheiro a vários estabelecimentos.

Alard ri, mas não é convincente.

– Se trabalha para a rainha, o que está fazendo aqui? Não tem nada melhor para fazer que ser um ator de merda?

– Se sou um ator de merda é porque não sou ator – respondo. – Só estou aqui por sua causa.

Alard se dá tanta importância – ou é culpado o bastante – para acreditar nisso.

– Ela age com vigor contra os devedores, Alard – digo. – É uma ofensa menor, e você pode se safar apenas com algumas chicotadas e passando um pouco de fome. Mas é uma jogada de dados, desculpe a brincadeira. Você pode ser condenado à marcação ou à forca. – Dou de ombros. – O desmembramento parece estar novamente na moda, também.

– Droga – diz ele. – Por que está me contando isso? O que você ganha com essa situação?

Eu me afasto dele. Ele começou a suar sob a pintura branca do rosto, transformando-a em pasta em torno do nariz e da boca. Mas sua acusação é algo que escuto com frequência: os mais culpados são os que acreditam estar sendo submetidos aos maiores castigos.

– Acho que você é um bom ator – digo a ele. Em algum lugar em meio a tudo isso, consegui encontrar a verdade. – Muito bom. Se desse mais atenção a isso que ao jogo, poderia até ser grande. Mas não vai poder fazer isso se estiver andando por aí com uma marca de devedor na testa, ou pendurado na ponta da corda de um carrasco.

– O que eu faço? Eu não... – Alard para de se perguntar sobre meus motivos, e agora olha ao redor, furtivo como Shakespeare. – Não tenho nenhum dinheiro. Nem documentos. Mesmo que conseguisse os dois, não sei para onde ir.

Saco uma bolsa magra de moedas, destinada a algo e outra pessoa diferentes, e a ponho em sua mão. Dói mais do que achei que fosse doer.

– Não é muito – digo. – Mas vai fazer com que você embarque em um navio para Calais. Tem uma estalagem em Wapping. A Uvas. Pergunte por Mariette, ela vai lhe vender documentos por um xelim. Eu iria agora, Alard, e não fique tentado a gastar esses fundos em nenhuma outra coisa ou nenhum outro lugar. A rainha está esperando que eu o entregue quando a peça acabar. Há um navio partindo às quatro desta manhã para Dover. Dali, para a França. Você precisa estar nele.

Não espero gratidão e não a recebo. Leva um segundo para Alard enfiar a bolsa de moedas na frente do vestido, outro segundo para ele se virar e sair andando pelo corredor, passar pela porta da frente, fazendo desaparecer o vestido negro e a peruca negra na noite negra. Ele não olha para trás, não pensa em dizer a Shakespeare que está partindo, nem se assegurar de que seu papel esteja coberto em sua ausência. Sequer devolve o figurino. Alard é egoísta, sim. Mas não é nenhum tolo.

Diferente de mim, que tem o assassino errado, nenhum álibi, nenhum fundo, nenhum plano e pouco mais de uma hora para descobrir o que fazer em relação a isso.

Capítulo 37

KIT

MIDDLE TEMPLE HALL, LONDRES
6 DE JANEIRO DE 1602
20H25

Este é exatamente o meio da peça. A pausa entre o segundo e o terceiro ato, na qual todos os atores deixam o palco e os músicos tocam um breve interlúdio. Isso dá ao público uma oportunidade de se levantar e se esticar, de homens com bandejas de doces e vinho chegarem e as oferecerem à rainha e seus convidados, ajoelhando-se à sua frente. O resto de nós está reunido na Câmara do Parlamento, preparando um rápido número cantado para ser apresentado antes do reinício da peça. Como o ator com a melhor voz, devo ser a primeira na fila. A primeira a entrar no palco, a primeira a parar diante da rainha, cantando docemente. É aqui, dentro de apenas uma hora, que devo fixar minha posição, como Tom Um me disse para fazer.

Encontrar a rainha, calcular minha distância de onde estou até onde ela está sentada, sacar minha faca, enfiá-la em ângulo agudo entre o pescoço e o ombro e puxá-la para baixo. Rápido, tal qual uma alavanca.

O que vai acontecer quando eu não fizer isso?

Do outro lado da sala, a sra. Lovett e a sra. Lucy preparam Cressy freneticamente, o substituto de Alard, para ocupar seu papel abandonado. Alard não foi encontrado em lugar nenhum, e Shakespeare não ofereceu nenhuma explicação. Os outros atores especulavam que ele tinha visto alguém que não esperava na plateia – alguém a quem devia dinheiro; sua reputação como péssimo jogador era conhecida de todos – e desaparecido antes que quem quer que fosse aparecesse para cobrar. Mas eu sei que não é isso. Sei que Toby está por trás desse desaparecimento repentino, que o que quer que tenha dito a Alard foi suficiente para fazê-lo abandonar a peça e deixar Londres e talvez a Inglaterra, possivelmente para sempre.

Cressy, um garoto alto e magro, agora está sendo ajustado a seu figurino da mesma maneira que Alard, por baixo da mesma peruca que Alard, e com o rosto pintado do mesmo jeito que Alard. A rainha e seus homens não vão saber que não é Alard até que tudo tenha terminado. Então, mesmo quando não houver nenhuma tentativa de assassinato, Toby vai invadir o palco, prender o pobre Cressy e entregá-lo aos guardas. Isso será quando, imagino, Toby vai se aproveitar da confusão e do caos para me retirar pela porta, levar-me para a rua e descer até o rio, e, com um assovio e um pêni, vamos fugir juntos.

É fácil demais, e isso me assusta. Nada nunca é tão fácil.

E os Wright? O que eles vão fazer quando eu não puxar minha faca no quinto ato? Eles vão fugir, achando que tudo deu errado, e deixar que eu fuja também? Ou vão esperar por mim em algum lugar entre os Middle Temple Gardens e o Paget Pier com facas escondidas nos gibões, para silenciar a Conspiração Arundell de uma vez por todas? Sem salvação, sem fidelidade. Sei o que significa o que eles me disseram. Mas talvez, como todo o resto, isso signifique algo diferente também.

Shakespeare aparece, apontando, agarrando-nos e empurrando-nos para o lugar no corredor. É tudo muito confuso. Depois que Alard desapareceu e Cressy tomou seu lugar, Shakespeare teve a ideia de vestir e preparar todos os substitutos durante o intervalo, caso mais alguém decidisse *desaparecer do local, negligenciando as consequências*. Quando ele começa a nos enfileirar, há muita confusão e identidades trocadas, mais que o habitual, pois ele não consegue mais apontar com facilidade a diferença entre ator e substituto – ou, no meu caso, ator e ator.

– Você, Sebastião. – A mão de Shakespeare segura meu ombro. – Mudei de ideia. Quero você na segunda fila, bem atrás de Viola...

– Eu *sou* Viola, senhor – digo a ele. – Sebastião está ali. – Eu me viro e aponto para Gray Hargrove. Pelo menos acho que é Hargrove. Na verdade, é difícil apontar a diferença entre mim, ele e Wash: todos parecemos perturbadoramente iguais.

– Não sou Sebastião – diz uma voz aguda. – Sou eu, Wash.

– *Zeus* misericordioso – murmura Shakespeare. – Qual de vocês é Sebastião? O verdadeiro Sebastião, por favor?

Hargrove, parado ao fundo do grupo de atores, levanta a mão.

– Ora, não fique só aí parado. Venha aqui, rápido. – Shakespeare estala os dedos.

Hargrove abre caminho através dos atores, os olhos escuros mirando de um lado para outro. Ele parece tão confuso quanto o resto de nós.

– Você. Fique aqui ao lado de Burbage e Kemp. Tooley, você está atrás de Kemp.

Há mais empurrões e estalar de dedos quando estamos todos alinhados em fileiras cada vez mais largas. Toby, que não consegue nem acompanhar uma melodia, é colocado no fundo. Os substitutos, todos eles agora prontos para entrar no palco, perambulam pelo corredor, prontos para serem convocados a qualquer momento. Enfim os tambores começam a marcar seu ritmo, os trompetes seus clamores, e também a flauta e o pífaro, e nossa canção começa. Os Wright aparecem como fantasmas, empurrando a treliça para o lado para que todos possamos passar de uma vez pela porta.

– Está na hora – sussurra Shakespeare, e entramos devagar e juntos no salão.

– *Ei, pintarroxo, belo pintarroxo* – cantamos. – *Diga-me como faz a dama. Ei, pintarroxo, belo pintarroxo, diga-me como...*

É quando, com dois atos e cinquenta minutos de antecedência, as luzes se apagam.

Capítulo 38

Toby

Middle Temple Hall, Londres
6 de janeiro de 1602
20h45

Acontece rápido demais.
As luzes se apagam e somos mergulhados em escuridão. Os músicos param, flautas, tambores e trompetes cessam, a letra da canção é interrompida. Então começam os murmúrios. Um arrastar de pés dos atores à minha volta, perguntando a si mesmos se devem manter suas posições; um arrastar de pés do público, perguntando a si mesmo se deve fazer o mesmo. Há um movimento brusco à minha frente, ao meu lado, não consigo ver de quem. Não consigo ver Kit. Não consigo ver nada.

Segundos se passam. Os murmúrios aumentam. Alguém diz:
— Orsino. — É a voz aguda de Shakespeare, agora rouca com um medo mal contido.

– Não sei – digo; não era uma pergunta, mas é a única resposta que tenho.

Eu levo a mão à minha bota e saco meu punhal, devagar e cautelosamente. Qualquer movimento repentino vai incitar mais e, se não consigo ver, preciso pelo menos sentir o que está acontecendo.

– Em seus lugares – ordena Shakespeare, e o arrastar de pés à nossa volta para. Ele está tentando restaurar a ordem, tentando salvar seu espetáculo. – Assistentes de palco, vocês são homens preguiçosos ou têm fósforos? Músicos, toquem uma canção, por favor, ou ficaram sonolentos?

– Não, não – exclamo, mas é tarde demais, e a melodia repentina enche o ar e afoga qualquer esperança que eu tinha de ouvir o som de passos errantes e a direção da qual vinham.

Alguém, que não vejo quem é, acende um fósforo. Ele tremeluz, incerto, projetando sombras compridas em rostos. Há medo e confusão, e mesmo um pouco de satisfação, por parte de Burbage e Kemp, pensando que isso na verdade é uma boa diversão. Olho ao redor e além deles, para a escuridão. Não sei o que está acontecendo, mas sei que, o que quer que seja, não é parte do plano sobre o qual Kit me contou. Talvez ela tenha mentido para mim, mas acho que não; havia verdade demais em seu rosto. Mesmo assim, houve uma mudança, e mudança, como sempre, é um prenúncio de perigo.

Preciso encontrar Kit. Shakespeare a colocou bem na frente da fila, e é para onde sigo, um passo lento atrás do outro. Passo por Malvólio, entro na frente de Olívia, esbarro em Feste, o bobo.

Finalmente, eu a vejo seguindo em direção à boca da porta protegida por uma treliça. Alta, muito magra e com uma peruca vermelha, os olhos piscando diante do mar de escuridão à sua frente. Eu penso, louco, desesperado e culpado, que, se conseguir alcançá-la, posso usar essa distração para nos tirar daqui. Na falta de um plano melhor, parece a única coisa a fazer.

Ou melhor, até que eu a vejo levar a mão ao gibão, onde ela disse que a faca estava presa.

Na luz tremeluzente de um fósforo prestes a se apagar, eu a vejo tirá-la da bainha, devagar, os olhos fixos na rainha, agora nada mais que uma silhueta dourada no escuro. Por um momento, não consigo me conformar com o que estou vendo. Não posso acreditar que ela pretende seguir em frente com esse plano insano, embora eu tenha lhe oferecido uma saída. Em algum ponto entre aquele momento e agora, ela deve ter decidido que matar a rainha valia a pena, embora fosse ser pega e isso significasse sua morte.

Embora isso também significasse a minha.

Eu me lanço em sua direção. Abro caminho através dos atores à minha frente, ao meu lado. Não ouso gritar, porque fazer isso vai causar um pandemônio, a coisa exata que criaria uma distração e daria a ela tempo o bastante para fazer o que pretende. Empurro os atores da minha frente, e uns reclamam comigo e outros me empurram em resposta. Finalmente chego até ela, seguro seu braço e a viro para mim, apenas para ser confrontado com um rosto que não reconheço. Não olhos acinzentados, mas castanhos, não sobrancelhas claras, mas escuras. Não lábios cheios, mas finos, e nenhum sinal de reconhecimento, apenas ódio.

· 352 ·

Em meio ao choque de descobrir que não é Kit – nem nenhum dos outros atores, substitutos nem ninguém que eu reconheça –, o garoto se desvencilha de minha mão e desaparece na escuridão em direção à rainha.

Capítulo 39

Kit

Middle Temple Hall, Londres
6 de janeiro de 1602
20h47

Há uma briga, um grunhido abafado, um punhado de exclamações murmuradas, e a voz de Shakespeare acima disso tudo nos mandando *guardar nossas posições*. Não sei o que está acontecendo; tudo está encoberto pela música que ecoa através do salão. Não consigo ver nada, apenas sombras colidindo com sombras, uma luz trêmula de um fósforo trêmulo, mas mesmo isso se apaga, e estamos na escuridão outra vez. Não sei por que as luzes se apagaram tão cedo, e algo me diz que não foi acidente. Só os Wright podiam ter conseguido esse feito.

Não gosto de estar aqui, na frente dessa fila, com a rainha à minha frente e o resto dos atores e os Wright atrás de mim. Estou no escuro, literalmente, e isso não é nada que eu, Catesby ou qualquer um de seus homens tenham ensaiado, pelo menos não comigo. Toby também não vai saber o que está acontecendo; não é o que eu lhe disse que ia acontecer, e agora ele vai pensar que menti para ele – de novo – e que faço parte disso. Preciso encontrá-lo e dizer-lhe que não.

Como Tom Um prometeu, meus olhos começam a se ajustar no escuro, corpos invisíveis apenas alguns segundos atrás emergindo agora como silhuetas sombrias. Saio de meu lugar na fila e entro na multidão atrás de mim. Passo por Burbage e Kemp – pelo menos acho que são Burbage e Kemp – e fixo minha posição no fim da fila, o último lugar onde vi Toby. Ele estava a doze passos de mim, aproximadamente, mas, com todos se movimentando à minha volta, não sei dizer se a fila ainda está intacta, se ela se moveu ou se Toby se moveu.

Dou outro passo quando alguém esbarra em mim, com força; não sei dizer quem é, mas perco um pouco o equilíbrio e esbarro em outra pessoa. Há um murmúrio de desculpas e um chiado de irritação, e, quando consigo me localizar, estou completamente fora de posição. Não consigo ver nada além da silhueta de uma pessoa passando por mim, a escuridão não me mostrando nada além da manga de um gibão branco de *jacquard* exatamente igual ao meu. É Gray Hargrove? Se é, estou na frente da fila, novamente de onde saí. Se é seu substituto, ou o meu, não há como dizer onde estou nessa multidão.

Alguém acende outro fósforo. Ele me dá luz suficiente apenas para ver esse garoto, essa figura de branco, sacar uma faca, igual à minha, de seu gibão, igual ao meu. Ele a ergue: com a mão à frente, segurando o punho e a ponta para baixo. Pelos meus cálculos, faz dois minutos desde que as luzes se apagaram e sei que o Sebastião parado à minha frente não é Hargrove, não é seu substituto nem o meu. O Sebastião parado à minha frente não é nenhum ator.

É Jory.

Fico tão surpresa por ele estar aqui, tão chocada, que por um momento tudo o que consigo fazer é olhar. Como ele está aqui? Como ele está vestindo um figurino, com peruca e rosto pintado? Como passou pelos guardas, por Shakespeare e pela sra. Lovett e a sra. Lucy? Como ele passou por Toby?

A resposta para tudo isso, é claro, são os Wright. Catesby. Tom Um. E o próprio Jory. Durante todo o tempo em que esteve na casa de Catesby, quando disse que aprofundava seus estudos, ele estava aprendendo sobre o mesmo plano que eu, a Conspiração Arundell, batizada com meu nome, mas não para ser desempenhada por mim. Talvez eu seja parte desta resposta também; uma vez disse a Catesby que ser voluntária para matar a rainha dava a ele duas oportunidades para alcançar seu objetivo, com sua trama e sua inocência intactas: acredito que ele tenha pensado em melhorar sua aposta tornando Jory a terceira.

Tudo isso passa por minha cabeça em um segundo, mas é tempo suficiente para Jory desaparecer. Ele me viu? Sem dúvida deve ter visto. Mas talvez não se importe. Porque, como Jory durante a missa ou em seus estudos, ou mesmo com os cavalos de meu pai, sua concentração está apenas no que faz. Não existe mais nada. Não eu, parada ao lado dele, não o palco, vazio à sua frente. Nem mesmo os músicos, reunidos juntos e tocando alegremente à sua esquerda. Até os homens da rainha e sua plateia, o mar de rostos escurecidos à esquerda, não existem. Há apenas ela. Imagino Jory contando seus passos como fomos instruídos, desligando-se de vozes e música enquanto segue seu caminho em direção à rainha naquele vestido, com a postura ereta e o olhar direto à frente. Ela deve saber que é isso, que a peça deu errado e que está em perigo, mas ela não se move, não se mexe nem chama os guardas para escoltá-la dali. Ela é tão determinada quanto Jory.

– Toby! – Grito seu nome, mas ele é engolfado por música.

Jory deu três passos, e, pela conta que fiz antes, ainda faltam treze. Abro meu gibão, sinto o cabo de ferro frio do punhal, saco-o e saio atrás dele.

Há um pouco de conversa vinda do público, alguns risos, dos que não sabem pensando que isso é tudo parte do espetáculo. Alguns até começam a acompanhar a música com palmas. Não sei onde Toby está; ele deve saber que alguma coisa deu errado. Mas talvez não consiga ver no escuro, ou talvez tenha perdido sua localização ou sido detido por atores. Ou talvez – e não gosto de pensar nisso – ele tenha decidido se salvar, no fim das contas. Seria fácil, agora; ele podia mandar a guarda da rainha entrar pela porta de treliça e nós estaríamos cercados.

– Jory! – Não ouso falar mais alto que um sussurro. – Não faça isso! Eles sabem...

Jory vira para trás. Ele me vê, meu rosto, minha postura e minha faca erguida, cópias exatas um do outro. Espero algo: uma confissão, um pedido de desculpas, uma rendição ou mesmo uma oração.

O que não espero é que ele dê um golpe em minha direção, tentando atingir minha mão para me desarmar. Se não estivesse escuro, e se as instruções de Tom Um – *não seja cortada, espere ser cortada* – não estivessem circulando em minha cabeça, como sem dúvida estão na de Jory, ele podia ter obtido sucesso.

Eu contra-ataco, um golpe às cegas no escuro, tentando fazer o mesmo. Na primeira vez, não acerto nada; na segunda vez, a ponta de meu punhal prende em tecido e se solta com um rasgo. Golpeio mais uma vez, e agora atinjo alguma coisa; Jory se inclina em minha direção e bate com o ombro no meu, com força e abruptamente. Quase sou desequilibrada, e nós dois cambaleamos para nos manter de pé.

Então surge uma pessoa. Primeiro acho que é Jory e preparo a faca novamente, mas não, é outra pessoa, e, pela segurança de seus movimentos, precisos e decididos, sei que é Toby. Ouço uma mão bater em pele, uma briga abafada, um grunhido praticamente inaudível. Depois Toby segura Jory pelo braço, de pé, imóvel, silencioso e desarmado. Terminou muito rápido, mas, quando escuto a respiração familiar de Toby em meu ouvido, sei que não acabou ainda.

– Silêncio – diz Toby. – Siga-me e faça o que eu disser, e não diga palavra alguma.

Ele me pega pelo braço também, com tanta força quanto segura o de Jory. Não gosto disso e quero me soltar, mas não faço isso. Deixo que ele arraste nós dois até a entrada do salão, que agora está coberta por uma treliça que alguém (os Wright?) pôs à sua frente.

Os demais atores ainda estão por ali? A peça vai continuar? Mal tenho tempo de me perguntar, e não preciso fazer isso. Porque, do outro lado da porta, vejo que o corredor não tem atores, não tem assistentes de palco nem figurinistas, e não tem Shakespeare; os Wright não podem ser vistos em lugar nenhum. A última coisa no lugar mal iluminado por velas é meia dúzia de guardas da rainha, vermelhos, pretos e armados, e Toby segurando a mim e a Jory, os dois a postos com punhais nas mãos.

Capítulo 40

Toby

Middle Temple Hall, Londres
6 de janeiro de 1602
20h55

Mantenho Kit com firmeza ao meu lado, segurando-a pelo braço. Ela não fala nem se move, embora possa sentir que queira fazer os dois. Em minha outra mão está o garoto. Tenho quase certeza de que ele é aquele com quem Kit me disse que deixou a Cornualha, o garoto também mencionado na carta que recebi ontem à noite. O cavalariço de seu pai, Jory Jameson. Os dois ainda têm nas mãos os malditos punhais iguais.

Eu o seguro com a mesma firmeza, embora ele não pareça querer se mover ou falar. Parece atônito e está cambaleante; sua faca se solta da mão e cai ruidosamente no chão. Pode ser porque ele foi pego, mas também pode ser porque, quando lutamos no palco, eu bati a base da palma da mão em sua têmpora, um movimento garantido para subjugar alguém, se não apagá-lo por completo.

– Você. E você – dirijo-me a dois dos guardas da rainha. – Preciso de grilhões. Agora.

Um guarda, o mais baixo dos dois, faz o que digo e pega as algemas presas a seu cinto. O mais alto e mais estúpido olha de mim para Kit, dela para Jory e de novo para mim, e não faz nada.

– Agora – digo com rispidez.

– Por que você tem dois? – diz o alto. – Disseram que teria um, não dois. Foi isso o que Carey disse. Um.

– Não havia percebido que os guardas da rainha eram tão habilidosos no ofício da espionagem – digo com delicadeza, embora por dentro eu esteja uma tormenta. – Tenho certeza de que os ministros adorariam ouvir suas ideias sobre a questão depois que todos esses atores iguais, esses pretensos assassinos... – enfatizo o plural – ...forem entregues. Talvez você possa também diferenciar um do outro e determinar qual é a parte culpada.

Os guardas se entreolham com expressões vazias nos dois rostos.

– Foi o que pensei – digo. – Agora, por favor, façam o que eu digo e prendam os dois. – Inclino a cabeça para Kit. – Comecem com ele.

Empurro Kit em direção ao guarda alto, que pega seu punhal antes de pegar seu braço, em seguida os pulsos, fechando o ferro ao redor deles e trancando-os com firmeza. O guarda empurra Kit de volta para mim, mas eu não a pego. Não posso, porque Jory, agora, começou a desabar em minhas mãos, e ele é pesado demais para se segurar com apenas uma delas.

– O que há de errado com ele? – pergunta o guarda baixo.

Não respondo, porque não sei; ele pode estar fingindo para tentar escapar, ou talvez eu o tenha atingido com mais força do que pensei. Mas então Kit se espanta e, quando eu olho – olho de verdade –, vejo o sangue brotar no tecido branco de sua manga. Ela deve ter tentado detê-lo com sua faca, atingindo um golpe em alguma parte de seu braço e cortando alguma artéria crucial, e levou todo esse tempo até que o sangue atravessasse o tecido pesado de seu gibão.

Jory desaba no chão.

Kit se joga em sua direção, mas a coloco de pé. Ela não pode desmoronar comigo agora. Volto-me para os quatro guardas restantes, agora parados acima do corpo imóvel de Jory sem fazer nada.

– Peguem esse e levem-no para fora antes que ele sangre por todo o caminho da rainha. – Aperto o bico do pé contra os dedos esticados de Jory. Ele não se move, e não acho que esteja atuando. – Quando terminarem, encontrem os assistentes de palco. Eles vão estar no Salão da Rainha. Digam a eles para iluminar este lugar. É insustentável a rainha ficar sentada por todo esse tempo no escuro. Depois que fizerem isso, encontrem Sir George Carey no salão e digam a ele que vou encontrá-lo em Whitehall depois do final da apresentação.

Isso me dá uma hora.

Empurro Kit, com mais força que o necessário, para a porta aberta e agora desguarnecida, mas um dos guardas entra na minha frente. Não gosto quando pessoas entram na minha frente. O que quer que ele vê em meu rosto lhe diz isso e ele dá um passo para trás.

– Você não vai sair – diz ele. – Não com um morto aqui. Não queremos responsabilidade por isso. Vamos levar o garoto para a Torre; você lida com ele.

– Este garoto pode ser um assassino – respondo. – Se for, conseguiu ficar diante da rainha com uma faca. Escapou de inúmeras pessoas para fazer isso. Não acha que ele pode escapar de você também? – Dou uma sacudidela em Kit. – Até que eu determine que ele não é uma ameaça, vou levá-lo para a Torre e interrogá-lo eu mesmo, depois volto para o morto. A menos que queira me acompanhar. Se desejar ver com seus olhos o trabalho terminado.

Kit se debate sob minha mão. Ela pode estar representando, mas seu medo parece real. Felizmente minha aposta com o guarda é recompensada – nunca conheci nenhum que não recue diante da sugestão de mais trabalho –, e ele move um braço convidativo em direção à porta. Desnecessário. Eu teria passado por ele de qualquer jeito. Então, antes que alguém possa dizer mais alguma coisa, passamos pela porta, atravessamos o pátio e saímos na Middle Temple Lane, seguindo para o sul, rumo ao rio, rumo às barcas e em direção à Torre.

Capítulo 41

Kit

**rua Fleet, Londres
6 de janeiro de 1602
21h09**

Toby me segura de forma implacável. Também é implacável meu desejo de me soltar e fugir. Só quando chegamos a Milford Lane – uma rua que sei pelo mapa de Catesby que não é vigiada –, paro de lutar. E, mesmo então, não completamente.

– Toby... – começo a dizer.

– Não – diz ele. – Não diga uma palavra.

Toby estende a mão para o meu pulso. Ele segura uma chave pequenina – deve tê-la pegado do guarda – e, em um átimo, destranca minhas algemas e as joga em uma moita próxima. Pega meu braço de novo, um pouco me puxando, um pouco me empurrando através de becos infinitos cheios de lojas, casas e jardins que correm em paralelo com a via principal de Temple Bar. Como sempre, ele se movimenta com segurança. Não sei se isso é parte de seu plano; só sei que estou livre de meus grilhões e não estamos mais seguindo para a Torre, e essa constatação me impede de perder completamente a compostura.

Na atual situação, já estou chorando ao pensar em Jory, caído no corredor em Middle Temple do jeito que meu pai caiu na sala em Lanherne, os dois mortos por um golpe perdido e os dois deixados para morrer uma morte de traidor.

– Eu o matei, não foi? – digo, desobedecendo as ordens de Toby. – Não era minha intenção. Só estava tentando desarmá-lo. Do jeito que Tom Um me ensinou...

Toby me dá um olhar penetrante, e eu paro.

– Você sabia que ele estava vindo? – Toby me empurra por mais um beco, este chamado de Hanging Sword Court. Duvido que tenha sido intencional, mas estremeço mesmo assim. – Sabia que isso era parte do plano?

– Obviamente não.

Eu esfrego a mão nos olhos. Ela sai com uma mancha em preto e branco.

– Nada é óbvio para mim, agora. – Toby me lança outro olhar. – Livre-se desse figurino e dessa pintura facial, está bem? O máximo que conseguir.

Arranco minha peruca longa, que está coçando, e a enfio entre os galhos de uma sempre-verde. O vermelho brilhante vai ficar mais que evidente nos galhos pela manhã, mas a essa altura teremos partido faz tempo.

– Não sei como ele conseguiu entrar – digo. – Passar pelos guardas, passar por Shakespeare, passar por todo mundo. Ele tomou o lugar de Hargrove? Ou o lugar do substituto de Hargrove?

Toby dá de ombros.

– Não sei dizer. Havia quatro de vocês, todos parecidos, não é? Em relação a como ele entrou, meu palpite é que um de seus homens matou um dos guardas de serviço. Você disse que eles estavam esperando do lado de fora, certo? – Ele olha para mim; assinto. – Acho que os Wright o conduziram para dentro, deram a ele o figurino de que precisava e o maquiaram da melhor maneira possível, a ponto de mais ninguém conseguir reconhecê-lo. Em relação ao que fizeram com Hargrove ou seu substituto, ele está morto, provavelmente. Você deve saber mais que eu.

Imagino que isso seja verdade. A Conspiração Arundell conseguiu matar muitas pessoas, nenhuma delas de propósito e nenhuma delas a rainha.

Pergunto-me se Jory vai conseguir um enterro adequado.

– Quem era ele? – diz Toby. – Jory. Quem era ele, além de cavalariço de seu pai?

– Estava estudando para ser padre. – Tiro o forro da peruca e o passo no rosto antes de esmagá-lo na lama com a ponta de minha bota. – Depois que meu pai foi morto, ele me acompanhou até Londres.

– Sei disso – diz ele. – O que mais?

– O que quer dizer com isso? – digo. E, em seguida, porque acho que é disso que ele está atrás: – Dividimos um quarto, sim. Mas não é como você pensa. Eu disse a você que ele era um padre...

– Também não é isso. – Toby resfolega com impaciência. – Ele foi de limpar baias a rezar o rosário para brandir uma faca. Acredito que esteja deixando passar alguma coisa.

– Acho que sim – digo. – Jory sempre foi devoto, sempre passional em relação à sua fé. Mas acho que ele se tornou perigoso, e não vi o que estava acontecendo.

Penso em suas orações, suas convicções, sua determinação e ambição. Penso em todo aquele tempo passado com meu pai, com Catesby; sua avidez para tomar parte na trama de meu pai, algo que ele disse significar tudo para ele. Talvez eu tenha visto acontecer. Ou talvez tenha simplesmente escolhido não fazer isso.

– Seus homens virão atrás de você? – pergunta Toby. – Preciso ficar vigilante em relação a eles também?

– Não. Acho que, agora, eles já se foram há muito tempo.

Imagino que Catesby já esteja a caminho do campo, Tom Um e Tom Dois tenham partido há muito tempo, os Wright estejam espalhados em algum lugar pela cidade para se esconder até ser seguro para eles reaparecerem. *Sem salvação, sem fidelidade.* Tal como prometeram.

Toby nos conduz a Water Lane, uma rua que leva diretamente da rua Fleet até o rio. Estamos a meio caminho da água quando vemos uma frota de barcas passar, comandadas por guardas remando freneticamente. De nosso lugar nas sombras, observamos enquanto se aproximam do cais em Temple, uma dúzia de homens derramando-se pela escada até Middle Temple Lane. Toby os observa com atenção, como se pudesse dizer algo sobre eles pelo som de seus gritos e passos.

– São os homens da rainha, não são? – digo. – Como souberam?

– Eles sabem de tudo – é só o que ele diz.

Ele dá uma última olhada para a rua para se assegurar de que está livre, pega-me pelo cotovelo e puxa-me de volta para ela, desta vez não na direção da água, mas em torno dela, passando por trás de casas que ficam progressivamente maiores a cada quadra. Só quando passamos pelo Palácio de Bridewell é que começo a entender para onde ele está me levando.

– Para a casa de Carey – diz Toby, como se eu tivesse perguntado em voz alta. – Sua casa em Blackfriars. Ele tem o próprio cais e posso chamar um homem do Poles Wharf, a apenas duas casas de distância. Dali, um barco até as docas em Wapping. – Ele fala rápido e em voz baixa, como se recitasse uma fala de memória. – Tem um navio que parte às quatro desta manhã para Dover. Depois, para a França.

Eu sabia que estava encrencada. Sabia que *nós* estávamos encrencados. Mas só quando Toby diz *França*, a terra de refugiados e exilados, eu entendo o quanto.

– Onde na França?

Minha voz sai baixa e frágil, e tão assustada quanto eu me sinto. A resposta pouco importa, mas tenho a sensação de que preciso dizer algo em relação a essa decisão que ele tomou, ou saber algo sobre o que acontece depois daqui. Mas a única resposta que obtenho é a mão de Toby apertada na minha enquanto ele me puxa para Blackfriars.

Capítulo 42

Toby

Casa em Blackfriars, Londres
6 de janeiro de 1602
21h31

A casa de Carey.
    Saltar o muro de tijolos e entrar em seu jardim foi bem fácil, oculto como ele é por árvores, galhos e luxo, grama fria, rosas podadas e hera sanguínea de inverno, pendendo da fachada. A casa está escura, silenciosa e, por um momento... Não. Quase pensei: por um momento, quase me senti em segurança.
    Pego novamente a mão de Kit e a conduzo pela trilha de cascalho até a orla. Não há barco, claro, ele está esperando rio abaixo em Temple, esperando que Carey termine com a peça para levá-lo de volta a Whitehall, onde ele espera que eu esteja. Para explicar por que Alard, o assassino que identifiquei no relatório, desapareceu. Por que Kit, o assassino que eu antes considerei suspeito, também

está desaparecido, e por qual razão Jory Jameson, alguém que nunca mencionei, está morto no corredor de Middle Temple Hall. O desaparecimento de Alard é incriminador, a morte de Jameson mais ainda. Mas eu não entregar Kit algemada – depois de prometer a seis guardas que faria isso – é traição.

Não preciso perguntar o que aconteceria se fôssemos apanhados.

Ela seria levada à Torre. Seria presa em uma cadeira com o polegar dentro de uma prensa ou o pescoço em um anel, para um interrogatório implacável até ela vomitar tudo o que sabe, depois ser jogada em uma cela antes de sua inevitável execução. Kit não vai ter o mesmo destino do padre de seu pai, o esquartejamento, não quando descobrirem que é mulher. Em vez disso, vai ser levada para Tower Hill, forçada a se ajoelhar sobre um cadafalso erguido às pressas e coberto de juncos como um palco, com uma venda presa às pressas sobre seus olhos, e a lâmina e o dano farão sua parte. É o mesmo destino que vai ser enfrentado por mim também.

A cena é tão viva em minha cabeça que quase posso ouvir o rufar dos tambores, o cheiro de feno, o som do machado, o travo de cobre. Quase consigo senti-lo, do jeito que pude sentir os observadores nas sombras quando passamos pelos becos a caminho daqui, do jeito que consigo sentir seus olhos sobre mim, mesmo agora.

– Toby.

Abro meus olhos e vejo Kit me olhando. Seu rosto está listrado de branco, os lábios manchados de vermelho, os olhos borrados com *kohl*, o cabelo um emaranhado louco de cachos, e ela está linda.

– Vá.

Eu a empurro para o cais. O ancoradouro que serve a essa fileira de casas é o Baynards, mas ele está vazio pela mesma razão que Blackfriars está: os homens e seus barcos estão em outro lugar. Vou até o fim da doca, levo os dedos à boca e dou um assovio curto e alto com um dedo erguido no ar. Um único barco surge do meio das barcas ociosas e segue em nossa direção, devagar e agitado, *apresse-se*.

Eu me viro para Kit, que agora está parada ao meu lado, não observando o lento progresso da barca, mas além dela, as ondas, os barcos e os homens. Ela olha para eles como eu, à procura de anomalias no padrão, aberrações da norma. Ela está aprendendo, esta garota da Cornualha, o que significa ser um garoto em Londres e um homem no mundo; que você não pode confiar em nada nem acreditar em ninguém. Isso me causa náuseas, mas também me dá esperança de que ela possa conseguir. Kit olha para mim.

– O navio em Wapping parte às quatro horas para Dover – repito as mesmas instruções que dei a ela momentos atrás, as mesmas instruções que dei a Alard uma hora atrás. – Depois, para Calais. França.

Eu pego uma bolsinha de amarrar no gibão de meu figurino. Dentro está tudo o que me resta no mundo depois de dar a metade para Alard, tudo: duas libras, onze xelins e três *pence*.

– Você disse isso – diz ela. – Antes.

As sombras no jardim de Carey começam a se mover. Enroscando-se em minha direção como fumaça, lançando uma rede que se enrola em torno de sua presa, silenciosa e derradeira. Eu me aproximo para que, quando fale, seja apenas entre nós, o resto engolido pelos sons do rio e da maré.

– O que você queria quando começou tudo isso? – digo. – O que pensava fazer quando tudo terminasse?

Kit franze o cenho, como se sua resposta fosse uma memória que ela não está disposta a resgatar.

– Liberdade – diz ela por fim. – Não servir ninguém além de mim mesma. Fazer, pensar e dizer o que me dá vontade e não responder a ninguém. – Ela dá de ombros. – Egoísta, não é? E tolo. Todos respondemos a alguém, não é?

A barca chegou, batendo a caminho da doca. Ergo a mão, e o barqueiro assente e espera, com as ondas marcando o tempo contra o casco.

– Só tenho dinheiro para um de nós partir. Eu tinha mais, mas... – Paro. Não adianta contar a ela o que aconteceu, o quanto cheguei perto de ter tudo o que eu queria. – Tem uma estalagem chamada Uvas. Fica na Narrow Street, na orla de Wapping, logo a leste da Torre. Pergunte por Mariette e diga a ela que eu mandei você. – Ponho a bolsinha de moedas em sua mão, junto com meu punhal, pois os guardas pegaram o dela. – Ela vai lhe dar documentos de viagem, passagens, uma nova identidade, se você quiser, e eu acho que quer.

Minha voz fica embargada diante da possibilidade real de que esta seja a última vez que vejo Kit Alban – ou Katherine Arundell – novamente.

– Ninguém vai procurar por você lá – prossigo. – Mas, se forem, não vão encontrá-la. Vai estar em segurança até a hora da partida do navio.

Eu a empurro para os degraus.

– E você? – pergunta Kit. Ela é forte e me enfrenta, primeiro se soltando e depois, maldita garota, pisando forte no meu pé. – Toby – diz ela quando não respondo. – O que você vai fazer?

– Você me disse que queria liberdade – digo. – Então estou lhe dando a minha.

As sombras iniciam seu murmúrio; a rede começa a se fechar. Ela escuta também, e vira o rosto para a casa, a cor deixando sua pele, até seus lábios estão brancos.

– Por quê?

– O que a rainha fez com você e com seu pai... eu também era parte disso.

Eu penso nas palavras que Marlowe escreveu há tanto tempo, que passam por minha mente como um sussurro.

Os pássaros no ar vão contar sobre velhos assassinatos...

– Não sabia, quando comecei isso, no que iria se transformar – digo. Esta noite, sim, mas em relação a todo o resto também; ela e eu, e tudo o que significa alguma coisa para mim, escapando entre meus dedos. – Eu não sabia que ia acabar desse jeito.

A força fazia os reis, e as leis eram as mais certas...

Kit pega meu pulso, do jeito que ela fez nos becos em Vintry, com expressão igualmente ardente.

– Venha comigo.

Mas estou destinado a definhar...

Minha mão está em seu braço e a empurra escada abaixo. Ela se esforça para se soltar, se recusa a gritar. Minhas últimas moedas vão para as mãos do barqueiro e dou um chute no casco para liberá-lo para a maré. Há um movimento dos remos e a crise de uma luta interna, seus olhos nos meus, raiva, medo e mil coisas sem nome que escapam quando ela desaparece do mesmo jeito que apareceu no palco do Globo: devagar e completamente.

Dou as costas para o rio, e as sombras me chamam. Subo a escada, escorregadia e cinza, até o alto, em seguida piso na grama, congelada e quebradiça sob meus pés, estalando e se partindo como vidro quebrado. Ali estão seis dos guardas da rainha, os mesmos seis de Middle Temple, todos eles armados tanto com armas quanto com o conhecimento de minha traição, como sabia que estariam.

Houve alguma vez tamanha vilania, tão bem planejada e tão bem realizada?

Capítulo 43

Kit

Em algum lugar do rio Tâmisa
6 de janeiro de 1602
22h11

No momento em que vi os guardas emergirem das sombras tive vontade de gritar, mas não ousei. Toby já está com problemas suficientes sem que eu anuncie para o mundo que sou uma garota, não quando isso ainda é segredo e talvez a única coisa que está impedindo que me encontrem e me arrastem para onde quer que o estejam levando.

Estou toda trêmula, do mesmo jeito que estava quando meu pai foi morto. E, como naquela noite, não tenho ideia do que fazer. Toby quer que eu vá para uma estalagem (sem ele) para me esconder por algumas horas, depois embarcar em um navio (sem ele) e navegar até Calais (sem ele). Fazer isso seria me salvar, mas e ele? Toby, com sua coragem, sua estupidez e seu sacrifício? Não sei o que o possuiu para ele fazer tudo isso, nem sei o que vai acontecer com ele se eu de algum jeito não impedir. Como vou fazer *isso*? Não consegui deter a rainha uma vez. Não há nada que eu possa fazer para detê-la outra vez.

Eu vou tentar mesmo assim.

– Preciso que me deixe em Fresh Wharf – digo ao barqueiro.

É o cais mais perto da ponte de Londres, o único que conheço tão a leste. Mas dali é uma caminhada curta até a Torre de Londres, para onde levaram Ryol depois que ele foi capturado, para onde levam os piores tipos de traidor, e para onde, temo muito, vão levar Toby.

– Ele me disse para levá-la a Wapping. Ele pagou por Wapping. – Uma expressão fechada. – Se estiver tentando recuperar seu dinheiro...

– Não, eu mudei de ideia, só isso – digo. – Fique com o pagamento.

O barqueiro dá de ombros e assovia preguiçosamente através dos dentes enquanto rema sem parar, devagar demais, ao lado de mil outros barcos que flutuam pelas águas písceas, nenhum desses barcos o de Toby. Raciocino que os guardas na casa de Carey devem ter chamado uma barca logo depois de nós. Não acho que teriam pegado uma carroça, mas, na verdade, não sei como nada disso é feito. Devia ter prestado mais atenção quando Catesby falava sobre mandar alguém para a prisão a fim de descobrir onde Ryol estava sendo detido ou se ele tinha confessado. Mas estava mais interessada em mim mesma.

Enquanto remamos, tento me recompor. Deslizo os dedos pela água congelante, passo-a pelo cabelo para umedecê-lo e aperto meus cachos. Tiro meu gibão de *jacquard*, viro-o do avesso. Mergulho a manga na água e a esfrego nos olhos, nos lábios, no rosto, até ele ficar limpo. Viro-o do lado certo outra vez e o visto de novo. Não posso fazer muito em relação ao restante: a meia e a calça, as fitas, as rendas e os sapatos. Não há loja aberta à noite, pelo menos não que me venda roupas. O barqueiro me observa enquanto rema, mas, se tem alguma coisa a dizer, decide não fazê-lo.

Não sei o que planejo fazer mesmo que Toby seja trazido para a Torre. Por meio segundo, penso em libertá-lo com o punhal que ele me deu e minhas aulas de combate, e eliminar as presas da serpente. Então acho que posso fazer o mesmo falando. Posso ser persuasiva; afinal de contas, convenci Catesby a me deixar tentar matar a rainha (embora aparentemente ele não confiasse em mim para fazê-lo, ou não teria mandado Jory para agir no meu lugar). Tudo o que sei é que não posso fazer o que Toby me instruiu a fazer, que é ir embora de barco enquanto ele paga o preço por um crime que eu tentei cometer.

Quando nos aproximamos da ponte de Londres, as batidas constantes dos remos nas ondas se torna ruído de fundo conforme outros sons mais irregulares tomam seu lugar. Do alto: música, gritos, risos, cascos e rodas de carroça atingindo pedras. O Fresh Wharf é um cais para pescadores, daí seu nome, repleto de homens, barcos, peixes e redes durante o dia, relativamente vazio à noite. O cheiro permanece.

Chegamos aos degraus. Toby já pagou a ele mais que o suficiente, por isso desembarco e subo a escada, escorregadia com musgo e umidade, e saio andando pelo passeio da margem até a Torre. Preciso me situar e entender o que estou enfrentando, talvez cativar um ou dois guardas para que fiquem com pena de mim e talvez, talvez me deixem entrar.

· 377 ·

Não é muito, pouco mais de quinhentos metros. Mas a cada passo o ruído da ponte fica mais baixo, e o som de minhas botas sobre as pedras do calçamento, mais alto. Também parece esfriar. Ou talvez seja minha imaginação, ao me aproximar tanto de um lugar sobre o qual li apenas em histórias, histórias de príncipes desaparecidos, trancados e sumidos para sempre em algum lugar de seu interior: uma coisa concebida pelo inimigo, para que o fim seja sangrento – o inverno de seu descontentamento.

É monstruosa. Quase não há luz para se ver, pouco mais de uma meia-lua, mas isso é tudo o que quero ou preciso ver dela, de qualquer modo. Quilômetros de pedra circundando os prédios em seu interior, os cantos escorados por torres circulares, com bandeiras tremulando alegremente de cada uma delas. É uma fortaleza, um castelo de horrores, um purgatório de terror. Eu me benzo e murmuro uma oração rápida pela alma de Ryol, depois outra pela de Jory, a oração dos mortos esquecidos.

Estou tremendo dos pés à cabeça; podia facilmente vomitar por cima dessas pedras musgosas do calçamento, se tivesse qualquer coisa no estômago. Aprendi que as melhores coisas são realizadas com rapidez, por isso caminho diretamente para a torre de guarda mais próxima, logo após uma rua comprida e escura chamada Petty Row, e vou direto até o único guarda parado embaixo do portal em arco.

– Estou aqui para ver um prisioneiro – digo, cheia de ousadia.

O guarda olha para mim dos pés à cabeça. Vai do cabelo ao rosto, e depois à meia enfeitada com fitas, depois volta ao meu rosto.

– Quem?

– Quem está falando ou quem é o prisioneiro?

– Os dois.

– Day Petty para ver Toby Ellis.

Day de um garoto de quem gostei no passado na Cornualha, *Petty* da rua que acabei de passar. Se o guarda pensa alguma coisa disso, não diz.

– Não tem nenhum Toby Ellis aqui.

O guarda acena com a mão para que eu me vá, mas finjo não ver.

– Ah – digo. – Achei que era para cá que mandavam criminosos. Não sei nada de prisões, sabe. Eu só tenho quinze anos.

O guarda não diz nada.

– Acabei de me aborrecer com meu irmão – continuo. – Bem, meio-irmão. Meu pai não era muito dado à fidelidade, por isso tenho vários. Irmãos, digo. Não pais. – Os criados em Lanherne sempre ficavam encantados com minhas histórias, então talvez este guarda de rosto de pedra também fique. – Ele teve uns problemas com garotas.

O guarda permanece em silêncio, mas sua boca se curva com esse último detalhe, e eu sei que o conquistei.

– Tiveram a ideia de me vestir como o delfim. É por isso que estou desse jeito. O senhor devia ver como vestiram meu irmão! Enfim. Houve uma discussão por dinheiro e ele não tinha o suficiente. – Pego o saco de moedas que Toby me deu. – Fui para casa e peguei o resto. Então, talvez, se me deixasse vê-lo, eu poderia dar a ele o dinheiro para pagar as garotas e nós todos poderíamos ir felizes para casa.

– Já lhe disse que seu irmão não está aqui – diz o guarda. – Eles não trazem ladrões para cá. Nem homens comuns. Isso é em

Bridewell. Ou na Fleet. Eles só trazem traidores para cá. Assassinos. Dissidente religiosos. Nobres.

– É exatamente isso, senhor – digo. – Sabe, meu pai é um nobre irlandês.

O guarda estreita seus olhos de pós-meia-noite.

– Você não devia estar me dizendo isso. – Ele faz uma pausa. – Vá se sentar ali. – Ele gesticula para uma profusão de canhões, polias e plataformas de tiro enfileiradas no cais de frente para o rio. – Esconda-se, certo? Se seu irmão está vindo, vão trazê-lo pelo Portão dos Traidores. Mas, se o trouxerem para cá, vai ser preciso mais do que as moedas nessa bolsa para tirá-lo.

Faço o que ele diz e vou correndo da torre de guarda para um ponto entre os canhões, e fico encolhida como uma bola, com o joelho junto ao peito, para me assegurar de poder ver, mas não ser vista. O rio se estende infinitamente à minha frente, negro, silencioso e vazio.

Rezo para todos os santos que conheço para que não tragam Toby para este lugar. Que ele de algum modo tenha conseguido escapar dos guardas, pegar um barco e fugir; que neste momento esteja seguindo para Wapping, onde vai seduzir essa Mariette com seus olhos azuis e voz triste e ela vai lhe dar documentos, passagens e um lugar a bordo de um navio. Agora mesmo ele podia estar parado na margem do rio, procurando por mim pelo cais do mesmo jeito que estou fazendo por ele, com raiva de mim mesma por não seguir os passos de seu plano cuidadosamente concebido.

Ainda assim, espero.

Capítulo 44

Toby

Catedral de St. Paul, Londres
7 de janeiro de 1602
0h02

Não é o interrogatório habitual.

Não há algemas, não há câmaras escuras, não há ameaças, pelo menos não aquelas que envolvem correntes, chicotes ou sussurros com promessas de coisas ruins. Há, entretanto, Richard Bancroft, bispo de Londres (bacharel, mestre e doutor, todos os títulos por Cambridge – ele ia querer que você soubesse disso), embora seja possível dizer que ele não faz nada além de sussurrar promessas de coisas ruins.

Acontece na capela, na cripta abaixo da catedral de St. Paul, com suas paredes frias e luz grave, e não é necessária muita habilidade para raciocinar por que escolheram esse lugar. É um lembrete da perseguição de anos passados, de hereges levados ali para serem vítimas de jogos de palavras e enganados até confessarem, antes de serem levados para celas e depois enforcados por traição. Não há guardas, cortesãos, nem pessoas indo e vindo, não há olhos, ouvidos nem bocas para testemunhar o que vem em seguida.

Não deve haver testemunhas do que vem em seguida.

Sir Robert Cecil (secretário de Estado da rainha Elizabeth I é seu título oficial; mestre dos espiões é o não oficial. Ver também: conselheiro particular, chanceler do ducado de Lancaster, ex-membro do Parlamento e guardião do selo particular – ele ia querer que você soubesse disso, também) faz um verdadeiro espetáculo para dispor o livro à sua frente, grosso e com capa de couro, com traições e mentiras derramando-se das costuras. Desta vez, a maioria delas é minha.

O que foi abordado até agora: meu nome (Tobias Ellis para eles; duque Orsino para *ele*), minha ocupação (vigia e criptógrafo para eles; ator e dramaturgo para *ele*), minha reputação (suja e manchada para todos).

O que permanece oculto: todo o resto.

– Quem é ele?

– Isso depende – respondo. – A que *ele* você está se referindo?

O desdém de Cecil é uma mortalha.

– Tem o que foi apunhalado no palco, o que você chamou de assassino, e tem o que escapou. Você me diz, Tobias. Com qual *ele* gostaria de começar?

Não importa; qualquer um deles é o suficiente para acabar comigo.

– Vamos começar com o que escapou – decide Cecil por mim.

– Como você disse mesmo que era o nome dele?

– Eu não disse. – Os ministros trocam olhares. A linha entre a ignorância e o atrevimento sobre a qual ando me equilibrando fica estreita. – Ele se chamava Christopher Alban. Era conhecido por Kit.

– Kit – repete Egerton. (Thomas Egerton, procurador-geral. Bacharel por Oxford, conselheiro real do Lincoln's Inn, mestre dos rolos, lorde guardião do Grande Selo. Seu olho é afiado como sua língua, e ele está longe de ser um tolo.) – Que coincidência interessante. O que mais?

– Ele veio do interior. – Contorno a isca e prossigo com a mentira cuidadosamente, cautelosamente. – Plymouth. Ele é jovem. Inexperiente.

Eu quero engolir as palavras, mantê-las para mim mesmo. Mas não posso dar nada a eles se não lhes der alguma coisa.

– Como, então, ele chegou tão longe, se é tão jovem e inexperiente como diz? Ao palco principal, ao papel principal com os Homens de Lorde Chamberlain, a um lugar diante da rainha, e segurando uma faca... uma maldita faca!

O poder de Cecil é tão grande que sua blasfêmia não desperta a ira do bispo, que não tirou os olhos de mim desde que entrei ali.

– Deixar que ele chegasse tão longe era o plano – respondo. – Dificilmente posso capturar um possível assassino se o assassinato não for empreendido.

– Entretanto, esse possível assassino desapareceu e, em vez dele, você está aqui. – Seu olhar, uma coisa escura e pesada, me prende à cadeira.

Acima de mim, fora dessa sala e além da catedral, fica Londres: toda a cidade se espalhando, trôpega, ainda se recuperando das festas da Noite de Reis. Peças de teatro e música, brindes e bolos de Noite de Reis, grudentos de manteiga e açúcar e colocados em minha mão com um brilho de olhos saturninos e um sussurro de uma voz mais doce do que tudo:

Se tirar o cravo, você é um vilão.
Se tirar o graveto, você é um tolo.
Se tirar o pano, você é um sujeito vulgar.
Qual deles é você?

– E o outro garoto com a faca? O que foi morto? – Isso vem de Egerton. – Ele não estava em nenhum lugar do seu relatório. Nem no primeiro, nem no último. Nunca foi mencionado por você. Por quê?

– Foi um imprevisto – respondo.

– É seu trabalho garantir que nada seja um imprevisto – diz Cecil. – Não o mantenho em minha folha de pagamento e sob minha proteção por nada menos.

Há uma pausa pesada, na qual se espera que eu entenda que toda a minha vida repousa nessa exata premissa.

– E o garoto que você identificou como assassino? – prossegue Cecil, examinando as páginas à sua frente. – Thomas Alard? Você pintou um quadro convincente: jogador, devedor, vagabundo, antagonista. Um perfil de assassino, talvez, mas não de fato. Ainda assim, ele, tal como o outro garoto, desapareceu.

Espero para ouvir o que mais eles sabem.

– Estava trabalhando com o garoto que agora está morto? Eles estavam em conluio com os nobres que planejaram essa coisa? Quais

• 384 •

eram seus motivos? São católicos? Espanhóis? Apoiadores de Essex? Foi isso o que você disse no começo disso tudo, não foi? Ou foram apenas mais algumas de suas mentiras?

– A rainha está em segurança. – Essa é a frase que pode valer minha vida, e me aferro a ela; se Kit não tivesse matado Jory e Jory matasse a rainha, eu não teria nem isso. – A missão foi um sucesso...

– Se tivesse sido um sucesso – diz o bispo, uma proclamação –, esses garotos estariam sentados à minha frente em vez de você.

– Vou lhe perguntar mais uma vez, Tobias. – O livro de Cecil se fecha bruscamente. – Quem é Jory Jameson, e onde estão Alard e Alban?

Não posso dizê-lo. Dizê-lo seria minha morte.

– Não sei.

Capítulo 45

Kit

Torre de Londres
7 de janeiro de 1602
1h25

Sinto antes de escutar.
　　Um tambor marcando o ritmo para os remadores. Um tremeluzir de tochas ficando mais brilhantes a cada remada. Pelas contas e o espaço entre cada chama, seis no total, percebo que há três barcos. Não consigo ver quem está neles. Mas deve ser Toby. Não deve? Ao mesmo tempo que parece pompa demais para apenas um garoto, pelo menos alguém que não seja príncipe nem padre, quem mais estaria vindo para cá a essa hora da noite? Não quero que seja ele. Não com essa cerimônia. Ela dá muita gravidade à situação. Cerimônia é o que antecede nascimentos, casamentos e mortes. É para acontecimentos únicos na vida, para palavras que não podem ser retiradas, ações que não podem ser desfeitas. Sinos que não podem calar suas badaladas.

Portanto, não pode ser Toby.

Quase me convenci disso, quando então eu o vejo. Sentado na barca, os pulsos unidos e presos. Ainda vestido como duque Orsino, com veludo marrom e os estúpidos babados das golas. Ele olha para a frente, com a postura ereta, as mãos e o rosto imóveis. Só seu cabelo, selvagem e soprado pelo vento, mostra alguma emoção. Ao lado dele no barco estão dois dos guardas da rainha, os homens que estavam na casa de Carey. Na embarcação atrás dele, mais meia dúzia: precisaram de muitos para dominar um garoto. O outro barco, o que vai à frente dos demais, leva o tocador de tambor e as tochas.

Há, então, um ronco, algo que sobe do chão e entra por meus pés e meu peito. Ouve-se o ruído terrível de metal contra pedra e um barulho violento de água. É o portão do rio. Eles passam por ele como aqueles príncipes de outrora. Tento escutar alguma coisa: vozes, gritos, palavras, mas não há nada.

Não consigo pensar no que fazer. Atacar essa fortaleza impenetrável com nada além de meu punhal e minha inteligência, o pouco que resta dela? Voltar ao guarda e pedir que ele me deixe entrar? Mesmo que fizesse isso, seria uma atitude inteligente, com a presença de todos aqueles outros guardas de Middle Temple? Os que vão se lembrar de mim e de meu rosto e que não serão ludibriados por nenhuma história que eu possa contar a eles, cativante ou não?

Decido correr o risco com o guarda da torre de vigia. Ele deve ter ouvido o ronco do portão se abrindo. Deve saber o que vai acontecer em seguida. Talvez o que quer que ele me diga me ajude a descobrir o que fazer.

Contorno o canhão e saio andando pelo cais calçado com pedras. Estou a meio caminho da torre da guarda e do guarda, que olha placidamente para a água, quando vejo um homem emergir das sombras. Ele está vindo em direção a Fresh Wharf, o mesmo cais de onde eu vim, caminhando depressa e deliberadamente para a mesma torre de guarda onde estou. Paro bruscamente. Porque, mesmo com o homem de cabeça baixa, as sombras e a aba de seu chapéu obscurecendo seu rosto, ele está vestido com peles e enfeites, e sei sem nenhuma dúvida que esse é um dos homens da rainha.

Se correr, serei descoberta. Se ficar aqui parada, serei descoberta. Tudo o que esse homem precisa fazer é erguer os olhos, só uma vez, que ele vai me ver.

Então, como se meus pensamentos ordenassem que ele fizesse isso, o homem ergue os olhos.

Sir George Carey.

Ele também para de andar, os olhos arregalados, tão surpreso em me ver quanto estou em vê-lo, provavelmente mais. O que ele está fazendo aqui? Está aqui por causa de Toby? Essas são coisas que ele provavelmente está perguntando a si mesmo sobre mim. Mas, enquanto Carey pode saber que não estou aqui para fazer nenhum mal a Toby, não sei se o mesmo ocorre em relação a ele.

A essa altura, ele deve saber que sou uma das suspeitas de assassinato. Também deve saber que Toby me deixou ir. Enquanto é verdade o que disse a Toby, que Sir Carey parece bom e generoso, não acho que essa cortesia se estenda a futuros assassinos. Ele podia muito bem me botar a ferros e me arrastar para a Torre, para uma cela ao lado da de Toby.

Ou no lugar dele.

Ergo a mão e caminho para ele, os passos tão rápidos e deliberados quanto os dele. Não dou mais que alguns antes que ele, também, comece a andar, prosseguindo em direção à torre da guarda, como antes, mais uma vez de cabeça baixa para se proteger do vento vindo do rio. Ele age como se não tivesse me visto, mas não há possibilidade de que isso tenha acontecido: está silencioso, imóvel e vazio como um cemitério, e sou a única pessoa aqui.

– Sir Carey! – Apresso o passo para alcançá-lo. – Gostaria de falar com o senhor.

Ele me ignora, pelo menos até que finalmente o alcanço e me posto diante dele para encará-lo. Carey ergue os olhos do chão para mim, examinando-me, os olhos azuis estranhamente agradáveis, como se fosse dia de mercado. Está agarrado ao que parece ser um cobertor embaixo de um dos braços.

– Fui eu – digo antes que ele tenha a chance de fazer isso. – Toby não teve nada a ver com isso. Bom, não nada. Mas não muito. Ele estava tentando me proteger, e isso não é nenhum crime. – Não sei se isso é verdade. Na verdade, tenho quase certeza de que, nesse caso, é. Mas não vai ajudar nada lembrar Carey disso, por isso mudo de tática. – O senhor queria um assassino, agora tem um. Pode me prender, mas Toby deve ser solto. Ele não devia estar aí dentro. Devia ser eu!

– Você? – Sir Carey me olha de alto a baixo. Espero que seu rosto mude de um interesse amistoso para reconhecimento e ódio, e depois fúria. – Quem é você?

– O que o senhor quer dizer com quem sou eu? – Bato o pé no chão, frustrada. – Sou eu. Kit Alban. Eu o conheci na festa dos patronos. Bem, eu não o conheci, eu o vi, mas o senhor também me viu! E me viu na peça esta noite. Não com esta aparência, mas com maquiagem de palco, peruca, lábios e... O senhor sabe quem sou!

– Eu conheço muitas pessoas, senhor Alban...

– Kit.

– Mas, infelizmente, não consigo me lembrar de todas elas. Posso lhe assegurar que, se o tivesse conhecido, iria me lembrar. Você parece um tanto... encantador.

Desdenho disso com um aceno de mão.

– O senhor está aqui para ver Toby? Deve estar. O senhor está aqui para soltá-lo? O senhor precisa soltá-lo. Se precisar de alguém, pode me colocar no lugar dele. Seja como for, eu é quem devia estar lá.

O sorriso de Sir Carey nunca vacila, mesmo quando ele recua e se afasta de mim.

– Foi um prazer conhecê-lo – diz ele. – Mas infelizmente não sei do que está falando.

Sir Carey passa por mim e se dirige à torre da guarda. Abro a boca para detê-lo, para implorar por Toby mais uma vez. Estou tão perturbada que quase não ouço o que ele diz em seguida.

– Vá embora daqui, garoto tolo. Vá embora e não volte nunca mais.

Chamo outra barca e vou balançando até a Narrow Street.

É horrível aqui, este lugar para onde Toby me mandou: abarrotado, imundo e fedendo a peixe do último domingo e a penicos desta manhã. Deve passar muito de uma hora agora, mas ninguém aqui parece saber disso; podia muito bem ser o meio do dia. As ruas enlameadas estão cheias de mulheres semivestidas e homens totalmente armados; a água frenética, cheia de navios de passageiros e barcos de carga, hectares de docas cheias de marinheiros, carga e caos. Estou parada no meio de tudo isso, empurrada por ombros e cotovelos por milhares de passantes fedorentos, procurando pela estalagem chamada Uvas. O barqueiro foi cooperativo e me disse que ficava no "lado esquerdo da margem", o que não me ajuda em nada. Também não ouso parar e perguntar a ninguém, porque, se aprendi uma coisa, é que nem toda pessoa é quem parece ser, e posso tanto seguir direto para uma armadilha quanto para uma taverna.

Enfim eu a encontro, um prédio marrom de tijolos enfiado em uma fileira de meia dúzia de outros prédios marrons de tijolos. Uma porta, uma janela, uma placa pintada pendurada acima da porta em cima de um, naturalmente, cacho de uvas roxas e gordas. O interior é igualmente excitante. Um balcão, algumas mesas, os clientes, imagens espelhadas dos homens e mulheres que rastejam pelas docas, peitos arquejantes, rostos severos e dentes faltando.

Caminho até o bar, abro espaço entre dois homens muito grandes e apoio os cotovelos na madeira grudenta.

– Estou procurando por Mariette. – Digo isso ao homem atrás do balcão. Ele acena para uma mulher magra e séria, que usa um avental. Ela olha para mim. – Toby me mandou – acrescento, na esperança de que isso signifique alguma coisa para ela.

Aparentemente, sim. Ela acena com a cabeça para o homem, que passa a mão por baixo do bar e me entrega uma chave.

· 391 ·

– No alto do segundo lance de escada, terceira porta à direita. – Ela me examina, como se decidisse alguma coisa. – Quer que eu mande subir comida? Roupas? Alguma coisa com que se lavar?

Preciso de passagens e documentos, mas talvez este seja algum tipo de código. Não tenho certeza, mas assinto mesmo assim. Uma olhada rápida para o relógio grande instalado acima do bar diz duas e meia, o que significa que tenho uma hora e meia antes da partida do navio, menos que isso para descobrir como estar a bordo.

Subo pelos lances rangentes de escadas acarpetadas até o quarto para o qual ela me instruiu a ir. Não há nada nele, mas estou ficando acostumada com isso. Quatro paredes sujas. Um teto rachado. Uma mesa à frente de uma lareira de tijolos suja de fuligem que está acesa com fogo baixo. Um chão cheio de marcas e liso como sabão, uma única cama estreita apertada contra uma única janela estreita. Está arrumada com um cobertor fino e mais nada, mas neste momento isso parece um luxo. Não tiro o gibão nem as botas, mas subo assim mesmo no colchão, aperto o ombro contra a parede e o rosto contra a janela.

Diferente da estalagem que eu dividia com Jory, esta tem um vidro limpo em vez de sujo de lama e vidro com bolhas em vez de rachado, e, em seu reflexo, em vez de fachos cinzentos de luz e nuvens de chuva, vejo apenas eu mesma. Eu, ainda com restos de maquiagem espalhados pelo rosto, vermelhão marcando meus lábios e meu cabelo em frangalhos; eu, com uma aparência, a quilômetros de distância, da garota que sempre fui. Eu, sem saber mais quem é essa.

Poderia culpar os outros: a rainha, seus homens, o país, as leis. Já fiz isso; foi o que me trouxe da Cornualha para Londres, para o Globo e ao palco, até estar à frente da rainha. Foi o que trouxe vingança à minha mente e assassinato ao meu coração; foi o que me fez pensar que a morte da rainha era a única resposta à morte de meu pai e a todos os problemas diante de mim (embora eu não tenha feito nada além de me causar mais).

Mas nem uma vez eu disse: estou aqui por minha causa.

Depois que meu pai foi morto, não restou ninguém em Lanherne que me dissesse o que fazer. Ninguém que me dissesse para levar as cartas até a porta de Catesby, nem me envolver com seus homens e sua trama. Da mesma forma que ninguém disse a meu pai para pensar naquela trama, ou desafiar as leis da rainha várias e várias vezes. E, com tudo o que me foi dito sobre a morte de meu pai ter sido um acidente, azar, acaso ou a mão de Deus, nem uma vez foi dito que foram suas próprias decisões que o levaram a ela. Assim como foram minhas próprias decisões que me levaram a estar sentada aqui nesta estalagem, mais uma vez sem saber o que fazer.

Depois de algum tempo, há uma batida na porta. Quase não a abro, com medo de que possam ser guardas, de novo atrás de mim. Mas então uma voz me assegura de que é apenas Mariette, que entra no quarto trazendo um jarro de água, um pedaço de pão e uma pilha de roupas – calça, túnica, capa – que parecem caber em mim. Em cima há um envelope cheio de papéis. Dou a ela o dinheiro que Toby me deu – o último dinheiro que nós dois tínhamos –, e ela o pega. Não dá instruções nem faz perguntas. Apenas deixa as coisas na mesa e vai embora.

Quando termino de comer, de lavar-me e trocar-me, são três e meia da manhã. Eu me levanto da cama, visto minha capa. Embolo

· 393 ·

meu figurino, ponho-o no resto de fogo e o vejo ser envolto pelas chamas. Então dou uma última olhada, uma olhada final ao redor. É o último quarto na última taverna no último lugar da Inglaterra onde vou colocar meus pés. Meu pai está morto. Jory está morto. Não consegui matar a rainha. Não consegui salvar Toby. Estou sem título, sem casa e sem dinheiro. Estou tão cheia de tristeza e medo por tudo isso que poderia gritar. Poderia fazer isso, se achasse que ia mudar alguma coisa.

Capítulo 46

TOBY

TORRE DE LONDRES
7 DE JANEIRO DE 1602
1H45

Eles me conduziram pelos túneis subterrâneos da Torre e agora estou aqui sentado, uma cela toda para mim. É úmido e escuro; é o fim de um caminho trilhado apenas uma vez.

Meu interrogatório na catedral de St. Paul foi o primeiro de muitos. Eles vão continuar aqui, não sendo feitos pelos ministros, mas por homens que usam meios diferentes de palavras para obter a verdade. Sei como vai ser. Hoje foi fácil, mas isso é apenas para começar. É a primeira nota de uma música em uma de suas festas, a primeira bebida servida, a primeira bandeja que passa. Mas então os dias começam a se estender. De um para três, depois cinco. A comida também para de chegar, depois a água. Você começa a sentir coceira: isso devido à sede, à sujeira, aos insetos que começam a se acumular em sua roupa. Não há companhia além do ar úmido, da própria respiração e do arranhar de coisas escondidas nas paredes que ficam mais corajosas e próximas a cada dia.

Em vez de pensar nisso, penso nela. É, segundo meus cálculos, bem mais de uma hora da manhã. Kit deve estar na Uvas e, em menos de três horas, deve estar no navio. Deve estar em segurança longe de Londres, em segurança longe de tudo isso. A palavra *deve*, Marlowe uma vez me disse, é tão perigosa quanto a esperança, pois dá poder a coisas externas e além de nosso controle.

Mas, dentro desta cela, esperança é o único poder que me resta.

– Carey – digo. – O que o traz aqui em uma noite tão agradável? Negócios ou prazer?

Estou sentado no canto com os cotovelos apoiados nos joelhos erguidos. Ele está metade nas sombras, metade na luz tremeluzente de uma tocha em algum lugar do corredor. Estou surpreso, na verdade não, em vê-lo aqui.

Ele não responde.

– Deixe-me adivinhar – digo. – Está aqui para me dar uma última chance de lhe entregar o paradeiro de nosso rapaz intrépido. "Sacrifique-o para se salvar", certo? – Balanço a cabeça. – Não pode achar que eu vou cair nessa.

– Pelo que você caiu, Toby?

Eu caí por ele, por ela. Fiz isso pela ideia de que eu podia, de algum modo, ter tudo.

– Por tudo – respondo por fim. – E então, o que vai acontecer comigo? Depois de tudo isso? O que vai acontecer? E não minta; se mentir, eu vou saber.

Ele assente.

– Sim. É para isso que pago você.

Consigo soltar uma risada.

– Não consigo nem começar a imaginar o que a rainha pode fazer. – Carey dá de ombros. – Eles podem soltá-lo.

– Soltar-me – digo. – Mas não me libertar. Soltar-me para me dar a ilusão de liberdade, só para eu ir parar na ponta de uma faca, morto em mais um acidente. Assim como Marlowe.

Isso o tira das sombras, como achei que pudesse fazer.

– Marlowe era um traidor – diz Carey sem rodeios. – Ele era um espião, um ateu, tão convencido quanto os protagonistas de suas peças. Era um fardo prejudicial que precisava desaparecer. Se ele não fosse seu mentor, seu amigo, até você veria isso.

Viro o rosto para o chão. Aos olhos de Carey e da corte, eu também sou todas essas coisas.

– Minha lealdade está com Sua Majestade, Toby. Você sabe disso. Eu o alertei sobre o que aconteceria se continuasse por esse caminho. Eu o alertei sobre a peça. Eu o alertei sobre Kit.

Ele não especifica que Kit; não importa qual dos dois.

– Não posso me envolver mais – continua ele. – Sinto muito, Toby. Por isso e pelo que virá em seguida. Vou fazer o possível para me assegurar que, seja o que for...

– Não – digo.

Ele fazer uma promessa é me dar esperança, e não posso ter isso.

Não há chance de Carey poder me salvar; as palavras são apenas para seu conforto.

Ele se aproxima das barras da cela, ergue uma das mãos, e vejo o que não tinha visto antes, escondido no escuro, algo igualmente escuro e desgastado: minha capa de lã impermeável. A que ele pegou de mim naquele dia em Somerset antes de minha reunião com a rainha. A capa com todas as economias de minha vida costuradas no forro, a capa que achei que nunca mais fosse tornar a ver.

– Bess encontrou isto em casa – diz ele. – Não conseguia imaginar de onde teria vindo. Ela disse que parecia muito puída, então soube que devia ser sua.

Ele enfia a capa através das barras finas de ferro. Quase não a quero mais. Mas, depois de algum tempo, levanto-me para pegá-la. Antes, ela representava toda a vida à minha frente. Agora, é tudo o que foi deixado para trás.

Quando não a pego de imediato, ele diz:

– Posso jogá-la fora, se quiser. Só pensei...

Estendo o braço e pego a capa de suas mãos.

– Obrigado – consigo dizer. – Ela vai... – procuro alguma coisa para dizer – ...me manter quente.

– Adeus, Toby. – Carey se afasta da grade e volta para a escuridão. – Desejo que...

– Não – digo.

Eu não quero saber dos desejos de Sir George Carey, barão de Hunsdon, cavaleiro da Ordem da Jarreteira, membro do Conselho Privado e lorde Chamberlain da residência da rainha.

Ele faz uma reverência e vai embora. Fico me perguntando se fez isso com Marlowe também, logo antes de assinar a nota promissória para o assassino que enviou àquela taverna para matá-lo.

Depois que ele vai embora, reviro minha capa e encontro o forro rasgado e cuidadosamente costurado outra vez, onde três meses antes coloquei uma nota bancária com todo o dinheiro que ganhei como vigia a serviço da rainha, o dinheiro que ganhei como aprendiz de Barnard, o dinheiro que ganhei imprimindo manuscritos depois de sua morte. Seis mil e oitocentas libras, o suficiente para viver confortavelmente por anos, desconfortavelmente infinitamente. Agora isso é inútil.

Olho para ela por vários minutos, perguntando-me o que eu teria feito com esse dinheiro. Como ordem de pagamento emitida na Inglaterra, ela não pode ser resgatada em outro país, exceto por Calais, na França, que foi um posto avançado inglês. Mas, lá, eu poderia comprar minha própria casa em vez de alugá-la de uma senhoria libidinosa, poderia voltar a levar minha pena ao papel longe de uma corte traiçoeira e escrever, como prometi a Marlowe que faria. Eu poderia ter sido livre.

Visto a capa e enfio a nota bancária no bolso. Vai ser mais que suficiente para garantir que o carrasco tire minha cabeça no primeiro golpe, diferente de Essex.

Mas há mais alguma coisa. Quase não a sinto, no fundo, do lado direito, quando meus dedos roçam algo frio e duro que não foi colocado ali por mim.

No bolso há uma chave.

Capítulo 47

Kit

Em algum lugar no Canal da Mancha
8 de janeiro de 1602
8h04

Quando o sol nasce, a água do canal se estende à minha frente em mil tons de azul e preto.

Estou parada junto à amurada, como fiz a noite inteira, sentindo o navio balançar sob mim e ouvindo o ranger do madeirame, a ondulação da água contra o casco e as vozes ao meu redor, homens no convés envoltos em cobertores e bebendo de jarros de vinho, jogando dados enquanto observam a aparição do horizonte. Não me surpreendi ao ver Thomas Alard entre eles: algumas coisas nunca mudam, e algumas pessoas nunca aprendem.

Olho à procura de outra coisa.

Depois que deixei meu quarto na Uvas, esperei mais do que deveria antes de partir para o cais. Perambulei pela Narrow Street de alto a baixo, esperando e torcendo. Meu pai sempre dizia que a esperança é uma estratégia terrível, e, embora eu não tenha deixado que isso me detivesse, Toby não apareceu. Também não apareceu nas docas em Wapping, nem na baía em Dover, onde quase perdi o navio porque achei tê-lo visto, de cabelo preto e magro, despreocupado diante de uma loja na beira do cais. Devia saber que não era ele: Toby nunca está despreocupado.

Eu acho que se Sir Carey me deixou escapar, então talvez tivesse deixado Toby escapar também. Eu não era nada para Carey, e ainda não consigo imaginar por que ele me permitiu sair em liberdade. Foi porque os homens da rainha já tinham sua história e eu simplesmente turvava o cenário? De algum modo, acreditavam que Jory era o assassino, pego com uma faca e morto no fim, e tudo está bem quando bem termina, como mestre Shakespeare gosta de dizer?

Mas Toby não apareceu.

Não consigo imaginar que ele não vá encontrar uma saída. Toby, que vê tudo e não deixa passar nada. Ele não pode encontrar seu fim na ponta de uma faca, de um laço de corda ou do machado de um carrasco. Recuso-me a acreditar nisso.

Há, então, um movimento de excitação, mulheres surgindo da coberta com suas capas coloridas e homens apontando a distância. Sigo o olhar deles e vejo: a França. Nunca deixei a Inglaterra antes, e agora aqui está, todo um novo continente se estendendo à minha frente na água que se estreita, com uma encosta rochosa, penhascos musgosos e liberdade. E, com a aproximação das docas, eu inspiro, meu primeiro hausto de ar fresco e livre.

Tem cheiro de peixe.

O porto em Calais é muito parecido com o porto na Inglaterra, com lojas, navios e uma multidão conversando em francês tão rápido que só consigo entender uma a cada dez palavras. Navego por tudo como uma guarda treinada, atenta a batedores de carteiras e vagabundos, ignorando comerciantes anunciando seus produtos aos gritos e procurando me roubar de maneiras diferentes, pedindo duas vezes o valor de uma oferta razoável. Ela se estende à minha frente, esta cidade estrangeira, mas eu a entendo. É possibilidade e promessa, penitência e aflição. É tudo o que Londres foi, mas nunca mais vai ser para mim outra vez. Vou ter de viver o resto da vida no exílio, sem nunca ter a permissão de voltar.

Um preço alto foi pago por esta liberdade, e vou tirar o máximo possível dela.

Eu viro em uma esquina na rua principal, Porto de Calais, pego outra rua e depois outra, afastando-me do porto e entrando na cidade, uma ilha cercada por canais que uma placa me diz se chamar Calais-Nord. São apenas ruas sinuosas calçadas com pedras, construções de tijolos, pontes em arco e carroças espalhadas. Estou à procura de alojamento – que, se a memória e as aulas servirem, se chama *hébergement* –, portanto procuro uma placa que diga isso.

Depois de garantir um quarto em uma estalagem não muito melhor que a da Praça do Golfinho, torno a sair nas ruas. Ando pela cidade desconhecida do mesmo jeito que fiz com Londres, mantendo um olho em mim mesma e o outro à procura de Toby. Passo por um belo gramado aberto sob a sombra da torre de uma catedral, olho pela vitrine de uma loja que vende rendas, atravesso uma ponte até a Rue de L'Etoile, pela única razão de gostar do nome. Ela desemboca em uma ampla praça de mercado chamada Place D'Armes. Gosto desse nome também. Ele significa "desfile". E é um desfile, aqui, um desfile de imagens, sons e cheiros. Toldos verdes sobre barraquinhas, panelas prateadas gigantes cozinhando chicória, salsichas na grelha sobre o fogo; tochas acima de queijo derretendo e tonéis úmidos repletos de mariscos; pilhas de baguetes crocantes. Olho para tudo, mas nunca paro de procurar por ele.

Passo por uma barraca que vende algo exageradamente doce, e só seu cheiro faz com que meus dentes doam. Há uma multidão ao redor vendo o *boulanger* empilhar doces na forma de uma pirâmide – algo que alguém chama de *croquembouche* – antes de enfeitá-la com açúcar colorido, salpicá-la de chocolate e cobri-la com amêndoas açucaradas e flores comestíveis. Assim que monta os doces, ele começa a desmontá-los, embalando cada pedaço individual para vender à aglomeração de compradores ávidos. Eles custam um *denier* cada, mais ou menos o mesmo que um pêni, o que não importa, porque não tenho dinheiro para pagar por isso nem neste nem em qualquer outro país.

Isso me faz recordar de outra barraquinha perto de outra zona portuária, uma feira congelante que parece ter acontecido uma eternidade atrás, quando então uma respiração, suave e familiar, enche meu ouvido.

– Você parece uma pessoa que seria receptiva a alguém que se aproximasse e apertasse os lábios de um jeito muito delicado sobre os seus.

Eu não o ouvi. Não o vi. Mas, quando me viro devagar, como se estivesse sonhando e não quisesse acordar, ali está ele. Não vestido como duque Orsino nem algemado como na última vez que o vi. Ele está vestido como eu, de calça e camisa, e uma capa puída cor de musgo, com um sorriso e os olhos azuis apontados para os meus.

– Temo que tenha me confundido com outra pessoa. – Eu me esforço muito para não sorrir, mas não acho que vou conseguir. – Acho que, se tentasse isso, ia acabar do lado errado de uma briga.

– Ah? – Ele também está tentando não sorrir, mas tampouco está conseguindo. – Já vi você brigar. – Ele se inclina em minha direção, perto, e sussurra: – Você não é muito boa nisso.

Cambaleio para trás, rindo, e ele faz o mesmo; aquela exalação de ar que achei que nunca mais tornaria a ouvir.

– Não tinha certeza se você ia conseguir – digo a ele. – Achei que não tinha conseguido.

– Eu também não tinha certeza se ia conseguir. – Toby fica sério outra vez. – Tive certa ajuda.

Ele, então, me conta tudo sobre Carey. Sobre a Torre, sua capa, a nota bancária, a chave. Como conseguiu com sua lábia obter os documentos e embarcar em um cargueiro holandês em Rotherhithe. Dali, Calais. Foi por muito pouco; se qualquer uma dessas coisas de algum modo não tivesse ocorrido como ocorreu, ele não estaria aqui.

Toby pega minha mão. Eu quase a retiro; ele é um garoto e ainda estou vestida como um, e não quero causar problema, não aqui e não tão cedo, não quando acabamos de nos livrar de um. Mas Toby parece entender isso e diz:

– Não importa. Não temos mais nada a esconder. Nós, agora, podemos fazer o que quisermos.

Isso basta para trazer o sorriso de volta ao meu rosto.

– *As jornadas terminam com o encontro dos amantes*, algo assim?
– Uma fala de *Noite de Reis*, citada para o próprio autor.
– Só um tolo diria isso – diz ele.
– Você deve saber – digo.
E ele me beija.

Nota da autora

Este livro é uma obra de ficção. Nomes, personagens, lugares e acontecimentos são produto da imaginação da autora e usados de forma fictícia.

Agora que as letras pequenas estão fora do caminho, vamos falar de detalhes, começando com a expressão *usados de forma fictícia*.

A rainha Elizabeth não é uma pessoa fictícia, é claro. Nem George Carey e o restante dos ministros da rainha; William Shakespeare (antistratfordianos, contenham-se) e Christopher Marlowe; Robert Catesby e os irmãos Wright, Tom Um e Tom Dois (embora eu seja responsável pelos apelidos), os últimos quatro conspiradores inveterados que vieram a tomar parte da Conspiração da Pólvora em 1605 (uma história contada de maneira fantástica no livro de Antonia Fraser, *A conspiração da pólvora*). Também não são fictícias: a rebelião de Essex, a trama temerária e destinada ao fracasso que usaria *Ricardo II* de Shakespeare como meio para sublevar os londrinos contra sua rainha. Whitehall, Middle Temple Hall, o teatro Globo, o teatro Rose: todos eles existiram também. Essas pessoas, lugares e acontecimentos da vida real foram minhas estacas no chão – você poderia dizer que são armações de tendas –, a estrutura e as regras que nortearam a história. Todo o resto que aconteceu no interior dessa tenda, bem... Foi aí que eu me diverti.

Noite de Reis não é uma peça fácil de localizar no cânone de Shakespeare. Alguns se referem a ela como uma de suas últimas peças: a última de suas comédias românticas, a última de suas comédias com pessoas se passando por outro sexo, a última de suas comédias alegres e a última das comédias elisabetanas. Ela também foi escrita no fim do reinado da rainha Elizabeth e reflete as ansiedades e incertezas da época – não apenas do conflito entre católicos e protestantes, mas ainda de um conflito dinástico: Elizabeth tinha mais de setenta anos, saúde frágil, e ainda não havia nomeado um sucessor para o trono. Outros, porém, veem Noite de Reis como a primeira: a primeira das comédias do século XVII e a primeira das comédias sombrias. Independentemente de tudo isso, Noite de Reis é fugidia, e para mim serviu como o ponto de partida perfeito para minha história: uma peça sobre ilusão, engano, disfarce, loucura e as coisas extraordinárias que o amor nos faz fazer, ver e, em alguns casos, não ver.

Ocultação, disfarce, gênero e identidade pessoal são características de Noite de Reis que se refletem em Guia de um assassino (uma discussão excelente sobre isso pode ser encontrada em The Arden Shakespeare: Twelfth Night [O Shakespeare das Ardenas: Noite de Reis]). É através do disfarce masculino de Katherine que ela ganha poder e descobre a si mesma por meio de experiências que estariam além dos limites para ela se estivesse vestida de mulher – de forma muito parecida com Viola, sua contrapartida em *Noite de Reis*. Assim como Kit, Toby também é um personagem limitado pelas convenções da época. Homossexualidade, bissexualidade ou qualquer homoerotismo nessa época – na Inglaterra, assim como em toda a Europa – era um crime punido com a morte, e teria sido uma grande preocupação para qualquer um identificado como tal (embora seja importante mencionar que a sexualidade nessa época era vista em termos de atos individuais, em oposição a uma identidade holística). A relutância de Toby em admitir publicamente sua bissexualidade é apenas em função disso: uma medida de autoproteção, não de arrependimento pessoal.

Cheguei a este livro através de um antigo interesse pessoal pelo período. O conflito entre católicos e protestantes me intrigava havia algum tempo (e, na verdade, serviu de inspiração para meu primeiro romance, *The Witch Hunter* [O caçador de bruxas]), assim como a indomável rainha Elizabeth I, que vejo como a personificação do poder de uma mulher independente: a rainha feminista original (embora não tenha certeza se ela veria a si mesma desse jeito!).

Sabendo desse interesse, meu marido me deu de presente um exemplar do livro de Stephen Alford, *The Watchers* [Os vigias], um retrato da espionagem na Inglaterra elisabetana. Eu o levei comigo para as férias na praia no México e fui apresentada a Sir Francis Walsingham (secretário de Estado de Elizabeth I e possivelmente o criador da espionagem moderna), a Robert Cecil (sucessor de Walsingham e peça fundamental na captura do anteriormente mencionado conde de Essex), ao criptógrafo Thomas Phelippes e ao escritor/espião Anthony Munday (Toby foi ligeiramente inspirado nos dois últimos). O livro também me mostrou um de meus poetas e dramaturgos favoritos, Christopher Marlowe, sob uma luz inteiramente nova: a do ofício de espião. *The Watchers* me levou a ler o livro de John Copper *The Queen's Agent* [O agente da rainha], e em seguida *God's Traitors: Terror and Faith in Elizabethan England* [Traidores de Deus: terror e fé na Inglaterra elisabetana], de Jessie Childs, e foi quando comecei a pensar. Sobre espiões, teatro, conflito religioso, a rainha Elizabeth, Shakespeare... Será que eu podia de algum modo combinar meus interesses históricos em uma única história? Alguns dias (e margaritas, tenho de ser honesta) depois, eu tinha uma proposta muito básica para *Guia de um assassino* (originalmente intitulado *What You Will* [O que quiserdes], título alternativo de *Noite de Reis* – que na época foi a única peça de Shakespeare a ser publicada com dois títulos, mais uma anomalia).

Permaneci fiel ao que sei ser verdade sobre a peça *Noite de Reis*, enquanto simultaneamente tirava proveito das coisas que não sabia. Datas de autoria de *Noite de Reis* e outras peças registradas são aproximadas, assim como as datas de apresentação. A divisão de cena nas peças escritas (*primeiro ato, cena cinco,* e assim por diante) não era comumente usada em 1601, mas eu a impus na história, pois é com o que os leitores modernos estão mais familiarizados. Além disso, tomei liberdades com a data de fechamento do teatro Rose (ele permanecia aberto em 1601, quando este romance é ambientado, embora com popularidade decrescente; fechou permanentemente em 1606) e as práticas de escolha de elenco do teatro elisabetano (as companhias tinham elencos reconhecidamente pequenos, com atores fazendo dois ou mesmo três papéis; um elenco de trinta e seis, como descrito em *Guia de um assassino*, seria algo praticamente impossível). Esses e outros anacronismos eventuais (o uso de palavras e expressões cunhadas após 1601, a linhagem paterna e a quase impossibilidade de mulheres possuírem a própria propriedade, o conceito inexistente de fraude e plágio no teatro e na dramaturgia) foram empregados no espírito da licença poética.

Tenho uma dívida com a historiadora Rachel Holmes por suas profundas anotações no manuscrito. Muito de minha própria pesquisa foi feita na Biblioteca Guildhall e na Biblioteca Britânica, em Londres, e no teatro Globo. O mapa de Agas *Civilitas Londinum* (uma representação de Londres em torno de 1561) foi valiosíssimo para me ajudar a me orientar pelas ruas serpenteantes da Londres elisabetana. Também sou grata aos historiadores que estão listados nesta bibliografia, pois esta história é vigorosamente construída sobre a informação fornecida por eles.

Para citar o fim de *Noite de Reis*: *Pouco importa, a peça acabou.* Espero que tenham gostado do espetáculo.

Agradecimentos

Este foi o livro mais difícil que escrevi.

Um clichê, talvez, mas ainda assim verdade. Foi minha primeira ficção histórica, meu primeiro romance completo contado sob dois pontos de vista, a primeira vez que perdi o controle completo da história, sem saber ao certo se era capaz de controlá-la. Também foi a primeira vez que uma perda pessoal interferiu tanto em meu trabalho que às vezes me perguntei se teria de largá-lo por completo.

Parece no mínimo um milagre que eu não apenas tenha terminado este livro, mas que ele tenha saído exatamente do jeito que eu queria – melhor, até. É provável que haja outro clichê dizendo que desafios criam campeões (na verdade, deve ser algo parecido), e, embora isso tenha se revelado verdadeiro no final, tive muita ajuda. Dedico este livro a meu irmão, que morreu enquanto eu o escrevia. Mas também gostaria de agradecer a todos os que ficaram ao meu lado durante a jornada.

A minha editora, Pam Gruber. Obrigada por ver através daqueles primeiros rascunhos insanos, por saber exatamente o que eu procurava e como me guiar até lá, e por acreditar que eu conseguiria. Considero este livro nosso e estou muito grata a você por me ajudar a criá-lo.

A meu agente, John Cusik. Obrigada por dizer sim, por entrar no barco com os dois pés e por não fugir para as colinas depois de ler os já mencionados primeiros rascunhos insanos. Mas, sobretudo, obrigada a vocês por cuidarem de mim.

A minha agência, a Folio Literary Management/Folio Jr., e em particular Jeff Kleinman, por seu apoio.

A minha agente de direitos internacionais, Melissa Sarver White.

A minha editora, Hachette Book Group e Little Brown Books for Young Readers. Obrigada a minha equipe talentosa e dedicada: Hannah Milton, Elizabeth Ferrari, Emily Polster, Jennifer McCelland-Smith, Elena Yip, Victoria Stapleton e todo mundo da NOVL. A Marcie Lawrence e Howard Huang, por criarem minha linda capa; a Dennis Jager e Kelsea Campbell, por estarem nela. A Annie MacDonnel e Christine Ma, por embelezarem minhas palavras. Um agradecimento especial a Anna Dobbin, Rachel Holmes e Kheryn Callender, por seu conhecimento, tempo e profundas anotações. Obrigada também a Megan Tongley, Jackie Engel e Alvina Ling, pelo apoio, simpatia e respeito.

A minhas companheiras de crime: Alexis Bass, Kara Thomas, Kim Liggett, Stephanie Funk, Melissa Grey, Jenn Marie Thorne e Lee Kelly.

A meu advogado, Scott Jerger.

A meus leitores, obrigada por guardarem um tempo para ler minhas palavras, por escreverem sobre elas, por contarem aos amigos sobre elas e por virem me ver falar sobre elas.

A meus amigos no Oregon e além.

Sobretudo, obrigada a minha filha, a meu filho e a meu marido, Scott. Sem você, eu não saberia como escrever sobre o amor.

Bibliografia

Alford, Stephen. *The Watchers: A Secret History of the Reign of Elizabeth I.* Bloomsbury Press, 2012.

Boughey, Lynn e Earnest, Peter. *Harry Potter and the Art of Spying.* Wise Ink Publishing, 2014.

Bowsher, Julian. *Shakespeare's London Theatreland: Archaeology, History and Drama.* Museum of London Archaeology, 2012.

Childs, Jessie. *God's Traitors: Terror and Faith in Elizabethan England.* Oxford University Press, 2014.

Collins, Denis. *Spying: The Secret History of History.* Black Dog & Leventhal, 2004.

Cooper, John. *The Queen's Agent: Sir Francis Walsingham and the Rise of Espionage in Elizabethan England.* Pegasus Books, 2013.

Crystal, David e Crystal, Ben. *Shakespeare's Words: A Glossary and Language Companion.* Penguin, 2002.

Elam, Keir. *The Arden Shakespeare: Twelfth Night.* Bloomsbury, 2008.

Fraser, Antonia. *Faith and Treason: The Story of the Gunpowder Plot*. Random House, 2014.

Gurr, Andrew. *The Shakespearean Stage: 1574–1642*. Cambridge University Press, 2009.

Hall, Peter. *Shakespeare's Advice to the Players*. Theatre Communications Group, 2003.

Hutchinson, Robert. *Elizabeth's Spymaster: Francis Walsingham and the Secret War that Saved England*. Thomas Dunne Books, 2007.

Kastan, David Scott. *A Companion to Shakespeare*. Blackwell, 1999.

MacGregor, Neil. *Shakespeare's Restless World: A Portrait of an Era in Twenty Objects*. Viking, 2013.

Mortimer, Ian. *The Time Traveler's Guide to Elizabethan England*. Viking, 2012.

Nash, Jay Robert. *Look for the Women: A Narrative Encyclopedia of Female Poisoners, Kidnappers, Thieves, Extortionists, Terrorists, Swindlers and Spies from Elizabethan Times to the Present*. M. Evans & Company, 1986.

Nicholl, Charles. *The Reckoning: The Murder of Christopher Marlowe*. University of Chicago Press, 1995.

Sawyer, Ralph D. *The Tao of Spycraft: Intelligence Theory and Practice in Traditional China*. Westview Press, 2004.

Twelfth Night, Shakespeare's Globe Theatre On Screen (DVD).

Waterson, James. *The Ismaili Assassins: A History of Medieval Murder*. Frontline Books, 2008.

SUA OPINIÃO É MUITO IMPORTANTE

Mande um e-mail para **opiniao@vreditoras.com.br**
com o título deste livro no campo "Assunto".

1ª edição, set. 2019

FONTES   Kennedy GD 10.5/16.1pt, Caslon Antique 25/16.1pt
PAPEL   Homem Book 60 g/m²
IMPRESSÃO   Geográfica
LOTE   G91812